«Ein historischer Krimi mit aufregendem Plot, atmosphärischem Schauplatz, einzigartigen Figuren und einer literarischen, exakten Sprache.» (Bücher)

«Sehr sympathisch und nie wirklich ernst zu nehmen. Commissario Tron wird dem festen Leserkreis historischer Romane sicher ans Herz wachsen.» (NDR)

«Tron reiht sich würdig ein in die Reihe unserer Commissario-Favoriten.» (Gießener Allgemeine)

Nicolas Remin wurde 1948 in Berlin geboren. Er studierte Allgemeine und Vergleichende Literaturwissenschaft, Philosophie und Kunstgeschichte an der Freien Universität Berlin und in Santa Barbara / Kalifornien. Seit seiner Rückkehr aus den USA arbeitet er als Synchronautor und Synchronregisseur. Nicolas Remin lebt heute in der Lüneburger Heide. Aus der erfolgreichen Serie um Commissario Tron sind bereits erschienen: «Schnee in Venedig» (rororo 23929), «Venezianische Verlobung» (rororo 23933) und «Die Masken von San Marco» (Kindler Verlag).

Nicolas Remin

Gondeln aus Glas

Commissario Trons
dritter Fall

Rowohlt Taschenbuch Verlag

Veröffentlicht im
Rowohlt Taschenbuch Verlag,
Reinbek bei Hamburg, März 2008
Copyright © 2007 by Rowohlt Verlag GmbH,
Reinbek bei Hamburg
Umschlaggestaltung any.way,
Barabara Hanke / Cordula Schmidt
(Abbildung: Galleria degli Uffizi, Florenz / Bridgeman, Berlin;
Bettman / CORBIS; masterfile)
Satz aus der Berthold Bembo PostScript
von hanseatenSatz-bremen, Bremen
Druck und Bindung CPI – Clausen & Bosse, Leck
Printed in Germany
ISBN 978 3 499 24201 4

Gondeln aus Glas

Prolog

«Nunc et in hora mortis nostrae. Amen.»

Die letzten Worte des Tischgebetes, mit müder, lispelnder Stimme gesprochen, flatterten aus dem Mund des Königs beider Sizilien wie dürres Laub. Einen Moment schloss Franz II. die Augen, so als wollte er seinen Erlöser um Vergebung für die fleischlichen Gelüste bitten, die ihn jetzt dazu zwangen, eine Mahlzeit einzunehmen. Dann schlug er die Augen wieder auf, löste seine Finger umständlich voneinander und hob den Kopf – das Signal für die wartenden Diener, an den Tisch zu treten und die Suppe zu servieren.

Marie Sophie nahm den Löffel von der Tischdecke und beobachtete angewidert, wie die linke Hand ihres Gatten automatisch den Sitz der Serviette prüfte, bevor er ebenfalls zum Löffel griff. Seine gestärkte Serviette, riesig und erstaunlich weiß, verursachte bei jeder seiner Bewegungen ein knisterndes Rascheln. Zu diesem Geräusch würde gleich – laut wie Pelotonfeuer – das röchelnde Schlürfen kommen, das ihre Schwiegermutter jedes Mal von sich gab, wenn ihre wulstigen Lippen den Suppenlöffel berührten.

Die Handschuhe der Diener, voller verkrusteter Flecken, passten zur schmutzigen, seit einer Woche nicht mehr gewechselten Tischdecke. Dass die Wäsche im Palazzo Farnese nur alle zehn Tage gewaschen wurde, war Teil der Sparmaßnahmen ihrer Schwiegermutter. Dazu gehörte ebenfalls, dass übrig gebliebenes Essen vom Vortag erneut serviert wurde. Die säuerlich riechende Suppe kannte Marie Sophie bereits – *Hallo, Suppe!* – vom gestrigen und vorgestrigen Abendessen.

Marie Sophie legte den Löffel, den sie bereits in ihren Teller getaucht hatte, wieder auf das Tischtuch und wischte sich den Mund ab – eine sinnlose Geste, die ihr sofort einen misstrauischen Blick ihrer Schwiegermutter eintrug – aus Augen, kalt wie Eissplitter. Augen, die überall Verrat witterten.

Großer Gott, dachte sie, *wie ich diese Frau hasse.*

Allerdings war das habituelle Misstrauen der Königinwitwe durchaus berechtigt. Denn dass Garibaldi mit knapp tausend Mann das Königreich beider Sizilien in weniger als sechs Monaten zu Fall gebracht und die königliche Familie aus ihrer Residenz in Neapel ins römische Exil vertrieben hatte, war nur durch Verrat möglich gewesen: durch Generäle, die heimlich mit den Rothemden paktiert hatten, durch Minister, die sich hinter dem Rücken des Königs mit Garibaldi arrangiert hatten, durch Feigheit und Fahnenflucht. Selbst im römischen Exil, wo sie seit nunmehr drei Jahren lebten, war der Verrat allgegenwärtig. Der Wunsch des Königs, den Thron beider Sizilien zurückzuerobern, wurde schamlos ausgenutzt. So verschwanden Unsummen in den Taschen windiger Söldner, wurden gigantische Beträge für Waffenlieferungen bezahlt, welche die königstreuen Briganten nie erreichten.

Die Königin lehnte sich seufzend zurück, um einem speckigen Handschuh die Gelegenheit zu geben, den Suppenteller zu entfernen und einen Teller mit *Pollo con Peperoni* vor sie hinzustellen. Auch dem Huhn – *Hallo, Huhn!* – begegnete sie zum zweiten Mal. Es hatte bereits vorgestern auf dem Tisch gestanden, und inzwischen sah es regelrecht mumifiziert aus. Also würde sie sich auch heute darauf beschränken, ein wenig Brot zu essen und vorsichtig an ihrem Weinglas mit dem sauren Falerner zu nippen.

Marie Sophie hielt die Augen niedergeschlagen, spürte jedoch, dass der Blick ihrer Schwiegermutter häufiger als gewöhnlich auf ihr ruhte. Sie fragte sich, ob sie ihr bereits auf der Spur war – womöglich von dem alarmierenden Brief wusste, den sie heute erhalten hatte.

Was natürlich Unsinn war, denn die einzige Person, die – außer ihrer Kammerzofe Marietta – ihr Geheimnis kannte, war Oberst Orlow, der Intendant des Hauses Borbone, ihr Reisemarschall und gelegentlicher Vertrauter. Und Orlow würde schweigen, schon allein deshalb, weil er – trotz seiner unbestrittenen Loyalität zum König – inzwischen viel zu tief in ihre Angelegenheiten verwickelt war.

Außerdem: konnte man es wirklich Verrat nennen, was sie getan hatte? Hatte sie sich irgendetwas zuschulden kommen lassen, das ihrem Gatten, dem König beider Sizilien, ernsthaft geschadet hätte? Nein, entschied sie. Zum Verrat würde es erst werden, wenn das Geschehene ans Licht kam. Doch das waren abstrakte, fast philosophische Überlegungen – ein Luxus, den sie sich im Moment nicht leisten konnte. Sie hatte das ganz konkrete Problem, mindestens fünfzigtausend Gulden auftreiben und die Summe so schnell wie möglich nach Brüssel schicken zu müssen.

Der Einfall, wie sie die Summe beschaffen konnte, kam ihr schließlich beim Dessert, einem angestaubten Stück Schokoladentorte, deren Bekanntschaft – *Hallo, Torte!* – sie bereits vor drei Tagen gemacht hatte. Die beiden Raffael-Zeichnungen, die Oberst Orlow auf seiner letzten Venedigreise an diesen Kostolany verkaufen konnte, hatten ihr gutes Geld eingebracht, und es sprach nichts dagegen, diese Geschäftsbeziehung zu erneuern. Und dem Händler etwas anzubieten, das erheblich kostbarer war.

Eine Stunde später stand sie in der Kapelle des Palazzo Farnese und zog vorsichtig das schwarze Tuch herab, das über einer Darstellung der heiligen Magdalena hing: das Brustbild einer im Gebet versunkenen, etwas fülligen Blondine. Das Gemälde, ein Tizian, war relativ klein, man konnte es mühelos in einem größeren Koffer verstauen.

Das handliche Format hatte sie vor einem halben Jahr auf den Gedanken gebracht, eine Kopie für ihren Verwandten, den Erzherzog Maximilian, anfertigen zu lassen – damals hatte sie erfahren, dass der Erzherzog nach Mexiko gehen würde. Alle hatten das für eine gute Idee gehalten, doch dann hatte ihre Schwiegermutter plötzlich behauptet, der verklärte Gesichtsausdruck der heiligen Magdalena, der halb geöffnete, feucht glänzende Mund und die glasig verzückten Augen würden auch eine ganz andere Deutung zulassen. Das hatte dem bigotten König sofort eingeleuchtet und ihn dazu bewogen, eigenhändig ein schwarzes Tuch über die Magdalena zu breiten. Die angefertigte Kopie lehnte seither unbeachtet an der Kapellenwand, wo sie hinter einem Putzeimer und einem Stapel Gesangbüchern Staub ansetzte.

Marie Sophie nahm die Magdalena von der Wand, löste die Klammern, die das (auf Holz gemalte) Bild im Rahmen hielten, und stellte es vorsichtig ab. Dann zog sie die Kopie hinter den Gesangbüchern hervor und lehnte sie neben das Original. Sie konnte keinen Unterschied zwischen den Bildern erkennen. Allerdings – so hatte ihr Oberst Orlow erklärt – würde ein Experte sehr wohl in der Lage sein, die Kopie des Bildes von seinem Original zu unterscheiden. Aber war der König ein Experte? Wohl kaum. Außerdem hätte in absehbarer Zeit niemand einen vernünftigen Grund, das Tuch zu lüften.

Marie Sophie ließ sich auf ihre Knie nieder und betrachtete die beiden Gemälde eingehend. Sie studierte den umflorten Blick der Magdalena, ihren sinnlichen, halb geöffneten Mund – und plötzlich sah sie die zweideutige Erhitzung im Ausdruck der Heiligen, die ihr früher nie aufgefallen war. Ihre Schwiegermutter hatte Recht gehabt.

Jedenfalls war das Bild für ihre Zwecke, nicht nur wegen des Formates, genau das Richtige – pures Gold. Signor Kostolany, der angeblich für den russischen Hof (wo man gewagte Bilder schätzte) einkaufte, würde sich die Finger danach lecken und entsprechend zahlen.

Marie Sophie erhob sich, oder wollte sich erheben, denn in dem Moment, als sie sich aufrichtete, hörte sie ein Geräusch an der Kapellentür. Kniend drehte sie sich um, die Hände vor der Brust gefaltet – ein drittes Gesicht zwischen den beiden Magdalenen.

Es war Oberst Orlow, der reglos an der Tür stand. Er trug die Uniform einer Armee, die es nicht mehr gab, und seine hoch gewachsene Gestalt füllte den Türrahmen aus. Die brennende Kerze in seiner Hand war gerade wie ein Dolch. Einen Moment lang schien er verwirrt zu sein. «Ich wusste nicht, dass Königliche Hoheit …» Er brach den Satz ab und räusperte sich nervös.

Was? Dass sie die Gewohnheit hatte, nach dem Abendessen in die Hauskapelle zu gehen, um zwei dampfende Blondinen anzubeten? «Ich wollte feststellen», sagte Marie Sophie ein wenig unwirsch, «ob diese Kopie noch existiert.»

Es war überflüssig, zu erwähnen, worum es ging. Der

Oberst selbst hatte damals den Kopisten ausfindig gemacht und die Angelegenheit für sie abgewickelt.

Sie sah ihn an, als sie weitersprach. «Die Kopie existiert noch, und daraus ergeben sich ... interessante Möglichkeiten.»

Der Schluss des Satzes war ein wenig rätselhaft, was den Oberst dazu veranlasste, vorsorglich auf seine Ergebenheit hinzuweisen. Er deutete eine Verbeugung an. «Vielleicht kann ich Königlicher Hoheit behilflich sein.»

Marie Sophie senkte ihren Zeigefinger auf das linke der beiden Bilder. «Sie könnten das Bild im Rahmen befestigen und es wieder aufhängen.»

So also verfuhr der Oberst und verhüllte es anschließend mit dem schwarzen Tuch. «Und die Kopie?»

Das Wort Kopie traf den Sachverhalt nicht, aber das würde sie ihm später erklären. «Die tragen Sie in meinen Salon.»

«Wollen Königliche Hoheit das Bild aufhängen?»

Marie Sophie schüttelte den Kopf. «Ich will es mit auf eine Reise nehmen.» Sie nahm die Petroleumlampe von dem Betschemel und wandte sich zur Tür. «Und Sie werden mich dabei begleiten. Ich möchte einen alten Bekannten von Ihnen besuchen.»

«Einen alten Bekannten?»

Marie Sophie lächelte. «Signor Kostolany.»

Orlows Augenbrauen schossen ruckartig nach oben. «Das heißt, wir fahren ...»

Sie beendete den Satz für ihn. «Nach Venedig.»

I

Er stieg langsam die Treppen der Ponte dei Pugni hinab, sorgsam darauf bedacht, in der Dunkelheit nicht zu stolpern. Am Fuß der Treppe wandte er sich nach links und überquerte den Campo San Barnaba mit dem schlendernden Gang eines Mannes, der kein besonderes Ziel verfolgt: ein gut, aber nicht allzu gut gekleideter Herr mittleren Alters, ein Fremder vielleicht, den es aus einem der zahlreichen Hotels in San Marco auf die andere Seite des Canalazzo verschlagen hatte und der jetzt ohne Hast auf dem Heimweg war.

Kurz vor dem *sottoportego*, der vom Campo San Barnaba weiter zum Rio Malpaga führte, blieb er stehen, putzte seinen Kneifer und nahm seinen Zylinderhut vom Kopf. Dann ordnete er etwas umständlich seine Haare, wobei er unauffällig seine Umgebung musterte. Erwartungsgemäß war nicht viel zu sehen. Aus der kleinen *trattoria*, die der Kirche San Barnaba direkt gegenüberlag, drang ein funzeliger Lichtschein auf den Campo, schimmerte auf dem Pflaster, das noch feucht vom Regen war. Gedämpfte Stimmen waren zu hören, dann das Lachen einer Frau. Ein Mann, der entweder einen Radmantel oder einen Umhang trug, kam in der Dunkelheit auf ihn zu, bog dann aber in die Calle del Traghetto ab, und einen Moment lang warf die Ölfunzel, die unter einem Marienschrein an der Kirchenfassade brannte, einen trüben Lichtschein auf seinen Rücken. Es war höchst unwahrscheinlich, dachte er, während er sich umdrehte und in die Dunkelheit des *sottoportego* hineinschritt, dass ihm jemand begegnen würde, der ihn kannte. Überhaupt war alles, was in der nächsten halben Stunde geschehen würde, höchst unwahrscheinlich.

Er überquerte die Ponte Lombardo und wandte sich nach ein paar Schritten nach rechts in die Calle dei Cerchieri, eine schmale, kaum anderthalb Schritt breite Sackgasse, die am Canalazzo endete. Die Dunkelheit auf dem Grund der Gasse war jetzt vollkommen, aber er hatte dem Palazzo da Lezze bereits zweimal einen Besuch abgestattet, und sein Orientierungsvermögen war immer schon phänomenal gewesen. Nach dreißig Schritten, erinnerte er sich, sackte die Pflasterung der Calle dei Cerchieri einen Fingerbreit ab. Unmittelbar dahinter begann der Palazzo da Lezze, und nach weiteren zehn Schritten öffnete sich ein Durchgang, der zu zwei Höfen führte. Er würde im zweiten Hof den eisernen Glockenzug ziehen und mit schuldbewusstem Gesicht um eine Unterredung bitten. Der Rest ergab sich dann. Er hatte eine Stunde Zeit, um die Angelegenheit zu regeln – mehr, als er brauchen würde.

Als er die Hand in die Tasche seines Gehrockes steckte, spürte er den schmalen Lederriemen mit den Holzpflöcken an seinen Fingern – die Holzpflöcke, die verhindern würden, dass ihm der Riemen aus der Hand rutschte, wenn er ihn zusammendrehte. Und das durfte nicht passieren. Denn dann würde es Geschrei geben, und er wäre womöglich gezwungen, das Rasiermesser zu benutzen, das er für den Notfall in die andere Tasche seines Gehrockes gesteckt hatte.

Er sah auf und stellte fest, dass er zu weit gelaufen war und vor ihm bereits der Spiegel des Canalazzo schimmerte. Es hatte aufgeklart, und eine Brise, die von der östlichen Lagune kam, trieb vom Vollmond beleuchtete

Wolkenfetzen über den Himmel. Einen Moment lang bewirkten die treibenden Wolken über seinem Kopf die Illusion, dass sich die Paläste auf der anderen Seite des Canalazzos in seine Richtung bewegten. Für einen Augenblick stellte er sich vor, wie die Hausfassaden plötzlich auf ihn zuschossen, das Mondlicht und das Sternenlicht verschluckten und sich wie ein Sargdeckel über ihm schlossen.

Im Grunde, dachte er seufzend, hasste er Gewalt. Gewalt war so schrecklich primitiv. Aber manchmal, dachte er weiter, ließ sich ein wenig Gewalt nicht vermeiden – speziell, wenn man mit dem Rücken zur Wand stand.

Die Tür ging bereits nach dem ersten Klingeln auf. Das ersparte ihm, auf dem Hof zu warten, wo ihn womöglich ein Nachbar bemerkt hätte. Wie er es vorausgesehen hatte, war der Hausherr allein und öffnete selbst. Im Licht der Petroleumlampe, die von der Decke des Flurs herabschien, hatte sein Gesicht die gelblich graue Farbe alter Vorhänge. Fast tat er ihm leid.

«Äh, darf ich hereinkommen?»

Er hatte den demütigen Ton eines Mannes angeschlagen, der gekommen ist, um Frieden zu schließen – was ein triumphierendes Grinsen auf dem Gesicht des Burschen erscheinen ließ. Ja, er durfte hereinkommen. Das hätte er auch ohne Erlaubnis getan, aber so war es einfacher.

Sagenhaft, dachte er einen Augenblick später, nachdem sie den Flur durchquert und den Verkaufsraum betreten hatten. Hier hing, dicht an dicht, ein Vermögen an den Wänden. Er zählte zwei Piazzettas, drei Riccis, zwei Palma Vecchios und ein halbes Dutzend Ölskizzen von Tiepolo. Vor dem Longhi, über dessen Echtheit es unterschiedliche Ansichten gab, blieb der Bursche stehen –

zweifellos in der Erwartung, dass ein zivilisiertes Gespräch alle Meinungsverschiedenheiten ausräumen würde. Letzteres wollte auch er, und da der Bursche ihm für einen Moment den Rücken zukehrte, kam er unverzüglich zur Sache.

Er warf ihm den Lederriemen über den Kopf, riss den Riemen nach hinten und drehte ihn mit aller Kraft zusammen. Zwanzig Sekunden wehrte sich der Mann wie ein Verrückter, wobei ein *Bonheur du jour* umstürzte und eine Schäferin aus Meißner Porzellan zu Bruch ging. Schließlich wurden seine Bewegungen kraftloser. Er ging zu Boden, und zwei Minuten später war er tot. Kein Blut. Kein Geschrei. Eine saubere Sache.

Als er sich aufrichtete und darauf wartete, dass sich sein Puls wieder normalisierte, kam ihm eine Idee. Ja, entschied er nach kurzem Nachdenken. Das würde dem Unternehmen ein zusätzliches Glanzlicht aufsetzen – ihm gewissermaßen jenen letzten Schliff geben, der bekanntlich so viel ausmacht. Also zog er dem Burschen seinen blauen Gehrock aus und vertauschte ihn mit seinem eigenen.

Im Spiegel, der über einem Konsoltisch neben dem Wassertor hing, sah er, dass ihm der blaue Gehrock des Toten nicht nur ausgezeichnet passte, sondern auch erstaunlich gut mit dem fröhlichen Gelb seiner Weste harmonierte. Die Kombination gab seiner Erscheinung einen Einschlag ins Theatralische – nicht unpassend für das, was anschließend auf dem Programmzettel stand.

Er packte den Mann an den Beinen und zog ihn in den Flur. Die Flurtür abzuschließen war überflüssig. Niemand würde später einen Grund haben, sie zu öffnen.

Merkwürdig, dachte er, als er wieder im Verkaufsraum stand und seinen Blick über die Gemälde an den Wänden gleiten ließ. Auf vielen Bildern wurden Grausamkeiten dargestellt, doch man konnte sie betrachten, ohne dass man schockiert den Blick abwenden musste. Wirkte die Dornenkrone auf der Stirn des Erlösers nicht wie ein adrettes Hütchen? War es nicht putzig, wie die Pfeile in Brust und Bauch des heiligen Sebastian steckten? Und wie gemütlich sich der heilige Laurentius auf dem Rost räkelte!

Dieser Effekt war natürlich auf die Wirkung der Kunst zurückzuführen. Die Kunst veredelte immer alles. Ach, dachte er seufzend, wenn doch der Umgang mit Kunstwerken auch die Menschen edel, hilfreich und gut machen würde! Bei sich selbst bemerkte er diese Wirkung durchaus, aber der Bursche im Flur hatte nur Geld im Kopf gehabt. Auf solche Leute konnte man verzichten.

Er atmete tief durch, dann steckte er sich eine Zigarette an und sah sich um. Das Licht der Kerzen und der beiden Petroleumlampen schien auf einmal wärmer geworden zu sein. Selbst die Schatten, die in den Ecken hockten, wirkten weniger tief und bedrohlich. Er fand, dass der Verkaufsraum ohne den ehemaligen Hausherrn eine ganz neue Harmonie ausstrahlte. Es war genau die richtige Bühne für den nächsten Akt.

Lediglich der umgestürzte *Bonheur du jour* und die Porzellanscherben auf dem Fußboden störten das friedliche Bild. Also stellte er das Möbelstück wieder auf die Beine, klaubte die Scherben vom Boden und versenkte sie in einer großen Vase aus Delfter Porzellan. Gut, dachte er, dass er nicht gezwungen gewesen war, das Rasiermesser zu benutzen. Das hätte eine Schweinerei gegeben, und er hätte womöglich noch mit Eimer und Schrubber hantieren müssen.

Dann zog er seine Repetieruhr aus der Westentasche

und klappte den Deckel zurück. Er lag hervorragend in der Zeit. Und gemessen an dem, was er eben vollbracht hatte, war der Rest des Unternehmens ein Kinderspiel.

2

«Interessant», sagte die Principessa, ohne von dem Blatt aufzublicken, das Tron ihr gegeben hatte.

Über das flache Tischchen hinweg, das zwischen ihnen stand, sah Tron, wie sie einen imaginären Fussel vom Papier schnippte. Ihr Rotstift kreiste über dem Blatt wie ein Bussard. Dass sie seinem Vorschlag folgen würde, war unwahrscheinlich. Das Programm war viel zu künstlerisch.

Die Principessa hatte ihre übliche halb liegende Haltung eingenommen: den Rücken an die Lehne der Récamiere gesenkt, die Beine übereinander geschlagen (einer ihrer Pantoffeln lag kokett auf dem Teppich), bot sie in ihrem Hauskleid aus mauvefarbener Kaschmirwolle ein Bild mondäner Eleganz, das gut zum verschwenderischen Luxus ihres Salons passte. Schon allein der kürzlich ersteigerte *Secrétaire à abattant* (von Riesener) am Fußende der Récamiere war zehn Jahresgehälter eines venezianischen Commissarios wert. Ein größerer Kontrast zur Sperrmüllaura des Palazzo Tron, wo die hellen Flecken auf den Tapeten verrieten, dass die Bewohner sich von ihren Tintorettos und Tiepolos hatten trennen müssen, war nicht denkbar. Im Palazzo Balbi-Valier herrschte eitel Überfluss. Im Palazzo Tron lebte man von der Wand in den Mund.

«Alvise?»

Tron sah von der *Gazetta di Venezia* auf, in die er sich zum Schein vertieft hatte. «Ja, Maria?»

Die Principessa räusperte sich. «Das Programm ist für meinen Geschmack etwas unausgewogen.»

Das klang weniger aggressiv als befürchtet. Tron hob seinen Kopf und drehte ihn über den Tisch wie einen gegen einen Pfeilhagel erhobenen Schild. «Inwiefern unausgewogen?»

Das Lächeln, mit dem die Principessa seine Frage beantwortete, war jetzt ein wenig spitz. «Was, würdest du sagen, ist der Sinn dieses Balls?»

«Die Einführung des Tron-Glases.»

Die Augen der Principessa blieben unentwegt auf ihn gerichtet. Das bedeutete, dass die Befragung weiterging. Er liebte die Principessa heiß und innig, aber manchmal, fand er, war sie so … streng.

«Was steht also an diesem Abend im Vordergrund?» Der Rotstift der Principessa zielte auf ihn wie der Lauf eines Revolvers.

Tron hob die Arme. «Das Tron-Glas.»

«Also nicht das Beiprogramm, sondern das Glas. Bei dir dominiert das Beiprogramm. Du willst die Potocki dreimal auftreten lassen. Zu Anfang, dann nachdem deine Mutter die Gäste begrüßt hat, und schließlich, nachdem ich die Kollektion vorgestellt habe. Bei dir gibt das Tron-Glas den Rahmen für ihr Klavierspiel ab und nicht umgekehrt.» Die Principessa warf einen genervten Blick über den Tisch. «Sei nicht albern und nimm die Arme wieder runter.»

«Die meisten Leute hören lieber Chopin als Vorträge über Glasartikel», erlaubte Tron sich zu sagen.

Diese Bemerkung gefiel der Principessa nicht. «Darum geht es aber, Tron. Nicht um die Präsentation dieser Polin.»

«Diese Polin, meine Liebe, gilt als die beste Pianistin

ihrer Generation. Außerdem war es deine Idee, die erste Glaskollektion ‹Mazurka› zu nennen.»

Was insofern bemerkenswert war, als die Principessa, eine gusseiserne Verehrerin Mozarts, auch in der Musik alles irritierend fand, was keine klare Form besaß, und nie ein Hehl daraus gemacht hatte, dass sie das *Slawisch-Sentimentale* geradezu verabscheute.

Aber ihre Idee, die erste Glaskollektion «Mazurka» zu nennen, musste Tron zugeben, war absolut vernünftig. Das Wort «Mazurka» brachte eine verkaufsfördernde Verbundenheit ihrer Produkte mit dem Habsburgerreich zum Ausdruck. Und für den Rest Europas – den Exportmarkt – ging von diesem Wort ein leicht exotisches Signal aus (weiß der Himmel, was die Leute sich dabei vorstellten), das den Verkauf dieser Glasprodukte wahrscheinlich unterstützte.

«Und es war ebenfalls deine Idee», fuhr Tron fort, «Konstancja Potocki zu engagieren, um auf dem Ball ein paar Chopin-Mazurken zu spielen.»

Die Principessa nickte. «Nur dass von mehr als ein paar Mazurken nie die Rede war. Aber jetzt will die Dame uns offenbar noch mit zwei Balladen und zusätzlich mit einem halben Dutzend Nocturnes beglücken. Also mit mindestens neunzig Minuten Chopin. Das ist eindeutig zu viel.» Die Principessa verzog angewidert das Gesicht.

Tron musste lächeln. Wie hatte sie die Musik Chopins (die Tron gerne, wenn auch mit mäßiger Brillanz, auf seinem verstimmten Tafelklavier spielte) einmal genannt? Ja, richtig. Den *polnischen Schleichweg ins Chaos.* Hübsch formuliert, wenn auch ein wenig polemisch.

Tron richtete sich in seinem Sessel auf und sagte feierlich: «Ich kann einer solchen Künstlerin nicht das Programm vorschreiben, Maria. Dass sie nach vier Jahren zum ersten Mal wieder öffentlich spielt, ist eine Sensation. Und deshalb wird dieser Ball eine Menge Staub aufwirbeln. Da fällt immer noch genug Aufmerksamkeit für das Glas ab.» Er bemühte sich um ein vorwurfsvolles Gesicht. «Ich bin in dieser Angelegenheit die letzten zwei Monate jede Woche im Palazzo Mocenigo gewesen.» Ein leises Stöhnen entwich ihm. «Du machst dir ja keine Vorstellung davon, wie kapriziös diese polnischen Künstlerinnen sind.»

Das war die Potocki wirklich, und genau deshalb ging sie ihm auch langsam auf die Nerven. Aber das hätte Tron nie zugegeben. Denn er hatte sofort erkannt, dass sich hier eine hervorragende Gelegenheit bot, eine Prise Eifersucht ins Herz der Principessa zu streuen. Tron fand, dass sie ihn in letzter Zeit arg vernachlässigte – sie hatte nur noch das Tron-Glas im Kopf. War es nicht so, dass ein wenig Eifersucht eine Beziehung neu beleben konnte?

Erstaunlicherweise funktionierte das Manöver. Die Principessa schien mittlerweile eine regelrechte Abneigung gegen die Polin entwickelt zu haben. Oder ... tat sie etwa nur so? Bei ihr konnte man nie wissen.

«Entschuldige, wenn sich mein Mitleid mit dir in Grenzen hält.» Die Principessa betrachtete Tron mit zusammengekniffenen Augen. «Erzähl mir nicht, dass du unter euren vielen *Rencontres* übermäßig gelitten hast.»

Nein, das zu erzählen hatte er nicht vor. «Wenn du darauf anspielst, dass sie den *Emporio della Poesia* schätzt und von dieser Wertschätzung auch der Herausgeber profitiert, kann ich nur sagen, dass die Frau etwas von Literatur versteht. Das war ein glücklicher Umstand, den ich einfach ausnutzen musste.» Er klappte die *Gazetta di Venezia* zusammen, legte sie neben den Aschenbecher der Principessa und schoss noch einen weiteren Pfeil ab. «Abgesehen davon spielt sie wirklich göttlich.»

«Hat sie für dich gespielt?»

«Natürlich. Auch Chopins a-Moll-Mazurka, die du ausnahmsweise schätzt. Wie gut Konstancja Potocki ist, kann sich jemand, der sie noch nie gehört hat, schwer vorstellen.»

Die Principessa lächelte. «Wer sagt, dass ich sie noch nie gehört habe?»

Tron hob überrascht die Augenbrauen. «Du warst auf einem ihrer Konzerte?»

«Vor vier Jahren in der Salle Pleyel.»

«Warum hast du das nie erwähnt?»

«Weil du sofort nervös wirst, wenn ich von Paris rede.» Die Principessa zündete sich eine Zigarette an, inhalierte tief und blies einen Rauchring über den Tisch. «Ihr Venezianer macht euch immer übertriebene Vorstellungen vom Pariser Nachtleben.»

Tron hob resigniert die Schultern. «Wir Provinzler.»

«Sei doch nicht gleich beleidigt.»

«Bin ich gar nicht. Ich finde es nur bedauerlich, dass mein Verhandlungsgeschick so wenig gewürdigt wird.» Tron nahm sich eines der knusprigen *baicoli* aus der Silberschale auf dem Tischchen. «Wie du dich erinnerst, war es ein Problem, überhaupt mit ihr Kontakt aufzunehmen. So zurückgezogen, wie sie lebt.»

Die Principessa schickte ein spöttisches Lächeln über den Tisch. «Dass du es geschafft hast, war nicht dein Verdienst. Du hast einfach das Glück gehabt, dass der Potocki jemand auf der Piazza die Börse gestohlen hat und ihr sie ihr schnell wieder besorgen konntet.»

Es ging nicht anders. Tron musste unwillkürlich grinsen. Das war allerdings ein Fehler.

Die Zigarette, die die Principessa gerade zum Mund führen wollte, blieb in der Luft stehen. «Moment mal. Gibt es einen Grund dafür, dass du so grinst?»

Die Principessa runzelte die Stirn und sah Tron misstrauisch an. Der konnte jetzt förmlich zusehen, wie ihr Verstand auf Touren kam. Dann schien es zu klicken, so als würde man die Kombination eines Safeschlosses drehen. Etwas rastete ein, und die Züge der Principessa erstarrten zu Eis. Sie sah Tron direkt in die Augen. «Du hast doch nicht etwa Angelina dazu angestiftet, diese Börse zu stehlen?»

Volltreffer. Jetzt zu leugnen war erfahrungsgemäß sinnlos. Da war es besser, gleich mit der Wahrheit herauszurücken. «Ich schwöre es dir, Maria. Wir hatten lediglich ein …» Ja, was denn? Er verstummte kläglich.

Die Stimme der Principessa klang äußerst kontrolliert, aber sie war scharf wie ein Peitschenknall. «Ein was, Tron?»

Tron zog unwillkürlich den Kopf ein. «Wir hatten ein Gespräch darüber. Ich habe ihr einen entsprechenden Vorschlag gemacht.» Himmel, wieso hatte er sich das Grinsen eben nicht verkneifen können?

«Und?»

«Sie hat gesagt, sie würde es gerne noch einmal mit dir besprechen. Weil sie sich nicht sicher sei, ob es dir recht wäre. Und daraufhin habe ich einen Rückzieher gemacht.»

Die Principessa richtete sich mit einem Ruck auf ihrer Récamiere auf. Ihre grünen Augen sprühten Funken. «Hast du den Verstand verloren? Du wolltest ein junges Mädchen zum Taschendiebstahl anstiften!»

Tron hob beschwichtigend die Hände. «Es wäre ihr absolut nichts passiert. Bossi hätte sich in der Nähe aufgehalten und ich auch. Notfalls hätten wir sie mit auf die

Wache nehmen müssen. Niemand wäre in Gefahr geraten. Außerdem hätte diese Potocki nichts gemerkt. Angelina ist viel zu gut. Aber es ging auch anders.»

«Wie?»

Tron zuckte die Achseln. «Ein Bursche aus Castello konnte uns behilflich sein.»

Wieder zog die Principessa an ihrer Zigarette und stieß dünne Rauchfahnen aus. Trons Blick folgte den aufsteigenden Spiralen. Als sie wieder sprach, klang ihre Stimme versöhnlich. «Dass Angelina mich erst konsultieren wollte, finde ich sehr vernünftig.»

«Sie vertraut dir blind, Maria», sagte Tron, froh darüber, dass das Gewitter über seinem Kopf sich verzogen hatte.

Die Principessa lächelte. «Sie vertraut uns beiden.»

Tron seufzte. «Wann genau geht sie nach Florenz?»

«Am zweiten September.»

«Muss das wirklich sein?»

«Es ist das beste Internat Italiens. Und sie will dorthin, weil ich dort war.»

Tron nickte lächelnd. «Sie möchte so sein wie du. Sie redet auch schon so wie du. Irgendwann bin ich hier der Einzige, der Veneziano spricht. Ich werde sie schrecklich vermissen.»

«Die Contessa auch. Ganz zu schweigen von Alessandro. Dem wird es das Herz brechen», sagte die Principessa.

Sie ließ das Blatt mit dem Programm auf das Tischchen flattern und erhob sich. Die Fenster zum Canalazzo standen offen, und sie blieb neben dem Vorhang stehen und blickte hinaus in die Dunkelheit.

Als Tron neben sie trat, sah er die erleuchteten Fenster der Palazzi auf der anderen Seite des Wassers. Nach einem regnerischen Abend hatte es aufgeklart, und ein paar Möwen flatterten kreischend über den Nachthimmel, als verfolge sie das Mondlicht. Zwei Gondeln bewegten sich langsam den Canalazzo hinab, und Tron konnte die kleinen Laternen am Bug erkennen, die wie Glühwürmchen in der Dunkelheit leuchteten. Plötzlich fühlte er sich so vollkommen eins mit dieser unglaublichen Stadt, dass er hätte weinen mögen. Er zog die Principessa vorsichtig an sich, und die ließ ihren Kopf an seine Schulter sinken.

«Alvise?»

«Ja?»

Die Stimme der Principessa klang weich und amüsiert zugleich. «Hast du wirklich gedacht, dass ich auf diese Potocki eifersüchtig bin?»

Nein, das hatte er eigentlich nicht. Oder hatte er es doch gedacht? Oder hatte er es denken wollen? «Also, ich hatte …»

Die Principessa, den Kopf immer noch an seiner Schulter, lachte leise. «Du hast dich vernachlässigt gefühlt. Weil du dachtest, ich interessiere mich nur noch für das Tron-Glas. Richtig?»

Richtig. Tron nickte. «Diesen Eindruck konnte man allerdings haben.»

«Und da hast du gedacht, wenn du fleißig die Potocki besuchst und ein bisschen von ihr schwärmst, erregst du meine Aufmerksamkeit.»

Ja, das ungefähr war die Idee gewesen. Nicht sehr originell, offenbar.

«Du bist ein Kindskopf, Alvise.»

Wie? Hatte sie eben Veneziano gesprochen? Ja, hatte sie tatsächlich. In einem schnurrenden Tonfall, der die slawisch-sentimentale Seite der Principessa zum Vorschein brachte, die sie gewöhnlich sorgfältig versteckte. In einem verheißungsvollen Tonfall.

Tron legte lächelnd die Hände um die Taille der Principessa, bog den Oberkörper etwas zurück und bewunderte ihre Verwandlung in ein grünäugiges Kätzchen, das
jetzt die Augen schloss und dessen Gesicht so dicht an
seinem war, dass er jede einzelne Sommersprosse auf der
Nasenwurzel erkennen konnte. Und offenbar darauf wartete (ihre Lippen waren leicht geöffnet), dass er …

Das Geräusch kam von der Salontür – eine sich quiet-
schend herabsenkende Klinke, gefolgt von einem diskreten Räuspern. Tron fuhr mordlustig auf dem Absatz
herum.

Massouda oder Moussada, einer der vier (für Tron absolut gleich aussehenden) äthiopischen Diener der Principessa, angetan mit Pluderhose, Weste und Turban, stand in
der Salontür und verneigte sich so zeremoniell, als würde
er gleich den Besuch einer königlichen Hoheit ankün-
digen.

Dann aber war es nur Sergente Bossi, den er zu melden
hatte. Der uniformierte Sergente trat ein, salutierte auf
seine unmilitärische Art und fügte eine kleine, galante Verbeugung für die Principessa hinzu.

Tron, bemüht, seine Frustration nicht zu zeigen, ging
einen Schritt auf den Sergente zu. «Was ist los, Bossi?»

Nicht dass er es nicht bereits ahnte. Sergente Bossi
würde kaum wegen eines einfachen Einbruchs nachts bei
der Principessa aufkreuzen.

«Ein Mann im Palazzo da Lezze», sagte Sergente Bossi
knapp und dienstlich. Es war klar, was er meinte. «Sein
Diener hat ihn gefunden, als er nach Hause kam. Er hat
sofort jemanden zur Wache an der Piazza San Marco geschickt.»

«Wie heißt der Mann, der ermordet wurde?»

«Geza Kostolany.»

Der Name kam Tron vage bekannt vor. «Ist das dieser Kunsthändler, der für den russischen Zaren kauft?»

Bossi nickte.

«Raubmord?»

Bossi zuckte die Achseln. «Kostolany ist erdrosselt worden. Aber es scheint sich nicht um einen Einbruch zu handeln. Ob Bilder verschwunden sind, kann ich nicht beurteilen. Es sieht aber nicht so aus.»

«Haben Sie Dr. Lionardo verständigt?»

«Der müsste auf dem Weg sein.»

Tron stellte fest, dass er den Mörder dafür hasste, sein Opfer nicht ein paar Stunden später umgebracht zu haben. Dieses Gefühl war völlig irrational, aber er konnte nichts daran ändern. Er wandte sich zur Principessa. Die stand direkt unter einem (für ihn) unbezahlbaren Kronleuchter aus Muranoglas, und Tron sah das Gold in ihren blonden Haaren aufblitzen.

«Ich schlafe im Palazzo Tron», sagte er müde. Ob sie die Tragik heraushörte, die er in seine Stimme gelegt hatte? Ob sie sein Gefühl teilte? «Das alles», fügte er resigniert hinzu, «wird sich wahrscheinlich hinziehen.»

Dann vertauschte Tron die rötliche Samtjacke, die er abends im Palazzo Balbi-Valier zu tragen pflegte, mit dem Gehrock und griff nach seinem Zylinderhut, den Massouda (oder einer der drei anderen Diener) ihm bereits reichte.

Kein Zweifel, dieser Abend war im Eimer.

3

«Saubere Arbeit», sagte Dr. Lionardo mit der ihm eigenen Heiterkeit, die ihn jedes Mal beim Anblick einer Leiche überkam. Er war neben dem Toten auf die Knie gegangen und betrachtete Kostolanys Hals mit dem verzückten Blick eines passionierten Sammlers, der gerade eine besonders seltene Münze oder einen besonders kostbaren Fayenceteller entdeckt hat.

Dr. Lionardo drehte Kostolanys Kopf ein wenig nach links, damit Tron den Hals des Toten gebührend bewundern konnte. Um den zog sich rings eine blauschwarze, tief eingeschnittene Kerbe.

«Dreißig Sekunden lang röcheln, dreißig Sekunden lang zappeln und dann − Exitus», fuhr Dr. Lionardo mit angeregter Stimme fort. «Der Mörder hat dem Mann eine Schlinge über den Kopf geworfen und dann zugedreht. Vermutlich von hinten und vermutlich vor nicht allzu langer Zeit. Der Körper ist noch warm, und es gibt keine Anzeichen von Leichenstarre.» Er richtete sich auf und sah Tron an. Für einen Augenblick wurde sein Gesicht ernst. «Kein sehr angenehmer Tod, aber ein schneller.»

Zehn Minuten nach Trons Ankunft hatte der *medico legale* am Wassertor des Palazzo da Lezze angelegt, begleitet von seiner üblichen Eskorte von zwei triefäugigen Gehilfen, deren Aufgabe darin bestand, die angefallenen Leichen auf eine Gondel zu verladen und ins Ospedale Ognissanti zu transportieren.

Die neuen, spiegelverstärkten Petroleumlampen, die Sergente Bossi aufgebaut hatte, tauchten alles in ein helles, unwirkliches Bühnenlicht: den Toten, der mit bläulich verfärbtem Gesicht auf dem Boden lag, ein paar wenige exquisite Möbelstücke und an den Wänden, Rahmen an

Rahmen, eine Bildersammlung, die es ohne weiteres mit der Sammlung der Principessa aufnehmen konnte. Bossi hatte seine Kamera bereits in Position gebracht und wartete ungeduldig darauf, dass Dr. Lionardo endlich das Feld räumte.

Der war allerdings im Moment noch damit beschäftigt, die Hände des Toten sorgfältig, Finger für Finger, zu überprüfen, und machte nicht die geringsten Anstalten, sich zu beeilen.

Tron ging auf der anderen Seite des Toten in die Hocke. «Gibt es Abwehrverletzungen?»

Dr. Lionardo antwortete, ohne die Untersuchung der Finger zu unterbrechen. «Ich sagte Ihnen ja, dass der Mörder die Schlinge wahrscheinlich von hinten über den Kopf des Opfers geworfen und zugezogen hat. Einen Kampf würde ich das nicht nennen. Der Mann ist einfach zusammengesackt. Er ist nicht einmal gestürzt.»

Wirklich nicht? Da hatte der gute Doktor wohl etwas übersehen. Tron stützte den Arm auf sein linkes Knie und setzte ein überlegenes Lächeln auf. «Und der Bluterguss im Gesicht? Diese rötliche Verfärbung auf den Wangenknochen?» Einen Augenblick lang befriedigte ihn die Vorstellung, etwas entdeckt zu haben, was Dr. Lionardo entgangen war.

Anstatt zu antworten, zog Dr. Lionardo ein weißes Tuch aus der Tasche seines Gehrocks, befeuchtete es mit der Zunge und rieb damit über die gerötete Stelle auf dem Gesicht des Toten. Anschließend wies das Tuch einen schmierigen rötlichen Fleck auf.

«Was ist das?» Tron runzelte die Stirn.

«Das ist Rouge, Commissario.» Dr. Lionardo musterte Tron amüsiert. «Er hat sich geschminkt. Sehen Sie, er hat sich auch einen kleinen Lidschatten gegönnt. Dachte wohl, das putzt ihn.» Der Doktor griff nach einer Haarsträhne über der linken Schläfe des Toten und hob sie leicht an. «Ist Ihnen etwas an den Haaren aufgefallen?»

«Was sollte mir aufgefallen sein?»

«Sehen Sie nichts?»

Nein – beim besten Willen nicht. Was allerdings einen einfachen Grund haben konnte. Tron, Anhänger der Theorie, dass man mit dem Verstand und nicht mit den Augen erkennt, zog vorsichtshalber seinen Kneifer aus der Brusttasche seines Gehrocks und setzte ihn auf. Und jetzt konnte er sehen, was der Doktor meinte. Die Haaransätze des Toten waren grau, aber einen halben Fingerbreit weiter verwandelte sich das graue Haar in ein sattes Haselnussbraun.

«Gefärbt», sagte Tron.

Dr. Lionardo nickte. «Der Bursche hat versucht, jünger auszusehen, als er war. Übrigens war das Rouge frisch aufgetragen.» Er sah Tron nachdenklich an. «Vielleicht hat er ja Besuch erwartet.» Dann griff er nach seiner Tasche und erhob sich ächzend. «Aber darüber nachzudenken ist Ihr Ressort.»

Damit hatte Dr. Lionardo Recht. Sicherlich hatte sich Kostolany nicht nur verjüngt, dachte Tron, um sich an seinem eigenen Spiegelbild zu erfreuen. Diese gefärbten Haare und das Rouge auf den Wangen – woran erinnerte ihn das? Ja, richtig. An den deutschen Schriftsteller, der vor zwei Jahren tot auf dem Lido gefunden wurde. Tron kam nur nicht auf den Namen. Bendix Grünlich? Nein. Der Mann hatte einen anderen Namen gehabt. Aber welchen? Ach, egal.

Jedenfalls wurde, durch die Gläser seines Kneifers betrachtet, dann alles doch ein wenig schärfer. Tron sah den getrockneten Speichelfaden, der sich vom linken Mund-

winkel des Toten über dessen Kinn zog, er sah zwei gelb-
liche Schneidezähne zwischen den (gefärbten?) Lippen
des Toten, dann die kleinen, fast unsichtbaren Schnitt-
wunden am Kinn, die beim morgendlichen Rasieren entstanden sein mochten. Und er sah, zu Füßen des Toten,
längliche, dunkle Striche auf dem Steinfußboden, die
sowohl Sergente Bossi als auch dem Doktor entgangen
waren.

Tron runzelte die Stirn und erhob sich. Die Striche
setzten sich in Richtung des Flurs fort – vier dunkelbraune, unregelmäßig starke, leicht schlingernde Linien.
Als er den Strichen folgte, stellte er fest, dass sie ungefähr
in der Mitte des Flurs endeten. Die Striche, fand er, sahen
aus wie ... Ja, wie denn? Tron überlegte einen Moment
lang. Wie Schleifspuren? Hatte da jemand etwas aus dem
Verkaufsraum in den Flur gezogen und vom Flur wieder
zurück in den Verkaufsraum? Und zwar genau dorthin,
wo die Leiche Kostolanys lag? Plötzlich wusste Tron, wie
die Striche entstanden waren.

«Ziehen Sie Kostolany einen seiner Schuhe aus», wies
er Sergente Bossi knapp an. «Und reiben Sie den hinteren
Absatz mit der Kante über den Boden.»

Wie Tron vorhergesehen hatte, waren das Resultat
dunkelbraune, längliche Striche, die in Färbung und Be-
schaffenheit – ein körniger Auftrag wie Pastellkreide auf
rauem Papier – den Spuren glichen, die zum Flur führten.
Er sagte lächelnd: «Es sieht fast so aus, als hätte der Mörder
den Toten auf den Flur und dann wieder zurück in diesen
Raum hier gezogen.»

Dr. Lionardo runzelte die Stirn. «Was hätte er für einen
Grund gehabt, die Leiche in den Flur und dann wieder
zurück zu schaffen?»

«Vielleicht, um seinerseits in diesem Raum einen Besucher zu empfangen», sagte Tron nachdenklich. «Einen Besucher, den der Anblick einer Leiche irritiert hätte.» Er machte eine bedeutungsvolle Pause. «Aber mehr darüber zu sagen wäre in diesem Ermittlungsstadium ein wenig zu spekulativ.»

Oder der reinste Unsinn. Schon was er eben über einen möglichen zweiten Besucher gesagt hatte, war hart an der Grenze zum Unsinn, aber es hörte sich durchdacht an. Tron hatte das dringende Bedürfnis, ein paar Punkte zu machen.

Bei Bossi hatte er Erfolg, denn der Sergente warf ihm einen respektvollen Blick zu. Dr. Lionardo allerdings gähnte demonstrativ. «Können wir abräumen, Commissario?»

«Erst wenn Sergente Bossi seine *Tatortfotografien* gemacht hat», sagte Tron streng.

«Seine was?» Dr. Lionardos Unterkiefer sackte herab.

Na, bitte. Da hatte er den Doktor kalt erwischt. Tron lächelte freundlich. «Tatortfotografien sind außerordentlich wichtige Instrumente der Spurensicherung», sagte er. «Es geht immer darum, die Indizienkette zu sichern. Die Pariser *Sûreté* arbeitet mit diesen Methoden.»

Hatte ihm Sergente Bossi jedenfalls erklärt, auf dessen Drängeln hin das Kommissariat von San Marco eine fotografische Ausrüstung angeschafft hatte. Von Bossi hatte Tron auch Wörter wie *Spurensicherung* und *Indizienkette* übernommen – Wörter, mit denen sich immer Eindruck schinden ließ. Sergente Bossi, angehender *Ispettore,* war Mitte zwanzig und legte großen Wert darauf, auf dem letzten Stand der Kriminaltechnik zu sein. *Kriminaltechnik –* auch so ein neumodisches Wort.

Tron wandte sich an den Sergente. «Wo ist der Diener, der Kostolany gefunden hat?»

Bossi hob den Kopf, den er gerade unter das schwarze Tuch seiner Kamera stecken wollte, und wies damit über seine Schulter. «In der Küche, Commissario. Die zweite Tür links.»

«Steht der Mann unter Schock?»

Darüber musste der Sergente erst nachdenken. Er hielt den schwarzen Stoff der Kamera in der Hand wie ein Leichentuch und rollte die Augen träumerisch nach oben. «Nein», sagte er. «Den Eindruck hatte ich nicht.»

Tron hatte einen ältlichen Diener erwartet, doch der Mann erwies sich als ein Junge von fünfzehn, höchstens sechzehn Jahren. Er saß am Küchentisch und blätterte seelenruhig im *Giornale di Padua*. Als Tron die Küche betrat, legte der Junge die Zeitung beiseite und erhob sich langsam.

Er war hoch gewachsen und schlank, hatte haselnussbraune Augen unter langen, dichten Wimpern. Seine leicht gebräunte Haut war glatt wie Porzellan. Die Mädchen, dachte Tron, rannten ihm wahrscheinlich die Bude ein. Und wahrscheinlich – überlegte er weiter – fanden ihn nicht nur die Mädchen attraktiv. Selbst er, der in erotischen Dingen eher konservativ disponiert war, konnte sich dieser Ausstrahlung nicht entziehen. Himmel, was dieser Junge für Augen hatte. Tron, über seine eigene Reaktion weniger irritiert als amüsiert, lächelte ihn an. «Ich bin Commissario Tron.»

Der Junge kam hinter dem Tisch hervor und gab ihm die Hand. «Andrea Manin.»

Seine Stimme war hell, dabei ein wenig verschleiert, so als hätte er gerade eine vertrauliche Mitteilung gemacht. Dazu passte der ebenso leicht verschleierte Blick, der zwischen dichten Wimpern hervor auf Tron abgefeuert wurde und an ihm hängen blieb – einen Augenblick länger, als nötig gewesen wäre. Das alles war auf eine traumhafte Art und Weise verwirrend. Wusste der Junge um seine Wirkung, die er nicht nur auf Frauen hatte? Erprobte er sie bei jeder Gelegenheit?

Tron bat den Jungen mit einer Handbewegung, wieder Platz zu nehmen. «Mein Sergente sagte mir, dass Sie die Leiche entdeckt haben. Wann ist das gewesen?»

Der Junge hob die Schultern. «Kurz nach elf. Er lag auf dem Fußboden. Augen auf – starrer Blick.» Falls ihn der Tod Kostolanys schockiert hatte, ließ er es sich nicht anmerken.

«Glauben Sie, dass irgendetwas gestohlen wurde? Vielleicht eines der Gemälde?»

Ohne zu zögern, schüttelte der Junge den Kopf. «Nein. Ich kenne jedes einzelne Gemälde. Wenn etwas fehlte, hätte ich es sofort gesehen.»

«Was haben Sie getan, nachdem Sie den Toten gefunden hatten?»

«Wieder abgeschlossen. Dann bin ich zur Wache auf der Piazza gerannt.»

«Wo waren Sie, bevor Sie Signor Kostolany gefunden haben?»

«Ich hatte meine Mutter in Padua besucht und kam direkt vom Bahnhof.»

«Hat Sie im Zug irgendjemand gesehen?»

«Der Schaffner. Er kennt mich.» Der Junge lehnte sich auf seinem Stuhl zurück und runzelte die Stirn. Seine dunkelbraunen Samtaugen glitzerten wie Pailletten. «Stehe ich etwa unter Verdacht?»

Ja, warum eigentlich nicht? Die Leiche, die Bossi gerade im Nebenzimmer fotografierte, war noch warm. Der Junge könnte Kostolany demnach gleich nach seiner Ankunft im Palazzo da Lezze getötet haben und bereits zehn Minuten später zur Piazza gerannt sein. Und jemandem eine Schlinge über den Hals zu werfen und sie zuzudrehen erforderte keine großen Körperkräfte. Andererseits konnte Tron sich nicht vorstellen, wie das anmutige Geschöpf, das jetzt einen Ellenbogen lässig auf den Tisch gestützt und die Wange in die geschlossene Hand geschmiegt hatte, dem Kunsthändler eine Schlinge um den Hals warf und eiskalt zusah, wie der Mann unter seinen Händen starb.

Tron lächelte. «Am Anfang der Ermittlungen steht jeder unter Verdacht.»

Soweit er im Licht der Petroleumlampe erkennen konnte, war die Küche aufgeräumt, der graue Steinfußboden sorgfältig gefegt. Tron beugte sich über den Tisch. «Was genau war Ihre Funktion in diesem Haushalt, Signor Manin?»

Der Junge zögerte mit seiner Antwort. «Ich habe Signor Kostolany assistiert.» Dann fügte er hinzu: «Bei seiner Korrespondenz, soweit sie auf Italienisch geführt wurde. Und beim Einkauf habe ich dafür gesorgt, dass die Bilder, die Kostolany gekauft hat, so transportiert wurden, dass sie keinen Schaden nahmen.»

«Also kennen Sie die Vorbesitzer der Bilder.»

«In der Regel schon.» Der Junge hob den Kopf und seufzte theatralisch. «Der Abtransport der Gemälde war nie ein Vergnügen. Die meisten Leute mussten verkaufen, und sie hassten Kostolany dafür, dass er davon profitierte. Hin und wieder tauchte auch ein Vorbesitzer auf und wollte nachverhandeln.»

Tron schlug Kostolanys Terminkalender auf. «Für heute Abend sind drei Namen eingetragen. Eine Signora Caserta, dann ein Signor Valmarana und außerdem die Abkürzung ‹PT›. Sind das Vorbesitzer, mit denen es Ärger gab?»

Der Junge nickte. «Mit Valmarana auf jeden Fall. Es ging wohl um eine Zeichnung, die er Signor Kostolany zur Ansicht überlassen hatte. Valmarana ist hier aufgetaucht und hat rumgeschrien, dass man Geiern wie Kostolany den Hals umdrehen sollte.»

Den Hals umdrehen? Das hörte sich vielversprechend an. «Wann hat der Besuch stattgefunden?»

Der Junge dachte kurz nach. Dann sagte er: «Das muss vor drei Tagen gewesen sein.»

«Wissen Sie, wo dieser Signor Valmarana wohnt? Kommt er aus Venedig?»

Der Junge sah Tron verständnislos an. «Ich denke, er wohnt im Palazzo Valmarana.»

Tron gab sich keine Mühe, seine Überraschung zu verbergen. «Sie meinen, es geht um *Conte* Valmarana?»

«Ja, er war ein Conte.»

Ercole Valmarana – mein Gott, wie lange hatte er nicht mehr an ihn gedacht? Tron schloss die Augen, und plötzlich war alles wieder da – so als wäre er durch ein Loch gefallen, das sich im Strom der Zeit geöffnet hatte. Da war der muffige Weihrauchgeruch, der in den Klassenräumen und in den Fluren hing, die unerträgliche Hitze im Sommer und die Eiseskälte im Winter. Und auch der stechende Schmerz, wenn der Rohrstock, von priesterlichen Armen geführt, auf den Handteller traf.

Valmarana war ein schmächtiger Junge gewesen, der die letzten beiden Jahre im *Seminario Patriarcale* direkt vor ihm gesessen hatte. Schlecht in Latein, schlecht in Griechisch, aber ungeheuer beschlagen in italienischer Lyrik – Leopardi, Foscolo. Und jetzt war er im Begriff, hatte Tron gehört, seinen Palazzo zu verlieren. Tron nahm sich vor, ihn morgen zu besuchen. Vielleicht konnte er ja etwas für ihn tun – falls er ihn nicht verhaften musste.

Tron öffnete die Augen und räusperte sich. «Wissen Sie, wofür die Abkürzung ‹PT› steht?»

«Für Troubetzkoy. Großfürst Troubetzkoy ist russischer Generalkonsul in Venedig. Weil Kostolany viel für den Zaren gekauft hat, mussten die beiden hin und wieder zusammenarbeiten. Troubetzkoy konnte Kostolany nicht ausstehen.»

«Warum nicht?»

«Weil er gerne selbst für den Zaren gekauft und entsprechend daran verdient hätte. Aber er hat sich zweimal Fälschungen andrehen lassen. Seitdem organisiert er nur noch den Transport der Gemälde nach Petersburg.»

«Irgendeine Vermutung, was Troubetzkoy hier gewollt haben könnte?»

Der Junge schüttelte den Kopf. «Nein.»

«Und die Signora Caserta?»

«Noch nie gehört.»

Tron drehte den Kopf zur Tür. Den Geräuschen nach zu urteilen, die vom Flur kamen, waren die beiden Gehilfen Dr. Lionardos gerade damit beschäftigt, Kostolanys Leichnam auf eine Bahre zu legen. Was bedeutete, dass Sergente Bossi seine Tatortfotos jetzt *im Kasten* hatte. Tron glaubte sich daran zu erinnern, dass Bossi diese Wendung benutzt hatte.

Er stand auf, und der Junge erhob sich ebenfalls höflich – wobei er anmutig mit der Hüfte schlenkerte.

Ein Punkt war noch zu klären. Tron sah den Jungen an, der kontrapostmäßig (Standbein-Spielbein) neben dem Tisch verharrte. «Und wie war Ihr ...», Tron zögerte, weil er nicht wusste, wie er sich ausdrücken sollte, «... persönliches Verhältnis zu Signor Kostolany?»

Der Junge grinste schief. Er schien die Frage erwartet zu haben. «Nicht so persönlich, wie es sich Kostolany gewünscht hätte.»

Tron runzelte die Stirn. «Er hat Sie, äh …»

Der Junge schüttelte den Kopf. «Nicht bedrängt, nein. Aber er hat durchblicken lassen, dass er bereit gewesen wäre, mein Salär unter bestimmten Umständen zu erhöhen.»

Ein Geschäft, auf das der Junge sich offenbar nicht eingelassen hatte. Allein sein Anblick, dachte Tron, dürfte ausgereicht haben, Kostolany um den Finger zu wickeln.

«Wir müssen Sie leider bitten, Venedig nicht zu verlassen», sagte er.

«Das hatte ich ohnehin nicht vor, Commissario.»

Tron wandte sich zur Tür, und einen Augenblick lang konnte er den verschleierten Blick des Jungen in seinem Rücken fast körperlich spüren.

Vielleicht sollte er Bossi das Alibi des Jungen überprüfen lassen. Diesen Schaffner aufzutreiben dürfte kein Problem für den Sergente sein.

Als Tron den Verkaufsraum wieder betrat, war Sergente Bossi gerade damit beschäftigt, das letzte von drei hölzernen Stativbeinchen zusammenzuklappen, um sie in einem dafür vorgesehenen Behältnis zu verstauen. Jedes einzelne fotografische Gerät, hatte Tron bemerkt, war in einem eigenen hölzernen Kasten untergebracht, in welchem es – wie Duellpistolen – auf einem roten Samtbett ruhte. Die Kamera war bereits verpackt. Neben dem Wassertor stand eine große Kiste aus poliertem Mahagoniholz mit Griffen aus Messing, davor eine kleinere Kiste, in der, wie Bossi vorhin angemerkt hatte, die belichteten Platten verstaut wurden.

«*Gelatine-Trockenplatten*», sprach der Sergente mit stolz-geschwellter Stimme.

«Wie bitte?»

Bossi setzte dasselbe priesterliche Gesicht auf, mit dem er auch Wörter wie *Indizienkette* aussprach. Er sagte: «Das vereinfacht den ganzen Vorgang ungeheuer, Commissario. Beim *nassen Kollodiumverfahren* müsste ich immer eine trag-bare Dunkelkammer mit mir führen.»

Na, bitte. *Nasses Kollodiumverfahren* – alles klar. Tron nickte, ohne ein Wort zu verstehen. Das alles war eine wunderbare Gelegenheit für den Sergente, ihn mit Fach-ausdrücken zu bombardieren.

«Hat Manin noch etwas gesagt?», erkundigte sich Ser-gente Bossi. Er warf einen zärtlichen Blick auf das Be-hältnis mit den Gelatine-Trockenplatten.

Tron sagte: «Er hat einen gewissen Valmarana erwähnt, mit dem es Streit wegen einer Zeichnung gab. Der hat Kostolany vor drei Tagen damit gedroht, ihm den Hals umzudrehen.»

Bossis Augen leuchteten auf wie zwei Positionslichter. «Es gibt also eine heiße Spur.» Tron fragte sich, wie der Sergente es schaffte, zu dieser unchristlichen Uhrzeit so munter zu sein. «Ist bekannt, wo dieser Valmarana wohnt, Commissario?» Bossi rieb sich tatendurstig die Hände.

Wie? Hatte der Sergente etwa die Absicht, Valma-rana noch heute Nacht einen Besuch abzustatten? Tron warf einen ostentativen Blick auf seine Repetieruhr und gähnte.

«Um den kümmern wir uns morgen», sagte er.

4

Vor zwanzig Jahren mochte die Contessa Valmarana eine schöne Frau gewesen sein, und noch heute waren alle Zutaten vorhanden: Ihre Augen standen weder zu eng noch zu weit, sie war schlank, und ihre Wangenknochen waren hoch und vornehm. Aber ihr Haar, das früher blond gewesen sein mochte, hatte sich in ein stumpfes Mausgrau verwandelt, ihre Bewegungen waren matt und kraftlos. Ein inkommodierter Ausdruck lag wie eine Maske auf ihrem Gesicht.

«Der Conte ist nicht da», sagte sie zu Tron und Bossi, die auf zwei zerschlissenen Fauteuils Platz genommen hatten. Der Salon, in dem sie saßen, war klein, hatte eine feuchte Decke und war voll gestopft mit Möbeln, die selbst bei den Trons auf dem Müll gelandet wären.

«Aber vielleicht», fuhr die Contessa Valmarana fort, indem sich ihre verdrossene Miene verstärkte, «kann ich Ihnen behilflich sein.» Ob ihr Gesichtsausdruck auf die Abwesenheit des Gatten, eine Krankheit oder auf den ruinösen Zustand ihres Palazzo zurückzuführen war, ließ sich schwer sagen.

Die Valmaranas jedenfalls hatten jeden Quadratmeter ihres Palazzo gnadenlos vermietet. Im Innenhof waren Tron und Bossi ganzen Mieterscharen begegnet, Mieter wieselten auch die Flure entlang, drängten sich an den Fenstern und quollen aus Türen und Treppen wie aufgehender Hefeteig. Über allem lag ein penetranter Geruch nach Kohl und gebratenem Fisch, akustisch grundiert vom Geschrei spielender Kinder und dem Hämmern und Sägen, das aus diversen, im Erdgeschoss des Gebäudes untergebrachten Werkstätten kam.

Dazu passte, dass die privaten Räume der Valmaranas

im Dachgeschoss ihres Palazzo lagen. Tron war klar, was das bedeutete. Unter dem Dach zu wohnen war für die alten venezianischen Familien die letzte Stufe vor dem endgültigen Abstieg. Danach kam der Verkauf des Palazzo.

«Es geht um Signor Kostolany», sagte Tron.

«Um den Kunsthändler im Palazzo da Lezze?»

Tron nickte. «Offenbar hatte Ihr Gatte hin und wieder geschäftlichen Kontakt mit ihm.»

«Das ist richtig. Wir haben ihm gelegentlich Kunstgegenstände verkauft.»

«Es gibt einen Eintrag im Terminkalender Signor Kostolanys. Demzufolge hat Ihr Gatte ihm gestern Abend einen Besuch abgestattet.» Er sah die Contessa freundlich an. «Ist das zutreffend?»

«Ja, das ist zutreffend. Aber ich verstehe immer noch nicht, aus welchem Grund Sie hier sind, Commissario.»

«Es könnte sein, dass wir Ihren Gatten bitten müssen, sich als Zeuge zur Verfügung zu stellen.»

Die Contessa Valmarana beugte sich auf ihrem Fauteuil nach vorne und brachte ein frostiges Lächeln zuwege. «Sie meinen, er könnte etwas beobachtet haben?»

Tron nickte höflich. «Ungefähr das wollte ich sagen.»

«Und was könnte das gewesen sein?»

«Er könnte den Mann gesehen haben, der Kostolany gestern Nacht ermordet hat.»

«Kostolany ist …»

«Ermordet worden. Jemand hat ihm eine Lederschlinge um den Hals geworfen und zugedreht.»

«Und Sie meinen, Ercole könnte diesen Mann gesehen haben?»

Tron nickte. «Das wäre durchaus möglich.»

«Wenn gestern Abend etwas Außergewöhnliches vorge-

41

fallen wäre, hätte es mir Ercole gesagt.» Offenbar konnte sich die Contessa Valmarana nicht vorstellen, dass ihr Gatte ihr irgendetwas verschwieg.

«Vielleicht hatte er gute Gründe, über das, was gestern Nacht geschehen ist, zu schweigen.»

«Sie sprechen in Rätseln, Commissario.»

«Wir wissen, dass es vor drei Tagen einen Streit zwischen Kostolany und Ihrem Gatten gegeben hat. Und dass Ihr Gatte Kostolany im Verlauf dieses Streites damit gedroht hat, ihm den Hals umzudrehen.»

Die Kiefermuskeln der Contessa spannten sich, aber sie zuckte mit keiner Wimper. «Und?»

«Das Problem ist, dass Ihr Gatte damit zum Kreis der Verdächtigen gehört.»

«Sind Sie gekommen, um ihn zu verhaften?»

Tron schüttelte den Kopf. «Nur um ihm ein paar Fragen zu stellen.»

Ob er erwähnen sollte, dass er mit ihrem Gatten die Schulbank gedrückt hatte? Nein, es würde keinen Unterschied machen. Nicht für sie und – falls es denn hart auf hart kommen sollte – auch nicht für ihn.

Die Contessa Valmarana legte den Kopf in den Nacken und richtete zwei eisige Augen auf ihn – frostiges Licht auf frostigem Wasser. Dann erhob sie sich wortlos, ging langsam zum Fenster, und Tron sah hinter ihrem Rücken die Kuppel der Salute, in der klaren Sommerluft zum Greifen nahe. Als sie sich wieder umdrehte, klang ihre Stimme hart, fast rau.

«Ercole hat ihn nicht getötet», sagte sie. Und dann nach einer kleinen Pause mit kaum unterdrückter Wut: «Aber er hatte allen Grund dazu.»

«Weshalb?»

«Ich zeige es Ihnen.»

Die Contessa Valmarana wandte sich zu der kleinen Kommode, die neben dem Fenster stand, nahm – nein: fetzte – einen Bogen Papier im Kanzleiformat mit einem wütenden Ruck unter einem Buch hervor und ließ das Blatt achtlos auf den Tisch trudeln, an dem Tron und Bossi Platz genommen hatten.

Tron sah, dass es sich um eine Rötelzeichnung im Querformat handelte, auf der ein junges weibliches Modell in drei Posen abgebildet war – das Modell bückte sich, hielt in der mittleren der drei Posen eine Amphore in der Hand. Die Zeichnung war von außerordentlicher Qualität, und Tron war sich sicher, dass er dieses Motiv – drei sich nach links neigende Grazien – bereits irgendwo gesehen hatte. Nur wo? Bei Alphonse de Sivry? Auf einer anderen Zeichnung oder auf einem Gemälde? War es überhaupt hier in Venedig gewesen?

Plötzlich fiel es Tron ein. Ja, richtig. Die völlig verregnete Romreise, die er vor mehr als vierzig Jahren mit seinem Vater unternommen hatte. Sie waren bei Verwandten in einer am Tiberufer gelegenen Villa untergekommen, und Tron hatte, während sein Vater seinen Geschäften nachging, die meiste Zeit in der Erdgeschossloggia verbracht und gelesen. Und wenn er nicht las, an die Decke gestarrt, auf der eine mythologische Hochzeit prangte, die auf der rechten oberen Ecke von drei sich nach links neigenden Grazien bevölkert wurde. Speziell die mittlere der drei Grazien hatte es ihm damals angetan – vielleicht weil sie erotische Phantasien bei ihm ausgelöst hatte. Erst Jahre später hatte Tron erfahren, dass es sich bei der Villa um die berühmte Farnesina gehandelt hatte – und welche illustren Namen an der Ausmalung des Gebäudes beteiligt gewesen waren.

Tron hatte keinen Zweifel – die Rötelzeichnung, die

vor ihm auf dem Tisch lag, war nichts anderes als eine Vorzeichnung aus der Hand Perino del … Nein – nicht Perino del Vagas. Der hatte zwar auch in der Farnesina gemalt, aber nicht in der Loggia. Die Hochzeit mit den drei Grazien stammte von … Mein Gott, natürlich. Er hätte sofort darauf kommen müssen. Es war so einfach.

«Die Zeichnung ist von Raffael», sagte Tron knapp.

Nach dieser Mitteilung trat ein ehrfürchtiges Schweigen ein. Das hatte er auch verdient, fand Tron. Aus den Augenwinkeln sah er, wie die Contessa Valmarana erstarrte und Bossi die Luft anhielt. Da es zu seinen Grundsätzen gehörte, immer das *momentum* zu nutzen, nahm Tron seinen Kneifer von der Nase, hielt ihn wie eine Lupe über die Zeichnung und sagte: «Sie ist wahrscheinlich in Rom entstanden.»

Jetzt schwiegen die Contessa Valmarana und Sergente Bossi vor Ehrfurcht um die Wette. Ob die beiden wohl ins Koma fallen würden, wenn er jetzt noch das Blatt datierte? Nur wann, zum Teufel, war Raffael gestorben? Er drehte das Blatt vorsichtig um, aber auf der Rückseite waren nur zwei Buchstaben zu erkennen, die wie ein C und ein I aussahen. Handelte es sich vielleicht um eine römische Jahreszahl? Nein – ein Datierungsversuch war zu riskant. Also beschränkte sich Tron darauf, kennerisch den Kopf zu wiegen und zu bemerken: «Das Blatt dürfte ein Vermögen wert sein.»

Diese Feststellung bewirkte eine unerwartete Reaktion bei der Contessa Valmarana. Sie löste sich aus ihrer Erstarrung und klatschte – rums! – ihre Hand auf die Raffael-Zeichnung, so als wäre es die *Gazetta di Venezia* von gestern. Dann lachte sie bitter auf. Ihre Augen waren nicht mehr milchgrau, sondern glänzten wie Stahlsplitter. «Es hat nur einen entscheidenden Fehler.»

Einen Fehler? Tron runzelte irritiert die Stirn. Doch dann begriff er. Es lag auf der Hand. Niemand, der bei Verstand war, würde auf den Gedanken kommen, eine Raffael-Zeichnung so zu behandeln wie die Contessa Valmarana. Schon die rüde Art und Weise, in der sie das Blatt unter dem Buch hervorgezerrt hatte, hätte ihn stutzig machen müssen. Es gab nur eine einzige Erklärung dafür.

Tron hielt seinen Kneifer zum zweiten Mal über die Zeichnung. Außer ein paar Lichtreflexen war auch diesmal nichts zu erkennen. «Sie haben Recht», sagte er, nachdem er eine Weile mit ernster Miene auf die Lichtreflexe gestarrt hatte. «Ich hätte mich fast getäuscht.» Er drehte seinen Kopf und lächelte. «Es handelt sich offenbar um eine Fälschung.»

Wieder landete die Hand der Contessa – rums! – auf der Zeichnung. «So ist es, Commissario.»

«Und was hat das alles mit Kostolany zu tun?»

«Sehr viel.» Die Contessa Valmarana lächelte eiskalt. «Das Original befindet sich im Palazzo da Lezze», sagte sie. «Und genau das ist der Grund, aus dem Ercole gesagt hat, dass man Kostolany den Hals umdrehen sollte.»

«Ich verstehe Sie immer noch nicht.»

Die Contessa Valmarana seufzte. «Es ist ganz einfach, Commissario. Wir haben Kostolany die Zeichnung vor drei Wochen zum Kauf angeboten. Selbstverständlich ein Original. Er hatte darum gebeten, sie in Ruhe prüfen zu können.»

«Was sich hingezogen hat.»

Die Contessa nickte. «So ist es. Dann hat er uns das Blatt vor einer Woche zurückgegeben, mit der Begründung, dass es sich um eine Fälschung handele.»

Womit er, überlegte Tron, vielleicht nicht ganz Unrecht hatte. Die Frage war nur, ob die Contessa Valmarana das auch zugeben würde. Tron versuchte, einen verständnisvollen Ton in seine Stimme zu legen. «Sind Sie ganz sicher, dass das Blatt, das Sie Kostolany angeboten haben, tatsächlich ein Original war?»

Die Contessa runzelte die Stirn. «Wollen Sie damit etwa andeuten, Ercole hätte versucht, Kostolany eine Fälschung zu verkaufen?»

Ja, natürlich. Was denn sonst? Ob er ihr von seinen Geschäften mit Sivry erzählen sollte? Nein – lieber nicht. Die Contessa schien über die Unterstellung, sie hätten versucht, Kostolany eine Fälschung anzudrehen, aufrichtig empört zu sein. Oder spielte sie ihm nur etwas vor?

Tron setzte ein verschwörerisches Lächeln auf und machte einen letzten Versuch. «Ich hätte durchaus Verständnis dafür, Contessa, wenn …»

Sie unterbrach ihn mit einer brüsken Handbewegung. «Nein, Commissario. Das haben wir nicht.» Betonung auf nicht. «Ercole sagt», fuhr sie fort, «das Originalpapier hatte am Rand kein Wasserzeichen.»

Tron runzelte die Stirn. «Und in dem Blatt, das Kostolany Ihnen zurückgegeben hat, *befand* sich ein Wasserzeichen? Ist es das, was Sie sagen wollen?»

Die Contessa Valmarana nickte wütend. «Damit dürfte bewiesen sein, dass Kostolany uns anstatt des Originals eine Fälschung zurückgegeben hat.»

Tron stellte bestürzt fest, dass sich auf den Unterlidern der Contessa Valmarana Tränen gebildet hatten. Er räusperte sich, um ihr Zeit zu geben, sich zu sammeln. Dann fragte er: «Was hat das Gespräch ergeben, das Ihr Gatte gestern Abend mit Signor Kostolany geführt hat?»

Die Contessa hatte ihre Contenance wiedergefunden. Lediglich ihr inkommodierter Gesichtsausdruck trat jetzt noch deutlicher hervor. Tron fing an, diese Frau aufrichtig zu bewundern.

«Nichts hat sich ergeben», sagte die Contessa Valmarana mit völlig beherrschter Stimme. «Kostolany hat darauf beharrt, dass wir eine Fälschung verkaufen wollten.»

«Haben Sie mit Ihrem Gatten über Einzelheiten dieser Unterredung gesprochen?

«Ercole war nicht besonders gesprächig, als er gestern nach Hause kam.» Die Contessa Valmarana zuckte die Achseln. «Das kann ich verstehen. Die ganze Geschichte ist äußerst ... fatal für uns.»

Tron erhob sich, und Bossi stand ebenfalls auf. «Wo und wann kann ich den Conte erreichen?»

Die Contessa Valmarana sah ihn forschend an, so als könne sie in seinen Augen lesen, auf welcher Seite er stand. Dann sagte sie langsam: «Ercole kommt heute Abend mit dem letzten Zug aus Mailand. Er ist seit einiger Zeit für die Eisenbahngesellschaft tätig.»

Fünf Minuten später – so lange hatte es gedauert, sich durch die stark bevölkerten Treppenhäuser und Flure des Palazzo Valmarana ins Freie zu kämpfen – standen Tron und Bossi wieder auf der Calle del Pestrin. Hier, auf dem Grund der Gasse, war die mittägliche Sonne nicht zu sehen, nur ein hellblaues Band über ihren Köpfen, eingefasst von den Rüschen der Dachziegeln, erinnerte daran, dass ein jovialer Junitag über der Stadt lag.

Bossi sah Tron von der Seite an. «Halten Sie es wirklich für möglich, dass dieser Kostolany ein Original in Empfang nimmt und den Valmaranas eine Kopie zurückgibt, Commissario?» Der Sergente schüttelte ungläubig den Kopf.

Tron musste unwillkürlich lächeln. Die Verbindung von technischem Sachverstand mit persönlicher Naivität, wie sie der junge Sergente verkörperte, faszinierte ihn immer wieder.

«Michelangelo war dafür bekannt», sagte er, «dass er sich Originale ausborgte und Kopien zurückgab. Das ist keine besonders originelle Idee. Aber nachweisen können die Valmaranas die Nummer vermutlich nicht.» Er zuckte die Achseln. «Am Ende wird ihnen gar nichts anderes übrig bleiben, als diese Fälschung irgendwann als Original zu verkaufen.» Tron bewegte seinen Kopf nach oben und zur Seite, in ernsthaftem Nachsinnen. Dann fügte er hinzu: «Am besten an einen Ausländer.»

Bossi guckte jetzt ziemlich verstört, aber Tron redete ungerührt weiter. «Falls es sich um zeitgenössisches Papier handelt, wird kaum jemand einen Unterschied feststellen können. Die Zeichnung als solche ist tadellos. Mir ist auch eine gute Fälschung lieber als ein schlechtes Original.»

Das entsprach ziemlich genau der Philosophie, nach der Trons Freund, der Kunsthändler Alphonse de Sivry, seine Geschäfte abwickelte. Mit zweitklassigen Originalen gab sich Sivry nicht ab, wohl aber mit erstklassigen Kopien – die man dann aus künstlerischen Gründen dem Kunden getrost als Original verkaufen konnte. Tron hatte diese künstlerische Herangehensweise an den Kunsthandel immer befürwortet. Sie hatte sich als gesunde Basis für eine vertrauensvolle Zusammenarbeit zwischen ihm und Sivry herausgestellt.

Auf einmal spürte Tron, wie Bossis Blick auf ihm ruhte. Er wusste, was jetzt kam. «Darf ich fragen», erkundigte sich der Sergente zaghaft, «woran Sie erkannt haben, dass es sich um eine Fälschung gehandelt hat, Commissario?»

Na, bitte. Tron hatte es geahnt. Der Sergente war immer noch tief beeindruckt. Bossis Stimme, die für Trons Geschmack immer etwas besserwisserisch klang, wenn er

Wörter wie *Indizienkette* und *Spurensicherung* aussprach, hörte sich jetzt bescheiden, fast ehrfürchtig an.

«Das ist alles eine Frage der Erfahrung, Sergente», sagte Tron. Er bedachte Bossi mit einem väterlichen Lächeln. «Von den Werken unserer Meister geht für den Kenner ein ganz spezielles Fluidum aus. Wäre diese Zeichnung ein Original aus der Hand des Urbinaten gewesen, dann hätte die Luft über dem Blatt vibriert. Aber dieses Blatt war einfach – mausetot.»

Aus den Augenwinkeln sah Tron, wie Bossis Unterkiefer herunterklappte.

«Wenn Sie viel von diesem Zeugs gesehen haben», fuhr er lässig fort, «dann haben Sie das irgendwann in den Fingerspitzen.»

So – das würde den Sergente für eine Weile zurechtstutzen.

5

Signora Caserta – höchstens fünfundzwanzig Jahre alt und in eine Krinoline aus grünem Atlas gekleidet, die gut zum Haselnussbraun ihrer Haare passte – stand am Fenster des Empfangszimmers ihrer Suite im Regina e Gran Canal, und ihre Miene drückte aus, dass sie den Besuch der venezianischen Polizei als Belästigung empfand. Seine bescheidene Visitenkarte, die Tron der Zofe gegeben hatte und die ihn als Commissario der venezianischen Polizei ausies, hielt Signora Caserta zwischen zwei spitzen Fingern. Tron bezweifelte, dass sie mehr als nur einen flüchtigen Blick darauf geworfen hatte.

«Sie sind von der venezianischen Polizei?» Eine völlig

überflüssige Frage, fand Tron, denn Bossi, der einen Schritt hinter ihm stand, trug wie gewöhnlich Uniform. «Worum geht es?»

Ihr neapolitanisch gefärbtes Italienisch hatte eine minimale Beimischung, die Tron nicht genauer bestimmen konnte – fast hörte es sich nach einem deutschen Akzent an. Ebenfalls irritierend fand Tron, dass ihm Signora Caserta vage bekannt vorkam – oder ihn stark an jemanden erinnerte. Aber an wen? Wo und wann hatte er dieses energische Kinn und diesen sinnlichen Mund mit den leicht herabgezogenen Mundwinkeln, die der Signora einen maulenden Ausdruck verliehen, schon einmal gesehen? Jedenfalls war sie eine gut aussehende junge Frau mit einer eleganten Taille, einem hübschen Profil und prächtigen, zu Zöpfen geflochtenen und kunstvoll um den Kopf gelegten Haaren.

Prächtig war auch das Bild, das sich auf der anderen Seite des Canalazzo zeigte: die dem Regina e Gran Canal gegenüberliegende Dogana, deren goldene Atlasfigur im Sonnenlicht funkelte, dahinter die Masten der Segelschiffe, die an den schwimmenden Kais an der Mündung des Giudecca-Kanals festgemacht hatten. Über allem wölbte sich ein heiterer, fast wolkenloser Sommerhimmel – ein perfekter Tag für einen Ausflug mit der Gondel, doch Signora Caserta schien sich nicht zu ihrem Vergnügen in Venedig aufzuhalten. Bei allem Selbstbewusstsein, das sie ausstrahlte, ging eine unübersehbare Nervosität von ihr aus.

Tron löste sich von Bossi und machte einen Schritt in den Raum hinein. «Es geht um ein paar Fragen, die Sie leicht beantworten können, Signora Caserta», sagte er.

Signora Caserta warf Tron einen düster-unentschlossenen Blick zu, so als würde sie notfalls in Erwägung ziehen, sich seinen Fragen zu verweigern, ob sie nun leicht zu beantworten waren oder nicht. Schließlich hob sie die Visitenkarte, die sie immer noch gedankenlos in der rechten Hand gehalten hatte, vor ihr Gesicht und kniff die Augen zusammen. Und dann sah Tron, wie Signora Caserta plötzlich erstaunt ihren Mund öffnete. Als sie von der Visitenkarte aufblickte, waren ihre Augen groß und rund. «Commissario Tron?»

Tron verbeugte sich schweigend.

Signora Caserta gab sich keine Mühe, ihre Überraschung zu verbergen. «Conte Tron?»

«Commissario Tron, Signora Caserta. Im Dienst Commissario. Sie kennen mich?» Tron lächelte gequält. Alle möglichen Leute, nicht nur in Venedig, schienen auf ihn aufmerksam geworden zu sein, seitdem sich herumgesprochen hatte, dass er der Verlobte der Principessa di Montalcino war – eine zweifelhafte Art der Bekanntheit, auf die er gerne verzichtet hätte. Doch dann servierte ihm Signora Caserta tatsächlich eine Überraschung – was Tron kindischerweise für sie einnahm.

«Der Lloyd-Fall», sagte Signora Caserta fröhlich. «Ihre Flucht aus den Bleikammern. Der Maskenball. Meine, äh …» Sie brach den Satz ab, und die Fröhlichkeit auf ihrem Gesicht war plötzlich verschwunden. «Meine Zofe hat mir davon erzählt.» Sie holte Atem wie nach einer großen Anstrengung. «Doch ich stehle Ihnen Ihre Zeit, Commissario. Worum geht es also?»

«Um einen Kunsthändler im Palazzo da Lezze», sagte Tron.

«Sprechen Sie von Signor Kostolany?»

«Ja.»

«Was ist mit ihm?» Signora Caserta runzelte die Stirn.

Tron hatte nie viel davon gehalten, sich in solchen Situationen mit langen Vorreden aufzuhalten. «Kostolany ist gestern Nacht im Palazzo da Lezze ermordet worden.»

Signora Casertas Kopf fuhr zurück, als hätte ihr der Satz einen Schlag ins Gesicht versetzt. Einen Moment lang verharrte sie regungslos vor dem Fenster. Ihre Augen, die Tron anstarrten, wurden wieder groß, aber diesmal waren sie absolut leer. Schließlich wich die Leere einer entsetzten Miene, und Tron konnte förmlich sehen, wie die Gedanken hinter ihrer Stirn aufgeregt durcheinander wirbelten. Ihre Lippen zitterten, als sie sprach. «Kostolany ist ermordet worden?»

Tron nickte. «Sein Assistent hat ihn gestern Nacht gefunden und uns sofort benachrichtigt.»

«Und warum ... kommen Sie zu mir?» Die Stimme von Signora Caserta klang stockend und atemlos. Ihre Miene besagte, dass sie die Antwort bereits kannte.

«Weil Ihr Name in Kostolanys Terminkalender stand», sagte Tron knapp. «Trifft es zu, Signora Caserta, dass Sie an diesem Abend im Palazzo da Lezze gewesen sind?»

Signora Caserta schien einen Moment scharf nachzudenken, so als wäre ein Besuch im Palazzo da Lezze nur einer von vielen Terminen gewesen, die sie gestern Nacht zu absolvieren gehabt hatte. Schließlich blickte sie auf und nickte. «Ja, das trifft zu, Conte. Zusammen mit einem Freund der Familie. Er wohnt ebenfalls im Regina e Gran Canal.» Sie hatte flüssig gesprochen, aber Tron spürte, wie unter der Oberfläche ihrer Stimme eine diffuse Angst mitschwang.

«Um welche Uhrzeit waren Sie bei Signor Kostolany?» Tron wusste, dass Sergente Bossi, der immer noch neben der Tür des Salons stand und jedes Wort dieser Unterhaltung aufmerksam verfolgte, jetzt sein Notizbuch zücken würde. «Erinnern Sie sich daran, Signora?»

«Es war genau zehn Uhr. Als wir am Wassertor angelegt haben, fingen die Kirchenglocken an zu läuten.»

«San Samuele?»

«Das Läuten kam von der Kirche auf der anderen Seite des Canal Grande.»

«Wie lange sind Sie anschließend im Palazzo da Lezze gewesen?»

«Höchstens eine halbe Stunde.»

«Verraten Sie mir den Grund Ihres Besuches?»

Signora Caserta sah Tron misstrauisch an, schien dann aber zu dem Schluss zu kommen, dass dies eine berechtigte Frage war. Sie sagte: «Ich hatte die Absicht, Signor Kostolany ein Gemälde zu verkaufen.»

«Haben Sie es ihm verkauft?»

Signora Caserta schüttelte den Kopf. «Kostolany hat das Gemälde zur Ansicht behalten. Es ging dabei um viel Geld, und er brauchte Zeit, um das Gemälde zu prüfen.» Sie nestelte am Kragen ihrer Krinoline und sagte, ohne Tron dabei anzusehen: «Um sicher zu sein, dass es sich dabei nicht um eine Fälschung handelt.»

«Über was für ein Bild reden wir?», erkundigte sich Tron.

«Über einen Tizian. Eine Darstellung der Magdalena.» Signora Caserta deutete mit der Hand auf eine Ansicht der Piazza San Marco, die an der Wand des Salons hing und ungefähr die Größe eines Frühstückstabletts hatte. «Nicht größer als dieses Bild dort. Vielleicht haben Sie das Gemälde ja bemerkt.» Sie sah Tron ängstlich an.

Tron schüttelte bedauernd den Kopf. «Es hingen ungefähr zwei Dutzend Bilder an der Wand.»

«Wir hatten verabredet», sagte Signora Caserta matt, «Kostolany heute Abend um dieselbe Zeit zu besuchen.»

Dann wandte sie sich abrupt ab, ging schwankend

zum Fenster, und Tron sah, wie sie, schwer atmend, beide Hände auf das Fensterbrett stützte. Als sie sich einen Augenblick später umdrehte, war ihr Gesicht kalkig bis in die Lippen – nur auf den Wangen zeigten sich jetzt lebhafte rote Flecken. Sie machte zwei unsichere Schritte in Trons Richtung, und neben einem Sessel, der mit zwei anderen um ein Tischchen gruppiert war, blieb sie stehen.

«Conte Tron», sagte Signora Caserta mit tonloser Stimme, und Tron registrierte bestürzt, dass sie die flackernden Augen einer Frau hatte, die kurz vor einem totalen Nervenzusammenbruch steht. «Ich muss wissen, ob der Tizian entwendet wurde oder nicht. Und zwar sofort. Oberst Orlow soll kommen und …»

Aber sie konnte den Satz nicht mehr vollenden. Stattdessen bot sie Tron ein Schauspiel, das er noch nie zuvor in seinem Leben gesehen hatte. Signora Caserta drehte sich, während ihre Knie langsam nachgaben, anmutig um die eigene Achse und sank mit einer fließenden, eleganten Bewegung, die einer Primaballerina alle Ehre gemacht hätte, auf den Sessel, neben dem sie gestanden hatte. Dort blieb sie mit wogendem Busen liegen – in einer Haltung, die auch deshalb überaus dekorativ wirkte, weil der grüne Atlas ihrer Krinoline hervorragend mit dem dunkelroten Samt der Sesselbezüge harmonierte.

Dass Frauen seufzend in Ohnmacht fallen und anschließend mit Fächern und Riechsalz wiederbelebt werden, war ein Klischee, das Tron nur aus den französischen Romanen der Contessa kannte, in denen er hin und wieder blätterte, um à jour zu sein. Jedenfalls wusste er jetzt, was in solchen Fällen zu tun war.

«Wir brauchen Riechsalz und einen Fächer, Sergente», sagte Tron, während er sich in Bewegung setzte. «Holen Sie die Zofe her.»

Signora Caserta war inzwischen einige Zentimeter auf ihrem roten Samtsessel herabgesunken. Ihr Kopf ruhte seitlich auf ihrer Brust, und da sie die Beine ausgestreckt hatte, war ihre Krinoline eine Handbreit nach oben gerutscht, sodass sich unter schwarzen Strümpfen zwei wohlgeformte Knöchel und zwei schlanke Fesseln enthüllten – ein erfreulicher, wenn auch höchst unschicklicher Anblick.

Ohne lange nachzudenken, griff Tron nach der Tischdecke, um sie über die Knöchel von Signora Caserta zu breiten, als hinter ihm eine bellende Stimme in scharfem Befehlston sagte: «Was machen Sie da, Signore? Und wer sind Sie?»

Tron fuhr auf dem Absatz herum und sah sich mit einem weiteren abgedroschenen Klischee konfrontiert: einem an der Tür der Suite stehenden Offizier, dessen Tenue nicht den geringsten Zweifel daran ließ, dass er den Gehrock, den er umständehalber tragen musste, am liebsten sofort wieder mit seiner Uniform vertauscht hätte. Er hatte einen gewaltigen Brustumfang, ein mahagonifarbenes Gesicht und eine gebogene, säbelartige Nase. Die zivile Kleidung wirkte an ihm wie eine absurde Kostümierung, und mit der verwelkten Nelke im Knopfloch seines Gehrocks sah der Mann aus wie ein altmodisches Vaudevillegespenst, das an den Rändern bereits anfing zu schimmeln. Ohne Frage handelte es sich hier um den erwähnten Oberst Orlow. Tron schätzte ihn auf knapp fünfzig.

«Commissario Tron», sagte Tron. «Venezianische Polizei. Sind Sie Oberst Orlow? Der Freund der Casertas?» Dann, ohne eine Antwort Oberst Orlows abzuwarten: «Signora Caserta ist ohnmächtig geworden.»

Was inzwischen nicht mehr ganz korrekt war, denn als Tron sich wieder Signora Caserta zuwandte, sah er, wie ihre Lider zuckten, sich erst ein Auge öffnete, dann das andere und sie schließlich den Kopf hob.

«Signora Caserta?» Tron beugte sich herab und sah aus den Augenwinkeln, wie Bossi und die Zofe in den Salon stürzten. Oberst Orlow war neben ihn getreten, und es blieb unklar, zu wem Signora Caserta sprach, denn sie hatte ihre Augen auf die gegenüberliegende Wand gerichtet.

«Ich muss wissen», sagte Signora Caserta matt, aber bestimmt, «ob der Tizian noch da ist.» Sie hob die rechte Hand, um das Fläschchen mit dem Riechsalz abzuwehren, das ihre Zofe ihr entgegenstreckte. Dann richtete sie ihren Blick auf Tron. Trotz des hellen Lichtes, das vom Canalazzo her in den Salon strömte, waren ihre Pupillen groß und dunkel. «Oberst Orlow», fuhr sie in einem Ton fort, der keinen Widerspruch duldete, «wird Sie an meiner Stelle in den Palazzo da Lezze begleiten.» Sie lächelte, vielleicht um die Schroffheit ihrer Worte abzumildern, und Tron nickte schweigend.

«Dann gehen Sie jetzt und warten ein paar Minuten im Foyer auf ihn», sagte Signora Caserta. Sie schloss die Augen und ließ sich in ihren Sessel zurücksinken, um zu signalisieren, dass die Unterredung beendet war.

Beim Lächeln hatten sich zwei kleine Grübchen in den Mundwinkeln von Signora Caserta gezeigt, und als Tron zusammen mit Bossi den Salon verließ, fragte er sich wieder, an wen ihn diese junge Frau erinnerte.

6

«Der Tizian stand hier auf dieser Staffelei, Commissario»,
sagte Orlow. Er sah Tron mit unterdrückter Empörung
an – eine Reaktion, mit der Tron inzwischen vertraut war.
Viele Opfer von Verbrechen neigten im ersten Augenblick
dazu, der Polizei die Schuld an ihrem Unglück zu geben.

Der Oberst drehte seinen gewaltigen Oberkörper nach
links, machte einen halben Schritt nach vorne und stand
jetzt an der Stelle, an der vor zwei Tagen die Füße Kostolanys gelegen hatten. Bossi hatte die Fensterläden geöffnet,
und im hellen Tageslicht wirkte der hohe Raum, dessen
Wände mit kostbaren Gemälden geradezu tapeziert waren,
merkwürdig kahl und trostlos.

Auf der Gondelfahrt zum Palazzo da Lezze hatte
Tron feststellen müssen, dass er den Oberst zu Unrecht
für einen Dummkopf gehalten hatte. Hinter der Fassade
eines beschränkten Haudegens verbarg sich eine wache,
wenn auch zweifellos etwas exzentrische Intelligenz. Im
Gespräch hatte sich Orlow als ein fanatischer Legitimist
erwiesen und kein Hehl daraus gemacht, dass er nicht ge-
willt war, den Anspruch des im römischen Exil lebenden
Königs auf den Thron beider Sizilien aufzugeben. Einige
seiner politischen Urteile waren kindisch, andere erstaunlich scharfsichtig. Dass Oberst Orlow sich mit dem Gedanken einer politischen Einheit Italiens naturgemäß
wenig anfreunden konnte, machte ihn Tron beinahe sympathisch.

Sie beide jedenfalls, dachte Tron (der in dem Oberst
ein groteskes Spiegelbild seiner selbst erkannte), waren
für etwas hoffnungslos Anachronistisches eingetreten und
hatten ihren Kampf verloren. Tron hatte im März 1848
gegen die Österreicher für die Wiederauferstehung der

Republik gekämpft – Orlow gegen Garibaldi und die Piemontesen für den Fortbestand der bourbonischen Monarchie. Trons Traum von der Wiederherstellung der venezianischen Republik war im Sommer 1849 im Bombenhagel der Österreicher zerbrochen, für Orlow kam das Ende im Artilleriefeuer der Piemontesen – in der Festung Gaeta, dem Felsennest am Meer, in dem sich die Reste der geschlagenen bourbonischen Armee verschanzt hatten. Der Lauf der Geschichte, dachte Tron resigniert, hatte sie beide ausgespuckt wie eine verfaulte Frucht. Nur dass Orlow es immer noch nicht akzeptieren wollte.

Die knarrende Stimme Orlows riss Tron aus seinen Gedanken. «Kann es sein, dass sich dieses Gemälde in einem anderen Zimmer befindet?»

Der Oberst hatte seine zivile Ausstattung durch einen schwarzen Zylinderhut vervollständigt und sah jetzt aus wie ein russischer Zirkusdirektor. Tron fragte sich inzwischen, ob Orlow es bewusst darauf anlegte, wie ein lächerlicher Dummkopf zu wirken – und wenn, warum er das tat. Er schüttelte den Kopf. «Wir haben die ganze Wohnung gründlich durchsucht.»

«Also ist der Tizian verschwunden», sagte Oberst Orlow im emotionslosen Ton eines Mannes, der eine militärische Situation analysiert. Seine Miene verriet, dass er nicht die Absicht hatte, sich damit abzufinden – ebenso wenig wie mit der Niederlage in Gaeta.

«Und offenbar nur der Tizian», sagte Tron nachdenklich.

Orlow runzelte die Stirn. «Sie meinen, es war kein Zufall, dass Kostolany ausgerechnet an dem Abend ermordet wurde, an dem er den Tizian in seinen Räumen hatte? Glauben Sie, dass es jemand auf dieses Bild abgesehen hatte?»

Tron zuckte die Achseln. «Das kann ich nicht sagen. Wer hat noch davon gewusst, dass Sie das Bild an Kostolany verkaufen wollten?»

«Niemand. Auch in Rom hat – außer natürlich Signor Caserta – niemand davon gewusst.»

«Und das Personal?»

«Bis auf die Zofe von Signora Caserta hat uns kein Personal nach Venedig begleitet. Und der Tizian war in einer verschlossenen Kiste, die erst Donnerstagabend in diesem Raum hier geöffnet wurde.»

«Wann haben Sie mit Kostolany Kontakt aufgenommen?»

Orlow begriff sofort, worauf Tron hinauswollte. «Erst hier in Venedig. Ich hatte ihm unseren Besuch am Donnerstagvormittag angekündigt. Ohne zu sagen, dass es sich um den Verkauf eines Tizians handelt. Er kann den Tizian keinem Menschen gegenüber erwähnt haben.»

Also war es unwahrscheinlich, dass es der Mörder Kostolanys gezielt auf das Gemälde abgesehen hatte. Allerdings stellte sich dann die Frage, warum er nicht die Gelegenheit genutzt hatte, noch ein oder zwei weitere kleinformatige Gemälde mitgehen zu lassen. Den handlichen Longhi etwa (zwei Damen, ein Nilpferd betrachtend), der – gewissermaßen griffbereit – in Augenhöhe über einem Konsoltisch hing, oder die schöne Ölskizze Piazettas neben dem Wassertor – zwei problemlos zu transportierende Gemälde, die gewiss nicht wenig wert waren. Aber vielleicht, dachte Tron, war es im Moment besser, erst mal die Fragen zu stellen, die jemand beantworten konnte.

Er sah Orlow an. «Warum haben die Casertas den Tizian nicht in Rom verkauft?»

Eine Frage, die der Oberst offenbar erwartet hatte und ohne Zögern beantwortete. «Die Casertas wollten nicht, dass dieser Verkauf bekannt wird.» Er drehte seinen Kopf zum Fenster und richtete ein grimmiges Lächeln zu den Wolken, die über der Dogana hinwegzogen. «Das legitimistische Rom ist ein Klatschnest», fuhr er fort. «Den meisten von uns steht inzwischen das Wasser bis zum Hals, aber niemand will es zugeben.»

«Steht auch den Casertas das Wasser bis zum Hals?» Oberst Orlow, fand Tron, hatte sich jedes Mal auffällig bedeckt gehalten, wenn die Sprache auf die Casertas kam.

Einen Augenblick lang wurde Orlows Gesicht verschlossen wie eine Auster. Dann lächelte er und sagte: «Bis zum Gürtel.»

«Und woher kannten Sie Signor Kostolany?»

«Ich hatte bereits vor einem halben Jahr ein paar Zeichnungen aus dem Besitz der Casertas an Signor Kostolany verkauft. Deshalb hatte Signora Caserta auch keine Bedenken, ihm den Tizian zur Prüfung zu überlassen.» Orlow drehte den Kopf und warf einen militärischen Blick auf eine Wolkenformation, die sich am Himmel über San Samuele gebildet hatte. Dann sah er Tron scharf an. «Was kann ich Signora Caserta sagen, wenn ich sie nachher spreche, Conte?»

Orlow hatte den schnarrenden Tonfall seiner Kommandostimme am Schluss des Satzes etwas gemildert, trotzdem klang seine Frage wie eine versteckte Drohung. Wahrscheinlich, dachte Tron, würde der Oberst jetzt gerne von ihm hören, dass er jeden verfügbaren Polizisten sofort auf die Suche nach dem verschwundenen Tizian ansetzte.

Er lächelte höflich. «Sagen Sie Signora Caserta, es gäbe eine Reihe von Spuren, denen wir nachgehen.» Das war ein wenig übertrieben, denn die einzige Spur, die sie bislang hatten, war Valmarana, aber Orlow entspannte sich sichtlich.

«Signora Caserta setzt großes Vertrauen in Sie, Conte Tron», sagte der Oberst mit steifer Feierlichkeit. «Sie hat mir ausdrücklich aufgetragen, Ihnen dies mitzuteilen.» Er zupfte an der verwelkten Nelke in seinem Knopfloch und musterte einen mit Fässern beladenen Lastsegler, der zum Greifen nahe an den Fenstern des Palazzo da Lezze vorbeizog. «Es wäre sehr unangenehm für Signora Caserta», fuhr der Oberst fort, «wenn sie auf die Summe, die ihr der Verkauf des Gemäldes eingebracht hätte, verzichten müsste.»

Was nicht ganz auszuschließen war, dachte Tron. Und auch wenn sie den Mörder Kostolanys stellen würden, bedeutete das noch lange nicht, dass sich der Tizian wieder anfand. Er sah Orlow an. «Wie lange werden Sie in Venedig bleiben?»

Einen Moment lang starrte Orlow auf den Grund seines Zylinderhutes, als würde er dort eine passende Antwort auf die Frage finden. Als er sprach, klang seine Stimme militärisch knapp. «Wir bleiben so lange, bis der Tizian wieder aufgetaucht ist, Commissario.»

«Ich traue Orlow nicht, Commissario», sagte Sergente Bossi eine halbe Stunde später. Sie hatten den Oberst am Regina e Gran Canal abgesetzt, und jetzt steuerte die Polizeigondel den Molo an, wo Bossi aussteigen würde, um sich auf die Wache an der Piazza zu begeben.

Das satte Della-Robbia-Blau des Himmels über der Lagune hatte sich in ein wässriges Hellblau verwandelt, und es war so heiß geworden, dass Tron seinen Zylinderhut abnahm und Bossi durch ein knappes Nicken die Erlaubnis erteilte, seinen Polizeihelm ebenfalls abzusetzen. Scharen von anderen Gondeln kamen ihnen entgegen und kreuzten ihre Bahn, fast jede besetzt mit

Fremden. Die Damen hatten Sonnenschirme aufge-
spannt, die Herren trugen modische Strohhüte und Gehröcke aus hellen Leinenstoffen. Viele Gondeln hatten
einen singenden Mandolinenspieler an Bord. Diese af-
fige Unsitte, ursprünglich die Idee eines englischen Rei-
sebüros, hatte sich seit zwei Jahren wie eine Seuche auf
den venezianischen Gondeln ausgebreitet, und für Tron
passte es ins Bild, dass sie vorzugsweise neapolitanische
Volkslieder zum Besten gaben. Einige dieser Gondeln
gerieten durch die Bugwelle eines mit Holz beladenen
griechischen Raddampfers, der aus dem Giudecca-Kanal
kam, ins Schwanken, und Tron sah mit Genugtuung, wie
einer der singenden Mandolinenspieler fast ins Wasser gefallen wäre.

«Dieser Oberst Orlow», fuhr Bossi fort, «wirkt auf mich
wie eine Fälschung. Oder halten Sie diesen dick aufgetra-
genen Legitimismus für echt, Commissario?»

Tron lehnte sich zurück, drehte seinen Kopf nach oben,
und da ihm die Sonne mitten ins Gesicht schien, musste
er blinzeln. Nein, dachte er, eigentlich nicht. Jemand, der
so echt wirkte wie Orlow – dieser martialische Schnurrbart, diese schnarrende Kommandostimme – konnte einfach nicht echt sein. Doch wenn Orlow nicht echt war –
was bezweckte der echte Orlow mit dieser Kostümierung?
Tron sagte: «Warum sollte Orlow uns etwas vormachen?»

«Vielleicht möchte er, dass wir ihn unterschätzen.»

«Sie meinen, wenn er von der gottgewollten Monarchie
schwadroniert, halten wir ihn für einen Dummkopf?»

Bossi nickte. «So ungefähr.»

«Nicht alle, die keinen Wert darauf legen, von den Pie-
montesen geschluckt zu werden, sind Dummköpfe», sagte
Tron schärfer als beabsichtigt. «Im Übrigen haben Sie als
Beamter einen Eid auf Franz Joseph abgelegt. Aber ich

kann damit leben», setzte er in versöhnlichem Ton hinzu, «dass Sie als Privatperson für die italienische Einheit sind.» Er drehte den Kopf zur Seite und sah Bossi lächelnd an. «Jedenfalls solange Sie nicht im Dienst ein Schleifchen mit der Trikolore tragen.»

«Deswegen sind gestern Abend fünf Studenten aus Padua am Bahnhof verhaftet worden», sagte Bossi mürrisch. «Weil sie im Knopfloch ihrer Gehröcke die Schleifchen mit den Farben Italiens getragen haben.»

«Es gibt eine Anweisung des Polizeipräsidenten, über diese Schleifchen hinwegzusehen», sagte Tron. «Niemand hat ein Interesse daran, die Stimmung zusätzlich aufzuheizen.»

«Raconti selber hat die Verhaftungen vorgenommen. Er war zufällig am Bahnhof.»

«Raconti ist ein Esel», sagte Tron. «Man hätte ihn nie zum Commissario von Cannaregio ernennen dürfen. Vermutlich hatte der Stadtkommandant seine Hand bei dieser Ernennung im Spiel.»

«Um Spaur eins auszuwischen?»

Tron sagte: «Sie wissen doch, dass Toggenburg und Spaur sich nicht ausstehen können.» Er lächelte. «Aber eigentlich waren wir bei Orlow. Warum könnte der Oberst wollen, dass wir ihn unterschätzen?»

«Vielleicht, weil er uns etwas verschwiegen hat.»

«Und was?»

«Ich weiß es nicht», sagte Bossi ratlos. «Es ist nur so ein Gefühl.» Er zuckte die Achseln. «Was haben Sie jetzt vor, Commissario?»

«Heute Abend auf dem Bahnhof mit Valmarana zu reden.»

«Soll ich sicherheitshalber mitkommen?» Bossie machte ein besorgtes Gesicht. «Sie kennen den Mann nicht.»

«Ich glaube, ich war mit ihm auf dem Seminario Patriarcale. Aber das ist lange her.»

«Was macht ein Conte Valmarana bei der Eisenbahn?»

Eine berechtigte Frage, dachte Tron. Was machte er, Tron, bei der Polizei? Er sagte, ohne nachzudenken: «Vermutlich gehört Valmarana zu den Direktoren.»

Das überzeugte Bossi nicht ganz. «Aber die Valmaranas schienen mir völlig abgebrannt zu sein.»

Tron seufzte. «Sie haben keine Ahnung, was so ein Palazzo verschlingt, Bossi. Dafür reichen drei Direktorengehälter nicht.» Er stieß einen Stoßseufzer aus. «Glauben Sie mir.»

Jetzt schlug die Gondel an den Steg, und eine letzte Drehung des Ruders in der *forcola* brachte ihren Rumpf zur Ruhe. Bossi erhob sich mit ausgestreckten Armen, und Tron sah ohne Überraschung, dass die Piazzetta und die Piazza voller Menschen waren. Lange Schlangen hatten sich vor den Anlegern, an denen die Gondeln ablegten, gebildet, Tauben flatterten über das Pflaster, kaiserliche Offiziere standen in kleinen Gruppen zusammen, und über allem lag, da der Hochsommer sich nun unwiderruflich näherte, der Geruch von fauligem Lagunenwasser und Freitagnachmittagsschweiß. Natürlich, dachte Tron, war dies alles auch ein fetter Weidegrund für Taschendiebe. Zweifellos würde Sergente Bossi im Laufe des Tages gezwungen sein, mindestens ein Dutzend Anzeigen von bestohlenen Fremden aufzunehmen.

Doch im Moment schien der Sergente noch etwas anderes auf dem Herzen zu haben. Er drehte sich beim Ausstieg aus der Gondel noch einmal zu Tron um. «Diese Signora Caserta», sagte er langsam. «Irgendetwas stimmt nicht mit ihrem Namen.»

Tron hob die Augenbrauen. «Und was?»

«Das Signora vor dem Namen.» Bossi wiegte den Kopf. Dann sagte er nachdenklich: «Sie wirkt auf mich wie eine große Dame, die es gewohnt ist, dass man ihren Anweisungen folgt.»

«Jemand aus dem Umkreis des Königs von Neapel?»

«Vielleicht ist sie ja in Wirklichkeit eine Marchesa di Caserta», meinte Bossi.

«Zu einer Marchesa di Caserta würde der Verkauf eines Tizians zweifellos besser passen als zu einer bloßen Signora Caserta.» Tron sah Bossi nachdenklich an. «Und ihr Auftritt hatte tatsächlich etwas Befehlsgewohntes.»

Bossi drehte seine Augen nach oben und legte den Zeigefinger seiner rechten Hand auf seine Unterlippe. Das tat er immer, wenn er scharf nachdachte. «Vielleicht», sagte er schließlich, «ist Signora Caserta ja in Wirklichkeit ...» Er brach den Satz ab und schluckte aufgeregt. «Ich weiß, es hört sich völlig unwahrscheinlich an, aber die Königin von Neapel ist schön und jung und ...» Bossi sah Tron an. «Es passt alles zusammen, Commissario.»

Tron musste unwillkürlich lachen. Was nicht zusammenpasste, fand er, war die sture Fixierung Bossis auf das, was er *Indizienkette* nannte, und die ausufernde Phantasie, die der Sergente bisweilen an den Tag legte. Selbstverständlich war bereits der Gedanke, dass die Königin von Neapel höchstpersönlich unter dem Namen einer Signora Caserta nach Venedig gekommen war, um einen Tizian zu verkaufen, ausgesprochen absurd.

«Gratuliere», sagte Tron mit einem Gesicht, in dem kein Muskel zuckte. «Ich war gespannt, wie lange Sie brauchen würden, um darauf zu kommen, Sergente.»

Sergente Bossi riss die Augen so weit auf, dass sie ein

Stück aus den Höhlen zu quellen schienen. «Signora Caserta ist die Königin von Neapel? *La regina del sud?* Woher wussten Sie das, Commissario?»

Tron lächelte nachsichtig. «Vermutlich eine Kombination von Instinkt und Erfahrung. Wir haben tatsächlich mit Maria Sofia di Borbone gesprochen. Ihre Beobachtungsgabe ist bemerkenswert, Sergente.»

Er hob die Hand, um dem Gondoliere zu bedeuten, vom Steg abzustoßen, und erwiderte Bossis Salut mit einem lässigen Tippen an seinen Zylinderhut, wobei er sich bemühte, nicht zu lachen. Der Sergente war zweifellos ein fähiger Polizist, aber er hatte nicht den geringsten Sinn für Ironie.

Auf den ersten hundert Metern amüsierte sich Tron noch, aber fünf Minuten später, als sich die Gondel der *volta* des Canalazzo näherte, hatte er ein schlechtes Gewissen. Im Grunde, dachte er, war es geschmacklos, alberne Witzchen auf Kosten des Sergente zu machen.

7

Die Stoffbahn von der Größe dreier Bettlaken, oben straff gehalten durch ein horizontal gespanntes Seil, an dem der Stoff befestigt war, bauschte sich fallend in runde, fast geometrisch wirkende Falten und erinnerte Tron an Gewänder, wie Massimo Schedoni sie gemalt hatte. Die Stoffbahn hing auf dem ersten Treppenabsatz des Palazzo Tron und verdeckte den oberen Teil der Tür zum Zwischengeschoss. *MAZURKA* stand in leicht geschwungenen, riesigen Buchstaben auf dem Stoff, bei dem es sich um schweren roten Samt zu handeln schien. Die

Buchstaben selbst waren aus goldenem Brokat, und die Strahlen der niedrig stehenden Sonne, die vom Hof her ins Treppenhaus fielen, brachten sie zum Leuchten. Dies alles wirkte ein wenig kitschig (wie bereits das Wort Mazurka), war aber trotzdem ein hübscher optischer Effekt, der vermutlich am Ballabend durch spiegelverstärkte Petroleumlampen bewerkstelligt werden würde.

Tron, der auf der Treppe stehen geblieben war, registrierte, dass jemand die Stufen sorgfältig gefegt hatte. Auch der obligatorische Putzeimer und der daneben an die Wand gelehnte Besen waren vom Treppenabsatz verschwunden, ebenso wie das Schild mit der Warnung: Eimer und Besen gehören den Trons.

Merkwürdig, dachte Tron, wie wenig das nagelneue Spruchband den beklagenswerten Zustand des Palazzo Tron betonte – den bröckelnden Putz, die Risse in den Treppenstufen –, sondern dem Gebäude vielmehr die Würde eines Museumsstückes verlieh. Daneben wirkte der Palazzo Balbi-Valier der Principessa, in dem jede Treppenstufe und jede Wandfläche wie aus dem Ei gepellt aussahen, total *nouveau riche*. Das war eine Betrachtungsweise, sagte sich Tron, der sich die Contessa auf der Stelle freudig anschließen würde – obwohl sie andererseits im Moment alles dafür tat, dass es im Palazzo Tron bald genauso *nouveau riche* aussehen würde.

«Das Spruchband im Treppenhaus gefällt mir», sagte Tron eine halbe Stunde später zur Contessa, als er sich in der *sala degli arazzi,* dem Gobelinzimmer des Palazzo Tron, über eine grätige Seezunge beugte.

Die Contessa, auf der anderen Seite des Tisches, blickte zerstreut auf. Sie sah Tron, ganz im Stil der Principessa, über die Gläser ihres Kneifers hinweg an. «Was gefällt dir?»

«Das Treppenhaus mit dem Spruchband», sagte Tron. «Die goldene Schrift auf dem roten Samt. Dieses neue Spruchband betont den bröckligen Charme des Treppenhauses, die Patina auf dem Marmorgeländer, die Spuren der Zeit.» Er lächelte. «Es verwandelt das Treppenhaus in ein *memento mori*, in ein Sinnbild der Vergänglichkeit.»

Einen Moment lang schien die Contessa irritiert zu sein. Sie runzelte die Stirn und sah Tron sorgenvoll an. «Ich weiß nicht, wovon du sprichst, Alvise», sagte sie schließlich. «Aber unser Treppenhaus scheint mir dringend renovierungsbedürftig zu sein.» Dann weiter im Geschäftston: «Das mit den Spruchbändern war übrigens Alessandros Idee.»

Alessandro, der in weißen Servierhandschuhen vor der Kredenz stand und dessen altmodische Berufsauffassung es ihm verbot, während des Servierens ein Gespräch zu führen, beschränkte sich auf eine schweigende Verneigung.

«Wir beabsichtigen», fuhr die Contessa im selben Geschäftston fort, «weitere Spruchbänder im *andron* und im Vestibül aufzuhängen.» Es blieb unklar, wen sie mit *wir* meinte. In letzter Zeit sprach sie, schon ganz erfolgreiche Direktorin von Tron-Glas, gerne im Pluralis Majestatis. «Im Vestibül vor dem Ballsaal wird das Spruchband über den Vitrinen hängen, in denen wir unsere Produkte präsentieren.»

Tron, der das Wort *Produkte* nicht ausstehen konnte, sagte: «Du meinst, die Gläser, die Aschenbecher und die Blumenvasen?»

Die Contessa ging über Trons Frage hinweg. «Produkte», sagte sie, «die alle mit einem kleinen eingeschliffenen ‹T› gekennzeichnet werden. Wir brauchen einen

Wiedererkennungseffekt als Marke, wenn wir den Export-
anteil unserer Produktion steigern wollen.»

Tron beugte sich über den Tisch. «Den was, bitte?»

«Den Anteil unserer Glasproduktion», erläuterte die
Contessa, «der ins Ausland verkauft wird. Auf den lokalen
Märkten können wir nicht weiter expandieren. Das sagt
jedenfalls die Principessa.»

Trons Blick fiel auf den großen, zerschlissenen Go-
belin, der hinter der Contessa an der Wand hing. Venezianische Schauerleute beluden eine *Trireme*, eine Han-
delsgaleere, mit Kisten und Fässern. Vermutlich, dachte
Tron, befand sich in den Fässern Salz und in den Kisten
Glas. Ein prächtig gekleideter venezianischer Handels-
herr überwachte den Ladevorgang. Neben ihm stand ein
Mohr, auf dessen Schultern ein Papagei hockte. Vielleicht
handelte es sich aber auch um eine Mohrin oder gar um
einen Türken. Der schlechte Zustand des Gobelins ließ
viel Raum für Mutmaßungen. Alles in Venedig, dachte Tron, ließ Raum für Mutmaßungen. Er sagte: «Es
wird also wieder so sein wie vor einem halben Jahrtau-
send.»

Die Contessa hob ihre Gabel von der grätigen See-
zunge und sah Tron irritiert an. «Wie bitte?»

«Als wir nach Flandern, nach Frankreich, in die Levante
und nach England exportiert haben.» Tron seufzte. «Ich
dachte, das alles hätten wir hinter uns.»

Die Contessa warf einen mürrischen Blick über den
Tisch. «Zumindest scheinst du einen harten Tag hinter dir
zu haben.»

Tron lächelte schief. «Noch nicht ganz. Ich muss
nachher zum Bahnhof. Jemanden sprechen, der mit dem
Elf-Uhr-Zug aus Mailand kommt. Es geht um den Diebstahl eines Gemäldes aus dem Palazzo da Lezze.»

Die Contessa runzelte die Stirn. «Ist dieser ungarische Kunsthändler bestohlen worden?»

«Du kennst ihn?»

«Bea Mocenigo hat hin und wieder etwas an ihn verkauft. Der Bursche ist ein Halsabschneider.»

«*War* ein Halsabschneider», sagte Tron. «Jemand hat ihn gestern im Palazzo da Lezze erdrosselt und ein Gemälde gestohlen. Das einer Signora Caserta gehört», setzte er noch hinzu, «die es ihm zur Ansicht überlassen hatte.»

«Es gibt keine Casertas in Venedig», sagte die Contessa nach kurzem Nachdenken.

«Signora Caserta kommt auch aus Rom. Sie bewohnt eine Suite im Regina e Gran Canal. Bossi behauptet, dass sie nicht die Person ist, die sie vorgibt zu sein.»

«Eine Hochstaplerin?»

«Eher das Gegenteil. Bossi hält sie für eine Marchesa di Caserta. Jemand aus dem Umkreis des Königs beider Sizilien.»

Die Contessa machte ein nachdenkliches Gesicht. «Spricht diese Signora Caserta neapolitanisches Italienisch mit einem leichten Akzent?»

Tron nickte. «Mit irgendeiner Beimischung.»

«Die sich deutsch anhört?»

«Das könnte sein.»

«Wie alt ist sie?»

«Höchstens fünfundzwanzig.»

«Dann vermute ich», sagte die Contessa, die plötzlich einen amüsierten Gesichtsausdruck hatte, «dass sie braune Haare und dunkle Augen hat und dass das Gemälde, das sie verkaufen wollte, sehr wertvoll war.»

Tron nickte verblüfft. «Es geht um einen Tizian.»

«Und ich vermute außerdem», fuhr die Contessa fort,

«dass dir die Signora Caserta bekannt vorkommt, aber du nicht darauf kommst, woher du sie kennst.»

Jetzt verstand Tron überhaupt nichts mehr. «Woher weißt du das?»

Die Contessa lachte. «Du hast weder mit einer Signora Caserta noch mit einer Marchesa di Caserta verhandelt, sondern mit Maria Sofia di Borbone. Die dir vermutlich deshalb bekannt vorkam, weil sie dich an ihre Schwester erinnert hat. An Elisabeth von Österreich.»

Tron schüttelte entgeistert den Kopf. «Mein Gott, Bossi hatte etwas in der Richtung vermutet.»

«Wie lange wird die Königin in Venedig bleiben?», erkundigte sich die Contessa.

«So lange, bis das Bild sich wieder angefunden hat.»

Die Contessa dachte nach. Dann sagte sie: «Könntest du die Suche nach dem Gemälde in die Länge ziehen?»

«Warum sollte ich das?

«Wenn du den Tizian zum richtigen Zeitpunkt wiederfindest, wird Marie Sophie eine Einladung in den Palazzo Tron nicht ablehnen.» Sie schloss einen Moment lang die Augen, und ein verklärter Ausdruck lag auf ihrem Gesicht. «Dann wäre sie das Glanzlicht auf unserer Gästeliste. Wie wirst du dich verhalten, wenn du sie wiedersiehst?»

«Ihr mitteilen, dass ich ihr Inkognito von Anfang an durchschaut habe.» Was er Bossi gegenüber bereits getan hatte. Wie sich manchmal doch eines harmonisch zum anderen fügte, dachte Tron.

«Übrigens», sagte die Contessa, das Gesprächsthema wechselnd, «ist die Principessa nicht sehr glücklich mit dem Programm für den Ballabend.»

«Ich weiß. Wegen Konstancja Potocki. Für den Geschmack der Principessa steht ihr Auftritt zu sehr im Vordergrund.»

«Womit sie völlig Recht hat», sagte die Contessa. Sie sah Tron aufmerksam an. «Du hast ihr erzählt, dass sie bei uns ein Konzert geben kann. Als Wiedereinstieg in ihre Konzerttätigkeit. Richtig?»

Tron nickte.

«Und hast das Glas eher am Rande erwähnt, oder?»

«Es war die einzige Möglichkeit, Konstancja Potocki dazu zu bewegen, im Palazzo Tron aufzutreten. Ich dachte, ich könnte ihren Auftritt schrittweise reduzieren, aber …»

Tron zuckte hilflos die Schultern.

«Und jetzt?»

«Könnte sie aussteigen, wenn sie mitkriegt, dass sie nur das Beiprogramm ist.»

«Hast du schon Andeutungen in diese Richtung gemacht?»

Tron schüttelte den Kopf. «Sie ist ein wenig … empfindlich in dieser Hinsicht.»

«Es war deine Idee, diese Polin in das Programm des Abends einzubeziehen.»

«Auf die ich nie gekommen wäre, wenn ihr euch nicht den absurden Namen ‹Mazurka› für das Glas ausgedacht hättet.»

«Was hast du jetzt vor?»

«Mit Konstancja Potocki zu reden, wenn sie wieder zurück ist. Sie ist für ein paar Tage nach Triest gefahren.»

«Dann mach ihr gefälligst klar, dass sie dich missverstanden hat.»

«Und wenn sie abspringt?»

Der Blick, den die Contessa über den Tisch schickte, war so scharf wie ein Rasiermesser. «Dann wirst du für entsprechenden Ersatz sorgen», sagte sie.

Tron musste unwillkürlich schlucken. «Und was erwartest du von mir?» Natürlich wusste er, was jetzt kam.

Die Contessa rammte ihre Gabel so heftig in die See-zunge, dass die Sauce vom Teller spritzte. «Dass du – noch bevor der Ball stattfindet – diesen Tizian findest», sagte sie in einem Ton, der jede Diskussion ausschloss. «Und an-schließend dafür sorgst, dass die Königin unseren Ball be-sucht.»

8

Tron hasste Bahnhöfe – ihre vulgäre Art, sich in den alten Städten breit zu machen, dabei ganze Stadtviertel zu exe-kutieren und die angrenzenden Quartiere mit ihrem Lärm, ihrem Schmutz und ihrem Bodensatz von zwielich-tigen Gestalten zu belästigen. Er hasste außerdem: Loko-motiven, Dampfschiffe, selbstverständlich auch die neuen Gaslaternen auf der Piazza, in deren Schein alles grau und schmierig aussah – wie aufgewärmte oder zu lange ge-kochte Pasta.

Und hier, stellte Tron fest, als er kurz vor elf den Bahnhof *Santa Lucia* betrat, war nun alles versammelt: eine gaslichtverschmierte Bahnhofshalle, bevölkert von wartenden kaiserlichen Offizieren, hektisch durcheilt von Fremden aus allen Teilen des Habsburgerreiches und misstrauisch überwacht von einem halben Dutzend Kroa-tischer Jäger, die in Zweiergruppen auf den Perrons pa-trouillierten. Als der Elf-Uhr-Zug aus Verona pfeifend einfuhr, wehten Qualm und ein scharfer Geruch von Ma-schinenöl in die Bahnhofshalle. Die Lokomotive, ein grün gestrichenes Dampfschiff auf Rädern, stieß einen weiteren Pfiff aus und kam ruckelnd zum Stehen. Gepäckträger gingen mit ihrem Karren in Stellung, die ersten Türen der

Coupés öffneten sich, entließen hier eine Viererformation Grazer Pionierleutnants, dort eine russische Großfamilie, da eine Horde Generalstabsoffiziere aus Verona. Alle vereinigten sich zu einem nervösen Strom, der sich zuckend und gaslichtverschmiert zum Ausgang bewegte.

Ob er Valmarana nach so langer Zeit wiedererkennen würde? Tron, der vor einem Telegrafenbüro stehen geblieben war, in dem ein uniformierter Angestellter Jamben, Daktylen und Trochäen auf einen Messinghebel hämmerte, entschied sich, nach einem soignierten Herrn in einem gut geschnittenen Gehrock Ausschau zu halten – einem etwas rundlichen Herrn vielleicht, denn Valmarana hatte auf dem Seminario Patriarcale die Angewohnheit gehabt, alles Mögliche in sich hineinzustopfen.

Zehn Minuten später waren fünf rundliche Zivilisten an Tron vorbeigelaufen, aber bei keinem von ihnen hatte es sich um Valmarana gehandelt. Der Perron hatte sich jetzt geleert – bis auf eine Gruppe von Reisenden, die eben erst ausgestiegen war, vermutlich weil sie vermeiden wollte, sich durch den überfüllten Bahnsteig zu kämpfen. Außer drei Gepäckträgern registrierte Tron einen hoch gewachsenen General in der hellblauen Uniform der Innsbrucker Kaiserjäger, neben ihm zwei Ordonnanzen, die das Ausladen verschiedener Reisekoffer überwachten. Vor dem General und Tron die linke Seite zukehrend, stand ein dicklicher Mann in der roten Uniform der Eisenbahnschaffner, der grüßend die Hand an seine Dienstmütze legte und mit einer servilen Verbeugung einen Briefumschlag entgegennahm. Dann setzte sich die Gruppe in Bewegung, der General schritt voran, gefolgt von seinen beiden Ordonnanzen, die wiederum die drei Gepäckträger mit ihren Karren im Schlepptau hatten.

Zurück blieb der rot uniformierte Schaffner, und als

der den Kopf drehte – in den Schein des Gaslichtes, das die Goldborte seiner Dienstmütze aufleuchten ließ –, erkannte Tron ihn: Valmarana – mit einem Gesicht, das die Jahre gepolstert hatten, ohne seinen Zügen eine Kontur zu verleihen, und mit einem massigen Körper, der nach unten floss wie eine schmelzende Kerze. Und dessen Freude, ihn wiederzusehen, sich in Grenzen hielt.

«Kostolany ist gestern Nacht erdrosselt worden», sagte Tron fünf Minuten später im Coupé des Generals. «Und wir glauben, dass du gestern Abend im Palazzo da Lezze gewesen bist.»

Diese Kombination zweier Nachrichten sprach einen Verdacht aus, den Tron in dieser Schärfe gar nicht hegte. Allerdings hatte er inzwischen festgestellt, dass sich seine Freude, Valmarana wiederzusehen, ebenfalls in Grenzen hielt.

Sie saßen an einem ovalen, am Boden des Abteils befestigten Tisch, auf dessen polierter Oberfläche sich das Licht der Petroleumlampe spiegelte. Mit den weichen Sitzpolstern aus grünem Samt und dem zackigen Stahlstichportrait des Kaisers wirkte das Coupé plüschig und martialisch zugleich.

Valmaranas erste Reaktion auf die Ermordung des Kunsthändlers war eine leichte Verblüffung. Eine zweite Reaktion konnte Tron nicht erkennen, denn Valmarana hatte sein Gesicht abgewandt. Er sah zum Abteilfenster hinaus und betrachtete die kroatische Patrouille, die auf dem Bahnsteig vorbeilief, mit einer Gleichgültigkeit, die Tron für gespielt hielt.

«Ja, ich war gestern Abend im Palazzo da Lezze», sagte Valmarana schließlich, ohne seinen Kopf zu drehen.

«Und Kostolanys Assistent war Zeuge», fuhr Tron fort,

«wie du vor ein paar Tagen einen Streit mit Kostolany hattest. Wegen einer Zeichnung, die du ihm verkaufen wolltest. Deine Frau sagt, Kostolany hat dir anstelle des Originals eine Kopie zurückgegeben.»

Valmarana sah Tron an. «Womit ich ein Motiv hätte, Kostolany zu ermorden.» Er hörte sich fast amüsiert an. «Ist es das, was du damit andeuten wolltest?»

«Dass du Kostolany umgebracht hast, hat niemand behauptet», sagte Tron.

Valmarana zupfte sich die weißen Diensthandschuhe von seinen dicken Fingern und legte sie vor sich auf den Tisch. Dann sagte er langsam: «Ich hatte auch kein Motiv, Tron.» Er warf einen melancholischen Blick auf seine Finger und zuckte die Achseln. «Die Zeichnung, die ich Kostolany zur Ansicht im Palazzo da Lezze gelassen hatte, war tatsächlich eine Fälschung.»

Was entweder bedeutete, dass Valmarana die Absicht gehabt hatte, Kostolany zu betrügen, und den Streit inszeniert hatte, um sein Gesicht zu wahren – oder sich selber über die Zeichnung im Unklaren war. Tron fragte: «Hast du das gewusst?»

Valmarana schüttelte den Kopf. «Das habe ich erst später erfahren. Ich hatte das Wasserzeichen nicht bemerkt.» Tron sah, wie die kroatische Patrouille zum zweiten Mal an ihrem Abteilfenster vorüberzog, doch diesmal beachtete sie Valmarana nicht. «Es gibt eine weitere Zeichnung in unserem Besitz», sagte Valmarana schließlich. «Ebenfalls ein Entwurf zu irgendwelchen Fresken. Vom selben Künstler gezeichnet. Mit der war ich bei diesem Franzosen an der Piazza.»

«Alphonse de Sivry. Was hat er gesagt?» Tron wusste immer noch nicht, worauf Valmarana hinauswollte.

Der sah ihn jetzt mit einem sarkastischen Lächeln an.

«Dass das Papier ein Wasserzeichen aus dem 17. Jahrhundert hat.»

Ein Wasserzeichen aus dem 17. Jahrhundert? Tron räusperte sich, um Zeit zu gewinnen. Schließlich hatte er es begriffen. Es war so einfach. «Da war Raffael bereits tot», sagte er.

Valmarana nickte – ein wenig herablassend, was Tron ärgerte. «Und in dem Blatt», fuhr Valmarana fort, «das ich Kostolany angeboten hatte, war tatsächlich dasselbe Wasserzeichen. Leider war es nur unter der Lupe zu erkennen. Ich war fest davon überzeugt, dass das Papier kein Wasserzeichen hatte.» Valmarana lehnte sich seufzend zurück. «Jedenfalls hatte Kostolany Recht. Er hat auch nie versucht, uns eine Kopie unterzuschieben.»

«Und warum bist du am Donnerstagabend im Palazzo da Lezze gewesen?»

Valmarana setzte ein nachsichtiges Lächeln auf. «Um mich zu entschuldigen.»

«Dann verstehe ich nicht, warum deine Frau nichts davon erwähnt hat.»

«Weil ich es ihr nicht gesagt hatte.» Valmarana zuckte die Achseln. «Ich hatte immer behauptet, dass uns die Zeichnungen viel Geld bringen würden. Und dass nun auch die zweite Zeichnung kein Original ist, wäre eine große Enttäuschung für sie gewesen.» Er schwieg und starrte einen Moment lang auf die Handschuhe, die vor ihm auf dem Tisch lagen. Schließlich sagte er: «Außerdem ist das letzte Wort über die Blätter noch nicht gesprochen. Sivry hat etwas angedeutet, was hochinteressant ist. Darüber wollte ich auch am Donnerstag mit Kostolany reden.»

«Was hat Sivry angedeutet?»

«Es geht um die zwei Buchstaben auf der Rückseite der Zeichnung.»

Tron beugte sich über den Tisch. «Das ‹C› und das ‹I›?»

Valmarana nickte. «Diese Buchstaben könnten den Wert der Blätter beträchtlich steigern. Das ‹I› ist übrigens ein ‹L› – sagt jedenfalls Sivry.»

«Ich verstehe nicht, worauf du hinauswillst.»

«Kennst du einen Maler namens Lorrain?»

Tron nickte. «Natürlich. Claude Lorrain.»

«Nun, ich kannte ihn nicht», sagte Valmarana verdrossen. «Jedenfalls war dieser Lorrain in Rom, und Sivry will nicht ausschließen, dass es sich um Zeichnungen von ihm handelt.»

«Die dann erheblich mehr wert wären als eine anonyme Fälschung», sagte Tron nachdenklich. «Wie der Lorrain von Turner, der 1815 in London ausgestellt wurde und vermutlich das Doppelte kostet wie ein echter Claude. Eine Fälschung, die in gewisser Weise ein Original ist.»

Valmaranas irritierter Miene war anzusehen, dass er mit einer Fälschung, die ein Original war, nicht viel anfangen konnte. Er beschränkte sich darauf, seine Handschuhe vom Tisch zu nehmen und zu sagen: «Ich schätze, du wirst morgen zu Sivry gehen und meine Geschichte überprüfen.»

«Ich bin Polizist», sagte Tron. Er erhob sich, und auch Valmarana hievte sich aus den Polstern und strich seine dunkelrote Eisenbahneruniform sorgfältig glatt.

Sie standen wieder auf dem Bahnsteig. Eine albanische Putzkolonne kam ihnen entgegen, um sich gleich mit Besen und Eimern auf die einzelnen Coupés zu verteilen. Tron vermutete, dass niemand aus der Kolonne eine gültige Arbeitserlaubnis besaß, aber da die Stazione Santa Lucia in die Zuständigkeit der Militärverwaltung fiel, ging das die venezianische Polizei nichts an.

«Und wie läuft es sonst?» Tron musste an die Mieter im Palazzo Valmarana denken. «Offenbar habt ihr gut vermietet.»

«Die Mieter bringen Geld», sagte Valmarana. «Wir konnten im letzten Jahr das Dach neu decken lassen, und im nächsten Frühjahr kommt der Putz zum Canalazzo dran. Teresia hasst es, unter dem Dach zu wohnen, aber mir reicht es. Ich bin ja meist beruflich unterwegs.»

«Seit wann bist du bei der Bahn?»

«Seit sechs Jahren. Ich könnte es zum Bahnhofsvorsteher von Padua bringen, wenn ich wollte.»

«Aber du willst nicht?»

Valmarana schüttelte den Kopf. «Unter dem Strich verdiene ich auf der Strecke besser.» Er grinste. «Der Trinkgelder wegen. Ich habe einen festen Kundenkreis. Leute, die sich erkundigen, wann ich Dienst habe, und nur mit mir fahren wollen. Dabei fällt nicht wenig für mich ab.» Valmarana klopfte sich auf die Brusttasche seiner Uniformjacke. «In Umschlägen – so wie die Künstler ihre Honorare bekommen.»

Vor dem Telegrafenbüro blieben sie stehen und gaben sich zum Abschied die Hand. Valmarana hatte seine Dienstmütze mit der breiten Goldborte wieder aufgesetzt und erinnerte Tron jetzt an einen Portier vom Danieli. Seine pomadisierten braunen Haare, die links und rechts unter seiner Mütze herausragten, glänzten schmierig, wie geglättet mit Maschinenöl.

«Das mit dem Trinkgeld», sagte Tron, indem er sich zum Gehen wandte, «hört sich gut an.»

Was eine krasse Lüge war, denn das mit dem Trinkgeld hörte sich gar nicht gut an, fand er. Es hörte sich einfach nur peinlich an. Genauso peinlich wie der servile Bückling, mit dem Valmarana vorhin den Umschlag des Generals in Empfang genommen hatte. Andererseits war nicht auszuschließen, dass Valmarana auf diese Weise mehr verdiente als ein schlecht bezahlter Commissario, dessen Palazzo kein neu gedecktes Dach hatte und der nicht wusste, mit welchem Geld er den Putz zum Rio Tron erneuern konnte.

Jedenfalls, dachte Tron, als er aus der Bahnhofshalle ins Freie trat und langsam die Treppen zum Canalazzo herabstieg, war die Vorstellung, der dicke Valmarana könne eine Schlinge um Kostolanys Hals geworfen und so lange zugezogen haben, bis das Herz des Kunsthändlers aufgehört hatte zu schlagen, einigermaßen absurd. Und wenn es stimmte, was Valmarana ihm erzählt hatte, gab es auch kein Motiv für ihn, Kostolany zu töten. Allerdings konnte es nicht schaden, Alphonse de Sivry morgen ein paar Fragen zu stellen.

Zwei kaiserliche Offiziere, ihre weißen Offiziersmäntel lässig über die Schultern gehängt, stiegen aus einer Gondel und eilten an Tron vorbei die Treppen zum Bahnhof hinauf. Am Fuß der Treppen blieb Tron stehen, legte den Kopf in den Nacken (wobei er seinen Zylinderhut sorgfältig festhielt) und sah, dass der Himmel über ihm vollständig klar war, rein gewaschen von einer leichten Brise, die von der östlichen Lagune her über die Stadt wehte. Eine matt erleuchtete Gondel zog vorüber, und einen Augenblick lang kräuselte sich die schwarze Oberfläche des Canalazzo zu winzigen Wellen, auf denen das Mondlicht funkelte.

9

Lord Duckworth, hager, rothaarig und mit fast farblosen Wimpern, beugte sich über die Rötelzeichnung, die der dickliche Franzose vor ihn auf den Ladentisch gelegt hatte, und versuchte, seinen Atem im Zaum zu halten. Der Bursche, bei dem es sich offenbar um den Eigentümer des protzigen Ladens an der Piazza San Marco handelte, hatte das Blatt mit seinen rosa Wurstfingern aus einer Schublade geholt und auf den Tisch gelegt. Dann hatte er *voilà* gesagt, sich kurz verneigt und war mit der schleimigen Höflichkeit der Franzosen einen Schritt zurückgetreten. Lord Duckworth war davon überzeugt, dass seine Glubschaugen jetzt lauernd auf ihm ruhten. Es würde also klug sein, sich nichts anmerken zu lassen.

Was da leicht angestaubt und mit abgeknickten Rändern vor ihm auf dem Tisch lag, war ein echtes Schnäppchen. Er hatte das Original, ein großes, rundes Gemälde, in Florenz gesehen und war andächtig davor verharrt: die Mutter Gottes, im üblichen blau-roten Gewand, die sich athletisch nach hinten drehte und das Jesuskind (einen kleinen Lockenkopf mit muskulösen Armen und Beinen) über ihre rechte Schulter reichte, wo ein kräftig gebauter Joseph den jungen Erlöser entgegennahm.

Für eine anonyme Rötelzeichnung aus der ersten Hälfte des 16. Jahrhunderts war der Preis lächerlich hoch. Doch wenn es sich tatsächlich um einen Entwurf zu dem Tondo aus den Uffizien handelte, war die Summe, die der dicke Franzose dafür verlangte, ein Witz – nur dadurch zu erklären, dass der Bursche, der ihn immer noch mit dem dümmlichen Gesichtsausdruck eines Oberkellners angrinste, keine Ahnung hatte. Was letzten Endes, sagte sich Lord Duckworth, keine Überraschung war – jedenfalls nicht bei Leuten, die Frösche verspeisten und sich allenfalls mit schweinischen Fotografien auskannten. Lord Duckworth, der unwillkürlich an Nelson und die Seeschlacht von Trafalgar denken musste, beschloss, seine Pflicht zu tun und diesen ignoranten Franzosen in den Grund zu bohren.

Er richtete einen kühnen Blick auf den Kunsthändler und sagte (um den Burschen nicht misstrauisch zu machen) mit gelangweilter Stimme: «Ich nehme das Blatt.»

Normalerweise hätte er die Zeichnung sofort bezahlt und seine Prise anschließend ins Hotel getragen. Aber dazu hätte er die Brieftasche aus seinem Reiseanzug nehmen müssen, und dagegen sprach die Anwesenheit eines Mannes in einem fadenscheinigen Gehrock, der den Laden vor fünf Minuten betreten hatte. Ein Wink des Kunsthändlers hatte ihn auf einen Stuhl neben der Eingangstür dirigiert, und dort saß er jetzt und blätterte scheinbar harmlos in der *Gazetta di Venezia*.

Lord Duckworth hatte natürlich sofort erkannt, dass der Bursche alles andere als harmlos war. Er war schließlich nicht von gestern. Er hatte den Burschen aus den Augenwinkeln beobachtet und war zu dem Schluss gekommen, dass es sich bei dem Mann – so abgerissen, wie der aussah – nur um einen Vertreter der venezianischen Unterwelt handeln konnte. Vielleicht sogar um den Lieferanten des dicken Franzosen, der gekommen war, um die *Sore* zu kassieren – ein Großteil der Bestände dieses Geschäftes bestand wahrscheinlich aus Diebesgut. Und zweifellos würde der Bursche jetzt genau darauf achten, aus welcher Tasche er seine Brieftasche zog, um es dann seinen Kumpels auf der Piazza mitzuteilen. Gute Taschendiebe, das wusste Lord Duckworth, arbeiten so. Die stellten immer erst vorher fest, wo das Opfer sein

Geld hatte – indem sie es beim Bezahlen beobachteten. Was er, dachte Lord Duckworth, selbstverständlich nicht tun würde.

Und auch gar nicht musste, denn der Händler (der sich Alphonse de Sivry nannte – ein Name, so echt wie eine Sieben-Pfund-Note) hatte sich sofort bereit erklärt, das Blatt ins Danieli bringen zu lassen und die entsprechende Summe im Hotel kassieren zu lassen. Wahrscheinlich, dachte Lord Duckworth fast mitleidig, wiegte sich das arme Schwein jetzt in der Illusion, ihn übers Ohr gehauen zu haben.

Als er das Geschäft verließ (wobei er sich bemühte, ein triumphierendes Grinsen zu unterdrücken), machte er vorsichtshalber einen kleinen Bogen um den Vertreter der venezianischen Unterwelt. Der hockte immer noch mit einem unschuldigen Gesichtsausdruck auf seinem Stuhl und hatte die Dreistigkeit, ihm zum Abschied freundlich zuzunicken.

«Gratuliere», sagte Tron, der aufgestanden war, nachdem sich die Tür hinter dem rothaarigen Kunden im karierten Reiseanzug geschlossen hatte. Zwar hatte Tron die Zeichnung, um die es eben gegangen war (Sivry hatte sie mit verdächtiger Eile wieder in der Schublade verschwinden lassen), nicht gesehen, aber die zufriedene Miene des Kunsthändlers besagte deutlich, dass sich das Geschäft gelohnt hatte.

«Seine Lordschaft war auch sehr befriedigt», sagte Sivry heiter. Dann wurde er ernst. «Ich hatte Sie bereits erwartet, Conte.» Er sah Tron aufmerksam an. «Es geht um Valmarana, richtig?»

Tron nickte. «Allerdings.»

«Ich vermute, dass Sie ihn vernommen haben. Und

jetzt von mir hören wollen, ob seine Geschichte stimmt oder nicht.»

«Woher wissen Sie das alles?»

Sivry zuckte nervös die Achseln. Dann sagte er, ohne Tron anzusehen: «Manin arbeitet seit gestern für mich.» Eine leichte Röte überzog sein Gesicht und vermischte sich mit dem diskreten Rouge, das er aufgelegt hatte. «Er hat mir erzählt, was passiert ist. Und dass es einen Streit zwischen Kostolany und Valmarana gegeben hat. Es lag auf der Hand, dass Sie Valmarana vernehmen und anschlie-ßend zu mir kommen würden, um seine Geschichte zu verifizieren.»

«Stimmt seine Geschichte?»

Sivry sagte: «Valmarana hatte Kostolany tatsächlich eine Fälschung angeboten – ohne zu wissen, dass es eine war. Kostolany hat das Blatt wegen des Wasserzeichens abge-lehnt, und daraufhin fühlte sich Valmarana betrogen. Er war davon überzeugt, Kostolany hätte ihm eine Kopie zurückgegeben. Das war der Grund für den Streit, den Manin gehört hat.»

«Und Sie haben Valmarana klar machen können, dass Kostolany nicht versucht hat, ihn zu betrügen.»

Sivry nickte. «In beiden Zeichnungen war eindeutig dasselbe Wasserzeichen. Valmarana hatte vor, sich bei Kos-tolany zu entschuldigen.»

Was Valmarana wahrscheinlich auch getan hat, dachte Tron, dem es nicht gelang, sich Valmarana ohne seine rote Eisenbahneruniform vorzustellen. Er sagte: «Leider hat er sich die Mordnacht dafür ausgesucht.»

«Sie halten Valmarana also für unschuldig?»

Sie hatten auf zwei eleganten Fauteuils Platz genommen, an einem kleinen Tischchen, auf dem neben einer *Stampa di Torino* (die Tron eigentlich hätte konfiszieren müssen)

eine Karaffe mit zwei Likörgläsern stand. «Wenn Kostolany tatsächlich versucht hätte, Valmarana zu betrügen»,
sagte Tron, «hätte Valmarana ein Motiv für diesen Mord
gehabt. Aber das ist offenbar nicht der Fall.»

«Gibt es inzwischen eine andere Spur?»

Tron schüttelte den Kopf. «Die einzige konkrete Spur,
die wir hatten, war Valmarana.»

Er sah aus dem Fenster auf die Piazza San Marco hinaus, konnte allerdings nicht viel erkennen, denn sein Ausblick wurde von einer Gruppe kaiserlicher Offiziere blo-
ckiert, die den neuen Canaletto bewunderten, mit dem
Sivry seit ein paar Tagen sein Schaufenster dekoriert
hatte. Der Canaletto letzter Woche, ein farbenfrohes Gemälde der Piazetta, war für den äußerst günstigen Preis
von sechstausend Gulden an einen Amerikaner verkauft
worden. Tron hatte keinen Zweifel daran, dass auch dieser
heitere und erstaunlich frisch aussehende Canaletto bald
einen Liebhaber finden würde − vielleicht einen Rinder-
züchter aus Argentinien. Da Tron bereits öfter davon profitiert hatte, Sivry ins Vertrauen zu ziehen, sagte er, ohne
nachzudenken: «Es gibt allerdings eine Merkwürdigkeit,
von der Ihnen Manin nichts erzählt haben kann, weil er
nichts davon wusste.»

«Sie machen mich neugierig, Commissario.»

«Bevor der Mörder Kostolany seinen Besuch abstat-
tete», sagte Tron langsam, «hatte er Besuch von einer Signora Caserta und einem Oberst Orlow, die ihm ein Gemälde zur Ansicht im Palazzo da Lezze gelassen haben.
Sie wollten ihm einen Tag Zeit geben, um das Bild zu
prüfen.»

«Was absolut normal ist.»

Tron nickte. «Sicher. Ein wenig aus dem Rahmen fällt
allerdings die Tatsache, dass es sich bei der angeblichen Si-

gnora Caserta um die Königin von Neapel handelt, die einen Tizian verkaufen wollte.»

Sivry riss erstaunt die Augen auf. «Maria Sofia di Borbone ist in Venedig, um einen Tizian zu verkaufen? Hat sie Ihnen gegenüber ihr Inkognito gelüftet?»

«Nein. Aber wie Sie wissen, bin ich mit ihrer Schwester bekannt, und die Ähnlichkeit der Frauen ist unverkennbar.» Tron, dem sein Gespräch mit Sergente Bossi einfiel und der den Anflug eines schlechten Gewissens verspürte, räusperte sich nervös. «Selbst mein Sergente hatte eine Vermutung in die entsprechende Richtung.»

«Und der Tizian? Manin hat gesagt, dass nichts gestohlen worden ist.»

«Da hat er Recht gehabt. Bis eben auf den Tizian.» Tron seufzte. «Der ist verschwunden. Eine kleinformatige Darstellung der heiligen Magdalena.»

Sivry runzelte die Stirn. «So ein Bild ist praktisch unverkäuflich», sagte er. «Wer immer es gestohlen hat, wird es höchstens in Amerika loswerden können. Vermutlich hat Kostolany es für den russischen Zaren erwerben wollen. Fast alles», setzte er noch hinzu, «was er hier in Venedig gekauft hat, ging nach St. Petersburg.»

«Wie gut kannten Sie Kostolany?»

Sivry schwieg ein paar Sekunden. Dann sagte er: «Wahrscheinlich besser als die meisten Kollegen. Aber öfter als alle sechs Wochen haben wir uns nicht gesehen.»

«Wann haben Sie das letzte Mal mit Kostolany gesprochen?»

«Am Dienstag im Florian.» Sivrys linke Hand wedelte zur gegenüberliegenden Seite der Piazza.

«Ist Ihnen irgendetwas an Kostolany aufgefallen?»

«Er war ziemlich nervös. Vermutlich wegen der Geschichte mit Pjotr Troubetzkoy.»

«Sie meinen den russischen Konsul?»

Sivry nickte.

«Und welche Geschichte?»

«Ein Teil der Gemälde, die Kostolany an den Hof des Zaren verkauft hat, ging durch die Hände des Großfürsten. Und der hat nicht schlecht davon profitiert.»

«Troubetzkoy hat Provisionen kassiert?»

«Nicht nur das. Er hat auch Bilder durch falsche Zuschreibungen aufgewertet. Was bei Kostolany ‹aus dem Umkreis Veroneses› hieß, wurde bei Troubetzkoy zu Veronese. Womit sich der Wert der Gemälde entsprechend erhöhte. Troubetzkoy hat vor zwei Monaten einen Ricci als Veronese deklariert, und Kostolany hat es zufällig erfahren. Daraufhin hat Kostolany nachgeforscht und festgestellt, dass Troubetzkoy ihn und den Zaren nicht zum ersten Mal betrogen hat.»

«Hat Kostolany den Großfürsten zur Rede gestellt?»

Sivry lächelte matt. «Ja, sicher. Aber Troubetzkoy hat alles abgestritten. Woraufhin Kostolany Beweise gesammelt hat, mit denen er sich direkt an den Intendanten des Zaren wenden wollte.» Sivry sah Tron an und sprach das aus, was auf der Hand lag. «Wenn der Großfürst erfährt, dass Kostolany erdrosselt worden ist, wird sich sein Bedauern in Grenzen halten.»

«Falls er es nicht schon weiß.» Mein Gott, dachte Tron, wie hatte er das bloß übersehen können. Einen Moment lang war er froh darüber, dass Bossi nicht an der Tür stand, um sich Notizen zu machen. Vermutlich wäre der Sergente eher darauf gekommen. Tron sagte: «Dass wir außer Valmarana keine heiße Spur haben, stimmt nicht. Kostolany hatte für den Donnerstag zwei Initialen – ein ‹P› und ein ‹T› – in seinem Terminkalender notiert.»

«Pjotr Troubetzkoy?» Sivry füllte sein Likörglas auf und

nippte vorsichtig daran. «Wollen Sie damit sagen, dass der Großfürst in der Mordnacht im Palazzo da Lezze gewesen ist?»

«Es könnte sinnvoll sein, ihn danach zu fragen. Kennen Sie Troubetzkoy persönlich?»

«Ich bin ihm nur einmal im Apollosaal des Fenice begegnet», sagte Sivry. «Troubetzkoy stand mit Kostolany zusammen, und der hat uns einander vorgestellt.» Er sah Tron besorgt an. «Was haben Sie jetzt vor, Commissario?»

«Troubetzkoy nach dem Essen einen Besuch abzustatten und ihm ein paar Fragen zu stellen. Nach seinem Verhältnis zu Kostolany und der Eintragung im Terminkalender.»

Sivry war aufgestanden, drehte sich zu dem großen Spiegel, der über einer Kommode hing, und zupfte an seinem Halstuch. «Dann nehmen Sie Ihren uniformierten Sergente mit», sagte er. «Wenn Sie nicht in Begleitung eines Uniformierten erscheinen, hat er keinen Respekt vor Ihnen. Der Großfürst trägt gern Uniform. Er ist immer noch Rittmeister der Alexander-Husaren.»

10

Eine halbe Stunde später stocherte Tron lustlos in seinem Aal, den Alessandro ebenso lustlos serviert hatte. Der *anguilla in umido*, Aal in Tomatensoße, erinnerte Tron farblich an Vanilleeis mit Kirschen – Eis mit Heiß! Das hätte er im Moment wesentlich lieber verspeist als einen lauwarmen Fisch, denn die leichte Brise, die am Vormittag ein wenig Kühlung in die Stadt geweht hatte, war inzwischen abgeflaut. Jetzt, am frühen Nachmittag, lag brütende Hitze über den Dächern, und Tron fragte sich, welche Temperaturen wohl der Hochsommer bringen würde, wenn bereits der Juni unerträglich war.

Früher, dachte Tron melancholisch, hätte kein Mensch die Sommermonate in der Stadt verbracht – im Hochsommer zogen sich die Venezianer traditionellerweise zur *villeggiatura* auf ihre Landsitze zurück. Hatten die Trons nicht einmal ein Anwesen im luftigen Asolo besessen? Tron erinnerte sich dunkel an eine Bemerkung seines Vaters. Aber offenbar war das Anwesen noch zu dessen Lebzeiten verkauft worden – ebenso wie fast alle Gemälde im Palazzo Tron, die hässliche, helle Rechtecke auf den Damasttapeten zurückließen.

Tron lockerte seine Halsbinde, trank einen Schluck sauren Pino Grigio und ließ lustlos ein Stück Aal in seinem Mund verschwinden. Der Aal und der Pino Grigio passten gut zusammen, weil sie beide Zimmertemperatur hatten.

«Ich weiß», sagte die Contessa, «dass man bei der Principessa besser speist als bei uns. Obwohl sie allen Grund hätte zu sparen.» Die Principessa hatte Grund zu sparen? Das war nicht ganz nachvollziehbar, aber was die Contessa danach äußerte, war noch unverständlicher. «Schon wegen der Gondeln, die vorhin geliefert worden sind. Die Rechnung ist sofort fällig.»

Tron hob den Kopf. «Welche Gondeln sind geliefert worden?»

«Die Gondeln aus Baccarat sur Meurthe. Hast du die Kisten unten im *andron* nicht gesehen?»

Tron schüttelte den Kopf. «Ich habe das Wassertor gar nicht benutzt. Ich bin zu Fuß gekommen.»

«Vier Kisten mit jeweils zweihundert Stück», sagte die

Contessa. «Also achthundert Gondeln. Falls keine zerbrochen ist.»

Achthundert zerbrechliche Gondeln, die irgendwelche Franzosen in vier Kisten verpackt hatten. So weit, so gut. Tron sagte: «Vielleicht verrätst du mir, wovon die Rede ist.»

Die Contessa hob erstaunt die Augenbrauen. «Die Principessa behauptet, sie hätte mit dir darüber gesprochen.»

Hatten sie darüber gesprochen? Tron überlegte einen Moment, konnte sich aber an kein Gespräch über achthundert Gondeln erinnern. Verwechselte ihn die Contessa mit irgendjemandem? Oder hatte ihn die Principessa mit jemandem verwechselt, als sie über die Gondeln gesprochen hatte? Vielleicht mit Moussada? Tron hielt inzwischen alles für möglich. Er räusperte sich. «Worüber?»

«Über unsere Kampagne», sagte die Contessa. «Es war meine Idee, und die Principessa war sofort einverstanden.»

Das Wort *Kampagne*, so wie die Contessa es aussprach, hörte sich ausgesprochen gefährlich an. «Ich verstehe nicht, wovon du redest», beharrte Tron.

«Gondeln aus Pressglas», sagte die Contessa. «Eine manuelle Herstellung hätte uns Monate gekostet und wäre viel zu teuer gewesen. Folglich haben wir sie in Frankreich bestellt.»

«Und wofür brauchen wir diese Gondeln?» Tron hatte das Wort *Pressglas* noch nie gehört.

«Als Aschenbecher. Für Zahnstocher. Zum Ablegen von Visitenkarten. Zur Aufbewahrung von Stahlfedern. Auch als Briefbeschwerer. Bei Tisch für die Gräten. Oder einfach als Dekoration.»

Eine rätselhafte Antwort. Selbst wenn sie alle anfangen

würden, wie verrückt (wie die Principessa) zu rauchen, massenhaft Fisch zu essen und Visitenkarten zu sammeln, würden sie dafür wohl kaum achthundert Gondeln benötigen. Tron räusperte sich. «Was ist Pressglas?»

«Gepresstes Glas», sagte die Contessa knapp. «Man gibt heißes Glas in eine Form, klappt eine andere Form – den Stempel – darüber, und – *zack!* – fertig ist die Gondel.» Die Contessa legte die Gabel ab, wölbte die Finger der linken Hand zu einer Art Halbkugel und ließ ihre rechte Faust in die Halbkugel sausen. «Der Stempel», fügte sie hinzu, «ist immer ein wenig kleiner als die Hohlform. Folglich muss der obere Rand immer etwas größer sein als die weiteste Stelle des Produkts.»

Das konnte sich Tron, den schon die Ausdrücke *Hohlform* und *Stempel* verwirrten, noch schwerer vorstellen. Also beschränkte er sich darauf zu fragen: «Hast du eine dieser Gondeln zur Hand?»

Auf einen Wink der Contessa verschwand Alessandro in der *sala* und kam kurz darauf mit einer kleinen Pappschachtel zurück, an der noch einige französische Sägespäne klebten.

Der längliche Gegenstand, den die Contessa der Schachtel entnahm und auf dem Tisch absetzte, bestand aus grünstichigem Rauchglas und war so lang wie eine kräftige Männerhand. Er ruhte auf seiner unten abgeplatteten Rundung und sah aus wie eine kleine, entlang der Innenwölbung aufgeschnittene und anschließend mit einem Dessertlöffel ausgehöhlte Salatgurke. Am Bug der Gurke war gut lesbar der Name *TRON* eingeprägt – in einer Art Schreibschrift, die wohl Dynamik ausdrücken sollte. Tron beugte sich über den Tisch und nahm die Gondel (die Gurke) in die Hand. Sie wog schwerer, als er erwartet hatte, und er musste unwillkürlich an den legendären *stumpfen Gegenstand* denken, die Mordwaffe, die stets blutbefleckt neben dem Mordopfer lag.

Die Contessa blickte Tron erwartungsvoll an, als er die Gondel zurück auf den Tisch setzte. Aus den Augenwinkeln sah Tron, dass auch Alessandro, der mit weißen Servierhandschuhen an der Kredenz stand, ihn aufmerksam beobachtete. Ob die Contessa eine Äußerung zu den dekorativen Aspekten der Gondel erwartete? Oder sollte er sich eher über die praktischen Aspekte auslassen? Vielleicht den Gedanken äußern, dass man auch Pralinés und Kleingeld in ihr aufbewahren konnte?

Tron sagte: «Ich frage mich nur, warum wir achthundert Stück von diesen Gondeln bestellt haben. Ich meine, auch wenn uns hin und wieder eine der Gondeln zerbrechen sollte ...»

Die Contessa verdrehte die Augen. «Die Gondeln sind nicht für *uns*, Alvise.»

«Für wen sonst?»

Die Antwort der Contessa flog über den Tisch wie ein Schrapnell. «Für die *Kampagne*.»

Da war es wieder, dieses Wort. Diesmal klang es noch gefährlicher. «Eine Kampagne», sagte Tron, «ist ein Feldzug.»

Das gefiel der Contessa. Sie nickte. «Und die Gondeln sind unsere Kanonenkugeln.»

«Mit denen du was unter Feuer nimmst?»

«Die Konkurrenz.»

«Das verstehe ich nicht.»

«Wir verteilen dreihundert Gondeln an die großen Hotels», sagte die Contessa. Sie sprach jetzt im Ton eines kommandierenden Offiziers, der einen Stabsbefehl diktiert. «Zweihundert an die Cafés, an die Restaurants und an den Österreichischen Lloyd.»

«Und dann?»

«Werden mehrere tausend Leute täglich unsere Gondeln benutzen und den Namen *TRON* lesen.»

«Und dann unser Glas kaufen?»

Die Contessa nickte. «Das ist die Idee. Die Verteilung beginnt am Montag.» Sie nahm einen Schluck von ihrem warmen Pino Grigio und setzte demonstrativ ein befriedigtes Gesicht auf. «Übrigens dachten wir auch an die Behörden.»

«An welche Behörden?»

«An die Kommandantura. Vielleicht auch an das Hauptquartier in Verona.» Die Contessa fixierte Tron mit einem Unheil verheißenden Blick. «Und auch an die Questura, Alvise. Du könntest zum Beispiel mit Spaur reden und …»

«Bossi auf jeden Schreibtisch in der Questura eine Pressglasgondel stellen lassen?»

Die Contessa nickte. «Ich sehe nicht, was dagegen spricht. Und selbstverständlich erhält jeder unserer Gäste auf dem Ball eine Gondel aus Glas.» Sie sah Tron gespannt an. «Wann wirst du die Königin wiedersehen?»

«Sobald sich mit ihrem Tizian etwas Neues ergibt.»

«Was offenbar nicht der Fall ist.»

«Wir sind immer noch dabei, Zeugen zu vernehmen», sagte Tron. «Ich spreche nachher mit dem russischen Generalkonsul.»

Die Contessa neigte erstaunt den Kopf. «Dem Fürsten Troubetzkoy?»

«Du kennst ihn?»

«Nicht persönlich.» Die Contessa zuckte die Achseln. «Man sagt, dass er trinkt und Schulden hat.»

«Das wird von allen Russen behauptet. Meistens stimmt es nicht.»

«Was hat der Großfürst mit der Sache zu tun?»

«Wir glauben, dass er Kostolany gestern Abend besucht hat», sagte Tron.

«Steht er unter Verdacht?»

Tron schüttelte den Kopf. «Es gibt nur eine Eintragung in Kostolanys Terminkalender, der wir nachgehen.»

Die Contessa stocherte nachdenklich in ihrem *anguilla in umido* herum. Dann sagte sie in beiläufigem Ton: «Russen rauchen bekanntlich wie die Schlote. Wenn du den Großfürsten besuchst, könntest du ihm eine Gondel mitnehmen. Als Aschenbecher.»

Tron sagte kühl: «Ich *könnte*.»

«Was soll das heißen?» Die Contessa sah Tron an wie einen Rekruten, der gerade einen Befehl verweigert hatte.

Tron ignorierte den wütenden Blick der Contessa. «Dass ich kein Weihnachtsmann bin. Und auch kein Handelsvertreter.»

«Niemand verlangt von dir, dass du den Leuten eine Preisliste aufdrängst.»

«Das ist sehr rücksichtsvoll von dir», sagte Tron. «Vielen herzlichen Dank.»

«Aber», fuhr die Contessa ungerührt fort, «so ein Großfürst hat interessante Verbindungen. Es wäre keine schlechte Idee, ihn mit unseren Produkten bekannt zu machen. Außerdem ist der russische Markt ausgesprochen heiß, sagt die Principessa.»

Wie bitte? Tron sah vor seinem inneren Auge einen sonnendurchglühten Marktplatz, dahinter eine Kirche mit Zwiebeltürmen, auf deren Stufen sich Kosaken gegenseitig Wodka verkauften. Das konnte unmöglich gemeint sein, aber in der *sala degli arazzi* war es zu heiß, um nachzufragen.

II

Die Calle Mocenigo war eine schmale, direkt auf den Canalazzo führende Gasse, die in schwindelnder Höhe (so schien es jedenfalls, wenn man vom Grund der Gasse nach oben blickte) von einer hölzernen Brücke überquert wurde. Die Brücke – eher ein Steg mit einem Geländer – verband den Altan des Palazzo Contarini delle Figure mit dem Altan des Palazzo Mocenigo. Den Palazzo Mocenigo hatte Tron in den zurückliegenden Wochen häufig besucht, um mit Konstancja Potocki über das musikalische Programm für den Ball der Trons zu verhandeln. Die Potockis residierten im zweiten Stock des Gebäudes, also in der Etage, die (wie Tron bei seinem ersten Besuch mit amüsierter Überraschung feststellte) Lord Byron während seines Venedigaufenthaltes bewohnt hatte. Vor ein paar Jahren hatte der *Emporio della Poesia* dem Dichter eine Sondernummer gewidmet, und Tron war Initiator eines Komitees, das für die Anbringung einer Gedenktafel an der Fassade des Gebäudes stritt.

Ob die Potockis wohl mit den Troubetzkoys verkehrten? Tron, der Sergente Bossi vor einer halben Stunde in der Questura abgeholt hatte und jetzt mit ihm die Namensschilder am Eingang des Palazzo Contarini studierte, bezweifelte es. Zwischen Polen und Russen herrschten traditionelle und solide Animositäten. Vermutlich, dachte Tron, beschränkte sich der Verkehr der beiden Familien auf ein frostiges Kopfnicken – falls sie es nicht gleich vorzogen, einander geflissentlich zu übersehen.

Die Fenster des Salons, in den ein livrierter Diener Tron und Bossi nach langen Verhandlungen geführt hatte, gingen zwar auf den Canalazzo hinaus, aber grünliche

Samtvorhänge blockierten das Tageslicht und tauchten den Raum in eine ungesunde, fahle Dämmerung.

Seine Exzellenz, der Großfürst, ruhte auf einer altmodischen Chaiselongue, und als Tron ihn sah, war ihm klar, warum der Großfürst gezögert hatte, ihn und Bossi zu empfangen. Troubetzkoys Stirn und sein linkes Auge wurden von einem Waschlappen verdeckt. In der rechten Hand hielt er eine Gabel mit einem Fischhäppchen, in der linken Trons Visitenkarte. Die Gabel in seiner rechten Hand, fiel Tron auf, hing ungefähr im gleichen Winkel herab wie sein Kopf. Offenbar befand der Großfürst sich im Gefecht mit einem Kater, denn ein intensiver Geruch nach Cognac, Fisch und Kaffee erfüllte den Raum.

Tron schätzte Troubetzkoy auf höchstens fünfzig. Mit seinem schmalen, glatt rasierten Gesicht wirkte er unerwartet kultiviert. Dazu passte, dass Troubetzkoys Uniform nicht im Mindesten martialisch wirkte. Er trug eine blaue, mit goldenen Epauletten besetzte Uniformjacke, deren obere drei Knöpfe nachlässig geöffnet waren. Die Uniformhose war nicht zu erkennen, denn die Beine des Großfürsten bedeckte ein kariertes Plaid. Am Kopfende der Chaiselongue befand sich ein Tischchen, auf dem ein Glas, eine Champagnerflasche und eine Platte mit Fischhäppchen standen.

«Ich hätte Sie nicht empfangen, Commissario», sagte Troubetzkoy mit der matten Stimme eines Kranken, «wenn mir mein Diener nicht gesagt hätte, dass es sich um etwas Dringendes handelt.»

Der Großfürst legte die Gabel ab und schob den Lappen auf seiner Stirn ein wenig nach hinten, um Glas und Flasche zu ergreifen. Offenbar beabsichtigte er, seinen Nachdurst mit Champagner zu bekämpfen. Nachdem er sich einen kräftigen Schluck genehmigt hatte, lehnte er

sich zurück, brachte den Waschlappen in die ursprüng-
liche Position und stöhnte leise.

«Es geht um Signor Kostolany», sagte Tron. Er hatte
auf einem Stuhl am Kopfende der Chaiselongue Platz genommen und fragte sich, warum der Großfürst ihn überhaupt empfangen hatte. Aus Neugier? Oder weil Troubetzkoy tatsächlich in die Angelegenheit verwickelt war
und befürchtete, Verdacht zu erregen, wenn er die venezianische Polizei nicht empfing? «Sind Exzellenz am Donnerstagabend im Palazzo da Lezze gewesen?»

Der Großfürst runzelte die Stirn – jedenfalls nahm
Tron das an, denn der Waschlappen auf Troubetzkoys
Kopf schob sich ein Stückchen nach vorne. «War das vor-
gestern?»

«Signor Kostolany hatte Exzellenz in seinen Terminkalender eingetragen», sagte Tron.

Troubetzkoy hob den Kopf, drehte sich nach rechts
und spießte ein weiteres Fischhäppchen auf die Gabel.
«Wir hatten», sagte er kauend, «noch etwas zu besprechen.
Ich bin Kostolany hin und wieder mit der Überstellung
von Bildern nach St. Petersburg behilflich.» Er spülte das
Fischhäppchen mit einem Schluck Champagner hinunter
und sah Tron mit dem rechten Auge an. «Ist irgendetwas
mit ihm passiert?»

Tron sagte brüsk: «Kostolany ist tot.»

Einen Moment lang erstarrte der Großfürst. Dann
hob er sein Champagnerglas und bewegte es so, dass eine
kleine, schwappende Welle entstand. Nachdem er es in
einem Zug geleert hatte, fragte er mit einer Ruhe, die
Tron für gespielt hielt: «Wie ist er gestorben?»

«Er wurde erdrosselt», sagte Tron. «Ich muss wissen, um
welche Uhrzeit Exzellenz den Palazzo da Lezze besucht
haben.»

Troubetzkoy rieb sich den Kopf. «Ich weiß noch nicht einmal, wie spät es jetzt ist, Commissario. Wann ich im Palazzo da Lezze war, kann ich Ihnen nicht sagen.» Er streckte seine Hand nach der Champagnerflasche aus, schenkte sich ein weiteres Glas ein und warf Tron einen misstrauischen Blick zu. «Sie reden so, als hätte ich irgendetwas mit diesem Mord zu tun.»

«Uns liegt eine Aussage vor», sagte Tron, «in der behauptet wird, es hätte ernsthafte Differenzen zwischen dem Ermordeten und Exzellenz gegeben.»

Troubetzkoys Kopf drehte sich ruckartig nach rechts, und das nicht vom Waschlappen verdeckte Auge musterte Tron. «Wer hat so etwas behauptet?»

«Es soll um Preisaufschläge bei dem Verkauf von Gemälden an den russischen Zaren gegangen sein», fuhr Tron fort, ohne die Frage Troubetzkoys zu beantworten. «Um hohe Provisionen, die Exzellenz zum Schaden des russischen Hofes kassiert haben soll. Angeblich hatte Kostolany dem russischen Botschafter in Wien bereits ein entsprechendes Dossier angekündigt.»

Tron hatte eine wütende Reaktion erwartet, aber Troubetzkoy schien sich wieder beruhigt zu haben. Der Großfürst lächelte sogar und sah Tron amüsiert an. «Wer mit dem Zaren ins Geschäft kommen will», sagte er dann im Ton eines geduldigen Lehrers, «braucht Verbindungen. Und die hatte Kostolany durch mich. Dass eine solche Hilfe honoriert wird, ist völlig normal und kein Grund, ein Dossier darüber anzulegen. Da hat Ihnen jemand Unsinn erzählt.» Der Blick des Großfürsten signalisierte deutlich, dass er Tron für naiv hielt.

Tron hob die Schultern. «Wir werden sehen, was der Botschafter dazu sagt.»

Eine Bemerkung, die dem Großfürsten offenbar nicht

gefiel, denn sein Ton wurde scharf. «Ich frage mich», sagte
er, «wie der Botschafter den juristischen Status dieser Vernehmung bewerten würde.»

Tron lächelte. «Das ist keine Vernehmung, Exzellenz.»

«Und wieso fragen Sie mich dann, wann ich im Palazzo
da Lezze gewesen bin? Dazu sind Sie nicht befugt.»

«Aber ich bin befugt», sagte Tron in höflichem Ton,
«in Wien um Auskunft über diesen Vorgang zu bitten.»
Er machte eine kleine Pause und sah Troubetzkoy aufmerksam an, als er weitersprach. «Übrigens hat der Mörder
einen Tizian aus dem Palazzo da Lezze gestohlen», sagte er
langsam. «Eine Darstellung der heiligen Magdalena.»

Wie Troubetzkoy auf diese Mitteilung reagierte, war
nicht zu erkennen, denn der Großfürst hatte sich während des letzten Satzes zurückgelehnt und die Augen geschlossen. Schließlich richtete er sich wieder auf, drehte
seinen Kopf und lächelte. Doch diesmal konnte Tron
keinen Humor in seinem Lächeln entdecken. Der Großfürst sagte: «Unterstellen Sie mir jetzt auch einen Raubüberfall?» Er stieß ein gezwungenes Lachen aus und fuhr
dann mit erhobener Stimme fort. «Was schwebt Ihnen vor,
Commissario? Eine Hausdurchsuchung?»

Da hatte ihm der Großfürst ein hübsches Stichwort geliefert, fand Tron. Er beugte sich auf seinem Stuhl nach
vorne und sagte im sachlichen Ton eines Anwaltes, der
seinen Mandanten über einen unangenehmen juristischen
Tatbestand aufklärt: «Eine Hausdurchsuchung, die ich auf
der Grundlage von § 16, Artikel 2 des Zusatzprotokolls
zum Vertrag vom 18. Februar 1821 jederzeit vornehmen
könnte.» Und fügte, als er Troubetzkoys verwirrtes Gesicht sah, noch hinzu: «Das ist ein verspäteter Zusatz zur
Schlussakte des Wiener Kongresses. Ursprünglich gedacht,
um Zugriff auf die konsularischen Vertretungen Frank-

reichs zu haben. Aber rein formal auch gültig für die konsularischen Vertretungen des Zaren.»

Offenbar hatte der Hieb gesessen, denn zum ersten Mal
während ihres Gespräches schien der Großfürst nervös zu
werden. Seine Augen blitzten auf. «Sie wollen mir drohen,
Signore?»

Tron schüttelte den Kopf. «Ich bitte nur um Zusammenarbeit, Exzellenz. Also: Um welche Uhrzeit hat der
Besuch im Palazzo da Lezze stattgefunden?»

Troubetzkoy öffnete den Mund – vielleicht, um die
Unterredung zu beenden –, aber bevor der Großfürst
etwas auf die Frage erwidern konnte, hörte Tron plötzlich
eine Frauenstimme hinter seinem Rücken. «Vielleicht
kann ich Ihnen die Frage beantworten, Commissario.»

Tron sprang auf und drehte sich um.

Bei der Frau, die den angelehnten Türflügel des Salons aufgestoßen hatte und jetzt neben dem überraschten
Bossi stand, konnte es sich nur um die Großfürstin handeln. War sie jünger als der Großfürst oder gar älter?
Tron fand es unmöglich zu sagen. Die Fürstin hatte ihre
dunklen Haare zu einem festen Dutt zusammengezurrt,
und unter ihren Haaren schimmerte mattweiß ihr Gesicht
mit einem großen verhärmten Mund. Ihr gut geschnittenes Kleid aus schwarzem Atlas hätte an jeder anderen
Frau elegant gewirkt, an ihr hing es schlotternd herab und
erinnerte Tron an die Tracht einer Nonne.

«Der Großfürst», fuhr sie fort, indem sie mit kurzen, ab-
gehackten Schritten den Raum betrat, «ist kurz nach halb
elf wieder im Palazzo Contarini gewesen. Ich kann es bezeugen.»

Offenbar hatte die Großfürstin das Gespräch vom angrenzenden Salon aus verfolgt und sah auch keinen Anlass,
ein Hehl daraus zu machen.

«Ich kann ebenfalls bezeugen», fuhr sie mit einem eisigen Blick auf ihren Gatten fort, «dass der Großfürst das Haus am Donnerstagabend nicht mehr verlassen hat.»

Troubetzkoy, der jetzt beide Augen mit dem Waschlappen bedeckt und den Kopf zur Wand gedreht hatte, brummte etwas Unverständliches, aber die Großfürstin beachtete ihn nicht.

«Der Großfürst», sagte sie, indem sie ihre Augen direkt auf Tron richtete, «ist indisponiert.» Und dann mit einer Stimme, die jeden Widerspruch ausschloss: «Es wird besser sein, wenn Sie gehen, Commissario.»

«Ein klarer Fall», sagte Bossi, als sie fünf Minuten später wieder auf dem Grund der Calle Mocenigo standen. Der Sergente hatte den Kopf in den Nacken gelegt und blinzelte in den Streifen blauen Himmels zwischen den Dächern.

Tron fiel auf, dass sich in den leicht fauligen Geruch, der im Sommer bisweilen durch die Gassen wehte, immer wieder ein zarter Blütenduft mischte, und er musste daran denken, dass Venedig eine Stadt der geheimen Gärten war. Diese Gärten − außerordentlich zahlreich und für Besucher meist unsichtbar − lagen hinter hohen Ziegelmauern, versteckten sich in Innenhöfen, brachten es aber trotzdem fertig, den Duft ihrer Blüten über die Mauern und Häuser hinweg in die Calles und Campiellos strömen zu lassen, und jedes Mal, wenn Tron ihn bemerkte (wie jetzt), machte es ihn glücklich.

«Ist Ihnen nicht aufgefallen», fuhr Bossi fort, «wie Troubetzkoy in Panik ausgebrochen ist, als Sie die Hausdurchsuchung erwähnten? Ich wette, er hat den Tizian irgendwo im Palazzo Contarini versteckt.»

Tron zuckte mit den Achseln. «Einem russischen Großfürsten eine Hausdurchsuchung in Aussicht zu stellen ist ein ziemlicher Affront. Unabhängig davon, ob er einen gestohlenen Tizian unter dem Bett hat oder nicht. Im Grunde besagt die Reaktion Troubetzkoys gar nichts.»

«Vielleicht hätten wir den Palazzo Contarini erst durchsuchen und anschließend mit dem Großfürsten reden sollen. Und uns dann erklären lassen, wie der Tizian unter sein Bett kommt.»

«Im Prinzip eine gute Idee, Bossi», sagte Tron. «Nur fehlen zu einer Hausdurchsuchung die gesetzlichen Grundlagen. Es gibt keinen Zusatzartikel zur Schlussakte des Wiener Kongresses.»

Bossis Mund klappte auf und formte sich zu einem Kreis. «Sie haben also …»

Tron nickte. «Ich wollte sehen, wie Troubetzkoy reagiert, aber inzwischen bezweifle ich, dass seine Reaktion aufschlussreich war.»

«Und die Großfürstin? Die im Nebenzimmer gelauscht hat und genau dann aufgetaucht ist, als Troubetzkoy sich um Kopf und Kragen geredet hätte?»

«Ich weiß nicht, was Troubetzkoy sagen wollte, und Sie auch nicht.»

«Und wieso ist sie dann plötzlich aufgetaucht? Doch um zu verhindern, dass Troubetzkoy etwas Falsches sagt.»

«Sie trauen diesem Alibi nicht?»

«Absolut nicht. Der Großfürst hatte ein plausibles Motiv, Kostolany zu töten. Er musste verhindern, dass dieses Dossier abgeschickt wird.»

«Was er über seine Provisionen gesagt hat, hörte sich einleuchtend an.»

«Dann hat Signor Sivry gelogen», sagte Bossi.

«Nein. Aber Kostolany könnte Geschichten verbreitet haben, die nicht stimmen. Vielleicht weil er nicht akzep-

tieren wollte, dass Troubetzkoy an seinen Gewinnen beteiligt war. Abgesehen davon hat bisher niemand dieses
mysteriöse Dossier gesehen.» Tron zuckte die Achseln.
«Wir wissen noch nicht einmal, ob es überhaupt existiert.
Folglich kann es schlecht als Motiv für einen Mord her-
halten.»

«Werden Sie trotzdem mit dem russischen Botschafter
in Wien Kontakt aufnehmen?»

«Nur nach Rücksprache mit dem Polizeipräsidenten.»

«Wenn der normale Dienstweg über den Ballhausplatz
läuft», maulte Bossi, «dann dauert die Anfrage mindestens
ein halbes Jahr.»

Tron dachte einen Moment nach. Dann sagte er:
«Finden Sie heraus, wann Troubetzkoy an diesem Abend
tatsächlich nach Hause gekommen ist. Und ob er den Palazzo Contarini noch einmal verlassen hat.»

«Ich könnte mit dem Personal reden», sagte Bossi. «Vermutlich sind die Troubetzkoys bei ihren Hausangestellten
verhasst. Irgendjemand wird mit Vergnügen den Mund
aufmachen.»

«Dann fragen Sie auch, ob in den letzten beiden
Tagen ein kleines Gemälde im Palazzo Contarini aufgetaucht und unter dem Bett oder in einem Schrank verschwunden ist.»

«Und was machen wir, wenn sich herausstellt, dass das
Bild tatsächlich im Palazzo Contarini ist?»

Dann haben wir ein Problem, dachte Tron. Weil Kon-
sulate selbstverständlich nicht durchsucht werden können.
Laut sagte er: «Das entscheiden wir, wenn es so weit ist.»

«Die Vorstellung», sagte die Principessa, «dass ein Großfürst höchstpersönlich einen Mord begeht und dabei einen Tizian mitgehen lässt, ist grotesk.»

Vielleicht extravagant, dachte Tron, so extravagant wie die *fiori di zucchini,* die Massouda (Moussada?) gerade serviert hatte – in Teig ausgebackene Zucchiniblüten, die allerdings zusammen mit den grünen Salbeiblättern ein knuspriges, wohlschmeckendes Stillleben auf dem Teller abgaben.

«Aber das», fuhr die Principessa fort, indem sie Trons kulinarischen Gedankengang wieder auf seinen Ursprung lenkte, «könnte sich Troubetzkoy auch gesagt haben – dass niemand einen Großfürsten verdächtigen würde.» Sie spießte eine teigumhüllte Zucchiniblüte auf ihre Gabel und sah Tron aufmerksam an. «Was habt ihr jetzt vor?»

Tron fragte sich inzwischen, was das auffällige Interesse der Principessa an diesem Verbrechen für einen Grund haben mochte. War sie mit dem Großfürsten oder mit Kostolany bekannt? Nein – war sie nicht. Hatte sie auf einmal Geschmack daran gefunden, beim Abendessen von seiner Arbeit zu hören? Das hielt Tron für unwahrscheinlich. Außerdem fragte er sich bereits, in welcher Reihenfolge er den Desserts zusprechen sollte. War es besser, zuerst das *tiramisu* (dessen Amarettoduft bereits von der Anrichte herüberwaberte) zu verspeisen und dann die *pâte de groseilles*? Oder war die umgekehrte Reihenfolge klüger? Oder sollte er simultan vorgehen? Hier ein Löffelchen, da ein Löffelchen … Was hatte die Principessa ihn gerade gefragt? Ach, richtig. Was sie vorhatten. Tron blickte auf. «Wir werden Troubetzkoys Alibi überprüfen», sagte er. «Bossi will mit dem Personal reden.»

«Und wenn die Großfürstin gelogen hat?»

«Dann könnte Troubetzkoy tatsächlich in die Angelegenheit verwickelt sein. Aber wir brauchen handfeste Beweise. Zeugenaussagen des Hauspersonals reichen nicht aus.»

«Wäre der Tizian ein handfester Beweis?»

Tron nickte. «Ja, sicher. Nur, dass wir den Palazzo Contarini nicht durchsuchen dürfen. Troubetzkoy genießt diplomatische Immunität.»

Die Principessa runzelte die Stirn. «Was einen Einbrecher kaum abschrecken dürfte.» Und nach einer kleinen Pause sagte sie in einem Ton, der so übertrieben beiläufig war, dass Tron misstrauisch wurde: «Vielleicht ist das ja die Lösung. Das Bild könnte aus dem Palazzo Contarini gestohlen werden. Und rein zufällig fasst ihr anschließend den Dieb.»

Tron (der sich inzwischen für die Simultanlösung – einen geschmacklichen Sachertorteneffekt – entschieden hatte) musste unwillkürlich lachen. «Ich soll einen Ganoven zum Einbruch in den Palazzo Contarini anstiften? Wenn das auffliegt, bin ich erledigt.»

Die Principessa warf einen unmutigen Blick über den Tisch. «Es fliegt nur dann auf», sagte sie unwirsch, «wenn Troubetzkoy die Polizei ruft. Und das wird er nicht tun. Was soll er denn sagen? Dass ihm der Tizian gestohlen worden ist, den er selber vor ein paar Tagen mitgenommen hat? Nach seinem Mord an Kostolany?»

«Falls Troubetzkoy es überhaupt war», sagte Tron lahm. Er schob seinen Teller mit den Resten der Zucchini zur Seite und drehte seinen Kopf zur Anrichte, wo die beiden äthiopischen Diener der Principessa wie Schildwachen vor den silbernen Dessertschüsseln standen – links das *tiramisu*, rechts die *pâte de groseilles*. Vielleicht war ja die

Simultanlösung mit ihrem Sachertorteneffekt doch nicht die klügste – ein echtes Problem. Tron legte die Stirn in sorgenvolle Falten und hob unschlüssig die Schultern. «Ich habe da meine Zweifel.»

«Wenn du Zweifel hast», sagte die Principessa hart und schnell, «dann schick jemanden in den Palazzo Contarini, um die Sache zu klären. Das wird die Ermittlungen beschleunigen – so oder so.» Und dann fügte sie hinzu – fast ein wenig schrill, jedenfalls mit einer zu lauten Stimme, die Tron veranlasste, erschrocken den Blick zu heben: «Wir haben einfach keine Zeit zu verlieren. Und ein Tizian kann sich doch nicht in Luft auflösen.»

Mein Gott, dachte Tron. Er hätte eigentlich sofort darauf kommen können. «Du hast mit der Contessa gesprochen?»

Die Principessa nickte. «Deine Mutter sagte, dass wir die Königin auf dem Ball erwarten dürfen, falls es dir gelingt, das Bild zu finden.» Sie ließ ihre Gabel klirrend auf den Teller fallen. «Und der Besuch der Königin», fuhr sie fort, «würde ein kleines Problem lösen. Meine mexikanischen Staatsanleihen sind zwar nach der Ankunft Maximilians gestiegen, aber sie haben nicht das gebracht, was ich mir erhofft hatte. Das bedeutet, dass der Wiener Bankverein meine Kredite verlängern muss. Ich hatte heute Mittag ein Gespräch mit Direktor Leinsdorf.»

«Hat er dir eine Verlängerung zugesagt?»

«Er hat sich bedeckt gehalten. Jedenfalls wurde auch über den Ball gesprochen.»

Die Frage war überflüssig, aber Tron stellte sie trotzdem: «Und du hast erwähnt, dass die Königin anwesend sein wird?»

Die Principessa seufzte. «Ja, und das war ein Fehler, denn Leinsdorf wird mindestens zehn Tage bleiben. Ich musste ihn also einladen. Und jetzt erwartet er, dass ich ihn mit der Königin bekannt mache.»

«Die nur auf dem Ball erscheint, wenn ich vorher ihren Tizian finde.» Tron lächelte säuerlich und lehnte sich auf seinem Stuhl zurück. «Ist dir klar, was du von mir verlangst?»

Die Antwort der Principessa flog über den Tisch wie ein Artilleriegeschoss. «Nur, dass du deine Arbeit erledigst. Du bist Commissario von San Marco, und in deinem Sestiere ist ein wertvolles Gemälde gestohlen worden. Das wiederzubeschaffen deine Pflicht ist. Wenn ich es richtig sehe, hast du sogar einen entsprechenden Eid abgelegt.»

«Sinn des Eides war nicht», sagte Tron, «Einbrüche zu organisieren, um deine Kreditwürdigkeit zu sichern.»

Ein Argument, das die Principessa nicht überzeugte. Sie sagte: «Darf ich dich daran erinnern, dass es auch darum geht, den Palazzo Tron zu sanieren? Und dass ich bereits in Vorleistung gegangen bin?»

«Und darf ich dich daran erinnern, dass der Name Tron für eine Glasfabrik Gold wert ist? Das hast du selber gesagt. Von Vorleistung kann keine Rede sein.»

Die Stimme der Principessa klang völlig sachlich. «Wenn Leinsdorf den Kredit nicht verlängert, kann ich dir nicht das Geld für den *Emporio* leihen.»

Tron hatte auf einmal das fatale Gefühl, dass es heute mit dem Dessert nichts werden würde – kein *tiramisu* und auch keine *pâte de groseilles.* Aus den Augenwinkeln sah er, dass Massouda und Moussada dem Esstisch diskret den Rücken gekehrt hatten. Er sagte: «Das ist Erpressung.»

Das Gesicht der Principessa war genauso ausdruckslos wie ihre Stimme. «Das hat mit Erpressung nichts zu tun. Ich werde das Geld nicht haben.»

«Also hat die Contessa Recht gehabt, als sie sagte, dass du sparen musst.»

Die Principessa runzelte die Stirn. «Wann hat sie das gesagt?»

«Gestern. Als die Gondeln gekommen sind.»

Die Augenbrauen der Principessa hoben sich ruckartig. «Du weißt Bescheid?»

Tron nickte. «Ich hatte sogar das Vergnügen, eine der Gondeln in den Händen zu halten.» Hatte sich das ironisch angehört? Hoffentlich nicht.

«Und?» Die Principessa sah Tron fragend an.

«Diese Gondeln sind sehr vielseitig», sagte Tron vorsichtig. «Man kann sie für Visitenkarten und für Pralinés, für Gräten beim Fischessen, für Zahnstocher und für Stahlfedern benutzen. Als Aschenbecher, als Briefbeschwerer und für kleine Desserts.»

«Bist du fertig?» Das klang jetzt fast ein wenig ungnädig.

Tron räusperte sich. Hatte er etwas vergessen? Ja, natürlich. «Und unter gewissen Umständen als Dekoration.»

«Mit anderen Worten, du findest sie grauenhaft.»

Tron schüttelte den Kopf. «Das würde ich so nicht sagen. Es käme darauf an, ob …»

Die Principessa unterbrach ihn mit einer ungeduldigen Handbewegung. «Sie *sind* grauenhaft, Tron. Aber sie erfüllen ihren Zweck.»

«Und ihr wollt Montag anfangen, sie zu verteilen? An die Hotels, die Cafés und an den Lloyd?»

Die Principessa nickte. «Wir dachten auch an die Kommandantura und an die Questura.» Sie warf einen finsteren Blick über den Tisch. «Und daran, dass du uns behilflich sein könntest.»

Tron hatte befürchtet, dass das zur Sprache kommen

würde. Er sagte: «Darüber hatte ich bereits ein Gespräch mit der Contessa.»

«Und?»

Tron fasste sich ein Herz. «Was ist mit dem Geld für den *Emporio*?»

Zu seiner Erleichterung hörte sich die Principessa fast belustigt an. «Das ist Erpressung», sagte sie. «Was ist mit der Questura?»

Tron seufzte. «Einverstanden. Ich rede mit Spaur.»

«Wie viel brauchst du?»

«Zweihundert Gulden.»

Die Principessa runzelte die Stirn. «Das ist nicht gerade wenig.»

«Die Kosten für den Druck sind diesmal erheblich höher als normalerweise», sagte Tron. «Unsere Auflage springt von fünfhundert auf dreitausend.»

Er registrierte befriedigt, wie sich Verblüffung auf dem Gesicht der Principessa breit machte. Dann zog sie die Augenbrauen hoch, richtete ihre grünen Augen auf ihn, und Tron stellte mit noch größerer Befriedigung fest, dass die Principessa diese Mitteilung wirklich interessierte. Er hatte sehr lange gebraucht, um zu erkennen, dass die genaueste Leserin des *Emporio della Poesia* die Principessa war. Was sie allerdings nie zugeben würde. Jetzt fragte sie: «Wie hast du das geschafft?»

Tron lächelte. «Der Stadtkommandant hat neue Gedichte angekündigt», sagte er. «Dass seine zackigen Verse in der vorigen Nummer so erfolgreich waren, hat ihn völlig überrascht. Jetzt hat er Blut geleckt.»

«Wirst du seine Gedichte drucken?»

«Natürlich. Erstens hält er mir die Zensur vom Leib, und wir können wieder etwas von Baudelaire bringen. Zweitens hat Toggenburg mir zugesagt, dass das Heeresbeschaffungsamt in Wien zweitausendfünfhundert Exemplare abnehmen wird.»

«Dann wird aus dem *Emporio della Poesia* ein Propagandablättchen der Habsburgermonarchie.»

«Auf die ich vereidigt bin, wie du eben sehr richtig bemerkt hast. Außerdem kann ich mir meine Kunden nicht aussuchen.»

«Und was, wenn das Veneto Teil Italiens wird?»

«Jetzt fängst du auch damit an. Die Stadt ist ruhig. Ein paar Leute laufen mit einem Trikolore-Bändchen herum, aber das ist alles.»

«Es hängt sich deshalb keiner mehr aus dem Fenster, weil alle davon überzeugt sind, dass es nur noch eine Frage der Zeit ist, bis die Österreicher aus Italien verschwinden.»

«Soll ich auf eine zusätzliche Auflage von zweitausendfünfhundert Exemplaren verzichten, nur weil wir irgendwann zu Turin gehören?»

Die Principessa zuckte die Achseln. «Das musst du entscheiden. Jedenfalls waren diese Militärgedichte grauenhaft.»

«Sie haben Toggenburg einen wohlwollenden Brief von Franz Joseph beschert. Den er bei jeder Gelegenheit aus der Tasche zieht. Spaur hat vor Wut geschäumt und holt jetzt zum Gegenschlag aus.»

«Was hat er vor?»

«Spaur hat eine Novelle angekündigt.»

«Eine Novelle?»

«Das ist eine längere Erzählung.»

«Ich weiß, was eine Novelle ist. Ich dachte, der *Emporio* veröffentlicht ausschließlich Lyrik.»

«Normalerweise. Aber Spaur ist fest dazu entschlossen, dem Stadtkommandanten jetzt auf dem Feld der Prosa entgegenzutreten. Indem er eine künstlerisch wertvolle Novelle verfasst. Näheres erfahre ich morgen beim Essen im Danieli.»

«Was wird es geben?»

«Wenn ich das wüsste, würde ich mich auf der Stelle erschießen.»

Die Principessa griff nach ihrem Zigarettenetui und warf einen flüchtigen Blick über den Tisch. «Falls du dich erschießen solltest, Tron, dann denk bitte daran, vorher in den Palazzo Contarini einzubrechen.»

13

Das Danieli, fand Lord Duckworth, hatte schon bessere Tage gesehen. Nicht dass der Service und die Qualität des Essens sich verschlechtert hatten – der befrackte Kellner, der ihm eben sein *Tendron de veau* serviert hatte, wäre auch den strengen Anforderungen gerecht geworden, die man in einem Londoner Club an das Personal stellte, und auch die Qualität des Gerichtes war vorzüglich. Nur hatte das gesellschaftliche Niveau der Gäste eindeutig nachgelassen. Die ganzen rauschebärtigen Russen und Polen, die sich im Speisesaal des Danieli breit gemacht hatten – grässlich! Und dann diese Amerikaner – aus *New Yaak* und aus *Baastn*. Schon wie die redeten – grauenhaft! Lord Duckworth erinnerte sich dunkel, dass in *Baastn* irgendein unangenehmes Ereignis stattgefunden hatte, eine *Paady*, die außer Kontrolle geraten war. Auf dem Weg zu seinem Tisch im voll besetzten Speisesaal hatte er lediglich zwei englische Paare gesehen, sonst bestand das Publikum hier nur aus Ausländern. Das war außerhalb des Vereinigten

Königreiches leider nicht zu vermeiden, doch hin und wieder empfand Lord Duckworth es als besonders störend.

Die Krönung des Ganzen aber waren die beiden Gäste, die sich ausgerechnet in seiner unmittelbaren Nähe niedergelassen hatten. Erst hatte ein rundlicher Herr fortgeschrittenen Alters am Nebentisch Platz genommen, der zu einem hellblauen Hemd eine gelbe Halsbinde mit rosa Punkten trug. Dazu passend bedeckte den Kopf des Mannes ein rötliches Samtbarett. Offenbar hatte der Mann die Absicht, sich als Künstler zu tarnen. Was er jedoch definitiv nicht war, denn ein paar Minuten später hatte sich – jawohl! – der abgerissene Bursche zu ihm gesellt, dem er am Sonnabend im Laden dieses französischen Kunsthändlers begegnet war. Beide unterhielten sich in einer Sprache, die weder Französisch noch Italienisch war und die Lord Duckworth, der sich mit Sprachen auskannte, schließlich als Polnisch identifizierte.

Dies alles war ein wenig beunruhigend, speziell der Umstand, dass der Bursche mit dem Barett ihn mehrmals verstohlen gemustert hatte. Lord Duckworth hatte versucht, die beiden Ganoven zu ignorieren, konnte aber nicht umhin, bisweilen ebenfalls einen verstohlenen Blick auf den Nebentisch zu werfen. Die morbide Faszination, die von diesem Verbrecherduo ausging, war einfach zu groß. Ob die beiden wohl ein großes Ding hier im Hotel planten? Lord Duckworth fragte sich ernsthaft, ob es nicht sicherer wäre, die wertvolle Handzeichnung, die er erworben hatte, im Hotelsafe unterzubringen, entschied sich dann aber nach reiflicher Überlegung, das kostbare Blatt unter der Matratze seines Bettes zu verstecken. Immerhin war nicht auszuschließen, dass das Hotelpersonal mit diesen Leuten unter einer Decke steckte. Als das Essen am Nebentisch serviert wurde – ein Gericht aus schleimig aussehenden Fleischpartikeln, die in einer braunen Soße schwammen –, hielt Lord Duckworth es für besser, seinen Kaffee im Schutz der aufgespannten *Times* zu sich zu nehmen.

«*Flaczki*», sagte der Polizeipräsident freudig erregt, als der Ober die silberne Haube von der Platte nahm, die er zwischen Tron und Spaur auf den Tisch gestellt hatte. Dort stand das Gericht nun – ein undefinierbares Gehäuf von hellen Gekröseteilen, die von einer bräunlichen Soße überzogen waren und grünlich vor sich hin schimmerten. «Im Grunde», fuhr Spaur fort, «ist ein *Flaczki* nichts anderes als die polnische Variante eines *Cervelle au beurre noir.*»

Tron hatte noch nie etwas von einem *Cervelle au beurre noir* gehört, aber dass es sich bei einem *Flaczki* um die polnische Variante eines französischen Gerichtes handelte, war sicherlich interessant zu erfahren.

Der Polizeipräsident aß mit Vorliebe die inneren Organe von Vieh und Geflügel. Er liebte dicke Gänseklein-suppen, leckere Muskelmägen, gespickte Bratherzen, panierte Leberschnitten und gerösteten Dorschrogen. Am allerliebsten waren ihm gegrillte Hammelnieren, die seinem Gaumen einen feinen Geschmack schwachduf-tigen Urins vermittelten. Hammelnieren waren am letzten Montag serviert worden, und Tron hatte das Gericht pflichtgemäß verspeist, während er darüber nachdachte, ob es nicht doch besser wäre, seinen Dienst zu quittieren und eine kaufmännische Tätigkeit für die Principessa zu verrichten.

«Doch vorher trinken Sie einen *Szklanka* mit *Wyborowa*, Commissario.» In der rechten Hand hielt der Polizeipräsident eine Flasche, in der linken ein Glas, das er über den Tisch schob. «Dann rutscht das *Flaczki* besser.»

Tron registrierte ohne Überraschung das himmelblaue Hemd, die gelbe Halsbinde und die rosa Punkte auf der Halsbinde des Polizeipräsidenten. Seitdem Spaur vor einem Jahr die Bekanntschaft von Signorina Violetta gemacht hatte, einer jungen Statistin aus dem Malibran-Theater, hatte sich seine äußere Erscheinung dramatisch verändert. Das graue Haar des Polizeipräsidenten war über Nacht kastanienbraun geworden, und seine schlecht sitzenden schwarzen Gehröcke hatten sich in cremefarbene Meisterwerke des Schneiderhandwerks verwandelt, zu denen Spaur gerne farbenfrohe Hemden und ebenso farbenfrohe Halsbinden trug. Neu war das rötliche Samtbarett, das Spaur heute aufgesetzt hatte. Tron vermutete, dass es sich um ein Geschenk von Signorina Violetta handelte. Die sah den Polizeipräsidenten gerne als Künstler, und Spaur bemühte sich, diesem Bild zu entsprechen.

«Ich habe», sagte Spaur eine halbe Stunde später, als das Gehäuf auf der silbernen Platte auf die Menge eines Servierlöffels zusammengeschrumpft war, «heute Morgen den Bericht über den Mord im Palazzo da Lezze gelesen. Allerdings wusste ich schon Bescheid.» Er lächelte säuerlich. «Wir haben Troubetzkoy gestern auf der Piazza getroffen. Der Großfürst hat Signorina Violetta ein reizendes Kompliment gemacht. Die Vorstellung, dass dieser Mann in einen Mord verwickelt sein könnte, ist lachhaft. Ich kann nur hoffen, dass von Ihrem taktlosen Besuch nichts zu Toggenburg dringt. Sonst hält er mir gleich einen Vortrag über die Wichtigkeit der guten Beziehungen zwischen Österreich und Russland. Was mich», fuhr Spaur in gedämpftem Ton fort, nachdem er einen Schluck aus seinem *Szklanka* getrunken hatte, «auf etwas anderes bringt, von dem der Stadtkommandant nichts wissen sollte.» Er beugte sich über die Reste seines *Flaczki*. «Können Sie es einrichten, dass Toggenburg nichts davon erfährt, dass ich ebenfalls etwas in dem nächsten *Emporio* veröffentliche?»

Tron nickte. «Ich denke, das lässt sich machen.»

«Dann hätte ich das Überraschungsmoment auf meiner Seite. Neben einer künstlerisch wertvollen Novelle dürfte sein plumpes Kommissgereime ziemlich blass aussehen. So jedenfalls habe ich Signorina Violetta meine Strategie geschildert. Sie war beeindruckt. Wie viel Zeit habe ich, Commissario?»

«Der nächste *Emporio* erscheint im Oktober. Wir brauchen die Manuskripte Ende August.»

«Das dürfte zu schaffen sein. In diesen Novellen muss sich ja nichts, äh, reimen. Oder?» Spaur sah Tron unsicher an.

Tron schüttelte den Kopf. «Nein. Prosa reimt sich nicht.»

Spaur nickte befriedigt. «Das dachte ich mir. Es gibt nur ein kleines Problem.»

«Und welches?»

«Die Handlung», sagte Spaur seufzend. «Und die Personen.» Er griff zu seinem *Szklanka* und warf einen düsteren Blick auf die klare Flüssigkeit. «Mir fällt einfach nichts ein. Vielleicht hätten Sie einen Vorschlag.»

Tron fragte sich, warum der Polizeipräsident nicht einfach wieder abkupferte – so wie bei den Gedichten, die er in der letzten Nummer des *Emporio della Poesia* veröffentlicht hatte. Den Blick auf Spaurs Barett gerichtet, sagte er, ohne nachzudenken: «Wie wäre es mit einem Künstler als Hauptfigur? Vielleicht einem Schriftsteller in den besten Jahren?»

115

Spaurs Gesicht, nach den vielen *Szklankas* so rot wie eine reife Tomate, hellte sich wieder auf. «Sehr gut.»

«Dieser Schriftsteller», fuhr Tron fort, «kommt nach Venedig und ...» Ja, und was? Fährt Gondel? Nein, das war zu trivial. Trinkt einen Kaffee im Florian? Darin lag auch kein theatralisches Potenzial. Tron, dem nichts Besseres einfiel, sagte schließlich: «Er verliebt sich.» Im Prinzip war das jedenfalls keine schlechte Idee. Doch in wen verliebt sich der ältere Schriftsteller? In ein Zimmermädchen? Oder in eine Gräfin? Trons Blick fiel auf den *Szklanka* mit dem *Wyborowa*. «In eine junge Polin», sagte er.

Das war jetzt ziemlich weit hergeholt, aber Spaur schien es zu gefallen. «Reden Sie weiter, Commissario.»

«Aber bevor er ihr seine Liebe erklären kann ...» Jetzt musste unbedingt etwas Dramatisches her! Aber was? Ertrinkt er? Trifft ihn der Schlag? Stirbt er an einer Alkoholvergiftung? Irgendwie, dachte Tron, schien sich der *Wyborowa* auf sein Denkvermögen auszuwirken. «Stirbt er an ... Cholera», sagte er. Nicht gerade originell, aber Tron war froh, dass ihm überhaupt etwas eingefallen war.

Was Spaur offenbar völlig anders sah, denn er starrte ihn mit großen, bewundernden Augen an. Nachdem der Polizeipräsident sich mit einem kräftigen Schluck aus seinem *Szklanka* gestärkt hatte, sagte er: «Haben Sie etwas zu schreiben, Commissario?»

«Selbstverständlich, Herr Baron.» Tron griff in die Innentasche seines Gehrocks. Spaur liebte es, Anweisungen wie Stabsbefehle zu diktieren. Tron führte deshalb immer ein kleines Notizbuch mit sich.

«Dann gebe ich Ihnen», fuhr Spaur fort, «jetzt ein paar Stichpunkte.» Er warf den Kopf in den Nacken, spitzte künstlerisch den Mund und rollte, den Blick nach innen gekehrt, in tiefem Nachdenken die Augen. Schließlich sagte er: «Älterer Schriftsteller. Notieren Sie das.»

Tron, der plötzlich das Gefühl hatte, vor einer Ohnmacht zu stehen, nickte und machte sich eine entsprechende Notiz in sein Büchlein.

Wieder versank Spaur in tiefes, augenrollendes Nachsinnen, das er nur einmal kurz unterbrach, um einen weiteren Schluck aus seinem *Szklanka* zu nehmen. Dann sagte er, den Kopf im Nacken und den Blick konzentriert an die Saaldecke gerichtet: «Liebe. Notieren Sie das ebenfalls.»

Tron notierte das Wort Liebe in sein Notizbuch. War der Polizeipräsident jetzt fertig? Offenbar noch nicht. Tron sah, dass Spaur seine Augen geschlossen hatte – zweifellos, um seine Konzentration zu fördern. Spaur summte ein wenig und sagte, nachdem er die Augen wieder geöffnet hatte: «Cholera.»

Was Tron sich ebenfalls notierte.

Spaur wischte sich mit der Serviette den Schweiß von der Stirn und blickte Tron an. Er wirkte wie ein Mann, der gerade eine überaus anstrengende Arbeit verrichtet hat. «Sind Sie mitgekommen, Commissario?»

Tron senkte bejahend den Kopf. «Schriftsteller, Liebe, Cholera.»

«Korrekt», sagte Spaur. Er beugte sich mit überraschender Energie über den Tisch und rieb sich unternehmungslustig die Hände. «Und jetzt entwerfen Sie anhand meiner Stichworte ein grobes Handlungsgerüst. Ich werde dann Ihren Entwurf zu einer Erzählung verknüpfen.»

Lord Duckworth hatte es gewagt, hin und wieder über seine *Times* hinweg einen verstohlenen Blick auf den Nebentisch zu werfen. Er musste sich eingestehen, dass er

sich in Bezug auf die Sprache, in der die beiden Gauner
miteinander redeten, geirrt hatte. Sie sprachen gar kein
Polnisch. Sie redeten Rotwelsch! Die Gaunersprache!
Die Unterredung der beiden Ganoven hatte damit ge-
endet, dass der als Künstler getarnte Rundliche dem
Abgerissenen ein paar Stichpunkte diktiert hatte – Stichpunkte, die es offenbar in sich hatten, denn der Abgerissene (im Rang wohl niedriger stehend) war bei jedem
Wort, das er notiert hatte, bleicher geworden. Offenbar
plante der Ganove mit dem Barett ein ganz großes Ding –
so groß, dass der Abgerissene schon beim Notieren vor
Angst schlotterte. Lord Duckworth hatte kurz mit dem
Gedanken gespielt, die Polizei einzuschalten, unterließ es
dann aber. Er beabsichtigte ohnehin, morgen den Lloyddampfer nach Triest zu nehmen, und es würde ein Fehler
sein, sich in die Angelegenheiten von Ausländern einzu-
mischen.

14

Obwohl Tron nach einem halben Dutzend *Szklankas* das
unangenehme Gefühl hatte, durch knöchelhohen Zucker-
sirup zu waten, gelang es ihm, den Speisesaal des Danieli
ohne Zwischenfall zu durchqueren. Zu seiner Erleichterung hatte ihn niemand auf dem Weg nach draußen angesprochen. Zwei Kollegen von der Steuerfahndung hatten
ihn mit einem freundlichen Nicken gegrüßt, und Oreste
Nava, der Chefportier des Danieli, hatte sich auf eine de-
vote Verbeugung beschränkt, als Tron den Empfang passierte. Allerdings hatte er sich zu früh gefreut, denn drei
Schritte vor der (neuen) Drehtür des Danieli erwischte es

ihn. Eine aufgeregt klingende Stimme hinter seinem Rücken rief seinen Namen.

«Commissario Tron?»

Tron blieb erschrocken stehen und brachte es fertig, sich umzudrehen, ohne dabei das Gleichgewicht zu verlieren. Einen Augenblick lang erwartete er, einen Kellner zu sehen, den Spaur ihm mit einem weiteren originellen Stichwort (Gondel? Mondschein?) hinterhergeschickt hatte, doch es war nur der neue Hilfsportier des Danieli, ein dickensscher Jüngling mit rötlich gelbem Haar, der ihm ein parfümiertes Briefchen entgegenstreckte.

Das Briefchen war hellblau (die Contessa hätte es ohne zu zögern als *allerliebst* bezeichnet) und trug in der linken Ecke ein eingeprägtes goldenes Grafenkrönchen, darunter stand de Sivry – ein Name, von dem Tron wusste, dass er im Gegensatz zu den meisten Gemälden, die Sivry verkaufte, absolut echt war. Genauso echt war auch der dringliche Ton, in dem Sivry ihn bat, sofort nach seinem Essen mit Spaur (offenbar schien alle Welt zu wissen, dass er jeden Montag mit Spaur im Danieli Innereien verspeiste) in sein Geschäft an der Piazza zu kommen.

Als Tron die Kunsthandlung an der Piazza betrat, stand Sivry vor einer Staffelei und betrachtete mit glitzernden Augen ein kleinformatiges Ölgemälde. Dafür, dass er Tron gerade durch ein parfümiertes Briefchen zu sich gebeten hatte, war die Begrüßung ausgesprochen beiläufig.

«Sehen Sie sich das an, Commissario», sagte Sivry mit leicht erregter Stimme. Seine sorgfältig manikürte Hand ergriff Trons Arm und zog ihn vor die Staffelei. Offenbar erwartete Sivry einen Kommentar, und Tron war ein wenig irritiert. War das der Grund, aus dem ihn der Kunsthändler so dringend zu sich gebeten hatte? Um ein Gemälde zu kommentieren?

Das Bild zeigte, aus dem Portikus der Dogana heraus beobachtet, den Aufstieg einer Montgolfiere, wobei der Maler sich mehr auf die Rückensicht der Zuschauer im Vordergrund konzentriert hatte als auf den Ballon selbst, der relativ klein über dem Giudecca-Kanal am Himmel schwebte. Der Pinselstrich war leicht, sicher und zugleich nervös, was dem Gemälde etwas Skizzenhaftes, dabei aber ungeheuer Lebendiges verlieh. Tron, der nie auf den Gedanken gekommen wäre, sich Alphonse de Sivry gegenüber als Kunstkenner aufzuspielen, sagte zaghaft: «Guardi?»

Sivry nickte. «Richtig, Commissario. Der Luftballon des Grafen Zambeccari. Es gibt allein in Venedig mehr als ein halbes Dutzend Kopien dieses Gemäldes.» Er grinste triumphierend. «Es ist mir aber heute Morgen gelungen, das Original zu erwerben.»

Was Sivry dem Verkäufer mit Sicherheit verschwiegen hatte. Tron musste lachen. Und ein Original im Geschäft Sivrys zu sehen grenzte allerdings schon an ein kleines Wunder. Wahrscheinlich dachte Sivry nicht im Traum daran, das Gemälde zu verkaufen. «Ist das der Grund, aus dem Sie mich hergebeten haben? Um Ihren echten Guardi zu bewundern?»

Sivry schüttelte den Kopf. Plötzlich wurde er ernst. «Es geht um etwas, das ich gestern Nacht vor meiner Haustür beobachtet habe.»

Tron wusste, dass Sivry vor ein paar Jahren ein Haus am Giudecca-Kanal bezogen hatte – direkt an der Fondamenta degli Incurabili –, wobei den Kunsthändler weder der gesundheitsgefährdende Name dieser Adresse zu stören schien noch die vielen Segel- und Dampfschiffe, die sich in Zweierreihen direkt vor seinem Haus drängelten.

«War Ihnen bekannt», fuhr Sivry fort, «dass Troubetzkoy eine Brigg hat, die direkt vor meiner Haustür am Kai liegt?»

Tron machte ein ungläubiges Gesicht. «Troubetzkoy hat eine Brigg, die an den Zattere liegt? Sind Sie sicher?»

Sivry nickte. «Ich habe es zufällig vor vier Wochen erfahren. Von einem Ispettore der Dogana, der die Hafengebühren an den Zattere kassiert. Die Brigg kam vor drei Monaten mit einer russischen Mannschaft und ist seitdem nicht wieder bewegt worden.»

«Und die Mannschaft?»

Sivry zuckte die Achseln. «Keine Ahnung. Vielleicht wieder in Russland. An Bord jedenfalls ist sie nicht. Die *Karenina* ist ein Geisterschiff.»

«Und weshalb erzählen Sie mir das alles?»

Sivry lächelte. «Weil die *Karenina* gestern Nacht Besuch hatte. Kurz nach Mitternacht. Von einem Mann, der einen flachen Gegenstand unter dem Arm trug. Ich konnte nicht schlafen und sah zufällig aus dem Fenster. Hätte der Mond nicht geschienen, hätte ich den Mann wahrscheinlich nicht gesehen.»

«Einen Gegenstand von der Größe eines Frühstückstabletts?»

Sivry nickte. «Ja, das könnte hinkommen.»

«Und was ist dann passiert?»

«Der Mann ist unter Deck verschwunden. Als er wieder auf Deck erschien und über den Steg lief, da hatte er ...»

«Das Paket nicht dabei. Weil er es auf dem Schiff gelassen hatte.»

«Genau das wollte ich sagen, Commissario.» Sivry lächelte. «Was sich in dem Paket befunden hat und wer der Mann war, der es auf die *Karenina* gebracht hat, weiß ich natürlich nicht. Aber vermutlich werden Sie dieselben Schlüsse ziehen wie ich.»

«Und welche Schlüsse ziehen Sie?»

«Dass Troubetzkoy den Mord begangen und auch den Tizian mitgenommen hat. Und ihn jetzt aus dem Haus geschafft hat. Vermutlich hat ihn der Besuch, den Sie ihm abgestattet haben, nervös gemacht.»

«Ich hatte angedeutet, dass es im Palazzo Contarini zu einer Durchsuchung kommen könnte.»

Sivry lächelte. «Die Sie natürlich nicht vornehmen dürfen. Aber offenbar wollte Troubetzkoy kein Risiko eingehen. Ich vermute mal, dass er Ihnen ein perfektes Alibi präsentiert hat.»

Tron nickte. «Die Großfürstin hat ausgesagt, dass Troubetzkoy zum Zeitpunkt der Tat im Palazzo Contarini war und das Haus nicht mehr verlassen hat.»

Sivry lächelte. «Ein Alibi, das Sie zweifellos überprüfen werden.»

«Bossi kümmert sich bereits darum. Troubetzkoy hat übrigens zugegeben, dass er Provisionen genommen hat. Er hat sehr gelassen auf diesen Vorwurf reagiert, und ich hatte nicht den Eindruck, dass sich daraus ein plausibles Motiv ergibt, Kostolany zu töten. Das mit dem Dossier für den Botschafter in Wien hält er für ein Gerücht, das Kostolany in die Welt gesetzt hat. Spaur ist auch gar nicht davon angetan, dass wir Troubetzkoy verdächtigen.»

«Was hat er gesagt?»

«Dass Troubetzkoy und Toggenburg alte Bekannte sind. Und dass er keinen Ärger mit dem Stadtkommandanten will.»

Sivry nickte nachdenklich. «Eine rechtswidrige Durchsuchung des Schiffes kommt also nicht in Frage.»

«Es sei denn, wir sind uns sicher, dass sich der Tizian

tatsächlich auf dem Schiff befindet. Wenn wir das Bild finden, ist Troubetzkoy erledigt. Dass die Durchsuchung rechtswidrig war, dürfte dann keine Rolle mehr spielen.»

«Was haben Sie vor?»

Das, dachte Tron, war jetzt in der Tat die Frage. Die Vorstellung, der *Karenina* einen nächtlichen Besuch abzustatten, ein vermutlich harmloses Schloss zu knacken und den Tizian sicherzustellen hatte etwas ungemein Reizvolles. Andererseits konnte bei einem nächtlichen Kommandounternehmen alles Mögliche schief gehen. Tron zuckte die Achseln. «Mit meinem Sergente zu reden. Der wartet auf der Questura. Wenn die Großfürstin gelogen hat, werden die Karten neu gemischt.»

Bossi, der auf der anderen Seite von Trons Schreibtisch in der Questura Platz genommen hatte, schien heute besonders viel Sorgfalt auf seine äußere Erscheinung verwandt zu haben. Auf seiner frisch ausgebürsteten Uniform zeigte sich nicht das kleinste Stäubchen. Seine Stiefel glänzten wie zwei Spiegel, und sein vorschriftswidrig in den Nacken geschobener Polizeihelm verlieh ihm etwas Draufgängerisches. Bossi, fand Tron, sah aus wie ein italienischer Polizist in einer französischen Operette. Ob er wohl gleich anfangen würde zu singen? In C-Dur? Der heroischen Tonart? Nein – er sprach nur. Allerdings in leicht singendem Tonfall. «Signorina Alberoni ist eine äußerst wertvolle Zeugin», sagte der Sergente.

«Signorina Alberoni?» Einen Moment lang wusste Tron nicht, von wem die Rede war.

«Die Signorina, die uns bei den Troubetzkoys geöffnet hat», half ihm Bossi auf die Sprünge. «Ich traf sie gestern Abend zufällig auf der Piazza und habe sie dienstlich angesprochen.» Der Sergente stieß einen Seufzer aus und warf einen träumerischen Blick auf die Schreibtischkante. «Wenn sie lacht, zeigen sich kleine Grübchen in ihren Mundwinkeln. Ich finde, ihr Profil hat etwas ausgesprochen …» Er seufzte wieder, holte tief Atem und ließ den Satz unvollendet.

Jedenfalls hatte Bossis Gesichtsausdruck, fand Tron, etwas ausgesprochen Weggetretenes – der Gesichtsausdruck Titanias, nachdem sie Pucks Zaubertrank gekostet hatte. War die Johannisnacht schon vorbei? Tron konnte sich nie an das Datum erinnern. Schärfer als beabsichtigt sagte er: «Kommen Sie endlich zur Sache, Sergente.»

Bossi zuckte zusammen und räusperte sich umständlich. «Signorina Alberoni hat gesehen», sagte er, «wie Troubetzkoy den Palazzo Contarini kurz vor neun verlassen hat. Der Großfürst ist gegen halb zwölf zurückgekommen, und dann hat es einen fürchterlichen Streit zwischen ihm und der Fürstin gegeben.»

Trons Brauen schossen nach oben. Das bedeutete, dass Troubetzkoys Alibi nichts wert war. Nicht dass es ihn wirklich überraschte. «Also hat die Großfürstin gelogen», konstatierte er.

Bossi nickte. «Damit dürfte der Fall klar sein.» Jedenfalls für Bossi, der auch gleich einen Schlachtplan parat hatte. «Wir brauchen nur noch den Tizian aus dem Palazzo Contarini», sagte er. Und fügte mit dienstlicher Stimme hinzu: «Ich könnte den Kontakt zu Signorina Alberoni ohne weiteres vertiefen.»

Was Tron nicht überraschte. Er lächelte. «Das wird nicht nötig sein, Bossi.» Er berichtete von seinem Gespräch mit Sivry.

«Also hat Troubetzkoy den Tizian vorsichtshalber auf dieses Schiff gebracht.» Bossi machte ein nachdenkliches Gesicht. «Weil Sie ihm mit der Hausdurchsuchung Angst gemacht haben.» Er lehnte sich zurück und starrte einen Moment lang zur Decke. Dann sagte er: «Wenn wirklich keine Mannschaft auf der Brigg ist, könnte ich doch …»

Tron unterbrach ihn mit einer energischen Handbewegung. «Nein, Bossi. Denken Sie nicht einmal darüber nach. Die *Karenina* liegt nur ein paar Schritte von der Kaserne der Kroatischen Jäger entfernt. Die schicken die ganze Nacht lang Doppelstreifen über die Fondamenta degli Incurabili. Das Risiko, erwischt zu werden, ist zu hoch. Außerdem wissen wir noch nicht einmal, ob es sich bei dem Mann, der gestern Nacht an Bord der *Karenina* war, tatsächlich um Troubetzkoy gehandelt hat.»

«Aber wir haben eine fast lückenlose *Indizienkette*, Commissario.» Tron hatte gewusst, dass Bossi dieses Wort jetzt benutzen würde. «Es gibt ein plausibles Motiv, ein falsches Alibi und den Versuch, das wichtigste Beweisstück aus dem Weg zu schaffen. Was brauchen wir mehr?»

Tron schüttelte den Kopf. «Es gibt lediglich Gerüchte und Spekulationen. Und wenn Troubetzkoy in der Mordnacht den Palazzo Contarini noch einmal verlassen hat, heißt das noch lange nicht, dass er auch Kostolany ermordet hat.»

«Was hätte die Großfürstin dann für einen Grund gehabt, uns zu belügen?»

Tron zuckte die Achseln. «Ich weiß es nicht, Bossi. Dafür kann es alle möglichen Erklärungen geben. Ich weiß nur, dass wir uns auf vermintem Gelände bewegen.»

«Und was machen wir jetzt?»

«Wir statten Troubetzkoy einen zweiten Besuch ab und weisen ihn darauf hin, dass sein Alibi nicht standhält», sagte Tron. «Und eröffnen ihm, dass jemand gestern Nacht an der Fondamenta degli Incurabili beobachtet hat, wie er ein Paket an Bord der *Karenina* gebracht hat.»

«Wir bluffen?»

Tron nickte. «Notfalls schlagen wir ihm ein Geschäft vor. Er gibt das Bild zurück, und wir lassen ihn ziehen. Verhaften können wir ihn ohnehin nicht. Wir dürfen noch nicht einmal offiziell gegen ihn ermitteln, ohne den Ballhausplatz in Wien einzuschalten.»

Bossi sagte: «Aber der Idealfall wäre schon, wenn wir das Bild auf der *Karenina* sicherstellen könnten.»

15

«Das ist eine hervorragende Idee», sagte die Principessa gut gelaunt. Sie fischte ein *carré noisette* von der silbernen Schale, die auf dem Tischchen vor ihrer Récamiere stand, und sah Tron strahlend an. Der Tizian auf der *Karenina* – das versetzte sie in Hochstimmung. Trons zaghaften Einwand, dass niemand mit Sicherheit sagen könne, ob sich das Gemälde tatsächlich auf der Brigg befand, hatte sie störrisch ignoriert.

«Wenn du willst», fuhr die Principessa lebhaft fort, «kannst du meine Gondel nehmen. Moussada könnte dich begleiten. Dann brauchst du den Tizian nicht selbst zu tragen. Soll ich dir etwas zum Einschlagen mitgeben, oder meinst du, es findet sich alles an Bord?» Sie warf einen Blick nach draußen. «Hoffentlich fängt es nicht an zu regnen.»

Die Fenster zum Canalazzo standen weit auf, und Tron sah, dass die Sorge der Principessa nicht unbegründet war. Der Himmel hatte sich bezogen, und das, dachte Tron, war nicht schlecht, denn das Letzte, was er heute Nacht gebrauchen könnte, war heller Mondschein.

Unwillig sagte er: «Du redest, als sollte ich irgendwo ein Pfund Käse abholen. Darf ich dich daran erinnern, dass es um einen Einbruch geht? Auf einem Schiff, das wahrscheinlich einen exterritorialen Status hat? Das ich nur mit Einwilligung des russischen Konsuls betreten darf?»

«Wo liegt das Problem? Du gehst an Bord, nimmst das Bild und verschwindest wieder», sagte die Principessa. «Dann ist Troubetzkoy geliefert, und die Königin von Neapel wird sich vor Dankbarkeit überschlagen.» Sie musterte Tron mit einem Blick schieren Entzückens – so als wäre er einer der Heiligen Drei Könige, der gerade einen Eimer Weihrauch anschleppte.

«Wenn Spaur davon erfährt, bin ich geliefert.»

«Wie sollte er davon erfahren?»

«Ich könnte erwischt werden.»

«Von wem?»

«Von einer Patrouille. Das östliche Dorsoduro wimmelt nur so von Militär.»

«Wenn dich die Kroatischen Jäger erwischen, redest du einfach mit Palffy und erklärst ihm die Situation. Dann ist der Fall erledigt.»

«Der Generalleutnant wird im Bett liegen, und der wachhabende Offizier wird sich weigern, ihn aus dem Schlaf zu reißen – nur weil sie einen Einbrecher geschnappt haben. Außerdem wissen wir nicht, ob Palffy überhaupt in Venedig ist.»

«Sag dem wachhabenden Offizier, dass du Commissario von San Marco bist und in einer prekären Sache ermittelst. Dann lässt er dich laufen.»

«Er wird mich allenfalls der venezianischen Polizei überstellen und vorher ein Protokoll aufnehmen. Und dieses Protokoll wird bei Spaur landen. Und außerdem …»

127

«Außerdem?»

Der Himmel über dem Canalazzo hatte sich weiter verdunkelt, und Tron musste daran denken, dass in Kolportageromanen das Wetter immer mit der Stimmung des Helden übereinstimmte. Er sagte seufzend: «Und außerdem habe ich ein schlechtes Gefühl.»

«Niemand verlangt von dir, dass du dich gut fühlst, wenn du einen Einbruch begehst.» Die Principessa fischte sich ein weiteres *carré noisette* von der Silberschale und ließ es in ihrem Mund verschwinden.

Tron schüttelte den Kopf. «Das meine ich nicht.»

«Und was meinst du?»

«So eine unbewachte Brigg ist nicht gerade das ideale Versteck für einen wertvollen Tizian», sagte Tron. «Troubetzkoy könnte es für besser halten, das Bild doch lieber an einem anderen Ort unterzubringen. Und meine Lust, mit ihm auf der Brigg zusammenzutreffen, hält sich in Grenzen.»

«Dass Troubetzkoy genau zur selben Zeit auf der *Karenina* auftaucht wie du, ist ziemlich unwahrscheinlich. Aber nimm doch Bossi mit, falls du Bedenken hast.»

«Wenn irgendetwas schief geht, ist Bossis Karriere ruiniert. Dafür will ich nicht verantwortlich sein.» Auf seine eigene Karriere Rücksicht zu nehmen kam offenbar niemandem in den Sinn. Er stand auf.

«Du gehst?» Die Principessa zog die Augenbrauen hoch.

«Ich brauche meine Blendlaterne und meine Dietriche aus dem Palazzo Tron.»

«Dann lass dich wenigstens bringen.»

Tron schüttelte trotzig den Kopf. «Ich gehe zu Fuß.»

Als Tron die kleine Gasse hinter dem Palazzo der Principessa betrat, stellte er fest, dass sich der milde Ostwind

zu einer kräftigen Brise verstärkt hatte. Es roch nach na-
hendem Regen, zugleich aber schien der Wind keine frische Meeresluft mehr über die Lagune zu wehen, sondern
die Stadt mit einem fauligen Verwesungsgeruch zu über-
ziehen. Auf dem Campo della Carità blieb Tron stehen
und legte den Kopf in den Nacken. Nein – das war keine
Himmelsflur, eingelegt mit Scheiben lichten Goldes, auf
die er blickte, sondern eine schwarze, stickige Glocke, was
nur bedeuten konnte, dass sich eine dichte Wolkendecke
zwischen Mond und Sterne geschoben hatte. Die Wolken
selbst konnte Tron nicht sehen. Aber er stellte sich vor,
wie sie sich tief und Unheil verkündend über der Stadt
ballten.

16

Die Absätze seiner Stiefel hatte er mit zwei weichen
Lappen umwickelt – ein simpler Trick, den er in einem
Roman gelesen hatte –, sodass er sich fast lautlos auf dem
Pflaster bewegen konnte. Sein schwarzer Radmantel war
vielleicht ein bisschen zu warm, aber er machte ihn praktisch unsichtbar. Jedenfalls war der Mantel groß genug,
um das Gemälde darin einzuschlagen, falls das Gewitter,
das immer noch unentschieden über der östlichen Lagune
verharrte, über die Stadt zog und sich in einem kräftigen
Regenguss entlud. Die Waffe, die er mit sich führte, war
nicht geladen – er hatte bewusst darauf verzichtet, Muni-
tion einzustecken. Schusswaffen machten einen Höllen-
lärm, schreckten die Anwohner aus dem Schlaf und waren
letztlich primitiv, etwas für Stümper. Aber wenn es zu
einer Konfrontation kam, konnte es hilfreich sein, den

Lauf der Waffe auf jemanden zu richten und den Hahn einrasten zu lassen.

Es schlug zwölf, als er die Fondamenta degli Incurabili erreichte. Der Wind, gegen den die engen Gassen von Dorsoduro ihm Schutz geboten hatten, traf ihn jetzt mit voller Kraft und wehte Gischt und salzige Meeresluft über den Giudecca-Kanal. Viel konnte er nicht sehen, aber er hörte, wie sich die Schiffsrümpfe knarrend an den Pfählen rieben, an denen sie festgemacht waren. Ein wenig Restlicht hatte sich am Himmel gehalten, die schwankenden Masten der Segelschiffe hoben sich davon ab wie die Bäume eines Gespensterwaldes.

Die *Karenina* – eingezwängt zwischen zwei plumpen Lastseglern, doch trotz der Dunkelheit leicht zu identifizieren – war achtern am Kai vertäut. Es war kein Problem für ihn, an Bord zu gelangen. An Deck tastete er sich vorsichtig an der Reling entlang, immer darauf gefasst, über irgendetwas, das auf den Planken lag, zu stolpern. Als er das Ruderhaus passiert hatte, sah er das Licht. Es kam aus einem der Bullaugen der Hauptkajüte – ein fahles Irrlicht, das sich im trägen Gieren des Schiffsrumpfes hob und wieder senkte. Am Kajüthaus, das sich hüfthoch über das Deck erhob, blieb er stehen. Dann ging er in die Knie und schob langsam seinen Kopf vor das Bullauge.

Was er sah, überraschte ihn nicht. Der Großfürst – nur sein Schatten war zu erkennen – stand in leicht nach vorne gebeugter Haltung über dem Kajüttisch. Das Licht der Blendlaterne in seiner Hand fiel auf einen Gegenstand, in dessen Anblick er regelrecht versunken schien. Was Troubetzkoy betrachtete, war unschwer zu erraten – es konnte sich nur um den Tizian handeln.

Vorsichtig stand er wieder auf und registrierte befriedigt, dass sein Puls, der sich beim Anblick des Großfürsten beschleunigt hatte, schnell wieder in seinen normalen Takt zurückgefallen war. Vielleicht, dachte er, war er deshalb so ruhig, weil er damit gerechnet hatte. Es würde auch alles nicht länger als fünf Minuten dauern – falls er keine törichten Fehler beging.

Auf den Stufen des Niedergangs, der in die Kajüte führte, streifte er die Strumpfmaske über sein Gesicht. Dann zog er seinen Revolver und versetzte der Kajüttür einen kräftigen Fußtritt, sodass sie krachend aufsprang. Troubetzkoy – zu Tode erschreckt – würde ein Dutzend Atemzüge lang nicht in der Lage sein, klar zu denken, geschweige denn, sich zu wehren. Er würde also ausreichend Zeit haben, sich das Gemälde zu schnappen und damit zu verschwinden.

Seine Netzhaut brauchte eine knappe Sekunde, um zu registrieren, dass Troubetzkoy nicht mehr vor dem Kajüttisch stand, sein Gehirn ein wenig länger. Er riss den Revolver in Brusthöhe, die linke Hand umklammerte das Handgelenk der Waffenhand. Kopf, Körper und Arme drehten sich wie ein Turm. Doch das Einzige, was er in der Dunkelheit der Kajüte erkennen konnte, war der Tizian auf dem Kajüttisch, im Schein der Blendlaterne, die Troubetzkoy eben noch in der Hand gehalten hatte.

Als er dicht hinter sich eine Bewegung spürte, wirbelte er auf dem Absatz herum, aber es war zu spät. Weder sah er den Stock, der aus der Dunkelheit auf seine rechte Hand niedersauste, noch den Fuß, der seine Hüfte traf. Er machte eine Drehung nach links, verlor das Gleichgewicht und ging zu Boden. Seine letzte Empfindung war der dumpfe Schmerz, mit dem sein Kopf im Fallen gegen etwas Hartes schlug. Dann breitete sich gnädige Dunkelheit aus, und er verlor das Bewusstsein.

«Herzlichen Dank, Sergente, dass Sie mich nicht erschossen haben», sagte Tron fünf Minuten später zu Bossi,
der, mit einem schwarzen Radmantel bekleidet, auf dem
Boden der Kabine lag und leise stöhnte.

Tron hatte mit einiger Erleichterung zugesehen, wie
der Sergente wieder zu sich gekommen war: erst das Flattern und Aufschlagen der Augenlider, dann ein leerer, ver-
ständnisloser Blick und schließlich das Erkennen, gefolgt
von schuldbewusstem Gehüstel und Gestöhne.

«Es lief alles ganz hervorragend», sagte Tron, «bis Sie
hier aufgetaucht sind, Sergente.»

Bossi richtete sich auf und rieb sich den Kopf. «Was ist
passiert?»

Tron musste auf einmal lachen. «Ich habe einen bewaff-
neten Maskierten aus dem Verkehr gezogen. Der offenbar
dachte, dass ich ihn nicht bemerkt hätte. Sein Revolver
hatte mich etwas nervös gemacht.»

«Er war nicht geladen, Commissario.»

«Das konnte ich nicht wissen», sagte Tron. «Und auch
nicht, dass Sie hier auftauchen würden. Können Sie auf-
stehen?» Er hatte nicht die Absicht, Bossi zu bemitleiden,
noch weniger war er in der Stimmung, Bossi eine Stand-
pauke zu halten.

Der Sergente erhob sich vorsichtig, wobei er, noch
im Sitzen, die Strumpfmaske und den Revolver in den
Taschen seines Radmantels verstaute. Schließlich stand er
leicht schwankend neben dem Kajüttisch, auf dem immer
noch das Bild lag. Einen Moment lang heftete sich Bossis
Blick auf das Gemälde. Dann sah er Tron an. «Ist das der
Tizian?»

Tron nickte. «Maria Magdalena. Das Bild ist sogar si-
gniert.»

«Sivry hat also Recht gehabt.»

«Er hat nie behauptet, dass Troubetzkoy den Tizian auf die *Karenina* gebracht hat», sagte Tron. «Wir haben nur Glück gehabt, Bossi. Das alles war eine Lotterie.»

«Und was machen wir jetzt?»

«Wir statten Troubetzkoy einen zweiten Besuch ab. Gleich heute früh. Und nehmen den Tizian mit.»

«Womit Troubetzkoy geliefert wäre», sagte Bossi.

Tron schüttelte den Kopf. «Nicht unbedingt. Troubetzkoy wird behaupten, dass Kostolanys Mörder das Bild auf die *Karenina* gebracht hat, um ihn zu belasten. Der Tizian allein reicht nicht aus, um Troubetzkoy zu überführen.»

«Und sein falsches Alibi?»

«Dabei stünde Wort gegen Wort. Das Wort eines Hausmädchens gegen das Wort einer Großfürstin. Sie wollten ja ohnehin nicht, dass Signorina Alberoni aussagen muss.»

«Und was erwarten Sie dann von diesem Besuch?»

Tron zuckte die Achseln. «Dass Troubetzkoy die Fassung verliert. Ihm einen Moment lang die Maske vom Gesicht rutscht, wenn wir ihn mit dem Tizian konfrontieren.»

«Wir können ihn aber trotzdem nicht verhaften, oder?»

«Leider nicht», sagte Tron. «Aber wir haben den Tizian sichergestellt. Was die Königin von Neapel erfreuen wird. Und wenn Troubetzkoy tatsächlich die Contenance verliert, wissen wir, wer das Verbrechen begangen hat. Damit ist der Fall für uns abgeschlossen.» Tron richtete den Schein seiner Laterne auf Bossi. «Was ist mit Ihrer Nase passiert, Sergente?»

Selbst im trüben Licht der Blendlaterne, die Tron auf Bossis Gesicht richtete, war deutlich zu erkennen, dass die Nase des Sergente angeschwollen war und einen dunklen Purpurton angenommen hatte.

Bossi befummelte seine Nase und stieß einen kleinen Schmerzschrei aus. «Sie tut ein wenig weh.» Er sah Tron fragend an. «Was soll damit sein?»

Tron musste lachen. «Sie sehen aus wie Cyrano de Bergerac, Sergente.»

Bossi hob die Augenbrauen. «Wer ist das?»

«Ein Hauptmann der Gascogner Garden», sagte Tron. «Unglücklich verliebt. Ich müsste Sie eigentlich vom Dienst suspendieren, Sergente.»

Bossi stieß einen tiefen Seufzer aus. Ob er dabei an seine Nase oder an Signorina Alberoni dachte, blieb unklar. «Commissario, ich wollte doch nur …»

«Die *Indizienkette* schließen, ich weiß. Ich könnte über diese Eigenmächtigkeit hinwegsehen, wenn Sie jetzt noch ein wenig Zeit für mich hätten.»

«Und was soll ich tun?»

«Mich mit dem Gemälde begleiten.» Tron musste an die Gascogner Garden denken. Er sagte: «Gewissermaßen als Eskorte.»

«Zum Palazzo Tron?»

Tron schüttelte den Kopf. «Zum Palazzo Balbi-Valier. Es ist zwar keine ganz angemessene Besuchszeit, aber ich glaube trotzdem, dass die Principessa di Montalcino entzückt sein wird, uns zu sehen.»

17

Großfürst Pjotr Troubetzkoy, den Hausorden der Romanows auf die Brust seiner makellosen Uniformjacke geheftet, saß hinter seinem Schreibtisch und betrachtete Tron und Bossi mit dem angeödeten Gesichtsausdruck

eines Mannes, der gezwungen ist, lästige Bittsteller zu empfangen. Er nahm sich eine Zigarette aus einem hölzernen
Kästchen, das auf seinem Schreibtisch stand, und zündete
sie an. Dann sagte er durch den aufsteigenden Rauch hindurch: «Was kann ich für Sie tun, Commissario?»

Tron trat einen Schritt nach vorne und verbeugte sich.
Er rechnete nicht damit, dass Troubetzkoy ihn auffordern
würde, Platz zu nehmen. «Es hat gestern Nacht einen Einbruch auf der *Karenina* gegeben», sagte er. «Eine Polizei-
patrouille konnte jedoch die Beute sicherstellen.»

Selbige trug Bossi, der leicht schiefnasig neben der Tür
stehen geblieben war, unter dem Arm, sie war immer
noch eingeschlagen in eine Tischdecke aus dem Palazzo
Balbi-Valier. Dort hatte die nächtliche Ankunft des Gemäldes große Freude ausgelöst und war für Tron und Bossi
zu einem regelrechten Triumphzug geraten. Bossi hatte
im Salon der Principessa mit am Tisch sitzen dürfen –
sie hatte ihm eigenhändig einen Marsala eingeschenkt
und darauf bestanden, dass Massouda ihm einen kalten
Waschlappen für seine Nase brachte. Auf einem silbernen
Tablett! Der Sergente konnte sein Glück immer noch
nicht fassen.

«Es wäre hilfreich für uns», fuhr Tron höflich fort,
«wenn Durchlaucht den geraubten Gegenstand identifizieren könnten.» Er machte eine kunstvolle Pause und
trat einen halben Schritt nach links, damit Bossi freien
Blick auf Troubetzkoy hatte, wenn der Schlag auf den
Großfürsten niedersauste. Dann lächelte Tron und fügte
hinzu, indem er seine Stimme am Ende des Satzes gemütlich fallen ließ: «Es handelt sich dabei um ein Gemälde.»

Dass es einen Einbruch auf der *Karenina* gegeben hatte,
war noch nicht einmal gelogen – und auch nicht, dass es

der venezianischen Polizei durch einen glücklichen Zufall gelungen war, das Gemälde sicherzustellen.

Merkwürdig allerdings, wie die Reaktion Troubetzkoys auf diese Mitteilung ausfiel. Tron hatte ein Hochschrecken des Großfürsten aus seinem Sessel erwartet – ein panisches Hochziehen der Augenbrauen, einen plötzlichen Schweißausbruch. Stattdessen lehnte sich Troubetzkoy auf seinem Sessel zurück, zog an seiner Zigarette und blies einen perfekten Rauchring in die Luft. Dann fragte er – ohne Tron anzusehen und ohne dass seine Stimme im Mindesten aufgeregt klang: «Wer hat versucht, auf der *Karenina* einzubrechen?»

«Eine Person, die wir nicht identifizieren konnten», sagte Tron. «Vermutlich ein Mann. Er ist der Patrouille entkommen, musste aber das Gemälde zurücklassen.»

«Das Sie mitgebracht haben?» Der Großfürst geruhte einen flüchtigen Blick auf Sergente Bossi zu werfen, der immer noch – das flache Paket mit dem Tizian hatte er inzwischen an sein Bein gelehnt – an der Tür stand.

Tron nickte und deutete eine Verbeugung an. «Wir haben uns erlaubt, das Gemälde mitzubringen. Die Alternative hätte darin bestanden, Durchlaucht in die Questura zu bitten.» Er gab Bossi einen Wink, der neben ihn trat und die Tischdecke von dem Tizian entfernte.

«Wie Durchlaucht sehen», sagte Tron, «handelt es sich um eine Darstellung der heiligen Magdalena von Tizian. Vermutlich haben wir es mit dem Gemälde zu tun, das aus dem Palazzo da Lezze entwendet wurde. Und wir fragen uns natürlich, wie dieser Tizian auf die *Karenina* gelangt ist.»

Troubetzkoy blies mit einer Selbstbeherrschung, die Tron widerwillige Bewunderung abnötigte, einen weiteren Rauchring über den Schreibtisch und nickte nachdenklich. Dann sagte er: «Sind Sie überhaupt sicher, dass die Person, die Ihnen heute Nacht entwischt ist, nicht den Versuch gemacht hat, das Gemälde auf die *Karenina* zu bringen?»

«Was hätte das für einen Sinn gehabt?»

Der Großfürst schnippte die Asche seiner Zigarette auf den Fußboden und warf Tron einen mürrischen Blick zu. «Den Sinn, mir etwas anzuhängen. Einen Mord und einen Diebstahl.»

Tron lächelte. «Wir wissen definitiv, dass sich der Tizian seit vorgestern Nacht auf dem Schiff befand. Und wir wissen auch, wer das Gemälde dorthin gebracht hat.» Er hob die Stimme und sah Troubetzkoy direkt in die Augen. «Es gibt einen Zeugen, der gesehen hat, wie Durchlaucht vorgestern Nacht das Schiff betreten haben. Mit einem flachen und quadratischen Gegenstand.»

Damit war alles gesagt. Tron brauchte jetzt nur noch einen Schritt zurückzutreten (was er tatsächlich tat, denn bei diesen Russen konnte man nie wissen) und zuzusehen, wie Troubetzkoy vor seinen Augen die Fassung verlor. Würde er in Tränen ausbrechen und alles als eine Art Unfall darstellen? Oder würde er leugnen? Würde er wider alle Vernunft lautstark abstreiten, dass er selbst den im Palazzo da Lezze erbeuteten Tizian auf die *Karenina* gebracht hatte?

Und dann sah Tron, wie Troubetzkoy nichts dergleichen tat. Der Großfürst nahm ein Glas und eine Flasche von einem kleinen Tischchen, das neben seinem Schreibtisch stand. Er goss es voll – Tron vermutete, dass es sich bei der klaren Flüssigkeit um *Wyborowa* handelte – und trank es zur Hälfte aus. Danach ließ er seinen Blick über den Tizian schweifen, leerte mit einem Schluck den Rest seines *Szklankas* und stand auf. Er ging zum Fenster und starrte ein paar Minuten lang auf den Canalazzo hinab. Als er zurückkam, sagte er: «Gut, Commissario. Sie haben gewonnen.»

Ein Satz, den Tron gerne hörte. Irritierend war nur, dass Troubetzkoy bei diesem Satz lächelte – so wie jemand, der gerade einen besonders schmutzigen Trick anwendet, der ihm noch rechtzeitig eingefallen ist. Also offenbar das Gegenteil dessen meinte, was er sagte.

Tron räusperte sich. «Es trifft also zu, dass Durchlaucht den Tizian vorgestern Nacht auf die *Karenina* gebracht haben?»

Troubetzkoy nickte. «Ihre Andeutung», sagte er, «Sie könnten eine Hausdurchsuchung vornehmen, hatte mich ein wenig beunruhigt. Deshalb hielt ich es für klüger, den Tizian auf die *Karenina* zu bringen. Ich bezweifle allerdings, dass Sie jetzt einen Schritt weiter sind, Commissario.» Der Großfürst warf einen amüsierten Blick auf Tron. «Denn Sie haben weder das Bild, noch ist der Fall aufgeklärt – jedenfalls solange Sie mich für den Täter halten.»

Tron runzelte die Stirn. «Und was ist das hier?» Tron wies mit der Hand auf den Tizian.

«Ein Gemälde, das ich vor zwei Monaten von Kostolany gekauft habe. Mit dem Ratschlag, es für einige Zeit unter Verschluss zu halten. Vermutlich handelt es sich um eine illegale Kopie. Ich hatte das Gemälde am Samstag nicht erwähnt, weil mich der Besitz automatisch verdächtig gemacht hätte.»

«Warum? Wir hätten dem Eigentümer das Bild zeigen können. Er hätte mir sagen können, ob es sich um dasjenige handelt, das aus dem Palazzo da Lezze verschwunden ist.»

«Wenn es eine gute Fälschung ist, wird er kaum in der

Lage sein, das Original von der Kopie zu unterscheiden. Außerdem gehen Sie von einer Voraussetzung aus, von der Sie nicht wissen, ob sie zutrifft.»

«Welche Voraussetzung?»

Troubetzkoy brachte es fertig, mitleidig und zugleich amüsiert zu lächeln. «Die Voraussetzung, dass der Eigentümer die Absicht hatte, ein Original in Venedig zu verkaufen.»

Tron sagte: «Es spielt keine Rolle, ob ein Original gestohlen wurde oder eine Kopie. Die Frage ist, ob es sich um das Bild handelt, das aus dem Palazzo da Lezze verschwunden ist. Ich könnte mir denken, dass es irgendein Merkmal oder eine Beschädigung aufweist. Das würde für eine Identifizierung reichen.» Da er das Bedürfnis hatte, noch einen Punkt zu machen, fügte er hinzu: «Falls der Eigentümer uns mitteilen sollte, dass es sich hier um seinen Tizian handelt – ob Kopie oder nicht –, werden wir dieses Gespräch fortsetzen.»

Eine Drohung, die Troubetzkoy unbeeindruckt ließ. Er stand auf, um zu signalisieren, dass die Unterredung beendet war. «Das wird aber nicht der Fall sein, Commissario.»

«Was Troubetzkoy gesagt hat, ist gar nicht so abwegig», sagte Tron zu Bossi, als sie fünf Minuten später den Campo Santo Stefano überquerten. «Die Königin könnte tatsächlich mit einer Kopie nach Venedig gekommen sein.»

Zumal bei Marie Sophie ohnehin alles ziemlich durcheinander ging, dachte Tron. Wenn man ein bisschen am Lack kratzte, kam unter dem Gehrock eines russischen Zirkusdirektors ein Oberst der bourbonischen Truppen zum Vorschein, und hinter dem bürgerlichen Namen einer Signora Caserta verbarg sich eine exilierte Königin.

«Wenn sie es gewusst hat», sagte Tron, «wird sie es uns kaum verraten. Sie wird nicht zugeben, dass sie versucht hat, Kostolany eine Fälschung anzudrehen. Es gibt sogar noch eine Möglichkeit, die der Großfürst nicht berücksichtigt hat.»

«Und welche?»

«Die Königin könnte einfach behaupten, dass es sich bei diesem Bild um das Original handelt. Dann ist der Fall für sie abgeschlossen. Sie hat das Gemälde zurück und kann es verkaufen.»

«Falls es sich nicht ohnehin um das Original handelt. Dann würde sie lügend die Wahrheit sagen. Und zugleich Troubetzkoy ans Messer liefern.»

Tron sagte: «Oder sie hält das Bild tatsächlich für dasjenige, das sie mit nach Venedig gebracht hat. Möglicherweise werden wir es nie erfahren. Die Königin scheint ziemlich unter Druck zu stehen. Vielleicht kann sie sich in ihrer Situation keine Rücksichtnahmen leisten.»

«Jetzt reden Sie so, als würden Sie Troubetzkoys Geschichte glauben, Commissario.»

Tron schüttelte den Kopf. «Ich stelle lediglich fest, dass seine Version in sich logisch ist.»

«Nur dass der Großfürst leider nicht beweisen kann, dass er vor zwei Monaten einen Tizian von Kostolany gekauft hat», sagte Bossi. «Weil er nämlich denselben Kostolany vor fünf Tagen erdrosselt hat. Warum haben Sie ihn nicht auf sein falsches Alibi für die Mordnacht angesprochen?»

Tron sagte: «Das werde ich tun, wenn sich herausgestellt hat, dass dieses Gemälde definitiv identisch mit dem Gemälde aus dem Palazzo da Lezze ist.»

«Und was machen wir jetzt?»

«Wir begeben uns mit dem Bild zum Regina e Gran Canal.»

«Um der Königin *was* zu erzählen?»

«Dass Troubetzkoy behauptet hat, er habe dieses Bild bereits vor zwei Monaten von Kostolany gekauft. Und dass es sich eventuell um das Original handelt. Vielleicht gibt die Königin ja dann zu, dass sie eine Kopie verkaufen wollte. Aus lauter Freude darüber, dass sie wieder im Besitz des Originals ist.»

«Was Troubetzkoy entlasten würde», sagte Bossi.

Tron nickte. «Dann hätten wir zwar das Gemälde, aber nicht den Mörder.»

18

Marie Sophie legte den Brief, den sie jetzt zum zwanzigsten Mal gelesen hatte, auf die Schreibplatte ihres Sekretärs und beschwerte ihn mit der halbierten Glasgurke, die das Zimmermädchen heute Morgen in ihrem Salon zurückgelassen hatte. Die ausgehöhlte Gurke ähnelte den flachen Fischerkähnen auf dem Starnberger See, und Marie Sophie spürte auf einmal, wie das Heimweh einer heißen Welle gleich über ihr zusammenschlug. Sie hatte die Vorhänge ihres Salons im Regina e Gran Canal schließen lassen. Andere mochten die Aussicht auf die Mündung des Canalazzo, die Dogana und die Salute luxuriös finden, ihr ging der Ausblick inzwischen auf die Nerven. Er erinnerte sie jedes Mal daran, dass sie sich in Venedig aufhielt – in einer Stadt, in der es offenbar unmöglich war, ein Gemälde zu verkaufen, ohne dass der Kunsthändler erdrosselt und das Gemälde gestohlen wurde.

Der Brief aus Belgien, den ihr Oberst Orlow heute Morgen mit unbewegtem Gesicht überreicht hatte, konnte in seinem sachlichen Ton jederzeit als Geschäftsbrief durchgehen – eine wohl durchdachte Vorsichtsmaßnahme, die den Sinn hatte, sie zu schützen, falls die Briefe jemals in falsche Hände gelangen sollten. Dementsprechend war nur zwischen den Zeilen zu lesen, dass die Situation in Brüssel mit jedem Tag unhaltbarer wurde und sie gut daran tat, den Gang der Dinge zu beschleunigen.

Nur konnte sie im Moment nichts anderes tun, als zu warten und darauf zu hoffen, dass dieser Commissario Tron wirklich der Mann war, der das enthusiastische Lob ihrer Schwester verdiente – dass sich hinter seinem unscheinbaren Äußeren tatsächlich ein Ausbund von Scharfsinn und Tatkraft verbarg. Denn dieser Commissario, fand Marie Sophie, sah eigentlich eher aus wie jemand, der seine Tage in Kaffeehäusern verbrachte, um dort Gedichte zu schreiben. *Commissario Kaffeehausliterat* – ein bisschen abgerissen und immer pleite. Und gab dieser Tron nicht irgendeine obskure Literaturzeitschrift heraus? So ein Blättchen, das keiner kaufte? Auf jeden Fall, dachte Marie Sophie, würde es zu ihm passen.

Sie erhob sich seufzend, trat ans Fenster, schob den Vorhang zur Seite – und schreckte zurück wie ein Vampir beim Anblick eines Kruzifixes. Denn da war sie wieder, diese Salute-Kirche, die mit ihrer gigantischen Käseglocke und den steinernen Schneckennudeln darunter wie ein riesenhaftes Bühnenrequisit für eine schmalzige Operette aussah – wobei Marie Sophie der flüchtige Gedanke kam (den sie allerdings sofort verdrängte), dass auch ihre eigene Geschichte ein gutes Libretto für eine schmalzige Operette abgeben würde.

Am Wochenende hatte sie, um sich vom quälenden Warten auf Neuigkeiten aus der Questura abzulenken, zusammen mit Oberst Orlow einen Ausritt auf dem Lido unternommen – so hieß der lang gezogene Landstreifen, der die östliche Lagune vom offenen Meer trennte. Dieser Ausflug hatte sich als Fehlschlag erwiesen. Das Meer vor Neapel war eine leuchtende, tiefblaue Fläche, in seiner Bucht von heiteren Gebirgszügen umschlossen wie von Früchtekränzen. Hier waren sie einen endlosen, mit Treibholz und toten Fischen gesäumten Strand entlanggeritten, der mit armseligen Fischerdörfern und österreichischen Geschützstellungen besetzt war. Das Meer, fand sie, sah blass und grünlich aus, seltsam undurchsichtig, wie eine Suppe aus Grünkern, die man wieder aufgewärmt hatte. Und dann dieser Wind, ein widerlicher Ostwind, der ihr salzige Meeresluft und Sand in die Augen trieb.

Sie trat vom Fenster zurück, als sich drei mit Fremden besetzte Gondeln dem Regina e Gran Canal näherten – beim Anblick von Gondeln empfand sie jedes Mal ein fast körperliches Unbehagen. In diesem Moment klopfte es an der Tür ihres Salons, und sie drehte sich um. Es war ihre Zofe, die einen Besucher ankündigte.

«Commissario Tron, Hoheit.»

Marie Sophie warf einen flüchtigen Blick auf die Stutzuhr auf dem Kamin und stellte fest, dass es kurz vor zwölf Uhr war – eine ungewöhnliche Zeit für Besuch, aber nicht so ungewöhnlich, dass man auf einen sensationellen Durchbruch bei den Ermittlungen gefasst sein durfte. Sie strich ihr Kleid glatt, trat in die Mitte des Salons und reckte das Kinn empor.

«Ich lasse bitten. Und zieh die Vorhänge auf.»

Ein paar Augenblicke später sah sie, wie *Commissario Kaffeehausliterat* ihren Salon mit einer Verbeugung betrat – und dass sein Sergente einen flachen quadratischen Gegenstand unter dem Arm trug.

Maria Sofia di Borbone, fand Tron, war kleiner und ein wenig fülliger als ihre Schwester, dabei durchaus angenehm proportioniert, was durch den taillierten Schnitt ihres samtenen Hauskleides diskret betont wurde – ein Kleid, das mit seinen abgestoßenen Ärmeln und der deutlich sichtbaren Stopfstelle am Kragen nicht besonders königlich aussah. Andererseits, dachte Tron, glich die Königin (jedenfalls jetzt, da er wusste, wer sie war) in ihrem bescheidenen Aufzug und dem trotzig emporgereckten Kinn dem Bild, das sich die europäische Öffentlichkeit von ihr gemacht hatte: dem Bild einer unerschrockenen Kriegerin, einer Frau, die im Artilleriehagel der piemontesischen Truppen mit dem Mut einer Löwin von Stellung zu Stellung geeilt war – dem Bild der Heldin von Gaeta.

Tron sagte auf Deutsch: «Ich hatte gehofft, Hoheit anzutreffen.»

Einen Augenblick lang war die Königin irritiert. «Sie wissen, wer ich bin, Commissario?»

Tron räusperte sich und setzte ein respektvolles Lächeln auf. «Die Ähnlichkeit mit Ihrer Kaiserlichen Hoheit ist unverkennbar», sagte er. Dann fügte er mit einem wohlwollenden Blick auf Bossi hinzu: «Auch mein Sergente hatte sofort eine entsprechende Vermutung.»

«Was führt Sie zu mir, Commissario?»

«Ich möchte Hoheit bitten, ein Gemälde zu identifizieren.» Tron gab Sergente Bossi einen Wink, das Tischtuch von dem Tizian zu nehmen.

Die Königin machte zwei Schritte nach vorne, ging völlig unköniglich vor dem Bild in die Hocke und betrachtete es lange. Dann erhob sie sich wieder, schüttelte den Kopf – mit einem Gesichtsausdruck, als wollte sie sagen: Was einem doch alles passieren kann! – und sah Tron an. «Ich danke Ihnen, Commissario.»

Tron hob abwehrend die Hand. «Sind Hoheit sicher, dass es sich um das Gemälde handelt, das aus dem Palazzo da Lezze verschwunden ist?»

Die Königin runzelte die Stirn. «Ich verstehe Ihre Frage nicht, Commissario.»

«Dieses Gemälde», sagte Tron, «fand sich auf einer Brigg, die an den Zattere lag. Der Eigner behauptet steif und fest, er habe es vor zwei Monaten von Kostolany gekauft. Für einen günstigen Preis und mit dem Hinweis, dass es sich wahrscheinlich um eine Kopie handele.»

Jetzt war die Königin eindeutig verwirrt. «Und warum hat Kostolany uns nichts davon gesagt, dass er vor zwei Monaten eine Kopie der Magdalena gekauft und wieder verkauft hat?»

Tron zuckte die Achseln. «Vielleicht, um den Verkäufer des Gemäldes nicht in Schwierigkeiten zu bringen. Oder um sich selber keine Blöße zu geben. Ich weiß es nicht. Wenn es überhaupt stimmt, was uns der Eigner der Brigg erzählt hat.»

«Dieser Eigner – was ist das für ein Mann?»

«Es handelt sich um den russischen Generalkonsul. Den Fürsten Troubetzkoy.»

«Steht der Großfürst unter Verdacht?»

Tron nickte. «Allerdings. Aber wenn es sich tatsächlich um eine Kopie des Gemäldes handelt, würde ihn das entlasten.»

«Sie wollen also, dass ich den Tizian identifiziere?»

Tron deutete eine höfliche Verbeugung an. «Das wäre außerordentlich hilfreich.»

«Ich kann Ihnen immer noch nicht ganz folgen, Commissario. Das ist das Bild. Wie sollte eine Kopie dieses Bildes nach Venedig gelangen? Die ganze Geschichte ist doch völlig …»

Der Kopf der Königin fuhr erschrocken nach links, als die Tür zum Salon hart aufgestoßen wurde. Oberst Orlow, der die Hotelflure offenbar in Eilmärschen durchmessen hatte, hielt sich nicht damit auf zu grüßen. Stattdessen sagte er, leicht atemlos und die Augen auf den Tizian geheftet wie auf einen feindlichen Gefangenen: «Der Portier hat gemeldet, dass Sie im Haus sind, Commissario. Und dass Ihr Sergente ein flaches Paket dabeihat.» Oberst Orlow trat vor das Bild und starrte es eine Weile mit ausdruckslosem Gesicht an. Schließlich wandte er sich an Tron. «Gute Arbeit, Commissario», sagte er. Sein Lächeln war knapp und dienstlich.

«Möglicherweise gratulieren Sie mir zu früh.»

«Wie bitte?»

«Der Mann», sagte die Königin, «bei dem das Bild gefunden worden ist, behauptet, dass es sich um eine Kopie handele.»

«Die er vor zwei Monaten von Kostolany gekauft haben will», ergänzte Tron.

«Von Kostolany?» Orlow machte ein ungläubiges Gesicht.

Tron nickte. «Aber wenn es sich tatsächlich um das Original handelt, hätten wir den Mörder bereits ermittelt.»

Tron wandte sich der Königin zu, die immer noch mit gerunzelter Stirn vor dem Gemälde stand. «Hoheit?»

Die Königin hob hilflos die Schultern. «Es muss das

Original sein. Die einzige Kopie, die es von diesem Bild gibt, befindet sich in Rom.»

Trons Augenbrauen schossen nach oben. «Wie? Es gibt eine Kopie des Bildes?»

«Sie war für Erzherzog Maximilian bestimmt», sagte die Königin. «Gemalt auf einer Lindenholztafel, die auf der Rückseite eine Kopie des alten Siegels trug, der Echtheitsbestätigung und der Inventarnummer aus den königlichen Sammlungen in Neapel.» Die Königin räusperte sich nervös. «Der Erzherzog sollte sich der Illusion hingeben können, er würde ein Original besitzen.»

Die Formulierung fand Tron bemerkenswert. Sie ließ nämlich offen, ob man Maximilian darüber aufgeklärt hatte, was für ein Gemälde er da auf der *Novara* nach Mexiko brachte – ein Original oder eine Kopie.

«Nur gab es am Ende Gründe», fuhr die Königin etwas rätselhaft fort, «dem Erzherzog ein anderes Geschenk für seine mexikanische Residenz mit auf den Weg zu geben.»

«Diese Kopie ist also nicht an ihn verschenkt worden.»

Die Königin schüttelte den Kopf. «Als wir vor sechs Tagen abgereist sind, hing sie in der Kapelle des Palazzo Farnese.»

«Dann kann die Kopie unmöglich vor zwei Monaten verkauft worden sein», sagte Tron. «Es sei denn ...» Er brach ab, weil ihm plötzlich etwas einfiel. Rein logisch gesehen, gab es natürlich noch eine Möglichkeit. Allerdings kannte er die Umstände nicht, unter denen der Tizian in Rom kopiert worden war.

Die Königin sah Tron mit wachsender Ungeduld an. «Es sei denn *was*, Commissario?»

Aber Tron war noch nicht bereit, die Frage zu beantworten. «Wer hat diese Magdalena von Tizian in Rom kopiert?», erkundigte er sich.

Oberst Orlow schaltete sich ein. «Ein Pater Terenzio. Er arbeitet als Restaurateur für die Kurie und hat ein Atelier in der Küsterei von Santa Maria sopra Minerva.» Oberst Orlows Gesicht nahm einen verärgerten Ausdruck an. «Warum interessieren Sie sich für den Kopisten, Commissario?»

«Weil es noch eine andere Möglichkeit gibt.» Tron war sich inzwischen ziemlich sicher, dass niemand an einer anderen Möglichkeit ernsthaft interessiert war, aber die Überlegung lag auf der Hand. Er sagte: «Der Kopist könnte eine zusätzliche Kopie des Bildes angefertigt haben.»

Der Blick, den die Königin Tron zuwarf, war nicht besonders huldvoll. «Und diese zusätzliche Kopie vor zwei Monaten an Kostolany verkauft haben? Sodass dieses Bild hier *doch* kein Original ist? Ist es das, was Sie meinen?»

Tron nickte. «So ungefähr.»

Oberst Orlow lächelte – ein wenig gequält, wie es Tron schien. «Eine etwas abenteuerliche Theorie, Commissario.»

«Was wissen Sie über diesen Pater Terenzio?»

Orlow zuckte die Achseln. «Er gilt als ein genialer Kopist. Ein Dominikaner. Aber kein Fanatiker.»

«Halten Sie es für möglich, dass er eine zweite Kopie angefertigt und hier in Venedig verkauft hat?»

Orlow überlegte kurz. Dann sagte er: «Ich halte es eher für unwahrscheinlich. Aber auch wenn er es getan hat – wie könnten Sie es ihm beweisen?»

«Indem wir dieses Bild einem Experten zur Ansicht geben.» Tron war sich sicher, dass Sivry in der Lage sein würde, eine Kopie von einem Original zu unterscheiden. Immerhin waren Fälschungen sein Spezialgebiet.

«Und wenn sich herausstellt, dass es sich um eine Kopie handelt?»

148

«Dann hat der Pater tatsächlich eine zweite Kopie angefertigt und ist Ihnen eine Erklärung schuldig.»

Oberst Orlow tat diesen Vorschlag mit einem Schulter-
zucken ab. «Pater Terenzio ist in Rom.»

Dass Bossi sich zu Wort meldete, wenn Tron Gespräche
führte oder einen Verdächtigen vernahm, war noch nie
vorgekommen. Aber nun tat er es. Der Sergente machte
einen Schritt nach vorne, nahm eine militärische Haltung ein und sagte: «Der Pater ist nicht in Rom, Herr
Oberst.»

«Wie?» Orlow warf einen verärgerten Blick auf Bossi.
Er schien nicht erbaut darüber zu sein, dass jemand aus
den Mannschaftsrängen sich ungefragt zu Wort meldete.

Aber Bossi ließ sich nicht aus der Ruhe bringen. «Ein
Pater Terenzio ist seit zwei Monaten in Venedig. Er restau-
riert das Deckengemälde in San Pantalon.»

«Woher wissen Sie das, Sergente?»

«Ich wohne am Campiello Mosca», sagte Bossi. «San
Pantalon ist unsere Kirche. Der Pater ist jeden Tag bis zum
späten Nachmittag auf seinem Gerüst.»

«In diesem Fall», sagte Tron, «sollte ich vielleicht ein
Wort mit dem Pater reden.»

Oberst Orlow runzelte die Stirn. «Und wann?»

Tron konsultierte seine Repetieruhr. Der Zeiger stand
auf kurz vor eins, und wie zur Bestätigung hallte ein klin-
gender Schlag von der Salute über den Canalazzo. «Ich
könnte sofort gehen», sagte er.

Der Oberst hatte die Mundwinkel skeptisch herabge-
zogen und schien nichts von einer Unterredung mit Pater
Terenzio zu halten. «Was versprechen Sie sich davon? Es
gibt keinen Beweis dafür, dass dieses Gemälde eine Kopie
ist. Nur die Behauptung eines Verdächtigen.»

«Das ist richtig», sagte Tron. «Aber bei dem Mann, der

unter Verdacht steht, handelt es sich um den russischen Konsul in Venedig.»

Oberst Orlow machte kein Hehl aus seiner Überraschung. «Sprechen Sie von Troubetzkoy?»

«Sie kennen den Großfürsten?»

«Wir sind uns in St. Petersburg begegnet.»

«Kennen Sie ihn gut?»

Oberst Orlow schüttelte den Kopf. «Flüchtig. Fragen Sie mich also bitte nicht, ob ich ihm einen Mord zutrauen würde. Weswegen steht der Großfürst unter Verdacht?»

«Kostolany hat Gemälde für den Zaren gekauft und über Troubetzkoy abgerechnet. Dabei soll der Großfürst exorbitante Provisionen kassiert haben.»

Oberst Orlow hob die Augenbrauen. «Sie meinen, Troubetzkoy hat den Zaren betrogen?»

Tron nickte. «Darauf läuft es wohl hinaus. Kostolany hatte angeblich ein Dossier darüber vorbereitet.»

«Worauf Troubetzkoy ihn ermordet und den Tizian mitgenommen hat, um einen Raubmord vorzutäuschen.»

«Das war unsere Annahme», sagte Tron. «Aber jetzt behauptet der Großfürst, der Tizian, den wir auf seinem Schiff sichergestellt haben, sei eine Kopie, die er vor zwei Monaten von Kostolany gekauft hat.»

«Offenbar sind Sie von der Richtigkeit dieser Aussage nicht überzeugt, Commissario.»

Tron schüttelte den Kopf. «Es sei denn, ich höre von Pater Terenzio, dass tatsächlich zwei Kopien des Gemäldes angefertigt worden sind. So lange steht der Großfürst für mich unter Verdacht.»

Oberst Orlow zog ein besorgtes Gesicht. «Ist Ihnen klar, dass Sie sich auf dünnem Eis bewegen, wenn Sie gegen einen solchen Mann ermitteln?»

Tron nickte. «Selbstverständlich. Es gibt eine direkte

Anweisung des Stadtkommandanten, den Großfürsten mit Samthandschuhen anzufassen. Niemand möchte, dass ein Schatten auf die guten Beziehungen zwischen Wien und St. Petersburg fällt. Ich muss also jeder Möglichkeit, dass Seine Hoheit unschuldig ist, sorgfältig nachgehen.» Das mit dem Stadtkommandanten stimmte nicht, aber es hörte sich gut an.

Der Oberst hätte im Sarg liegen können, so ausdruckslos war seine Miene. «Und das bedeutet?»

«Es bedeutet, dass ich ein Gespräch mit Pater Terenzio führen werde», sagte Tron. «Und dass mein Sergente das Bild vorläufig auf die Questura bringt.»

19

Von außen machte die Kirche San Pantalon mit ihrer unverkleidet gebliebenen, schmutzigen Backsteinfassade nicht viel her – ebenso wenig wie der kleine, von schlichten Häusern umschlossene Campo, an dem die Kirche lag. Man musste schon die schwere Eichentür aufstemmen, ein paar Schritte in den Mittelgang hineinlaufen – und dann den Blick auf die Decke richten. Genau das tat Tron jetzt, nachdem er seinen Zylinderhut abgenommen hatte, und wie immer fragte er sich, warum er einen gut gemalten Himmel jederzeit einem echten vorzog. Weil er sich unter gemalten Himmeln manchmal fast schwerelos fühlte, fast so wie emporgehoben? Das war natürlich albern, aber dieses Gefühl war unbestreitbar vorhanden, obgleich es schwierig sein mochte, mit anderen darüber zu reden. Mit dem Sergente zum Beispiel. Der hätte ihn nur verständnislos angesehen.

Kniff man die Augen ein wenig zusammen und kam das Licht – wie jetzt, an diesem Sommernachmittag – von der richtigen Seite, war die Illusion fast perfekt. Dann ging die reale Architektur des Kirchenraumes unmerklich in die gemalte über, in eine Scheinarchitektur von Treppen, Säulen und Bögen, die sich zu einem goldfarbenen Himmel öffnete, dessen Bestimmung es war, die Seele des Heiligen aufzunehmen. Auf der rechten Seite des riesigen Deckengemäldes saß Kaiser Diokletian gemütlich unter einem Zeltdach – der Schurke in dem Stück, das Antonio Fumiani vor zweihundert Jahren gemalt hatte und «Martyrium des heiligen Pantalon» hieß. Der heilige Pantalon selber wurde eingefasst von einer Aura aus Licht und scharf beobachtet von einer Rotte finsterer Henkersknechte, die ihm bereits die Folterwerkzeuge zeigten. Doch bevor Tron feststellen konnte, um welche perfiden Gerätschaften es sich handelte, musste er den Kopf in eine normale Position bringen, weil ihm schwindlig wurde. Oder hatte ihn religiöse Ergriffenheit übermannt? Nein – das war unwahrscheinlich. Jedenfalls liebte Tron den Spiegel im Mittelgang der Jesuati, durch den man dort das Deckengemälde (von Tiepolo) betrachten konnte, ohne sich den Hals zu verrenken.

Das Gerüst, auf dem der Pater Terenzio arbeitete (Tron hörte Schlurf- und Knarrgeräusche auf der obersten Plattform), erwies sich als waghalsige Konstruktion aus vier übereinander liegenden Plattformen, die über steile Holzleitern miteinander verbunden waren. Der ganze Turm schien mit jedem Lüftchen, das durch die Kirche wehte, leicht zu schwanken. Tron bemerkte, dass die oberste Plattform vorsichtshalber mit zwei Seilen an den seitlichen Rundbogenfenstern befestigt war. Wie hoch mochte die ganze Konstruktion sein? Zehn Meter? Zwanzig Meter?

Einen Sturz von der obersten Plattform würde jedenfalls niemand überleben.

Tron, der überlegte, ob er hinaufklettern oder den Pater zu sich herabbitten sollte, trat an den Fuß der Konstruktion und formte seine Hände zu einem Trichter.

«Pater Terenzio?»

Gütiger Himmel – die sechs Silben explodierten wie Böllerschüsse im Kirchenraum. So laut hatte er gar nicht rufen wollen. Fing der hölzerne Turm nicht bereits an zu schwanken? Ein betendes Mütterchen, das zwei Reihen vor ihm in ihren Rosenkranz vertieft war, zuckte zusammen und warf ihm einen giftigen Blick zu. Dann sah Tron, der wieder den Kopf in den Nacken gelegt hatte, wie sich zwanzig Meter über ihm ein Gesicht über den Rand der Plattform schob, gefolgt von einem Arm, der eine einladende Bewegung machte – offenbar schien es für den Pater ganz normal zu sein, auf seinem schwankenden Turm Besucher zu empfangen.

Oben angelangt, wo die einfallende Sonne alles mit einem leuchtenden Flor überzog, hatte Tron den Eindruck, dass Pater Terenzio sich nicht ungern bei seiner Arbeit unterbrechen ließ. Der Pater war jünger, als er ihn sich vorgestellt hatte, schlank, mit einem intelligenten, fast femininen Gesicht. Am Rand der hölzernen Plattform stand ein Arbeitstisch, auf dessen Platte sich alle möglichen Utensilien stapelten: Pinsel und kleine Messer in verschiedenen Größen, frische und benutzte Lappen, daneben eine ganze Sammlung von großen und kleinen Flaschen. Ohne dass Tron sagen konnte, warum, wirkte der Arbeitstisch Pater Terenzios wie der Schminktisch einer Theatergarderobe. Es roch intensiv nach Terpentinöl und Patschuli. Der Terpentinölgeruch kam vom Tisch her, der Patschuliduft von Pater Terenzio. Selbstverständlich trug der Pater keine Soutane, sondern eine sandfarbene, von Farbklecksen übersäte Kutte, die von einer ledernen Schnur zusammengehalten wurde. Er hatte sich bei Trons Erscheinen von einem kleinen Korbstuhl erhoben und musterte seinen Besucher neugierig. «Signore?»

In Paris, dachte Tron, würden die Beamten der *sûreté* jetzt – zack! – eine Marke zücken – das hatte ihm Bossi erklärt. Und dass die Marke gleich einen gewissen Schwung in die Unterhaltung brachte. Aber da die venezianische Polizei (zu Bossis Bedauern) über keine derartigen Marken verfügte, musste Tron sich darauf beschränken zu sagen: «Commissario Tron, venezianische Polizei.»

Pater Terenzio zog einen Moment lang irritiert die (gezupften?) Augenbrauen empor. Dann lächelte er – ziemlich charmant, wie Tron fand – und sagte: «Wollen Sie meine *Stampa di Torino* konfiszieren und mich anschließend verhaften?» Der Pater machte eine vage Handbewegung zu einer zerknitterten Zeitung, die auf den Holzbrettern der Plattform lag.

Tron schüttelte lächelnd den Kopf. «Ich wollte Ihnen nur ein paar Fragen stellen, Pater.»

Die hölzerne Plattform, auf der sie standen, reichte so hoch, dass man das riesige Deckengemälde mit ausgestrecktem Arm berühren konnte. Tron registrierte erstaunt, dass die elegante Malerei Antonio Fumianis aus der Nahsicht fast grob und ungelenk wirkte. Außerdem war die Oberfläche des Bildes stark verschmutzt. An vielen Stellen hatten sich Blasen auf der Leinwand gebildet, an anderen blätterte die Farbe ab.

«Die Blasen und die abblätternde Farbe», sagte Pater Terenzio, der Trons Blicken gefolgt war, «sind nicht das Problem. Und den Schmutz auf dem Bild können Sie leicht entfernen.»

«Und was ist das Problem?»

«Dass es sich bei diesem Gemälde nicht um ein Fresko handelt, sondern um ein Ölgemälde.» Pater Terenzio seufzte. «Das ganze Bild besteht aus Dutzenden an der Decke befestigten Leinwänden. Eine höchst ungewöhnliche Methode für ein Deckengemälde.»

«Ja, und?» Tron hatte Schwierigkeiten, Pater Terenzios Ausführungen zu folgen.

«Das Problem ist das Nachdunkeln», sagte Pater Terenzio. «Fresken werden dunkler durch Oberflächenschmutz – diese Bilder lassen sich reinigen. Dann sehen selbst Wandgemälde aus dem vierzehnten Jahrhundert wieder frisch aus. Aber bei Ölgemälden wird das Öl selbst – das Bindemittel – mit den Jahren dunkler. Da können Sie noch so viel Kerzenruß und Firnis entfernen – das Bild wird immer dunkel bleiben.»

«Und was werden Sie tun?»

Pater Terenzio zuckte die Achseln. «Den Zustand dokumentieren und einen Kostenvoranschlag machen.» Er fischte eine Zigarette aus dem Ärmel seiner Kutte, zündete sie an und inhalierte den Rauch. «Aber vermutlich sind Sie nicht hier, um mit mir über das Restaurieren von Gemälden zu sprechen.»

Tron schüttelte den Kopf. «Ich bin hier, weil ich mit Ihnen über das Kopieren von Gemälden reden wollte.»

Jetzt sah der Pater ein wenig irritiert aus. «Wollen Sie, dass ich Ihnen ein Gemälde kopiere?»

«Nein. Ich will mich nur nach einem Bild erkundigen, das Sie vor einem halben Jahr in Rom kopiert haben. Es geht um einen Tizian. Vermutlich erinnern Sie sich daran.»

Pater Terenzios Gesicht wurde plötzlich verschlossen. «Ein privater Auftrag», sagte er knapp. «Ich glaube nicht, dass es klug ist, sich daran zu erinnern.»

«Die Königin von Neapel und Oberst Orlow halten sich in Venedig auf», sagte Tron. «Sie wissen, dass ich die Absicht habe, mit Ihnen zu sprechen.»

Eine Mitteilung, die Pater Terenzio mit mäßigem Interesse entgegennahm. Er sagte: «Und worum geht es, Commissario?»

«Darum, dass eine Kopie – oder vielleicht auch das Original – des Gemäldes in Venedig aufgetaucht ist.» Tron sah Pater Terenzio aufmerksam an, als er weitersprach. «Und zwar im Zusammenhang mit einem Mordfall.»

Normalerweise reichte es aus, das Wort Mord auszusprechen, um den Leuten eine deutliche Reaktion zu entlocken. Doch die gelangweilte Art, in der Pater Terenzio die Asche von seiner Zigarette streifte, war eine deutliche Nichtreaktion. Er sagte: «Eine Kopie oder das Original? Entschuldigen Sie, wenn ich Sie nicht ganz verstehe.»

Der Pater hatte nicht danach gefragt, wer ermordet worden war. Aber das alles musste nichts bedeuten.

«Die Königin», erklärte Tron, «ist mit dem Original des Gemäldes nach Venedig gekommen, um es hier zu verkaufen. Der Kunsthändler, dem sie es eine Nacht zur Ansicht überlassen wollte, ist ermordet worden.»

«Wobei vermutlich der Tizian gestohlen wurde.»

Tron nickte. «Wir haben den Tizian inzwischen bei einem Verdächtigen gefunden. Aber der Mann sagt, er habe das Bild bereits vor zwei Monaten gekauft und vermutet, dass es sich um eine Kopie handelt.»

Der Pater begriff sofort, worauf es ankam. «Was ihn zweifellos entlasten würde», sagte er. «Bei wem hat er es gekauft?»

156

«Bei dem ermordeten Kunsthändler.»

«Der seine Aussage nicht mehr bestätigen kann», sagte Pater Terenzio. «Ihr Verdächtiger braucht also den Nachweis, dass es sich bei diesem Tizian um eine Kopie handelt.»

Tron nickte. «Leider waren weder die Königin noch Oberst Orlow in der Lage ...»

Pater Terenzio fiel Tron ins Wort. «Ihnen zu sagen, ob es sich bei dem Bild um eine Kopie oder um das Original handelt.» Der Pater lächelte eitel. «Das überrascht mich nicht.» Er ordnete die Falten, die seine Kutte über seinem Knie warf. «Selbst einem Experten dürfte es schwer fallen, das Original von den beiden Kopien zu unterscheiden.»

Moment mal. Hatte er sich da verhört? Oder hatte Pater Terenzio tatsächlich von zwei Kopien gesprochen? Tron sah Pater Terenzio gespannt an. «Sagten Sie eine der *beiden* Kopien? Gab es *zwei* Kopien?»

Pater Terenzio nickte – völlig unbefangen. «Oberst Orlow hatte zwei Kopien bestellt. Eine war für Erzherzog Maximilian bestimmt. Die andere sollte nach Wien gehen.»

«Und der Auftrag ist Ihnen direkt von Oberst Orlow erteilt worden?»

«Er hat mir den Auftrag erteilt und mich anschließend bezahlt.»

«Haben Sie die Königin jemals persönlich getroffen?»

Pater Terenzio schüttelte den Kopf. «Dazu ist es bedauerlicherweise nie gekommen.»

«Wusste Marie Sophie, dass nicht nur eine, sondern zwei Kopien bestellt worden waren?»

«Warum sollte sie das nicht wissen?»

«Weil von einer zweiten Kopie nie die Rede war.»

Der Pater stieß einen Pfiff aus. «Dann hat Oberst Orlow

die zweite Kopie also ohne Wissen der Königin anfertigen lassen.» Er überlegte einen Moment lang. «Meinen Sie, dass er die Kopie hier in Venedig verkauft hat?»

«Das wäre denkbar.» Tron hob bedauernd die Schultern, um anzudeuten, dass er die zweite Möglichkeit für reine Theorie hielt. Er sagte: «Es wäre aber ebenfalls denkbar, dass *Sie* eine zweite Kopie angefertigt haben, um sie hier in Venedig zu verkaufen.»

Pater Terenzio lächelte amüsiert. «Ich kann Ihnen nicht beweisen, dass es nicht so war. Aber vermutlich hätten Sie für die Behauptung, dass ich das Gemälde hier in Venedig verkauft habe, ebenso wenig einen Beweis.» Er trat seine Zigarette auf den Holzbrettern der Plattform aus. «Werden Sie mich jetzt auffordern, die Stadt nicht zu verlassen?»

Tron schüttelte den Kopf. «Ich möchte Sie lediglich bitten, morgen früh in die Questura zu kommen, um sich das Gemälde anzusehen.»

«Was verstehen Sie unter früh, Commissario?»

«Wäre Ihnen zehn Uhr angenehm?»

Pater Terenzio zuckte die Achseln. «Wie Sie wünschen.» Er zog wieder eine Zigarette aus dem Ärmel seiner Kutte, aber diesmal hielt er sie nur zwischen den Fingern, ohne sie anzuzünden. «Haben Sie die Absicht, Oberst Orlow ebenfalls um zehn auf die Questura zu bitten?»

Nein, dachte Tron, diese Absicht hatte er nicht. Aber das wäre zweifellos eine spannende Begegnung. «Legen Sie denn Wert darauf, den Oberst zu sehen?»

Die Antwort des Paters kam ohne Zögern. Und jetzt hörte er sich wirklich aufgebracht an. «Oberst Orlow hat mir indirekt unterstellt, ich hätte hinter seinem Rücken eine zweite Kopie angefertigt. Vielleicht sollte man ihm die Gelegenheit geben, die Sache aufzuklären.» Pater Terenzio sah Tron wütend an, und seine dunklen Augen funkelten durch das Spinngewebe aus Schatten, das das Geländer des Gerüstes auf sein Gesicht warf. «Ja, ich finde, Sie sollten den Oberst ebenfalls auf die Questura bitten, Commissario.»

20

Er trug einen leichten Sommeranzug, dazu Stiefel mit hellen Gamaschen, in der Hand einen Stock aus Eschenholz, um bissige Hunde und bettelnde Kinder abzuwehren. Sein runder Strohhut, den er praktisch nie aufsetzte (und anschließend in einem der Kanäle entsorgen würde), war Tarnung genug. Selbstverständlich war er nicht bewaffnet. Dass er an Ort und Stelle gezwungen sein würde, zu improvisieren, war nicht der Idealfall, aber es beunruhigte ihn auch nicht sonderlich. Er hatte immer die Männer bewundert, die zu virtuoser *fa-presto*-Arbeit in der Lage waren. Außerdem schnurrten riskante Unternehmen selten ab wie ein Schweizer Uhrwerk – es lief immer irgendwie auf ein Impromptu hinaus.

Von der Carmini schlug es halb fünf, als er den Campo Santa Margherita betrat. Wie er es erwartet hatte, hielt die träge Hitze des späten Nachmittags die meisten Bewohner von Dorsoduro noch in ihren Wohnungen fest, und bis auf zwei schwarz gekleidete Frauen, die gerade dabei waren, ihre Wäsche aufzuhängen, war der Campo menschenleer.

Als er den Platz überquert hatte und in den Schatten der Calle della Chiesa trat, sah er zwei kleine Kinder, barfuß und in bräunliche Lumpen gekleidet, am Fuß des abgebrochenen Campanile mit den Resten einer Wassermelone spielen. Sie erstarrten bei seinem Anblick zu einem regelrechten *tableau vivant*, und einen Moment lang bewunderte er die unglaublich reiche Skala von Brauntönen, Dunkelgelb und Ockertönen, in der sich die beiden Kinder präsentierten. Wer hatte diese zerlumpten Knaben gemalt, die eine Wassermelone in sich hineinstopften? Velázquez? Murillo? Und wo hatte er das Bild gesehen? In Madrid? In Paris? Ach, egal. Jedenfalls, dachte er, bestätigte der Anblick das, was Künstler von jeher wussten: dass nämlich die wahre Schönheit nicht in den Dingen liegt, sondern im Auge des Betrachters. Er blieb stehen und warf den beiden Kindern eine Lira zu. Natürlich würden sie sich an ihn erinnern (dass ihnen jemand eine ganze Lira schenkte, dürfte nicht sehr häufig vorkommen), aber sie würden kaum in der Lage sein, ihn zu beschreiben.

Ein paar Minuten später saß er auf einer der hinteren Bänke von San Pantalon und stellte fest, dass es sich bei dem Gerüst, auf dem Pater Terenzio arbeitete, um eine erstaunlich schlampige Konstruktion aus vier hölzernen, durch Leitern verbundenen Plattformen handelte. Der ganze Turm schien weniger durch Nägel und Seile als durch Gebete zusammengehalten zu werden, und er fragte sich, ob Pater Terenzio wusste, dass er wahrscheinlich bei jedem Aufstieg sein Leben riskierte. Zwei Seile, links und rechts an den Kirchenwänden befestigt, hielten das Gerüst in der Senkrechten. Interessant war, dass das Seil auf der rechten Seite stramm gespannt war, während es auf der linken Seite durchhing. Wenn man genau hinsah, stellte man fest, dass die ganze Konstruktion eine leichte Schlagseite hatte.

Beinahe wäre er in Gelächter ausgebrochen – es war alles viel einfacher, als er gedacht hatte. Und diesmal würde es keine hässliche rote Kerbe geben, sondern nur ein paar diskrete Druckstellen, die man leicht übersehen konnte. Die außerdem kaum auffallen würden, wenn alles so ablief, wie er es sich vorgestellt hatte.

Er erhob sich langsam, und auf dem Weg zur Plattform warf er ein paar Münzen in den Opferstock, obwohl er davon überzeugt war, dass man sich die Gnade des Herrn nicht erkaufen konnte. Dann setzte er seinen Fuß auf die unterste Sprosse der hölzernen Leiter und atmete tief durch. Pater Terenzio würde gleich das Privileg haben, direkt von der Ausübung eines frommen Werkes vor den Thron des Allmächtigen gerufen zu werden.

«Glaubst du, dass Pater Terenzio die Wahrheit sagt?»

Die Principessa − der Hitze wegen nur mit einem schlichten schwarzen Leinenkleid bekleidet, das ihre Arme unbedeckt ließ − beugte sich über den Tisch, um einen Rauchschwaden wegzufächeln, der vom offenen Fenster in den Speisesalon des Palazzo Balbi-Valier wehte. Sie hatte ihren äthiopischen Diener angewiesen, drei Räucherkegel auf dem Fensterbrett zu entzünden, um die Mücken fern zu halten, aber der Abendwind, der den Rauch in den Salon blies, trieb jetzt ganze Schwärme durch das geöffnete Fenster. Und es war schwierig, im Palazzo Balbi-Valier (wo jeder Quadratzentimeter entweder aus kostspieligen Brokattapeten oder unbezahlbaren Bildern bestand) eine Fliegenklatsche zu benutzen.

«Und dass Oberst Orlow», fuhr die Principessa fort, «tatsächlich zwei Kopien bei Pater Terenzio bestellt hat?»

Tron hob den Kopf von seinen *Fraises mignonnes glacées* − geeiste Walderdbeeren −, von denen er bereits eine beträchtliche Portion verspeist hatte (so viel, dass ihm schon schlecht war), und machte ein ratloses Gesicht.

«Bossi war fest davon überzeugt, als ich ihn vorhin auf der Questura gesprochen habe», sagte er. «Aber Bossi kann Oberst Orlow nicht leiden. Außerdem kennt er Pater Terenzio nicht.»

Die Principessa hatte das Abendessen auf eine Folge von kalten Desserts beschränkt und der brütenden Hitze wegen zwei Flaschen Champagner auf den Tisch stellen lassen. Das Klacken der Eiswürfel, das beim Bewegen der Flasche im Kühler entstand, erinnerte Tron jedes Mal an *Séparées* im Maxime – was völlig absurd war, denn das Maxime hatte er nie betreten.

«Du kennst beide», sagte die Principessa. «Was meinst du?» Sie gab Massouda oder Moussada – Tron brachte die beiden Diener immer durcheinander – einen Wink, ihr Champagnerglas wieder aufzufüllen.

Tron zuckte die Achseln. «Auf jeden Fall existiert eine zweite Kopie. Und damit rein theoretisch die Möglichkeit, dass Troubetzkoy uns nicht belogen hat. Ob Pater Terenzio sie ohne Wissen von Orlow angefertigt oder Orlow sie hinter dem Rücken der Königin bestellt hat, wird sich zeigen.»

«Was habt ihr vor?» Die Principessa tauchte ein Stück des monatlich vom Hofkonditor Demel aus Wien gelieferten Baumkuchens skrupellos in ihr Champagnerglas. Tron wartete fasziniert darauf, wie sie sich das champagnergetränkte Stück in den Mund schob.

«Pater Terenzio und Oberst Orlow werden morgen um zehn Uhr auf der Questura sein», sagte er. «Und sich vermutlich gegenseitig beschuldigen.»

«Und wie verfährst du in diesem Fall?» Der Baumkuchen im Mund der Principessa bewirkte, dass sie sich ein wenig undeutlich anhörte.

Ob er auch einmal versuchen sollte, ein Stück Baumkuchen in seinen Champagner zu tunken? Und den feuchten Baumkuchen zusammen mit ein paar *fraises mignonnes* zu verspeisen? Tron sagte: «Ehrlich gesagt, ich weiß es nicht.»

Die Principessa sah Tron über ihr Champagnerglas an und lächelte – ziemlich kühl, wie es Tron schien. Sie dachte ein wenig nach und sagte schließlich: «Ihr solltet euch einfach darauf einigen, dass es sich bei dem Gemälde von der *Karenina* um das Original handelt. Dann ist der Fall gelöst.» Ihre Hand – schnell wie die Zunge einer Schlange – schnellte plötzlich nach vorne und landete – rumms! – auf einer Mücke, die sich neben ihrem Teller niedergelassen hatte. Aus den Augenwinkeln registrierte Tron, wie Moussada (Massouda?) erschrocken zusammenfuhr.

Befriedigt über die Schnelligkeit ihrer Reflexe, fuhr die Principessa fort. «Sivry zahlt der Königin einen guten Preis für den Tizian, und wir hätten einige Aussicht darauf, Marie Sophie auf unserem Ball zu begrüßen.»

Tron schüttelte langsam den Kopf. «Das würde bedeuten, dass der Großfürst Kostolany ermordet hat. Aber vielleicht ist er ja unschuldig.»

Die Principessa hob die Schultern, und Tron sah, wie der großzügige Ausschnitt ihres schwarzen Kleides sich noch ein wenig weiter nach unten schob. «Ihr könnt ihn ohnehin nicht vor Gericht bringen.»

«Aber eine Festlegung auf Troubetzkoy würde bedeuten, dass der tatsächliche Mörder nie gefasst wird. Und außerdem würde es Ärger mit Spaur geben. Er hält große Stücke auf den Großfürsten und befürchtet eine Trübung des Verhältnisses zu Russland.»

«Und was folgt daraus?»

Tron häufte sich einen großzügigen Löffel Schlagsahne auf die Walderdbeeren, die er auf seinem Teller um ein Stück Baumkuchen herum arrangiert hatte. Er sagte: «Dass es zwei gute Gründe gibt, zunächst einmal davon auszugehen, dass es sich um eine Kopie handelt.»

«Warum gehst du nicht mit dem Bild zu deinem Freund Sivry?» Die Principessa lachte. «Wenn sich jemand mit Fälschungen auskennt, dann er.»

«Genau das hatte ich auch vor. Und wenn es tatsächlich ein Original ist – vielleicht willst du es dann kaufen. Ein Tizian fehlt noch in deiner Sammlung.»

«Würde es sich lohnen?»

«Auf jeden Fall wird der Preis stimmen. Die Königin hat es ziemlich eilig, das Bild zu verkaufen.»

«Wie gefällt es dir?»

Wie ihm das Bild gefiel? Tron stellte fest, dass er sich diese Frage noch nicht gestellt hatte. Und dass er nicht lange überlegen musste, um sie zu beantworten. Er sagte: «Ich bezweifle, dass Stendhal vor dem Bild kollabiert wäre. Man sieht eine etwas füllige Blondine, die mit halb geöffnetem Mund einen verzückten Blick zum Himmel richtet.»

Die Principessa brachte es mit ein paar Worten auf den Punkt. «Hört sich nach Schlafzimmerbild an.»

«Eines für bigotte Heuchler.» Tron verscheuchte eine Mücke, die sich auf seinem Ärmel niedergelassen hatte. Dann sagte er, einer plötzlichen Eingebung folgend: «Mir persönlich gefällt der Correggio in deinem Schlafzimmer erheblich besser.»

Wie zwanglos er die Rede auf das Schlafzimmer der Principessa gebracht hatte! Mit zerstreuter Miene fügte er noch hinzu: «Speziell diese kleine Katze am linken Bildrand.»

Die Principessa runzelte die Stirn und sah Tron einen

Moment lang verständnislos an. «Die Katze ist ein Windhund, Alvise.»

Tron machte ein unschuldiges Gesicht. «Bist du sicher?»

«Natürlich bin ich das.»

«Ich glaube, du täuschst dich.»

Die Principessa legte ihren Löffel neben den Teller und nahm einen kräftigen Schluck aus ihrem Champagnerglas. «Sei nicht albern. Das Bild hängt direkt über meinem Bett. Ich sehe es jeden Tag.»

«Wir könnten –», begann Tron und brach den Satz wieder ab – so als hätte er gerade (total überarbeitet, wie er war) den Faden verloren.

Die Principessa hob die Augenbrauen. «Nach oben gehen und das fragliche Tier auf dem. Bild überprüfen. Wolltest du das vorschlagen?»

Tron nickte ernsthaft. «Ein Blick auf das Gemälde würde diesen überflüssigen Streit beenden. Wir könnten zusammen die Gattung des Tieres bestimmen.» Sagte man das so – Gattung? Tron fand, dass das Wort *Gattung* im Zusammenhang dieses speziellen Satzes einen leicht anzüglichen Beiklang hatte.

Das Einverständnis der Principessa mit diesem Vorschlag erfolgte sofort. Sie sagte: «Ich sehe keinen sachlichen Einwand gegen diese Überprüfung.»

Tron spürte den Drang, das Wort Gattung (wie eckig sich das Wort am Anfang anhörte und wie weich und rund am Ende) ein zweites Mal zu verwenden. Er sagte: «Und wann überprüfen wir die Gattung des Tieres?»

«Sofort, wenn du möchtest.» Der Blick der Principessa fiel auf den Champagnerkübel und den serviettenumschlungenen Hals der Flasche. «Aber vielleicht sollten wir …»

«Den Champagner mitnehmen?»

Die grünen Augen der Principessa blitzten auf. «Das ist eine gute Idee, Alvise.»

Sie erhob sich leicht und schwerelos mit einem lasziven Schwung ihrer Hüften – eine Bewegung, die jedes Mal ein ganz eigenes Gefühl in Trons Magengrube auslöste.

Tron stand ebenfalls auf und lockerte mit der linken Hand seine Halsbinde. «Vielleicht», sagte er mit einem Blick auf Massouda (oder Moussada?), der vor der Kredenz stand und Gläser polierte, «solltest du Massouda einschärfen, dass wir heute Abend für niemanden …»

Aber er kam nicht dazu, den Satz zu Ende zu sprechen, denn in dem Moment öffnete sich die Tür, und der andere Diener der Principessa, Moussada (Massouda?), ebenfalls in Turban und Pluderhosen, zeigte sich auf der Schwelle und hinter ihm, in blauer Uniformjacke, deren oberster Knopf unvorschriftsmäßig geöffnet war, Sergente Valli.

«Das Gerüst in San Pantalon ist zusammengestürzt», sagte Sergente Valli atemlos. «Es ist umgekippt und auf den Altar gefallen.» Der Sergente sah ein wenig derangiert aus – so als wäre er selbst dem Kollaps der Plattformen nur um Haaresbreite entkommen.

Tron kannte die Antwort bereits, aber er stellte die Frage trotzdem. «Und Pater Terenzio?»

«Der Pater ist tot», sagte Sergente Valli. «Dr. Lionardo müsste unterwegs sein. Sergente Bossi ist bereits am Unfallort.»

21

Pater Terenzio, umgeben von allerlei Balken und Brettern und die Arme zur Seite gestreckt wie zwei Flügel, ruhte friedlich auf den Stufen, die zum Hochaltar von San Pantalon führten. Tron fand, dass seine sandfarbene Kutte einen reizvollen Kontrast zu dem roten Teppich bildete, der die Stufen bedeckte. Der Pater hatte Augen und Mund leicht geöffnet, was ihm den erstaunten Gesichtsausdruck eines Mannes gab, der gerade eine überraschende Mitteilung erhalten hatte. Für jemanden, der einen rasanten Sturz von der Kirchendecke absolviert hatte, sah Pater Terenzio, bis auf einen Riss in seiner Kutte und einen fehlenden Knopf, erstaunlich unbeschädigt aus, fast so, als hätte man ihn schon für sein Begräbnis hergerichtet – bereit, für die endgültige *restitutio ad integrum* vor den Thron des Herrn zu treten.

Den Ort, an dem Pater Terenzio die irdische Welt verlassen hatte, konnte man allerdings im Moment nicht betreten, denn Sergente Bossi war mit der Herstellung von Unfallfotos beschäftigt und hatte Tron bei dessen Eintreffen signalisiert, dass er noch zwei Aufnahmen machen wolle.

Also gesellte sich Tron zu der kleinen Schar von Zuschauern, die sich halbkreisförmig vor den Stufen des Altars gruppiert hatten und Bossis Verrichtungen teils fasziniert, teils gelangweilt verfolgten: Dr. Lionardo und seine beiden Gehilfen, zwei Sergentes von der Nachtschicht, schließlich ein dicker Mann und eine dicke Frau in bräunlichen Kitteln. Tron vermutete, dass es sich um den Küster und seine Frau handelte.

Der Sergente jedenfalls langweilte sich nicht. Speziell der Gebrauch des schwarzen Tuchs, unter dem sein Kopf und sein Oberkörper hin und wieder verschwanden, schien Bossi Freude zu bereiten. Er bediente es schwungvoll und mit der Virtuosität eines Zauberers, der eine Jungfrau hervorzaubert und wieder verschwinden lässt. Schließlich war die Arbeit getan, und einen Augenblick hatte Tron die Vision, dass der Sergente sich jetzt wie ein Varietédirektor verbeugen würde, um die nächste Nummer anzusagen: die dressierten Seehunde.

Doch das tat er nicht, sondern gab stattdessen wortlos die Bühne für Dr. Lionardo frei, der sich ungeduldig in Bewegung setzte. Offenbar hatte Bossi dem *medico legale* erklärt, dass niemand den Tatort betreten dürfe, solange die Tatortfotos noch nicht – wie drückte sich der Sergente immer aus? – *im Kasten* waren.

Tatortfotos? Trons Gedanken stolperten über dieses Wort wie über einen Stein. Als Sergente Valli ihn am Palazzo der Principessa abgeholt hatte, war von einem Unfall die Rede gewesen.

Bossi kam näher und salutierte. Tron sah, wie sich hinter ihm bereits Dr. Lionardo an die Arbeit machte – wie an einem *Tatort*. «Was ist passiert?»

«Das Gerüst ist zusammengestürzt», sagte Bossi. «Als Signor Petrelli, der Küster, die Kirche kurz vor fünf betrat, lagen die Bretter und Balken vor dem Altar und mittendrin Pater Terenzio.»

«War sonst jemand in der Kirche?», erkundigte sich Tron.

Bossi schüttelte den Kopf. «Nein.»

Tron deutete auf die fotografischen Apparaturen, die darauf warteten, in hölzernen Kisten verstaut zu werden. «Was sollen die Aufnahmen? Fotografieren wir jetzt auch Unfälle?»

Bossi brachte es fertig, bescheiden und triumphierend

zugleich zu klingen. «Ich glaube nicht, dass das hier ein Unfall war, Commissario.»

«Wie bitte?»

«Sie sagten doch, Pater Terenzio habe heute Nachmittag behauptet, dass der Oberst eine zusätzliche Kopie bestellt habe, von der die Königin nichts wusste.»

«Für diese Anschuldigung hatte Pater Terenzio keine Beweise.»

Ein Einwand, den Bossi nicht gelten lassen wollte. «Aber wir hätten angefangen, uns ernsthaft Gedanken zu machen.»

«Und um das zu verhindern, hat Orlow den Pater getötet?»

«Es wäre ein Motiv.»

«Und was hätten wir uns für Gedanken gemacht, Bossi?»

«Wie die Kopie des Bildes nach Venedig gekommen ist, die wir auf der *Karenina* gefunden haben», sagte Bossi, ohne nachzudenken. Und dann ohne Pause weiter: «Ich glaube, dass Oberst Orlow diese Kopie vor zwei oder drei Monaten an Kostolany verkauft hat. Der hat sie an Troubetzkoy weitergereicht. Und als die Königin das Original an Kostolany verkaufen wollte, hatte der Oberst ein Problem.»

«Sie meinen, die Königin durfte nicht erfahren, dass Kostolany bereits kurz zuvor eine Kopie gekauft hatte?»

Bossi nickte. «Oberst Orlow musste sicher sein, dass Kostolany das Geschäft nicht erwähnen würde.» Er überlegte kurz. «Und dafür hat Kostolany offenbar einen Preis verlangt, der Oberst Orlow zu hoch war. Worauf Oberst Orlow ihn umgebracht hat.»

Tron sagte: «Ihre Theorie ist ziemlich dünn, Sergente. Keine geschlossene Indizienkette. Der einzige Beleg, den

Sie haben, ist eine unbewiesene Behauptung von Pater Terenzio. Und das hier sieht mir eher nach einem Unfall aus.»

«Weil es so aussehen sollte.»

«Und wenn es Mord war, wie hat Oberst Orlow es gemacht?»

«Er hat Pater Terenzio zuerst niedergeschlagen und dem Gerüst dann irgendwie einen Stoß gegeben.» Bossi verstummte und sah auf einmal aus, als hielte er seine eigene Theorie für so wacklig wie das Gerüst, das Pater Terenzio in den Tod gerissen hatte.

Tron sah, dass Dr. Lionardo die Untersuchung der Leiche abgeschlossen hatte. Der *dottore* schloss seine schwarze Instrumententasche, erhob sich und kam auf sie zu.

«Und?» Tron blickte den *medico legale* erwartungsvoll an.

Dr. Lionardo streifte seine weißen Baumwollhandschuhe ab. «Sie wollen wissen, ob es ein Unfall oder ein Mord war, Commissario?»

Tron und Bossi nickten gleichzeitig.

«Die Antwort ist, ich weiß es nicht», sagte Dr. Lionardo. Er drehte den Kopf zur Seite und betrachtete den Toten mit der Begeisterung eines Kauflustigen, der sich nicht recht entscheiden konnte, weil das Angebot zu reichhaltig ist. «Der Pater hat alle möglichen Verletzungen, von denen jede einzelne tödlich gewesen sein könnte.»

«Gibt es Abwehrverletzungen an den Händen?»

«Nein.» Dr. Lionardo schüttelte den Kopf. «Aber die würden ohnehin nur zu sehen sein, wenn der Angreifer mit einem Messer auf den Pater losgegangen wäre.»

«Dann könnte der Mörder», sagte Sergente Bossi, «ihn also mit einem stumpfen Gegenstand niedergeschlagen haben.»

Bei den Worten *stumpfer Gegenstand* verdrehte Dr. Lionardo die Augen. «Könnte, hätte, würde.» Er blickte in die geschwärzte Kirchendecke über ihm und sagte dann, ohne Bossi anzusehen, zu Tron: «Der Mann ist aus zehn Metern Höhe auf die Altarstufen geknallt. Da lassen sich an seinem Körper keine Spuren von *stumpfen Gegenständen* mehr identifizieren.»

«Und die Taschen?», erkundigte sich Tron. Es hatte sich eingebürgert, dass Dr. Lionardo die Taschen der Toten untersuchte.

«Nichts», sagte Dr. Lionardo. «Bis auf das hier. War in seinem Kittel.» Er reichte Tron einen zerknitterten Umschlag.

Der Umschlag war leer, er enthielt nichts außer ein paar Farbkrümeln. Auf der Vorderseite standen zwei große, flüchtig mit Bleistift geschriebene Buchstaben, sie waren verwischt, aber noch deutlich zu erkennen. Plötzlich spürte Tron, wie sein Herz kräftig zu pochen begann. Großer Gott, natürlich! Er schüttelte den Kopf und wäre fast in Gelächter ausgebrochen. Sie hatten es übersehen – hatten eine ganz einfache Kombinationsmöglichkeit übersehen, so wie es vorkommen konnte, dass man auf der Suche nach einem verloren gegangenen Brief verzweifelt alle Fächer und Schubladen eines Zimmers durchwühlte, während er die ganze Zeit offen auf dem Tisch lag.

Tron wandte sich an Bossi, der sich gerade mit Leidensmiene daranmachte, seine hölzerne Kamera in einen schwarzen Koffer zu verstauen. «Was halten Sie davon, Sergente?» Er gab Bossi den Umschlag.

Der Sergente hielt sein Gesicht so dicht über den Umschlag, als würde er ihn ablecken. «Da sind zwei Buchstaben auf dem Umschlag», sagte er schließlich, nachdem er ihn lange betrachtet hatte. «Ich verstehe nicht, worauf Sie hinauswollen, Commissario.»

«Auf etwas Offensichtliches.» Tron empfand eine völlig unpädagogische Befriedigung darüber, dass der Sergente ihm nicht folgen konnte. «Wir haben die beiden Buchstaben P T im Kalender von Kostolany als Pjotr Troubetzkoy gelesen.» Er machte eine Pause, um dem, was er jetzt sagen würde, den gebührenden Nachdruck zu verleihen. «In Wahrheit aber», sagte er, «stehen sie für Pater Terenzio.»

Bossi ließ fast den großen Holzkasten fallen, in dem er die *Gelatine-Trockenplatten* verstauen wollte. Er sah Tron mit runden Augen an. «Wollen Sie damit sagen, dass Pater Terenzio an diesem Abend bei Kostolany gewesen ist?»

Tron nickte. «Mir hat der Pater zwar versichert, dass er Kostolany nicht kenne, aber das war gelogen. Als Pater Terenzio von Orlow den Auftrag bekam, den Tizian zu kopieren, hat er zwei Dinge getan, von denen der Oberst nichts ahnte. Er hat eine zusätzliche Kopie angefertigt und Oberst Orlow nicht das Original und eine Kopie zurückgegeben, sondern zwei Kopien.»

«Um das Original hier in Venedig an Kostolany zu verkaufen?»

«Richtig», sagte Tron. «Eine Kopie hätte Kostolany sofort erkannt. Der Pater konnte Kostolany nur das Original verkaufen. Kostolany war das Bild dann aber zu heiß, und er hat es an den Großfürsten weitergegeben. Mit dem Ratschlag, das Gemälde erst mal auf Eis zu legen. Troubetzkoy hielt das Bild für eine Kopie.»

«Und was ist passiert, als die Königin und Oberst Orlow nach Venedig kamen?»

«Da hat Kostolany den Pater gebeten, nach dem Besuch der Königin in den Palazzo da Lezze zu kommen.»

«Um was mit dem Pater zu besprechen?»

Tron zuckte die Achseln. «Vielleicht wollte er ihn nur darüber informieren, dass die Königin die Absicht hatte, eine seiner Tizian-Kopien zu verkaufen.» Er machte eine Pause. Dann sagte er: «Nur hat er mit dieser Einladung sein Todesurteil unterschrieben.»

«Wieso?»

«Glauben Sie denn, Kostolany hätte den Tizian, den ihm die Königin angeboten hatte, gekauft? Ein Bild, von dem er wusste, dass es sich um eine Kopie handelte? Für den Preis eines Originals?»

«Natürlich nicht.»

«Und Kostolany», fuhr Tron fort, «hat der Königin schlecht sagen können, dass es sich bei ihrem Tizian um eine Kopie handelt. Nicht bei dieser Vorgeschichte. Also hätte sich die Königin an einen anderen Kunsthändler gewandt. Es war nur eine Frage der Zeit, bis sie erfahren hätte, dass es sich bei diesem Bild um eine Kopie handelt.»

«Womit klar gewesen wäre, dass Pater Terenzio das Original behalten und der Königin zwei *Kopien* zurückgegeben hat», sagte Bossi ein wenig trübsinnig.

Tron nickte. «Folglich blieb Pater Terenzio nichts anderes übrig, als das Bild aus dem Verkehr zu ziehen. Was er nicht tun konnte, ohne Kostolany zu töten.»

Der Sergente wirkte jetzt auf einmal wie ein erfolgloser Handelsvertreter, der seinen Musterkoffer umsonst mitgeschleppt hatte. Ein halbes Dutzend *Gelatine-Trockenplatten* hatten sich als Ladenhüter erwiesen.

«Der Fall ist gelöst, Bossi.» Tron unterdrückte den Impuls, dem Sergente herablassend auf die Schultern zu klopfen. «Wir haben», fuhr er fort, «den Mörder und das gestohlene Bild. Spaur ist zufrieden, weil die guten Bezie-

hungen zu Russland nicht getrübt werden. Und die Königin von Neapel ist glücklich, weil sie ihren Tizian zu-
rückbekommen hat.»

Und die Principessa und die Contessa, dachte Tron,
sind zufrieden, weil sie unter diesen Umständen damit
rechnen können, die Königin auf dem Ball zu sehen.

Bossi sah auf einmal völlig erschöpft aus. Er stützte
sich auf das Kamerastativ, als wäre es eine Krücke. «Commissario, das mit dem Original oder dem Nichtoriginal –
da kann man leicht den Überblick verlieren.»

Tron neigte gütig seinen Kopf. «Kriminaltechnik ist
eben nicht alles, Bossi.»

22

«Gratuliere», sagte Spaur am Nachmittag des folgenden
Tages in der Questura. Er tippte mit dem Zeigefinger auf
Trons dreiseitigen Bericht, der vor ihm auf dem Schreib-
tisch lag. «Ausgezeichnete Arbeit, Commissario.»

Der Polizeipräsident, heute in gelbliches Leinen gekleidet, atmete zufrieden im Gleichklang mit dem soeben entkorkten *Barolo* und nahm sich ein rosa Marzipanherz aus einer hellblauen Pappmachégondel, die seinen
Schreibtisch in der Questura dominierte. Tron vermutete, dass es sich bei der Gondel um ein Geschenk von
Signorina Violetta handelte, deren fotografisches Portrait
in einem silbernen Standrahmen neben der Gondel plat-
ziert war.

Auf dem Schreibtisch des Polizeipräsidenten lagen
außer Trons Bericht keine weiteren Akten, aber das
Wiener Tageblatt, der Programmzettel der heutigen Traviata-

Aufführung im Fenice und ein Stapel Pariser Modezeitschriften. Tron erkannte den *Petit Courrier des Dames*, daneben lag *Les Modes Parisiennes*, zwei Zeitschriften, auf die auch die Principessa abonniert war.

Unter der Regie von Signorina Violetta hatte sich das Büro Spaurs aus einem Ort ärarischer Strenge in ein plüschiges Herrenzimmer verwandelt. Das harte Kavalett war durch eine weiche Ottomane ersetzt worden, auf einer kleinen Anrichte unter dem Bild des Kaisers sah Tron eine Sammlung von Likörflaschen, daneben ein halbes Dutzend Schachteln mit Demel-Konfekt, von dem der Polizeipräsident täglich große Mengen verspeiste. Im Raum hing die Ausdünstung von Spaurs verschwenderisch benutztem Rasierwasser und vermischte sich mit dem fauligen Geruch, der an heißen Tagen vom Rio di San Lorenzo hinauf in das Büro wehte.

«Ich hatte nicht erwartet», fuhr der Polizeipräsident fort, nachdem er Tron einen Stuhl angeboten hatte, «dass Sie den Fall so schnell lösen würden.»

Tron lächelte bescheiden. «Ich auch nicht, Herr Baron.»

«Ihr effektives Arbeiten», fuhr Spaur fort, «hat uns sehr beeindruckt.» Ob er mit dem *uns* sich und Signorina Violetta meinte oder lediglich im Pluralis Majestatis sprach, blieb unklar. Spaur stopfte sich eine weiteres Marzipanherz in den Mund und sah Tron an. «Wann werden Sie der Königin das Gemälde zurückgeben?»

«Wenn Monsieur de Sivry es untersucht hat und uns bestätigen kann, dass es sich um das Original handelt», antwortete der Commissario.

Spaur runzelte die Stirn. «Wird das nötig sein?»

«Wir wollen ganz sicher gehen», sagte Tron. «Aber ich rechne nicht mit Überraschungen.»

Spaur lehnte sich befriedigt zurück. «Dann kann ich dem Großfürsten heute Abend in seiner Loge mitteilen, dass der Fall gelöst ist. Und dass der Mörder durch einen Unfall zu Tode gekommen ist.» Der Polizeipräsident wiegte nachdenklich den Kopf. «Wer hätte das für möglich gehalten? Ein Priester.» Spaur rieb sich die Hände und sah Tron an. «Und die Novelle? Sind Sie weitergekommen?» Die Miene des Polizeipräsidenten machte kein Hehl daraus, dass er dieses Thema für wichtiger hielt als ein paar öde Morde. «Haben Sie das Material, das ich Ihnen diktiert hatte, bereits verarbeitet?»

Großer Gott, die Novelle. Tron überkam es siedend heiß. Natürlich war er nicht weitergekommen. Er hatte in den letzten beiden Tagen noch nicht einmal daran gedacht. Aber es wäre unklug, Spaur zu enttäuschen. Tron räusperte sich. «Selbstverständlich habe ich das, Herr Baron.»

«Und was ist Ihnen noch eingefallen?»

War ihm noch etwas eingefallen? Nein – wie denn auch? Jetzt fiel ihm noch nicht einmal ein, wovon diese Novelle überhaupt handelte. Ach, richtig. Von einem älteren Schriftsteller, der sich in einen jungen Polen – äh, nein – in eine junge Polin verliebt. O Gott, war das alles abgedroschen.

«Vielleicht, haben Sie ja inzwischen darüber nachgedacht», fuhr Spaur lebhaft fort, «wo dieser Schriftsteller in den besten Jahren –», der Polizeipräsident warf selbstgefällig den Kopf zurück und strich sich über seine gefärbten Haare, «– die junge Dame zum ersten Mal sieht?» Er beugte sich erwartungsvoll über den Tisch und sah Tron gespannt an.

Nein, das hatte Tron auch nicht. Aber er hielt die Frage nach dem Ort der ersten Begegnung für mäßig kompliziert. Wo also hatte der Schriftsteller die Polin zum ersten Mal gesehen? Tron musste ein Gähnen unterdrücken. Vielleicht auf einem Lloyddampfer? Oder auf einem Bahnsteig? Oder eher auf einem Traghetto? Und da er sich nicht entscheiden konnte und auch keine Lust hatte, länger darüber nachzudenken – denn im Grunde war es völlig egal –, sagte er einfach: «Der Schriftsteller sieht sie zum ersten Mal im Hotel.»

Spaur riss erstaunt die Augen auf. «Der Schriftsteller in den besten Jahren und die junge Polin sind im gleichen Hotel abgestiegen?» Seine entzückte Miene besagte, dass er das für einen äußerst raffinierten Einfall hielt.

Tron nickte. «Die junge Polin zusammen mit ihrer Familie und der Schriftsteller allein.» Er dachte kurz nach. «Der Schriftsteller erblickt sie zum ersten Mal in der Halle des Hotels. Sie sitzt mit ihrer Familie am Nebentisch.»

«Und wie sieht die junge Dame aus?» Der Blick, den Spaur bei dieser Frage auf die Fotografie von Signorina Violetta warf, sprach Bände.

Tron versuchte, sich daran zu erinnern, wie Signorina Violetta aussah. Hatte sie dunkle Haare? War sie blond? Er wusste es nicht, und es blieb ihm nicht anderes übrig, als zu raten.

«Sie ist blond», sagte Tron. Ein freudiger Ausdruck huschte über Spaurs Gesicht – Volltreffer.

«Sie hat», fuhr Tron lebhaft fort, «honigfarbenes Haar, und ihr Antlitz …» Er hielt inne, um zu überlegen, bevor er weitersprach. Jetzt würde es unklug sein, ins Detail zu gehen. «Ihr Antlitz», sagte er feierlich, «erinnert an griechische Bildwerke aus edelster Zeit.»

Öder konnte man es nun wirklich nicht ausdrücken, aber Spaur nickte befriedigt – mit Kennermiene. Dann legte er den Kopf in den Nacken und schloss die Augen.

Offenbar versuchte er, sich die Szene vorzustellen. «Und wie ist die junge Dame gekleidet, als der Schriftsteller sie zum ersten Mal sieht?» Tron hatte den Eindruck, dass Spaur etwas Außergewöhnliches erwartete.

«Sie trägt», sagte Tron, «kein Promenadenkleid, denn sie ist noch *sehr* jung.» Ja, das war gut. Das würde der Geschichte einen Einschlag ins Pikante geben, den Spaur bestimmt zu schätzen wusste. Der hatte bereits erwartungsvoll die Augen geöffnet, auch sein Mund stand ein wenig offen.

«Stattdessen trägt sie», führte Tron weiter aus, «ein schlichtes blaues Kleid mit einem weißen Kragen.» Sein Blick fiel auf den Stahlstich über der Ottomane, auf dem ein Segelschiff abgebildet war. «So eine Art Matrosenkleid.» Gab es das überhaupt? Ein Matrosenkleid? Eigentlich, dachte Tron, müsste es ja *Matrosinnenkleid* heißen.

Dem Polizeipräsidenten jedenfalls schien diese Vorstellung zu gefallen. «Eine junge *Matrosin*?» Er griff nach dem Glas mit dem Barolo und fuhr sich genüsslich mit der Zunge über die Lippen, so als wäre die polnische Matrosin ein Beuscherl oder ein Haggis. Tron fragte sich allmählich, was für eine Art von Geschichte Spaur von ihm erwartete.

«Dies ist», sagte Spaur nach längerem Nachsinnen, «ein *Motiv*, das Sie noch näher ausführen sollten.» Es blieb einigermaßen unklar, um welches *Motiv* es sich dabei handeln sollte.

«Liefern Sie mir doch», sagte Spaur, dessen Augen jetzt einen lüsternen Glanz hatten − vielleicht, weil er an das geheimnisvolle Motiv dachte − «eine kurze Skizze des Novellenanfangs.» Der Polizeipräsident machte sich wieder an der hellblauen Gondel zu schaffen.

Tron räusperte sich. «Eine kurze Skizze?»

Spaur sah Tron kalt an. «Zwei Kanzleibögen. Drei

Finger Rand für Korrekturen, die ich eventuell zusammen mit Signorina Violetta vornehmen werde.» Der Ton des Polizeipräsidenten machte deutlich, dass die Unterredung beendet war.

Tron erhob sich. Beim Gang zur Tür stellte er eine gewisse Steife in seinen Gelenken fest, es kam ihm vor, als hätte er gerade einen Unfall gehabt.

«Commissario?»

Tron, der die Hand bereits auf der Klinke hatte, drehte sich um. Würde er jetzt erfahren, um welches geheimnisvolle *Motiv* es sich handelte? «Ja, Herr Baron?»

«Ich erwarte», sagte Spaur, «dass dieser Fall, den Sie da bearbeitet haben, jetzt endgültig ab-ge-schlos-sen ist.» Er sprach die Silben so exakt aus, als würde er einen renitenten Rekruten zur Ordnung rufen. Der Blick, den er auf Tron warf, ließ an Deutlichkeit nichts zu wünschen übrig.

«Ich werde auf keinen Fall dulden», fuhr Spaur fort, «dass Sie einem Mann, der mich und Signorina Violetta heute Abend in seine Loge einladen wird, einen Mord unterstellen.»

«Gratuliere», sagte die Principessa eine Stunde später im Palazzo Balbi-Valier. «Der Tizian ist wieder da, der Großfürst ist unschuldig, und der Mörder ist tot. Ein optimales Ergebnis. Ich kann verstehen, dass Spaur glücklich ist.»

Tron hatte es für besser gehalten, vor seinem Besuch bei Konstancja Potocki bei der Principessa vorbeizuschauen – schon um sicher zu sein, dass sie nicht für heute Abend einen überraschenden Termin hatte.

Die Principessa nahm ihren Kneifer von der Nase und lehnte sich auf ihrer Récamiere zurück. «Wann wirst du der Königin das Bild zurückgeben?»

«Sobald Sivry das Bild untersucht hat», sagte Tron. «Er kommt morgen zurück und sagt uns Anfang nächster Woche, ob es sich um ein Original handelt oder nicht.»

«Und wenn es das Original ist?»

«Dann stimmt meine Theorie, und mit dem Tod von Pater Terenzio ist der Fall abgeschlossen.»

«An wen wird die Königin es dann verkaufen?»

«Vermutlich an Sivry.»

«Der für ein Original deutlich mehr zahlen müsste als für eine Kopie, richtig?»

«Selbstverständlich.» Tron runzelte die Stirn. «Warum fragst du?»

«Weil Sivry, sagen wir, *andeuten* könnte, dass es sich um eine Kopie handelt.»

«Um den Preis zu drücken? Das wird er nicht tun.»

«Du vertraust ihm?»

«Sivry hat mich noch nie betrogen», sagte Tron. «Er wird es auch nicht tun.»

«Einverstanden. Aber was machst du, wenn Sivry feststellt, dass es sich bei dem Gemälde um eine Kopie handelt?»

Tron zuckte die Achseln. «In diesem Fall könnten wir der Königin nicht das Original zurückgeben.»

«Womit unsere Chancen sinken, sie auf dem Ball zu sehen», sagte die Principessa. Sie schwang ihre Beine von der Récamiere und setzte sich auf. «Es sei denn, Sivry nimmt es in diesem Fall nicht so genau. Er war ja in solchen Fragen immer sehr flexibel.»

«Was willst du damit sagen?»

«Dass wir alle davon profitieren würden, wenn es sich bei diesem Bild um das Original handelt», sagte die Principessa. «Und dass Sivry ohnehin die Devise vertritt, dass die …» Sie brach ab und überlegte einen Augenblick.

180

Tron sagte: «Dass die Wahrheit den Menschen dient und nicht die Menschen der Wahrheit?»

Die Principessa nickte. «Ich wollte es gar nicht so grundsätzlich formulieren, Tron. Jedenfalls sollte Sivry die Situation berücksichtigen, in der er den Tizian untersucht. Und daran denken, dass Echtheit ein relativer Begriff ist.»

«Das brauchst du ihm nicht zu erklären», sagte Tron. «Das ist seine Geschäftsdevise.»

«Wann musst du gehen?»

Tron warf einen Blick auf die Stutzuhr der Principessa, die auf dem Kamin stand. «Sofort», sagte er. «Konstancja Potocki erwartet mich um sieben. Und der Gatte auch. Vermutlich werde ich ihm wieder auf der Treppe begegnen.»

Die Principessa sah Tron neugierig an. «Was sagt der eigentlich zu deinen wöchentlichen Besuchen bei seiner Frau?»

«Eifersüchtig ist er nicht. Wir plaudern hin und wieder auf der Treppe. Ich mag ihn.»

«Meinst du, Konstancja Potocki wird sehr ungehalten sein, wenn du ihr das neue Programm erläuterst?»

«Sie wird akzeptieren müssen, dass wir ihren Beitrag verkürzen. Wenn sie abspringt, können wir es nicht ändern.»

«Wie lange bleibst du im Palazzo Mocenigo?»

«Höchstens eine Stunde.» Tron erhob sich und griff nach seinem Zylinderhut. «Was gibt es?»

«Mousse au Chocolat.»

«Und anschließend?»

Die Principessa lächelte. «Sind wir für niemanden zu sprechen.»

In dem Moment, in dem Tron das Treppenhaus des Palazzo Mocenigo betrat, hörte er, wie die Musik einsetzte: erst die auftaktähnlichen Sekundenschritte in den ersten Takten der Mazurka, dann das Thema, das aus einer schlichten Melodie mit einer melancholischen Quart und ein paar abfallenden Kadenzen bestand.

Tron liebte Chopin, das geheimnisvoll Verschleierte an ihm, das Engelhafte seiner Gestalt, die ihn immer an Shelley erinnerte. Und er liebte die virtuose Beiläufigkeit, mit der Konstancja Potocki seine Walzer und Nocturnes spielte – eine Beiläufigkeit, von der er wusste, dass sie das Resultat jahrelanger, harter Arbeit am Klavier war, zu der er sich leider nie hatte aufraffen können. Wie mochte es wohl sein, dachte Tron, das Leben mit einer Frau zu teilen, die so herrlich musizieren konnte wie die Potocki? Wie viel von diesem wunderbaren Talent blieb dabei an ihr hängen – persönlich? Was für ein Mensch mochte sie sein – ganz privat? War sie innig und einfühlsam wie die langsamen Sätze Beethovens oder eher (auch dies war denkbar) ein zickiger Migränetyp, mit der Neigung, an allem und jedem, auch an dem Gatten, ständig herumzunörgeln?

Und überhaupt – der Gatte. Der sah tatsächlich hin und wieder so aus, als würde er seine Häuslichkeit nicht ungern verlassen. Was *trieb* der eigentlich? Im Gespräch jedenfalls hatte sich Potocki als solider Kenner des *settecento* erwiesen, und angeblich arbeitete er an einer kleinen Studie über Goldoni – oder gab ihm gegenüber nur damit an.

Wahrscheinlich, dachte Tron, litt der gute Potocki ein wenig unter der kränkenden Nebenrolle, in die er als

Gatte einer berühmten Künstlerin unweigerlich gedrängt wurde. Manche Männer verkrafteten das nicht. Ob er Affären hatte? Das blieb in solchen Fällen kaum aus, und Tron konnte es sich gut vorstellen. Potocki, ein melancholischer Enkel Beau Brummels, kleidete sich mit ausgesuchtem Geschmack, sah blendend aus und bewegte sich mit einer Lässigkeit, die etwas vage Dekadentes hatte – alles das musste bei Frauen gut ankommen.

Im Übrigen mochte Tron ihn – vielleicht weil er selbst oft das Gefühl hatte, nur als Anhängsel der Principessa wahrgenommen zu werden. Ob auch er irgendwann eine Affäre haben würde? War dies ein tragisches Schicksal, das auch ihn früher oder später ereilen würde? War es denkbar, dass er eines rabenschwarzen Tages mit dem Gedanken spielen würde, sich Signorina Violetta zu nähern?

Tron rief erschrocken seine Gedanken zur Ordnung (manchmal verstand er nicht, was in seinem Kopf vor sich ging) und stieg weiter die Treppen empor, blieb dann aber noch einmal stehen, um mit angehaltenem Atem den letzten Takten der Mazurka zu lauschen. Hier, auf der letzten Notenreihe, wiederholten sich die Sekundenschritte des Anfangs, aber – obwohl es sich um die identische Tonfolge handelte – verwandelt, geläutert, ein desperater Wohlklang hauchdünner Klänge, ein Valet schmerzlicher Schönheit. Tron schloss die Augen und dachte: Chopin ist wie Champagner mit der Principessa. Und dann dachte er, während ihn ein wohliger Schauer durchströmte: Ob wohl die Köchin bereits dabei war, die *Mousse au Chocolat* zu schlagen? Und ob es nicht besser wäre, die wohlschmeckende Süßspeise nicht im Salon, sondern gleich in den inneren Gemächern der Principessa zu sich zu nehmen, was den Vorteil hätte, dass …

«Commissario?»

Ummppff! Tron riss die Augen auf und warf den Kopf herum.

Potocki stand ein paar Meter über Tron auf dem Treppenabsatz, der zur Belletage des Palazzo Mocenigo führte, und sah lächelnd auf ihn herab. Das Licht, das von der Seite auf ihn fiel, modellierte seine wohlgeformte Nase und ließ die Blume in seinem Knopfloch aufleuchten. Mit seinem Spazierstock aus geflammtem Bambus, dem flotten Strohhut und der frischen Blüte auf dem Revers sah Potocki ausgesprochen *unternehmungslustig* aus – ja, das war das Wort. *Tatendurstig* wäre ebenfalls ein passendes Wort. *Potocki hat eine Affäre*, dachte Tron plötzlich. Und war sich ganz sicher. Irgendwo in dieser Stadt erwartete ihn eine Frau, die nie zu ihm gesagt hatte: *Sind Sie nicht der Gatte der berühmten Konstancja Potocki?*

«Konstancja erwartet Sie bereits», sagte Potocki. «Ich werde», fuhr er fort, nachdem er ein paar Stufen herabgestiegen war und Tron die Hand gegeben hatte, «erst gegen zehn Uhr wieder zurück sein.» Potocki warf einen Blick auf seine goldene Repetieruhr und fügte, bevor er sich zum Gehen wandte, lächelnd hinzu: «Das dürfte Zeit genug sein für Ihr Gespräch über das Programm.»

Heute war besonders auffällig, mit welcher Gelassenheit Potocki die regelmäßigen Besuche bei seiner Frau hinnahm. Was, dachte Tron, eine einfache Erklärung darin finden konnte, dass die Ehe zwischen den beiden stark erkaltet war und Potocki inzwischen andere Eisen im Feuer hatte.

Er stieg die letzten Stufen empor, betrat das Vestibül des Palazzo Mocenigo und wandte sich nach links. Wieder fiel ihm auf, dass es hier, im Gegensatz zum Palazzo Tron,

keinen bröckelnden Putz gab, keinen von Rissen durch-
zogenen Terrazzo und keine Ameisenstraßen über vergol-
dete Putti und erblindete Spiegel. Dafür aber war das Vestibül des Palazzo Mocenigo auch nur ein größerer Flur
mit einem billigen, neuen Terrazzofußboden und nackten
Wandflächen, die durch ein paar dürftige Pilaster aus
Stuckmarmor gegliedert waren. Die Potockis hatten den
Palazzo Mocenigo von einer Bank gemietet. Immer mehr
Palazzi gerieten jetzt in die Hände von Banken, wurden
lieblos renoviert und dann zu unverschämt hohen Preisen
an Ausländer vermietet.

Eigentlich hatte Tron erwartet, einem der diversen
Hausmädchen zu begegnen, aber heute war niemand zu
sehen. Selbst die Haushälterin der Potockis, Anna Kinsky,
eine junge Witwe und entfernte Verwandte der Familie,
ließ sich nicht blicken. Kurz bevor Tron das Vestibül betreten hatte, waren hastige Schritte auf der Treppe zu
hören gewesen, die zum Mezzaningeschoss führte, aber
jetzt war alles still.

Auch die Klaviermusik hatte nicht wieder eingesetzt.
Wahrscheinlich, vermutete Tron, wühlte Konstancja Potocki gerade in ihren Noten, um einen weiteren Pro-
grammpunkt für ihr Konzert im Palazzo Tron vorzu-
schlagen. Noch eine Berceuse, noch eine Ballade. Und die
Balladen waren immer so lang. Für Konstancja Potocki
war es ein richtiges Konzert, das im Palazzo Tron statt-
finden sollte. Der Principessa und der Contessa hingegen
ging es um das Vorprogramm. Tron bezweifelte, dass es
leicht sein würde, Konstancja Potocki das zu erklären.

Und natürlich lag dies auch daran, musste Tron sich
eingestehen, dass er viel zu lange gezögert hatte, Konstancja Potocki reinen Wein einzuschenken – vermutlich
aus Furcht, sie würde abspringen. Und dann hätte er

185

keinen Grund mehr gehabt, sie weiterhin einmal in der Woche zu besuchen, was jedoch erforderlich war, um die Principessa auf Konstancja Potocki eifersüchtig zu machen.

Tron blieb stehen und schloss die Augen. Was die Principessa wohl tragen würde – nachher im Palazzo Balbi-Valier? Vielleicht das neue Hauskleid aus schwarzer Rohseide, das er für sie (auf ihre Kosten) aus der *Revue de la Mode* bestellt hatte? Diesen Traum von einem Kleid, das auch einen diskreten Einschlag ins Gewagte hatte? Tron seufzte. In spätestens zwei Stunden würde er es wissen. Falls Konstancja Potocki ihn nicht schon nach fünf Minuten an die Luft setzte, nachdem er ihr erklärt hatte, worum es ging. Keine schlechte Aussicht eigentlich, dachte Tron. Vielleicht sollte er gleich hart zur Sache kommen – es kurz und schmerzlos machen. Er atmete tief ein und hielt kurz die Luft an, um Entschlusskraft zu sammeln. Dann machte er einen energischen Ausfallschritt in Richtung Tür, klopfte und drückte, ohne auf eine Antwort zu warten, die Klinke runter.

Das Erste, was Tron wahrnahm, war der Geruch nach Salz und Tang, der durch die geöffneten Fenster in die *sala* des Palazzo Mocenigo drang. Er vermischte sich mit dem Rosenduft, der einem riesigen Strauß *Madame Hardy* entströmte, der auf einem kleinen Tischchen direkt vor den hohen Dreipassbögen stand. Die Dämmerung hatte sich bereits herabgesenkt, und auf der anderen Seite des Canalazzo sah Tron den Palazzo Balbi und die Mündung des Rio della Frescada. Die Dächer der kleinen Häuser an der Mündung des Rio, auf die man herabblickte, ließen etwas von der Stadt ahnen, die jetzt lautlos auf der scharfen Kante zwischen Tag und Nacht schwebte. Es war ein Bild, wie es venezianischer nicht hätte sein können – so schön, dass Tron erst auf den zweiten Blick die Frau registrierte, die in seltsam verdrehter Position direkt vor dem Erard lag.

Tron setzte sich in Bewegung, und noch bevor er den leblosen Körper erreicht hatte, der zusammengekrümmt vor dem aufgeklappten Flügel lag, wusste er, dass Konstancja Potocki tot war und dass sie keines natürlichen Todes gestorben war. Ihre rechte Hand, deren Finger in diesem Leben keine Taste mehr berühren würden, war um einen Band Mozartsonaten geklammert – vielleicht hatte sie die Sonaten in einer letzten, verzweifelten Anstrengung als Schild benutzt, um sich gegen ihren Mörder zu wehren. Ein paar einzelne Notenbögen waren von der Ablage des Erards herabgefallen und bedeckten ihren Körper wie riesige Blütenblätter. Ihr rotes Haar, das sie immer hochgesteckt trug, hatte sich geöffnet und lag wie eine Kaskade aus glänzendem Kupfer auf ihrem Rücken. Tron fand, dass Konstancja Potocki sonderbar jung aussah, so als wäre im Todeskampf die Uhr ihres Lebens in rasender Geschwindigkeit rückwärts gelaufen. Ihre Augen waren weit aufgerissen, und ihr geöffneter Mund – der Mund eines kleinen Mädchens – wirkte, als versuchte er, Schreie zu artikulieren, die viel zu groß waren, um sich durch ihre Stimmbänder zu quetschen.

Als Tron in die Knie ging und sich über sie beugte – bemüht, nichts zu verändern, bevor Bossi die *Tatortfotos* aufgenommen hätte –, sah er, auf welche Weise sie gestorben war: Ein bläulich verfärbter, tief eingeschnittener Ring zog sich um ihren Hals wie eine obszöne Kette.

Er richtete sich auf und überlegte. Wie viel Zeit war zwischen dem Ende der Mazurka und seinem Betreten der *sala* vergangen? Er schätzte, dass es sich um zwei, höchstens drei Minuten gehandelt haben konnte. Der

Mörder konnte nur über die Treppe entkommen sein, die nach oben führte.

Oder war er womöglich noch hier im Raum? Tron drehte nervös seinen Kopf über die Schulter, aber in der spärlich möblierten *sala* gab es nur das neue Übungsklavier der Potocki, daneben ein billiges, auf *settecento* gequältes Sofa, ein halbes Dutzend Sessel und eine Kredenz, auf der sich Noten stapelten.

Tron erhob sich, durchquerte mit schnellen Schritten die *sala* und trat wieder in das Vestibül. Dann riss er den Zug der Dienerklingel, die neben der Tür angebracht war, nach unten – so heftig, dass der Porzellangriff abriss und auf dem Terrazzofußboden in tausend Stücke zerbrach. Nicht dass es darauf noch angekommen wäre.

24

Sie hatten den Dachboden des Palazzo Mocenigo, einen riesigen, in hölzerne Verschläge aufgeteilten Raum, gründlich abgesucht, aber den Mörder nicht entdeckt. Da Tron keine Waffe trug, hatte er das nicht bedauert, obwohl er Signora Kinsky gegenüber, der jungen Haushälterin der Potockis, das Gegenteil behauptet hatte. Tron hatte eines der beiden Hausmädchen zur Questura geschickt, um Bossi zu holen, das andere war auf dem Weg zu Dr. Lionardo. Er schätzte, dass beide in einer knappen Stunde im Palazzo Mocenigo eintreffen würden. Jetzt standen Tron und Anna Kinsky auf dem kleinen Flur des Dachgeschosses, direkt vor der Kammer, die Anna Kinsky bewohnte, und durch die geöffnete Tür hindurch konnte er ihr Bett mit dem Kruzifix darüber und auf dem Nachttisch die Bibel sehen. Die Haushälterin der Potockis hatte erstaunlich gefasst auf den Tod von Konstancja Potocki reagiert. Tron fragte sich, ob sie ihre Fassung aus ihrem Glauben bezog.

«Es waren *meine* Schritte, die Sie vorhin auf der Treppe gehört haben, Conte Commissario», wiederholte Anna Kinsky mit leiser Stimme. Sie sprach Italienisch mit dem starken Akzent von Leuten, die nach wie vor in ihrer eigenen Sprache denken, zählen, träumen.

Wie jedes Mal, wenn sie eine von Trons Fragen beantwortete, schlug sie schamhaft die Augen nieder, so als hätte sie das Bedürfnis, sich für alles, was mit ihrer Person zusammenhing, bereits im Voraus zu entschuldigen: für die Antwort, die sie gerade gab, für ihr polnisches Italienisch, für ihre dünne, leicht piepsige Stimme oder auch dafür, wie sie aussah – für ihr ganzes trauriges Dasein.

Dabei, fand Tron, sah sie gar nicht einmal schlecht aus: weit auseinander stehende Augen, lange, dichte Wimpern und eine leicht gebräunte, makellose Haut. Er schätzte sie auf höchstens fünfundzwanzig, und nur der Himmel mochte wissen, warum sie alles dafür zu tun schien, wie eine alte Jungfer zu wirken. Sie trug ein dunkelgraues, kastenförmig geschnittenes Kleid aus billigem Wollstoff, das ungegürtet an ihr herunterhing wie ein Kartoffelsack. Auf ihren streng und reizlos in der Mitte gescheitelten Haaren, die wie angeklatscht auf ihrer Stirn lagen, saß eine altjüngferliche weiße Haube, die an das Habit einer Nonne erinnerte. Dazu passte das große Kreuz aus Ebenholz, das an einer langen Halskette baumelte, und ihre Angewohnheit, es in regelmäßigen Abständen mit weißen Knöcheln zu umklammern und gegen ihre Brust zu pressen – mit einem gequälten Gesichtsausdruck, als würde sie sich auch noch für ihre

Liebe zu Christus, dem Herrn und Erlöser, entschuldigen müssen.

«Und wenn eine zweite Person die Treppe benutzt
hätte», fuhr Anna Kinsky gesenkten Blickes fort, «dann
wäre ich ihr begegnet.» Die Pause, die sie machte, brachte
ihre Entschuldigung darüber zum Ausdruck, dass sie niemanden auf der Treppe gesehen hatte. «Die beiden Mädchen», fuhr sie leise fort, «waren unten in der Küche.
Sie dürfen tagsüber nicht in ihre Kammern. Dort gibt
es keine Klingeln. Sie wären also nicht erreichbar.» Sie
nickte, wobei ihr Kopf noch ein Stückchen nach unten
sackte und man den Eindruck haben konnte, als hätte sich
an ihrem Nacken eine Befestigung gelöst. «Außerdem war
ja niemand hier unter dem Dach.»

«Und der hölzerne Steg, der zum Altan des Palazzo
Contarini führt? Hätte der Mörder ihn als Fluchtweg benutzen können?»

Tron sah, wie die gesenkten Lider Anna Kinskys einen
Moment lang zuckten, so als würde sie den Sinn seiner
Frage nicht verstehen. Dann sagte sie langsam: «Der Steg
ist noch nie benutzt worden. Ich glaube, er ist morsch.»

«Wird der *Altan* benutzt?»

Bei dem Wort *Altan* verstummte Anna Kinsky einen
Moment. Schließlich sagte sie mit verlegener Stimme:
«Manchmal hängen wir dort Wäsche auf. Aber meistens
lasse ich die Wäsche von den Mädchen auf den Trocken-
boden bringen.»

Das Wort *Wäsche* in diesem Zusammenhang auszusprechen fiel ihr sichtbar schwer, so als wüsste sie, dass venezianische Altane in alten Zeiten von – mit wenig *Wäsche*
bekleideten – Kurtisanen benutzt wurden, um dort in der
Sonne ihre Haare zu bleichen.

Tron hielt es für besser, das Thema zu wechseln.

«Wissen Sie, wo sich Signor Potocki jetzt aufhält, Signora Kinsky?»

Anna Kinsky sah Tron erschrocken an und schüttelte hastig den Kopf. «Nein.»

Tron musste unwillkürlich lächeln. Sie war eine miserable Lügnerin. «Signora Kinsky», sagte er geduldig. «Alles, was Sie mir anvertrauen, bleibt unter uns. Wenn Sie mir etwas mitteilen, das Sie lieber für sich behalten hätten, wird niemand davon erfahren.»

Anna Kinsky schwieg einen Augenblick, offenbar um darüber nachzudenken, ob sie ihm vertrauen konnte oder nicht. Als sie sprach, war ihre Stimme so leise, dass Tron Mühe hatte, sie zu verstehen. Sie sagte: «Signor Potocki geht zu … Frauen.»

Tron runzelte die Stirn. «Zu welchen Frauen?»

«Immer zu … verschiedenen Frauen.» Ihre Oberlippe zitterte heftig.

«Sie meinen, zu Frauen, die …»

Anna Kinsky nickte. Es war klar, was sie meinte.

«Wusste Signora Potocki davon?»

«Sie wusste es, und sie hatten deswegen viel Streit miteinander. Er hat Konstancja sehr schlecht behandelt.» Anna Kinsky atmete heftig ein, und einen Moment lang war sich Tron sicher, dass sie in Tränen ausbrechen würde. Doch stattdessen sagte sie etwas, was Tron nicht gewusst hatte. Sie sagte: «Konstancja war meine Cousine. Sie hat dafür gesorgt, dass ich nach dem Tod meines Mannes … hier unterkam. Und das gefiel ihm nicht.»

«Soll das bedeuten, dass Signor Potocki mit Ihrer Anwesenheit im Palazzo Mocenigo nicht einverstanden war?»

Anna Kinsky schüttelte heftig den Kopf. «Zuerst war er sehr einverstanden. Er hat mir auch viele schöne … Geschenke gemacht.» Selbst im Schein der fahlen Petroleumlampe, die an der Decke des kleinen Flurs hing, war zu erkennen, dass Anna Kinsky über und über rot wurde. «Aber dann ...» Sie rang nach Luft und schloss die Augen.

«Reden Sie weiter, Signora Kinsky», sagte Tron geduldig.

«Hat er mich eines Abends hier auf diesem Flur ... so angesehen», flüsterte sie.

So angesehen? Vermutlich meinte sie etwas anderes, fand aber nicht den Mut, es auszusprechen. Tron beschränkte sich darauf, in zurückhaltendem Ton zu fragen: «Und was haben Sie getan, als er Sie ... so angesehen hat?»

«Ich habe geschrien», sagte Anna Kinsky mit überraschender Heftigkeit. «Seit diesem Tag hat er mich gehasst. Und jetzt, wo Signora Potocki tot ist, da ...» Sie brach den Satz ab, ließ ihren Kopf auf die Brust sinken, und Tron konnte wieder ihre weißen Knöchel sehen, die sich um das Kreuz klammerten.

«Ja?»

«Da weiß ich nicht, was aus mir werden soll.»

Vermutlich war sie sich nicht bewusst, dass Tränen über ihre Wangen herabliefen, denn sie machte keinen Versuch, sie abzuwischen. Tron, der immer ein blütenweißes Taschentuch mit sich führte, reichte es ihr. Sie trocknete sich so teilnahmslos die Augen, als gehörte das Gesicht einer Fremden.

Bossi hatte eine knappe Stunde gebraucht, um die erforderlichen *Tatortfotos* zu machen. Insofern passte es gut, dass sich die Ankunft von Dr. Lionardo verzögert hatte. Vielleicht, dachte Tron, hatte sich der *dottore* auch deshalb nicht sonderlich beeilt, weil er keine Lust hatte, darauf zu warten, bis Bossi mit seinen *Tatortfotos* fertig war.

Jetzt standen sie vor dem Übungsklavier und sahen zu, wie Dr. Lionardo die Leiche von Konstancja Potocki mit großer Behutsamkeit untersuchte. Wieder fiel Tron auf, dass die fast respektvolle Art, wie Dr. Lionardo mit toten Körpern umging, in einem merkwürdigen Gegensatz zu dem zynischen Gehabe stand, das der *dottore* sonst an den Tag legte. Bossi hatte Trons Bericht schweigend und ohne ihn durch Fragen zu unterbrechen angehört. Als der Sergente das Gespräch begann, lernte Tron gleich ein neues Wort.

«Das *Zeitfenster*», sagte Bossi nachdenklich, «war also sehr klein.»

Tron nickte. «Zwischen dem Ende der Mazurka und meinem Betreten der *sala* lagen höchstens drei Minuten.»

Das Wort *Zeitfenster*, fand Tron, war ein sehr anschauliches Wort. Es war jetzt kurz vor zehn, und sein persönliches *Zeitfenster* für den gemütlichen Abend bei der Principessa schloss sich rapide. Man konnte, dachte Tron resigniert, regelrecht sehen, wie die Fensterflügel unerbittlich weiterrückten, bis sie dann am Ende – rums! – zuschlugen.

«Und eigentlich», fuhr Tron fort, «kann der Mörder nur über die Treppe verschwunden sein, die nach oben führt. Aber im Mezzaningeschoss und auf dem Dachboden war niemand. Anna Kinsky hat auch niemanden auf der Treppe gesehen.»

«Signorina Kinsky könnte gelogen haben.»

Tron runzelte die Stirn. «Warum sollte sie gelogen haben? Außerdem ist sie eine *Signora*. Sie ist Witwe und hat bis zum Tod ihres Mannes in Triest gelebt. Ich denke nicht, dass sie gelogen hat.»

«Sie ist schön. Und sie tut alles, damit es niemand merkt.»

«Das ist keine Lüge.»

«Was macht sie hier in diesem Haushalt?»

«Signora Kinsky ist die Cousine von Konstancja Potocki. Offenbar war sie mittellos und froh darüber, dass die Potockis sie aufgenommen haben. Sie beaufsichtigt die beiden Hausmädchen und die Köchin.»

Bossi sah Tron fragend an. «Ist sie irgendwie …?» Er tippte sich mit zwei Fingern an den Kopf. «Ich meine, diese Fummelei an ihrem …»

«Sie meinen, weil sie ständig ihr Kreuz befingert? Und dabei die Augen verdreht?»

Bossi nickte.

«Nein», sagte Tron. «Sie hält sich fest an dem Kreuz. Um nicht umzukippen im Leben. Das brauchen wir alle. Und man nimmt das, was kommt.»

«Sie meinen, das … mit dem Kreuz ist echt?»

«Signora Kinsky steht unter Schock. Da verhalten sich die Leute oft sehr seltsam.»

Bossi ließ sich nicht überzeugen. «Das erklärt noch lange nicht ihre Kleidung. Eine junge, gut aussehende Witwe würde sich normalerweise …» Bossi brach ab, weil er das richtige Wort nicht fand.

«Interessant machen?»

Bossi nickte. «Würde versuchen, sich möglichst vorteilhaft zu präsentieren. Sich ein wenig zu putzen und auf keinen Fall diese Matronenhaube zu tragen. Immerhin dürften ihre Chancen, sich ein zweites Mal zu verheiraten, nicht schlecht sein. Ich frage mich, warum sie ihr Licht so unter den Scheffel stellt.»

Tron zuckte die Achseln. «Potocki hat ihr wohl mal Avancen gemacht. Vielleicht kleidet sie sich deshalb so betont unattraktiv.»

«Um ihn nicht zu reizen?»

Tron nickte. «Das würde ihren Aufzug erklären. Die Idee, sie hier im Palazzo Mocenigo aufzunehmen, ging von Konstancja Potocki aus. Es wäre also ziemlich undankbar, wenn Signora Kinsky sich auf eine Affäre mit Signor Potocki einlassen würde.» Tron sah Bossi an. «Insofern könnten Sie Recht haben, Bossi. Signora Kinsky versteckt ihre Schönheit, um ihre Position in diesem Haushalt nicht zu gefährden. Sie läuft in der Maske einer grauen Maus herum.»

«Manche Männer finden gerade das reizvoll.» Bossis Gesicht nahm ganz kurz einen versonnenen Ausdruck an. Dann sah er Tron stirnrunzelnd an. «Was wollten *Sie* eigentlich hier, Commissario?»

Wie? Gab Sergente Bossi jetzt den unbestechlichen Beamten, der ohne Ansehen der Person ermittelt? Notfalls gegen den eigenen Vorgesetzten?

«Ich war hier, um mit ihr Schluss zu machen», sagte Tron. «Die Principessa hat darauf bestanden.»

Bossi warf Tron einen misstrauischen Blick zu. «Und da haben Sie sie …»

«Ihr gesagt, dass ich sie in Zukunft nicht mehr regelmäßig sehen würde. Wir hatten mit ihr vereinbart, dass sie auf unserem Ball für das musikalische Programm sorgt. Aber das wurde dann immer komplizierter. Also haben wir uns entschlossen, sie aus dem Programm zu nehmen.» Die Formulierung *sie aus dem Programm zu nehmen* klang in Anbetracht der Umstände vielleicht etwas unglücklich, dachte Tron.

«Was Sie ihr heute mitteilen wollten?»

Tron nickte. «So ist es.»

Von Bossi verhört zu werden war eine ganz neue Erfahrung. Es war überhaupt eine interessante Erfahrung, verhört zu werden. Ob sich der Sergente jetzt danach er-

195

kundigen würde, wie gut er, Tron, die Potocki gekannt hatte?

Bossi räusperte sich. «Wie gut haben Sie die Verstorbene gekannt, Commissario?»

Na, also. Tron hob die Schultern. Eigentlich kaum, dachte er. Worüber hatten sie gesprochen, wenn es nicht um das Programm für den Ball ging? Meist hatte Konstancja Potocki ihm von ihren Besuchen im *Florian* erzählt und detaillierte und erstaunlich fachkundige Berichte über Tortenrezepte abgeliefert. Er sei der einzige Mann, den sie kenne, hatte sie ihm immer versichert, der sich für Tortenrezepte interessiere. Hinter ihre Fassade war Tron nie gedrungen, hatte sich allerdings oft gefragt, wie es da wohl aussehen würde.

«Im Grunde wusste ich von ihr nur das, was alle wissen», sagte Tron. «Wunderkind in Krakau und Warschau, dann Schülerin von Chopin in Paris. Sensationserfolge in allen europäischen Konzertsälen. Schließlich der Unfall auf der Pont des Artes, gefolgt von vier Jahren Pause. Ob sie Bekannte hier in Venedig hatte, kann ich nicht sagen. Sie hat sie jedenfalls nie erwähnt. Fragen Sie mich nicht, ob sie Feinde hatte.»

«Hatte sie Feinde?», fragte Bossi.

Tron musste an das denken, was ihm Anna Kinsky erzählt hatte. «Ihr Mann hatte Affären», sagte er. «Konstancja Potocki hat das gewusst, und es gab Streit zwischen den beiden. Aber daraus ergibt sich kein Mordmotiv. Außerdem bin ich Potocki auf der Treppe begegnet, als seine Frau noch in der *sala* Chopin gespielt hat. Er hat das perfekteste Alibi der Welt.»

«Wann kommt er zurück?»

«Er wollte um zehn Uhr wieder zurück sein.»

«Dann kann Potocki jeden Moment kommen», sagte

Bossi. Er machte eine Handbewegung zu der Leiche hin, mit der Dr. Lionardo immer noch beschäftigt war. «Soll er seine Frau so sehen, Commissario?»

Tron blickte zu Dr. Lionardo hinüber. Er zuckte mit den Achseln. «Die Frage ist, wie lange Dr. Lionardo noch braucht.»

Aber die Frage stellte sich bereits nicht mehr, denn in diesem Moment erhob sich der *medico legale*, streifte seine weißen Baumwollhandschuhe ab und wandte sich an Tron. Bossi ignorierte er demonstrativ, worauf der sich – ebenso demonstrativ – bückte, um die Verschlüsse der beiden Holzkisten mit den *Gelatine-Trockenplatten* zu überprüfen.

«Sie dürfte nicht lange gelitten haben», sagte Dr. Lionardo zu Tron. «Zwei, höchstens drei Minuten. Vorausgesetzt, der Mörder hat die Schlinge sofort fest zugezogen. Was eher eine Frage der Geschicklichkeit als der Kraft ist. Theoretisch könnte ein Kind auf diese Weise einen Erwachsenen töten.»

«Und eine Frau einen Mann?» Tron hätte nicht sagen können, warum er diese Frage gestellt hatte.

Dr. Lionardo nickte. «Oder eine Frau eine Frau. Jedenfalls gibt es keine Abwehrverletzungen – was darauf schließen lässt, dass der Mörder mit dem Opfer bekannt war und der Angriff völlig überraschend kam. Die einzigen Verletzungen sind ein paar Blutergüsse, die beim Sturz entstanden sind. Und nicht durch irgendwelche *stumpfen Gegenstände*.» Dr. Lionardo warf einen abschätzigen Blick auf Bossi. Dann sah er Tron an. «Ob es einen Zusammenhang mit dem Verbrechen im Palazzo da Lezze gibt?»

Eine Frage, musste Tron zugeben, die eine gewisse Berechtigung hatte. Das Problem war nur, dass sie sich darauf geeinigt hatten, dass der Mann, der den Mord im Palazzo da Lezze begangen hatte, tot war.

25

Potocki saß vor dem Erard, auf dem Schemel, auf dem seine Frau erdrosselt worden war, und starrte dorthin, wo noch vor einer halben Stunde ihre Leiche gelegen hatte. Die drei großen Cognacs, die er in sich hineingeschüttet hatte, schienen ihn langsam aus seiner Erstarrung zu lösen.

«Also weiß niemand», sagte er zu dem Cognacglas, das er in der Hand hielt, «was passiert ist.» Er ließ die Flüssigkeit im Glas kreisen, und Tron sah, wie der kleine Cognacspiegel das Licht der Petroleumlampe reflektierte, die dicht neben dem Kopf Potockis auf der Notenablage des Flügels stand. Bis auf Bossi, der schweigend an der Wand Platz genommen hatte, waren sie allein in der *sala*.

Potocki war kurz nach zehn Dr. Lionardo und den beiden Leichenträgern im Treppenhaus begegnet. Er hatte nicht den Wunsch geäußert, das weiße Leichentuch zu entfernen, um seine Frau noch einmal zu sehen, sondern stattdessen einen Cognac verlangt. Den hatte ihm Bossi höchstpersönlich gebracht – zusammen mit der ganzen Flasche, denn Potocki hatte mit starrer Miene angedeutet, dass er unter diesen Umständen gezwungen sein würde, etwas *mehr* als nur ein Glas zu trinken. Dies alles ergab nicht das Bild eines untröstlichen Witwers, aber Tron wusste, dass viele Menschen auf den Schock einer Todesnachricht ausgesprochen bizarr reagieren konnten. Zuerst kam in der Regel eine kurze Phase des Unglaubens, angetrieben von dem verzweifelten Wunsch, es würde irgendein absurdes

Missverständnis vorliegen. Bis sich dann das Begreifen einstellte, dass dies kein Albtraum, sondern die Wirklichkeit war. Danach folgte – je nach Temperament – ein Zusammenbruch oder ein Erstarren.

Potocki war erstarrt, und noch immer lag der Schock wie eine hölzerne Maske über seinen Zügen. Den Weg in die *sala* hatte er mit den trippelnden Schritten eines Greises zurückgelegt, so als wäre er in wenigen Sekunden um ein paar Jahrzehnte gealtert.

«Dass der Täter den Palazzo durch das Treppenhaus verlassen hat, ist auszuschließen», sagte Tron. «Und über den Altan auf dem Dach konnte er auch nicht entkommen. Signora Kinsky hat mir gesagt, der Steg zwischen den beiden Altanen sei morsch und es sei lebensgefährlich, ihn zu benutzen.»

Potocki trank einen Schluck Cognac, rollte ihn im Mund herum und schluckte. Dann streckte er die Beine aus und lehnte den Rücken gegen die Tastatur des Erard, was einen scharfen, dissonanten Akkord erzeugte. «Sie hat gelogen», sagte er, ohne Tron anzusehen.

«Wie?»

Potockis Gesicht verzog sich zu einer Fratze, die vielleicht ein zynisches Lächeln bedeuten sollte. «Dieser Steg wurde benutzt», sagte er. «Und zwar ziemlich häufig.»

«Von Signora Kinsky?»

Potocki schüttelte den Kopf. «Von Konstancja.» Er hielt inne und verschränkte die Arme vor der Brust, um einen Moment nachzudenken. «Sie wissen, wer nebenan im Palazzo Contarini wohnt?»

«Die Troubetzkoys. Aber ich kann Ihnen immer noch nicht folgen.»

Potocki lächelte traurig. «Es ist ganz einfach, Commissario.» Er starrte bewegungslos auf das neue Übungsklavier seiner Frau, neben dem Bossi reglos auf einem Stuhl hockte. «Konstancja und der Großfürst», sagte Potocki schließlich mit einer Stimme, die sich immer noch erstaunlich deutlich anhörte, «haben sich vor vier Jahren in St. Petersburg kennen gelernt. Nach einem Konzert, das Konstancja in Zarskoje Selo gegeben hat. Und als wir nach Venedig gezogen sind – zufällig neben die Troubetzkoys –, haben sie ihre Bekanntschaft erneuert.»

«Erneuert?»

Potocki sah Tron ungeduldig an. «Wiederaufgenommen und intensiviert.»

Tron runzelte die Stirn. «Wollen Sie damit sagen, dass Signora Potocki und der Großfürst ein Verhältnis hatten?»

Potocki schwieg und fixierte das Glas in seiner Hand, so als würde ihm etwas entgleiten und in ein Flussbett absinken, bis auf den tiefen Grund. Schließlich sagte er leise: «Es gibt im Dachgeschoss des Palazzo Contarini eine unbenutzte Wohnung, die einen Zugang zum Altan hat.»

«Und in dieser Wohnung …»

Potockis Lächeln war nur eine Lippenbewegung. Seine Stimme und seine Augen blieben davon unberührt. «Hat meine Frau den Großfürsten besucht. Ich glaube, sie hatten noch irgendwo anders ein Nest, aber das kann ich nur vermuten.»

«Seit wann wussten Sie, dass Ihre Frau ein Verhältnis mit Troubetzkoy hatte?»

«Vom ersten Tag an. Konstancja hat nie ein Hehl daraus gemacht. Vielleicht war ja alles meine Schuld.»

«Weil Sie Ihre Frau betrogen haben?»

«Wer sagt das?»

«Signora Kinsky.»

«Ich hatte Affären. Und Konstancja war ein wenig empfindlich. Aber es war nie etwas Ernstes.» Potocki sah

Tron misstrauisch an. «Was hat die Kinsky Ihnen noch erzählt?»

«Dass Sie versucht haben, sich ihr zu nähern.»

Potocki schüttelte gequält den Kopf. «Es war genau umgekehrt, Commissario. Die Kinsky hat mir vom ersten Tag an schöne Augen gemacht. Und dann gehofft, dass ich mich von Konstancja trennen würde.»

«Wegen der Geschichte mit Troubetzkoy?»

Potocki nickte. «Aber das hatte ich nie vor.»

«Warum nicht?»

«Weil ich wusste, dass es nur eine Frage der Zeit war, bis Konstancja dieses Verhältnis beenden würde. Und außerdem …»

«Und außerdem?»

«Habe ich sie geliebt. Und seit ein paar Tagen wusste ich auch, dass es gut war, dass wir uns nicht getrennt haben.»

«Was ist geschehen?»

«Sie wollte dieses Verhältnis beenden. Und das hat Troubetzkoy nicht gefallen. Er war verrückt nach ihr. Ich glaube, er ist ihr langsam lästig geworden.»

«Und wie hat er darauf reagiert?»

«Als er begriffen hatte, dass es ihr ernst war, hat er ihr gedroht.»

«Gedroht?»

«Er hat ihr gesagt, dass er sich nichts wegnehmen lasse. Und dass sich noch nie eine Frau von ihm abgewandt habe. Und da ist da noch etwas.» Potocki überlegte kurz. «Ich glaube, dass Konstancja etwas über den Großfürsten gewusst hat.»

«Was?»

«Es ging um ein Gemälde.»

Tron runzelte die Stirn. «Um einen Tizian?»

«Das hat sie nicht gesagt. Nur dass …»

«Nur dass was?»

«Dass der Großfürst ein Problem hatte.»

«Wann haben Sie dieses Gespräch mit ihr geführt?»

«Heute Vormittag. Da hat sie mir versprochen, mit Troubetzkoy Schluss zu machen. Ich weiß, dass sie ihm anschließend einen Brief geschrieben hat.»

«Sie meinen also, dass Troubetzkoy Ihre Frau ermordet haben könnte?»

«Es muss jemand gewesen sein, den sie gut kannte. Der, als er die *sala* unmittelbar nach dem Ende der Mazurka betreten hat, Konstancja nicht veranlasst hat zu schreien. Jemand, der wusste, wie man den Palazzo Mocenigo schnell verlässt, ohne das große Treppenhaus zu benutzen.»

Tron sagte: «Aber wenn der Großfürst die Treppe zum Dachgeschoss benutzt hat, hätte ihn Signora Kinsky eigentlich sehen müssen.»

Potocki schüttelte den Kopf. «Nicht unbedingt. Sie könnten sich auch knapp verfehlt haben.»

Tron hob hilflos die Schultern. «Ich habe nicht die Spur eines Beweises gegen Troubetzkoy. Auch wenn ich beweisen könnte, dass er ein Verhältnis mit Ihrer Frau hatte, folgt daraus noch lange nicht, dass er sie getötet hat. Und die Großfürstin wird nicht zögern, ihm ein Alibi zu geben.»

«Was werden Sie tun, Commissario?»

Irgendetwas im Tonfall dieser Frage ließ sie wie einen Hilferuf klingen, und einen Augenblick lang fühlte Tron eine Welle von Sympathie für Potocki in sich aufsteigen. Er bedauerte die ausweichende Antwort, die er Potocki geben musste.

«Auf jeden Fall», sagte er, «werde ich ein Gespräch mit Troubetzkoy führen. Ihm mitteilen, dass Ihre Gattin ermordet worden ist. Und versuchen festzustellen, ob der Palazzo Contarini als Fluchtweg benutzt worden ist.»

«Troubetzkoy wird das Verhältnis mit meiner Frau abstreiten.»

«In diesem Fall könnten wir das Personal verhören. Aber dann stünde Aussage gegen Aussage.»

«Und Troubetzkoy käme ungeschoren davon?»

«Schon sein Diplomatenstatus könnte genau das bewirken. Aber, wie gesagt, ich sehe keinen klaren Beweis, dass Troubetzkoy der Mörder ist.»

Potockis Lächeln war eiskalt. Merkwürdigerweise wirkte er immer noch völlig nüchtern, obwohl er mindestens eine halbe Flasche geleert hatte. «Der Großfürst», sagte Potocki, «mag einen Diplomatenstatus haben. Aber er ist nicht unsterblich.»

«Was wollen Sie damit sagen?»

Potocki hob seinen Kopf und musterte Tron mit Augen, die aussahen wie braunes Glas. «Dass ich nichts mehr zu verlieren habe, Commissario.»

26

Tron, in kordelgegürteter, samtener Hausjacke, lehnte seinen Oberkörper sportlich über den Tisch im Schlafzimmer der Principessa, um die Flasche *Veuve Cliquot* aus dem silbernen Kühler zu ziehen. «Du auch noch?»

Die Principessa schüttelte den Kopf. «Denk daran, dass du nach einer halben Flasche immer schlagartig müde wirst.»

Tron lächelte – unternehmungslustig. «Heute bin ich munter wie eine Forelle.»

Er drehte den Kopf und sah, wie ein Luftzug vom Canalazzo die Schlafzimmervorhänge der Principessa wie kleine Segel nach innen wölbte und die zarten Volants ihres Himmelbettes in kleine, laszive Wellenbewegungen versetzte. Es war jetzt kurz vor halb zwölf, und Tron schätzte, dass sich das – wie war der Ausdruck? – das *Zeitfenster* spätestens um Mitternacht geschlossen hätte – die Fensterflügel gewissermaßen vor seiner Nase zugefallen wären.

«Potocki hat indirekt damit gedroht», sagte Tron, «Troubetzkoy umzubringen. Weil er nichts mehr zu verlieren habe.»

«Muss man das ernst nehmen?»

«Wahrscheinlich nicht. Potocki war betrunken.» Tron nahm die silberne Haube von der *Mousse au Chocolat*, ergriff den Servierlöffel und durchstieß die kleine Schicht gehobelter Schokoladenspäne, bevor er den Löffel tiefer in die weiche Masse senkte.

«Glaubst du auch, dass es Troubetzkoy war? Und stimmt es, dass Konstancja Potocki ein Verhältnis mit Troubetzkoy hatte?»

«Ich glaube, es gibt keinen vernünftigen Grund für Potocki, ein Verhältnis seiner Frau mit Troubetzkoy zu erfinden», sagte Tron.

Die Principessa wiegte nachdenklich den Kopf. «Merkwürdig, dass Potocki sich das bieten lässt. Gewissermaßen vor seiner Haustür.»

Sie nippte vorsichtig an ihrem Champagner und stellte das Glas wieder ab. Tron fragte sich, in welchem Roman noch diese wunderbare Szene vorkam, in der sich das Mondlicht in zwei Champagnergläsern spiegelte. Und dann fragte er sich, warum sie nicht aufhören konnten, über Mord und Ehebruch zu reden.

«Wer hatte eigentlich das Geld in dieser Ehe?», erkundigte sich die Principessa.

«Das kann ich dir nicht sagen.»

Tron hatte den Kopf über seine *Mousse* gebeugt und registrierte entzückt den subtilen Duft von Bergamotteöl – ein untrügliches Indiz dafür, dass die Köchin der Principessa Schokoladenmasse von *Lalonde* benutzt hatte. Er unterdrückte den Impuls, sich seine Portionen mit dem Servierlöffel in den Mund zu schaufeln, anstatt den kleinen Dessertlöffel zu benutzen.

«Wenn *sie* das Geld hatte», sagte die Principessa, «und er keins, würde das einiges erklären.»

«Du meinst, Potocki konnte sich eine Trennung von seiner Frau einfach nicht leisten?»

«Das wäre eine Erklärung für seine Duldsamkeit.» Die Principessa hielt kurz inne. Dann sagte sie: «Falls du dich in dieser Hinsicht nicht täuschst.»

«Wie meinst du das?»

«Bist du sicher, dass es nicht Potocki selbst gewesen ist?»

«Wie bitte?»

Die Stimme der Principessa war genauso kühl wie das Champagnerglas in ihrer Hand. «Dass Potocki selbst sie getötet hat?»

Tron schüttelte energisch den Kopf. «Ich habe auf der Treppe mit ihm gesprochen. Da hat seine Frau noch im Salon Chopin gespielt.» Dann setzte er hinzu: «Offenbar kannst du dir nicht vorstellen, dass er sie geliebt hat.»

Die Principessa machte ein skeptisches Gesicht. «Vorstellen kann ich mir viel. Aber erfahrungsgemäß läuft alles auf eine gesunde Bilanz hinaus.»

Das war nun ein Wort, das Tron nicht besonders leiden

konnte. Er legte den Dessertlöffel auf den Teller zurück und streckte die Hand nach der Champagnerflasche aus. Seine Champagnerbilanz lag jetzt bei einer halben Flasche. Das Glas der Principessa war noch fast voll. «Und bei uns? Ich meine, wie rechnet sich die Bilanz zwischen dir und mir?»

Die Antwort der Principessa kam sofort. «Ich will euren Namen für mein Glas. Und ich will keinen Mann, der mich wegen meines Geldes heiratet. Das wäre ein schlechtes Geschäft.» Sie musterte Tron einen Augenblick mit zusammengekniffenen Augen – als sei er das Kleinge-druckte in einem Vertragsentwurf. «So gesehen bist du der ideale Heiratskandidat.»

Tron musste lachen. «Bist du dir sicher, dass ich dich nicht doch wegen deines Geldes heiraten will?»

«Ich bin mir da *sehr* sicher.» Die Principessa stellte ihr Champagnerglas ab, beugte sich über den Tisch und sah Tron an. «Und zwar weil du auf einer ganz bestimmten Ebene ein Esel bist, Alvise.»

«Ich bin ein Esel?»

«Ja, weil dir Geld, obwohl ihr es dringend braucht, nicht besonders wichtig ist. Das ist unlogisch, aber genau deswegen gefällst du mir.»

Tron fand, dass sich das reichlich seltsam anhörte aus dem Mund einer Frau, die jeden Tag bis spät in die Nacht damit beschäftigt war, Geld zu verdienen. Er sagte: «Also gibt es für dich nicht nur ökonomische Motive. Das könnte auch für Potocki gelten.»

Die Principessa nickte. «Rein theoretisch. Aber solche Motive sind meines Erachtens extrem selten. Wie gut kennst du Potocki?»

«Wir haben manchmal auf der Treppe miteinander ge-redet. Er ist ein angenehmer Gesprächspartner.»

«Was genau macht er, wenn er sich nicht mit fremden Frauen trifft?»

«Arbeitet an einer Übersetzung eines Goldoni-Stückes ins Polnische. Er wird im Frühling für ein paar Monate nach Wien gehen und das Stück dort inszenieren.»

«Ist er Regisseur?»

Tron zuckte die Achseln. «Eigentlich Offizier. In russischen Diensten. Aber wann und aus welchen Gründen er ausgeschieden ist, weiß ich nicht. Ich kann mir auch gut vorstellen, dass es nicht einfach ist, an der Seite einer berühmten Frau zu leben. Gewissermaßen als ihr Anhängsel durch die Welt zu schieben.»

«Du meinst, er brauchte Bestätigung?» Die Augenbrauen der Principessa schwebten in die Höhe.

Tron nickte. «Vermutlich. Und die hat er sich gesucht.»

«Hast *du* Probleme damit?» Die Principessa gestattete sich ein Schlückchen Champagner.

«Womit?»

«In den Augen gewisser Leute mein Anhängsel zu sein.»

Tron musste lachen. «Ich bin ein *Tron*.»

«Du betonst das *Tron* so. Und was bin *ich* dann?»

«Ich betrachte dich nicht … dynastisch.»

Die Principessa lehnte sich zurück. «Weil die Montalcinos in dieser Hinsicht nicht viel wert sind? Und weil du einen Palazzo, von dem der Putz *nicht* abblättert, im Grunde deines Herzens für vulgär hältst? Ist das der Grund dafür, dass du dich standhaft weigerst, deinen abgewetzten Gehrock durch einen neuen zu ersetzen? Weil du es als Tron nicht nötig hast?»

«Da könnte etwas Wahres dran sein.» Tron nickte und leerte sein Glas. Weil er nicht warten wollte, bis das Eis im Kühler geschmolzen war und der Champagner warm wurde, füllte er sofort wieder auf.

Jetzt musste die Principessa ebenfalls lachen. «Du bist so arrogant, dass du schon wieder niedlich bist, Tron.» Dann wurde sie wieder ernst. «Und was ist mit dieser Kinsky?»

«Was soll mit ihr sein?»

«Jemandem eine Schlinge um den Hals zu werfen und sie zuzudrehen, bringt auch eine Frau fertig.»

«Exakt die Worte von Dr. Lionardo.»

«Wenn es stimmt, dass sich diese Kinsky nach Potocki verzehrt hat», sagte die Principessa nachdenklich, «hätte sie ein Motiv gehabt, seine Frau zu töten.»

«Dass die Kinsky ihn angebetet hat, ist Potockis Version», sagte Tron. «Sie selber hat das Gegenteil behauptet. Nämlich, dass er *ihr* nachgestellt hat.»

«Das könnte sie sich eingebildet haben.» Die Principessa zündete sich eine Zigarette an und blies einen perfekten Rauchring über den Tisch. Dann fragte sie: «Verstehst du, warum sie sich als Braut des Herrn ausstaffiert?»

«Ihre Antwort wäre vermutlich, dass sie damit den Nachstellungen Potockis entgehen möchte.»

«Überzeugt dich das?»

Tron schüttelte den Kopf. «Aber das, was mir Potocki über sie erzählt hat, überzeugt mich auch nicht.» Er seufzte. «Was mich am meisten irritiert, ist die Tatsache, dass Konstancja Potocki erdrosselt wurde. Nicht erwürgt, sondern erdrosselt. Mit irgendeinem schmalen, festen Band.»

Die Principessa hatte sofort begriffen, was Tron damit sagen wollte. «So wie Kostolany?»

Tron nickte. «Genau so wie Kostolany.»

«Also ist es für dich kein Zufall, dass sich beide Verbrechen so ähnlich sind? Ist es das, was du sagen willst?»

«Wenn Pater Terenzio den Mord im Palazzo da Lezze begangen hat, war es tatsächlich nur ein Zufall.»

«Und wenn nicht?»

«Dann käme Troubetzkoy wieder ins Spiel.»

Die Principessa schüttelte ungläubig den Kopf. «Die Vorstellung, dass jemand seine Geliebte tötet, weil sie sich von ihm trennen will, ist einigermaßen absurd.»

«Nicht, wenn der ganze Typ einigermaßen absurd ist.»

«Ist der Großfürst das?»

Tron zuckte die Achseln. «Ich kenne ihn nicht gut genug. Aber bei einem Mann wie Troubetzkoy würde mich nichts überraschen.» Tron nahm einen Schluck aus seinem Champagnerglas. Dann sagte er: «Da ist übrigens noch etwas anderes.»

«Und was?»

«Konstancja Potocki hatte ihrem Mann gegenüber erwähnt, dass Troubetzkoy Probleme mit einem Gemälde hatte. Das war aber schon alles, was mir Potocki sagen konnte.»

«Du meinst, Konstancja Potocki könnte etwas gewusst haben, das sie lieber nicht hätte wissen sollen? Und dass sie auch aus diesem Grund sterben musste?» Die Principessa machte ein nachdenkliches Gesicht. «Ob Troubetzkoy bekannt war, dass du sie jede Woche um dieselbe Zeit besucht hast?»

Tron nickte. «Wahrscheinlich.»

«Vielleicht hat sie dir irgendetwas sagen wollen.»

«Möglich. Aber daraus ergibt sich noch lange keine *belastbare Indizienkette*, wie Bossi sagen würde.»

«Und was hast du jetzt vor?»

Tron musste auf einmal gähnen, und dann stellte er fest, dass sich die Principessa geirrt hatte. Nach einer halben Flasche Champagner wurde er keineswegs schlagartig müde – wohl aber nach einer drei viertel Flasche. *Schlag-artig*, dachte er, war genau das richtige Wort. So als hätte ihm jemand einen kräftigen Schlag auf den Hinterkopf versetzt – mit der Champagnerflasche. Was hatte die Prin-cipessa ihn gerade gefragt? Hatte sie ihn überhaupt etwas gefragt? Worüber redeten sie eigentlich? Ja, richtig. Über den Mord im Palazzo Contarini. Und sie wollte wissen, was er vorhatte.

Wieder musste er herzhaft gähnen. Das war unhöflich, aber er konnte es nicht vermeiden. Ob es ihn wohl er-frischen würde, wenn er seinen Kopf kurz auf den Tisch legte? Auf dieses herrliche Tischtuch aus weißem Leinen, das ihn an ein Kopfkissen erinnerte? Nur ganz kurz? Zwei, drei Atemzüge lang, bevor er wieder vollständig bei Kräften war?

«Ich werde mit Troubetzkoy reden», sagte Tron, wäh-rend er ohne Erstaunen feststellte, dass sich die Tisch-platte langsam hob und seiner Wange entgegenschwebte. «Gleich morgen Vormittag.»

27

Tron öffnete träge die Augen und registrierte, dass die Polizeigondel das Becken von San Marco verlassen hatte und sich jetzt der Salute näherte. Warum fühlte er sich so angenehm ermattet und zugleich beschwingt? So als hätte er die Nacht im Palazzo Balbi-Valier mit orientali-schen Ausschweifungen verbracht – was definitiv nicht der Fall war? Lag es an diesem schwerelosen Dahingleiten der Gondel, das ihn – weiß der Himmel warum – jedes Mal wunschlos glücklich machte? Tron fielen wieder die

beiden Gedichtzeilen ein, von denen er nie wusste, wer
sie geschrieben hatte.

How light we move, how softly! Ah,
Were life but as the gondola

Wer hatte sie verfasst? Ein Engländer? Oder handelte es
sich am Ende um eine Übersetzung aus dem Venezianischen? Rätsel über Rätsel. Tron seufzte und lehnte sich
wieder in die Polster zurück. Er schloss die Augen. Noch
ein, zwei Jahrtausende, und diese Stadt würde keine Ge-
heimnisse mehr für ihn bergen.

Bossis Stimme holte ihn wieder in die Gegenwart zurück. «Was ist, wenn Troubetzkoy uns nicht empfängt?»

Tron richtete sich auf. «Ich bezweifle, dass er uns nicht
empfängt. Das würde ihn automatisch verdächtig machen.»

«Werden Sie ihn mit dem konfrontieren, was Potocki
behauptet hat?»

Tron sagte: «Ich denke schon. Wenn ich ihn aus der Re-
serve locken kann, sagt er vielleicht etwas, das er gar nicht
sagen wollte. Es wäre schon ein Erfolg, wenn sich ein paar
Risse auf seiner Fassade zeigen würden.»

«Ist es das, womit Sie rechnen, Commissario?»

Gute Frage, dachte Tron. Womit rechnete er? Auf einer
bestimmten Ebene hatte ihn Potocki überzeugt. Andererseits war nicht auszuschließen, dass Troubetzkoy sich überhaupt nicht verplappern *konnte*. Einfach deshalb, weil er
unschuldig war. Und es auch beweisen konnte. Tron sagte:
«Ich könnte mir auch vorstellen, dass er ein perfektes Alibi
hat.»

«Sie meinen, ein *richtiges* Alibi?» Bossi hörte sich ausgesprochen unzufrieden an.

Tron musste lächeln. «Ein echtes Alibi, Bossi. Ein was-serdichtes.»

«Und dann?»

Die Gondel hatte die Accademia-Brücke passiert, und die *volta* des Canalazzo tauchte vor ihnen auf, der Knick nach rechts, an dem der Palazzo Mocenigo und der Palazzo Contarini delle Figure lagen.

«Dann wissen wir», sagte Tron, «in welche Richtung wir *nicht* ermitteln müssen.» Als er Bossis enttäuschtes Gesicht sah, fügte er noch hinzu: «Aber im Moment steht Troubetzkoy ganz oben auf meiner Liste.»

Troubetzkoy erwartete sie in einem der Empfangssalons, die zu beiden Seiten der *sala* lagen. Er saß an einem Schreibtisch, über dem ein Portrait des Zaren hing, und machte sich nicht die Mühe aufzustehen, als Tron und Bossi den Salon betraten. Das Hausmädchen hatte sie sofort vorgelassen. Offenbar hatte der Großfürst mit dem Besuch Trons gerechnet.

«Die Köchin der Potockis hat es unserer Köchin erzählt», sagte Troubetzkoy, ohne sich lange mit Höflichkeitsfloskeln abzugeben. Allerdings hatte er Tron einen Stuhl angeboten. Bossi stand, wie beim letzten Besuch, neben der Tür. «Und unsere Köchin», fuhr Troubetzkoy fort, «hat es der Großfürstin mitgeteilt.» Der Großfürst machte ein unbehagliches Gesicht, so als wäre es ihm unangenehm, in diesem Zusammenhang dreimal das Wort *Köchin* in den Mund zu nehmen.

«Wann haben Hoheit es erfahren?»

«Heute Morgen beim Frühstück.» Troubetzkoy schüttelte den Kopf, so als könne er es immer noch nicht fassen. Dann sah er Tron an. «Übrigens habe ich mit Ihrem Besuch gerechnet, Commissario. Ich nehme an –», er räusperte sich nervös –, «Sie wissen Bescheid.» Nachdem Troubetzkoy das gesagt hatte, wandte er abrupt den Blick ab und heftete ihn auf die Fingernägel seiner linken Hand.

Tron wollte, dass der Großfürst es noch einmal aussprach. «Worüber sollte ich Bescheid wissen?»

Troubetzkoy, den Blick immer noch auf seinen Fingernägeln, räusperte sich erneut. «Über meine Beziehung zu Signora Potocki.»

Tron nickte. «Signor Potocki hat mir davon erzählt.»

«Gibt es schon einen Hinweis auf den Täter?»

«Es muss jemand gewesen sein, der mit Signora Potocki gut bekannt war.»

«Woraus schließen Sie das?»

«Signora Potocki saß an ihrem Erard, als sie ermordet wurde. Der Mörder hat ihr von hinten eine Schlinge über den Kopf geworfen.»

«Sie ist *erdrosselt* worden?»

Tron nickte. «Sie hat sich weder gewehrt, noch hat sie geschrien. Dass jemand die *sala* unbemerkt betreten haben könnte, ist äußerst unwahrscheinlich. Es kann nur jemand gewesen sein, mit dem sie gut bekannt war und von dem sie nichts zu befürchten hatte.»

«Und wer käme da in Frage?»

«Wie ich schon sagte: jemand aus ihrem engsten Bekanntenkreis. Der hier in Venedig nicht besonders groß war.»

«Das dürfte die Suche nach dem Täter erleichtern.»

«Es gibt noch einen anderen Umstand, der uns die Suche erleichtert.»

«Und der wäre?»

Tron lächelte freundlich. «Dass der Täter vermutlich über den Altan geflüchtet ist. Der Mord geschah kurz bevor ich die *sala* betreten hatte. Im Treppenhaus bin ich niemandem begegnet, aber ich habe Schritte gehört, die nach oben führten.»

«Sie haben das Dachgeschoss durchsucht?»

«Selbstverständlich.»

«Und auf dem Altan war auch niemand?»

Tron schüttelte den Kopf. «Nein. Aber der Täter könnte über den Steg in den Palazzo Contarini geflüchtet sein.»

«Ich sehe nicht, wie jemand vom Altan in den Palazzo Contarini kommen könnte. Der Zugang zum Altan ist verschlossen.»

«Nicht für jemanden, der einen Schlüssel hatte.»

Troubetzkoy runzelte die Stirn. «Sie meinen, der Mörder könnte den Schlüssel von Signora Potocki an sich genommen haben?»

«Eigentlich dachte ich an eine andere Möglichkeit, Hoheit.»

«Ich verstehe Sie nicht ganz, Commissario.» Der Großfürst sah Tron an und brachte es fertig, so auszusehen, als würde er Tron tatsächlich nicht verstehen.

«Signor Potocki hat mir versichert, dass Signora Potocki die Absicht hatte, dieses Verhältnis zu beenden, und dass Hoheit mit dieser Trennung nicht einverstanden waren. Es sollen Drohungen in diesem Zusammenhang gefallen sein.» Tron räusperte sich nervös. «Hoheit sollen geäußert haben, dass Hoheit sich nichts wegnehmen ließen.»

Tron hatte erwartet, dass Troubetzkoy auf diese Worte hin explodieren würde, aber der sah Tron nur spöttisch an. «Und weil Konstancja die Absicht hatte, sich von mir zu trennen, habe ich sie erdrosselt? Und mich dann über den Altan wieder davongemacht? Ist das Ihre Logik?»

Tron sagte höflich: «Es handelt sich lediglich um eine

Hypothese. Allerdings spräche noch etwas dafür. Hoheit sollen Signora Potocki gegenüber ein Problem erwähnt haben, das es im Zusammenhang mit einem Gemälde gegeben hat.»

«Sie meinen, Signora Potocki hat etwas gewusst, das mir hätte gefährlich werden können? Das ist lächerlich.» Troubetzkoy schlug mit der flachen Hand auf den Tisch und schüttelte den Kopf. «Ich dachte, *das* Thema wäre abgeschlossen.»

«Es ist erst dann abgeschlossen, wenn das Gutachten über den Tizian vorliegt.»

Tron sah, wie Troubetzkoy ansetzte, etwas zu erwidern, dann aber seinen Stuhl zurückschob und aufstand. Der Großfürst ging zum Fenster und blieb einige Augenblicke lang reglos stehen. Schließlich drehte er sich wieder um, kam zurück zum Schreibtisch und setzte sich. Als er sprach, war seine Stimme leise, aber schneidend.

«Ich hätte Sie nicht empfangen», sagte der Großfürst langsam, «wenn ich gewusst hätte, welche Fragen Sie mir stellen würden, Commissario.» Er nahm eine Zigarette aus dem silbernen Kästchen und zündete sie an. «Tatsache ist», fuhr er fort, «dass Sie Ihre und auch meine Zeit verschwenden. Ich möchte, dass Sie jetzt gehen und nie wieder hier auftauchen.» Und dann sagte Troubetzkoy noch etwas, das völlig überflüssig war. Er sagte: «Aber auch wenn ich alles das verbrochen hätte, was Sie mir hier unterstellen – Sie wissen genau, dass Sie nichts tun können.»

«Hoheit täuschen sich. Ich kann durchaus etwas tun», sagte Tron, ohne nachzudenken. Nicht dass er wusste, *was* er tun konnte, aber er hatte das dringende Bedürfnis, Troubetzkoy zu widersprechen.

Troubetzkoy gab sich nicht mehr die geringste Mühe,

die Verachtung aus seiner Stimme herauszuhalten. «Und was, Commissario?»

Das war vermutlich die Frage, die sich jetzt auch Bossi stellte. «Ich könnte», sagte Tron etwas lahm, «einen Bericht für den Polizeipräsidenten schreiben.» Nein, dachte er, das war keine gute Antwort. Das war eine ausgesprochen *schlechte* Antwort. «Einen Bericht», fuhr er fort, «der mit dem Hinweis endet, dass eine Verhaftung und eine Anklage auf Grund der diplomatischen Immunität des Verdächtigen nicht erfolgen konnte. Eine Kopie geht an Togenburg, die andere nach Wien an den Ballhausplatz.» Das war auch nicht sehr aufregend, aber Tron hatte jetzt das vage Gefühl, dass er sich in die richtige Richtung bewegte.

Troubetzkoy zuckte gelangweilt die Achseln. «Das bleibt Ihnen unbenommen.»

Bei dem Wort *Kopie* musste Tron an Pater Terenzio denken, und plötzlich fiel ihm ein, was er tun konnte. Es war niederträchtig und illegal, aber es würde funktionieren. Und wenn Sergente Bossi sah, dass sein Commissario immer noch einen Trick auf Lager hatte, konnte es auch nicht schaden.

«Allerdings kann in solchen Fällen niemand ausschließen», sagte Tron langsam, «dass entgegen den Dienstvorschriften weitere Kopien des Berichtes angefertigt werden.» Er machte eine kleine Pause, um Troubetzkoy und Bossi Zeit zu geben, diese Worte zu verarbeiten. «Und dass diese Kopien», fuhr er fort, «anschließend in der Stadt kursieren.»

Selbst im Gegenlicht war deutlich zu erkennen, dass Troubetzkoy bleich geworden war. Er starrte Tron ungläubig an, und es dauerte eine paar Augenblicke, bis er in der Lage war zu sprechen. «Sie sind wahnsinnig, Commissario.»

Tron, von Bossis anerkennendem Räuspern beflügelt, fand, dass es nicht schaden konnte, noch eins draufzusetzen. «Hoheit werden in Zukunft der Mann sein», sagte er, «der seine Geliebte erdrosselt hat – wo immer Hoheit sich in Venedig aufhalten. Auf der Piazza, im Ridotto, in sämtlichen Restaurants und Cafés und auf allen diplomatischen Empfängen.»

So – das sollte reichen. Tron unterdrückte den Impuls, sich die Hände zu reiben. Er stand auf, drehte sich um und ging auf die Salontür zu, die Bossi schon für ihn geöffnet hatte. Als er im Begriff war, die Schwelle zu überschreiten, hörte er hinter sich die Stimme Troubetzkoys.

«Commissario?»

Tron drehte sich um. Der Großfürst war aufgestanden und stützte sich mit den Fingern auf die Platte seines Schreibtisches. Der wütende Ausdruck war aus seinem Gesicht verschwunden. Troubetzkoy sagte: «Ich glaube nicht, dass Sie diesen Bericht schreiben werden.»

Tron hob die Augenbrauen. «Und warum nicht?»

«Weil es ein paar Dinge gibt, die Sie nicht wissen.» Der Großfürst machte eine resignierte und zugleich bittende Handbewegung zu dem Stuhl, von dem sich Tron eben erhoben hatte.

Nachdem Tron wieder Platz genommen hatte, sagte Troubetzkoy: «Potocki hat Ihnen nicht die ganze Wahrheit erzählt.» Er zuckte die Achseln. «An seiner Stelle hätte ich es auch nicht getan. Ich hätte – im Gegenteil – großen Wert darauf gelegt, dass Sie es *nicht* erfahren.»

«Worüber hat Potocki mir nicht die ganze Wahrheit gesagt?»

«Über die Situation im Palazzo Mocenigo.» Troubetzkoy lehnte sich auf seinem Stuhl zurück und starrte einen Moment lang an die Decke. Dann fragte er: «Ist

Ihnen etwas am Verhältnis zwischen der Kinsky und Potocki aufgefallen?»

«Dass sie sich nicht ausstehen können.»

Troubetzkoy sah Tron amüsiert an. «Dann hat das Schmierentheater also funktioniert.»

«Was soll das heißen?»

«Dass Potocki und die Kinsky ungefähr zwei Wochen nach dem Einzug der Kinsky bei den Potockis ein Verhältnis miteinander begonnen haben. Erst danach hatte sich unsere Beziehung entwickelt.» Troubetzkoy schloss einen Moment lang die Augen. Dann sagte er: «Wir sind uns zum ersten Mal in St. Petersburg begegnet, und da Konstancja hier in Venedig niemanden kannte, hat sie sich mir anvertraut. So fing es an. Ich glaube, dass Konstancja diese Beziehung gebraucht hat.»

«Ich dachte, sie hatte die Absicht, dieses Verhältnis zu beenden?»

Troubetzkoy nickte. «Das ist richtig. Aber Potocki hat Ihnen etwas Wichtiges verschwiegen. Signora Potocki hatte auch die Absicht, sich endgültig von ihrem Mann zu trennen. Sie wollte Venedig verlassen. Potocki hat weder ein eigenes Einkommen noch die Aussicht auf eine lukrative Erbschaft. Eine Scheidung hätte ihn ruiniert. Und Konstancja war fest entschlossen, sich scheiden zu lassen.»

«Was wollen Hoheit damit sagen?»

«Dass Potocki ein äußerst handfestes Motiv hatte, seine Frau zu töten.»

Tron schüttelte lächelnd den Kopf. «Ich bin ihm auf der Treppe begegnet. Da war Signora Potocki noch am Leben. Sie hat musiziert. Potocki kann es also unmöglich gewesen sein.»

«Und wo hat sich Signora Kinsky aufgehalten, als der Mord geschah?»

«Im Salon der Potockis. Sie ist unmittelbar bevor ich das Vestibül betreten habe, in ihr Zimmer im Dachgeschoss gegangen. Sie meint, es seien ihre eigenen Schritte gewesen, die ich auf der Treppe gehört habe.»

Troubetzkoy lächelte zynisch. «In diesem Fall hat sie ausnahmweise Recht.»

«Moment mal. Hoheit meinen …»

Troubetzkoy nickte. «Ich will Ihnen etwas über die Kinsky erzählen, das Sie offenbar nicht wissen.»

«Reden Sie.»

«Ich nehme an, Sie kennen den Grund, aus dem Signora Kinsky bei den Potockis ist?»

«Sie war nach dem Tod ihres Gatten mittellos.»

«Das ist richtig. Aber vermutlich wird man Ihnen die Umstände, unter denen Signora Potocki ihren Gatten verlor, nicht erzählt haben.»

Tron runzelte die Stirn. «Nein.»

Troubetzkoy überlegte kurz. Dann sagte er: «Es gab das Gerücht, dass sie ihren Mann vergiftet hat. Daraufhin kam es zu einem Prozess, der mit einem Freispruch endete. Man konnte ihr nichts nachweisen. Aber der Tod ihres Mannes hatte einen bitteren Beigeschmack. Als Konstancja das erfuhr, hatte sie nur noch Angst.»

«Wovor?»

«Vor dem, was gestern Abend passiert ist.»

«Das ist eine ungeheure Anschuldigung, Hoheit.»

Troubetzkoy nahm sich eine frische Zigarette aus dem silbernen Kästchen. «Ich verlange nicht, dass Sie mir glauben, Commissario. Ich rate Ihnen nur dringend dazu, sich die entsprechenden Akten aus Triest kommen zu lassen.»

28

Signora Leinsdorf, *Frau Generaldirektor Leinsdorf*, stand vor dem Schaufenster von Sivrys elegantem Ladengeschäft an der Piazza und musterte noch einmal den Canaletto, den sie eben gekauft hatte. Der Palazzo Ducale sah verdächtig rosa aus, die Wolken erinnerten an Sahnebaisers, und der Himmel über der Stadt war ziemlich hellblau. Offenbar teilte der rundliche Franzose, der dieses farbenfrohe Gemälde in seinem Schaufenster ausgestellt hatte, ihre Einschätzung des venezianischen Publikums. Die reichen Fremden kauften einfach alles und hatten es gerne bunt. Vermutlich, dachte Signora Leinsdorf, wurden sie nicht einmal dann misstrauisch, wenn ihnen beim Betreten des Ladens der Geruch von frischer Farbe entgegenschlug.

Signora Leinsdorf hatte gleich am ersten Tag ihres Aufenthaltes festgestellt, dass ihr Venedig gefiel. Sie mochte die nonchalante Offenheit, mit der hier alles auf Betrug angelegt war: die überteuerten Zimmer, das überteuerte Essen, die unverschämten Tarife der Gondolieri. Selbstverständlich waren auch die Preise in den Restaurants und Cafés der reinste Wucher.

Und genau das, dachte sie, hatte sie an dem Canaletto fasziniert. Dieses Missverhältnis zwischen seiner offenkundigen Falschheit und seinem unverschämten Preis hatte etwas ungemein Authentisches, es entsprang dem *genius loci*. In gewisser Hinsicht, fand Signora Leinsdorf (die eine Neigung zu komplizierten Gedankengängen hatte), durfte man das Gemälde als Original bezeichnen.

Die Verkaufsverhandlungen waren dann sehr harmonisch verlaufen. Nachdem sie auf schwerwiegende Mängel des Gemäldes hingewiesen hatte, war der Eigentümer des Geschäftes, ein Monsieur de Sivry, ihren Preisvorstellungen weitgehend gefolgt. Sie hätte ihm gerne erklärt, warum sie ein Gemälde gekauft hatte, das eindeutig eine Fälschung war, aber sie bezweifelte, dass er sie verstanden hätte. Und verstand sie es denn selber? Diesen seltsamen Trost, den eine betrogene Frau hier in Venedig, in dieser betrügerischen Fremdenfalle empfand? Woraus allerdings, dachte sie, während sie ihren Sonnenschirm mit einem kräftigen Ruck aufspannte, nicht folgte, dass sie den Eskapaden von Generaldirektor Leinsdorf tatenlos zusehen würde.

Als sie sich umdrehte, spiegelte sich ihr Gesicht in der Schaufensterscheibe – ein Anblick, der sie daran erinnerte, dass *Generaldirektor Leinsdorf* sie nur ihres Geldes wegen geheiratet haben konnte. Nicht dass ihr Gesicht hässlich gewesen wäre – jedenfalls nicht für einen Pferdeliebhaber. Signora Leinsdorf hatte große, kräftige Zähne, einen vollen, sinnlichen Mund und eine wohlgeformte, vielleicht etwas nüsternähnliche Nase. Keines dieser Merkmale war als solches unschön, auch nicht ihre auffälligen roten Haare, nur in ihrem Zusammenwirken ergab sich ein ausgesprochen pferdeähnlicher Effekt. Manchmal, wenn sie ihr Gesicht im Spiegel betrachtete, sah sie aus wie jemand, der gleich anfangen würde zu wiehern. Das war ein wenig beunruhigend. Aber noch beunruhigender war, dass sie hin und wieder das *Bedürfnis* hatte zu wiehern.

Signora Leinsdorf löste sich von ihrem Spiegelbild und trat aus dem Schatten der Arkaden auf die sonnenbeschienene Piazza. Vor dem Aufgang zum Campanile hatte sich eine Schlange gebildet, und sie spielte kurz mit dem Gedanken, ebenfalls (vermutlich für ein horrendes Eintrittsgeld) auf den Campanile zu klettern, entschied sich dann aber, in ihr Hotel zurückzukehren. Sie passierte Cafétische, an denen selbstverständlich nur *Kännchen* serviert wurden, und umrundete Einheimische, die Taubenfutter zu Mondpreisen anboten. Dann steuerte sie mit energischen Schritten auf ihre überteuerte Suite im Danieli zu.

«Eine bemerkenswerte Frau», sagte Alphonse de Sivry, der mit gelockerter Halsbinde auf einem seiner Louis-Seize-Fauteuils saß und einen etwas abgekämpften Eindruck machte.

Tron hob die Augenbrauen. «Die Signora, die eben vor dem Schaufenster gestanden hat?»

Sivry nickte. «Sie hat den Canaletto gekauft. Obwohl ihr auffiel, dass gewisse Partien bei der Restauration rekonstruiert wurden. Und ich hatte fast den Eindruck, dass sie das Bild *wegen* dieser Rekonstruktionen gekauft hat. Allerdings nicht für den Preis, den ich vorgesehen hatte.» Er seufzte. «Sondern für erheblich weniger. Ich wünschte, ich hätte ihr einen Tizian anbieten können.»

«Wegen ihrer tizianroten Haare?»

Sivry lächelte. «Bemerkenswert, nicht? Bei Tizian symbolisiert diese Haarfarbe Leidenschaft. Das war der Grund, aus dem die Kurtisanen ihre Haare in alten Tagen rot färbten. Sehr leidenschaftlich sah die Frau allerdings nicht aus. Ganz im Gegensatz zu der rothaarigen Dame, mit der ich Troubetzkoy in der vorletzten Woche abends im *Florian* gesehen habe.»

«Eine rothaarige Dame?» Tron runzelte die Stirn. «An welchem Tag war das?»

Sivry dachte ein wenig nach. «Das war der Tag, an dem ich einen Piazzetta an eine Amerikanerin verkauft hatte. Am Donnerstag letzter Woche.»

«*Donnerstag* letzter Woche? Und wann genau?»

«Wir sind um zehn Uhr abends im Laden verabredet gewesen und waren eine halbe Stunde später im *Florian*», sagte Sivry. «Also zwischen halb elf und elf.»

«Sind Sie sicher?»

Sivry sah Tron irritiert an. «Absolut. Troubetzkoy saß zwei Tische weiter.»

Troubetzkoy saß zwei Tische weiter – zusammen mit einer Frau, dachte Tron – der noch immer nicht glauben konnte, was er eben gehört hatte –, die nur Konstancja Potocki gewesen sein konnte. Und die als Alibi ins Spiel zu bringen sich der Großfürst begreiflicherweise gescheut hatte. Er atmete tief durch und räusperte sich. «Was ist mit dem Tizian? Ist das Bild nun eine Kopie oder das Original?»

«Was erwarten Sie?» Sivrys Gesichtsausdruck schwankte zwischen Besorgnis und Amüsement.

Tron sagte: «Haben Sie von dem tödlichen Unfall in San Pantalon gehört?»

«Ein Priester, der den großen Fumiani an der Decke restaurieren sollte, ist vom Gerüst gestürzt.»

«Dieser Priester», sagte Tron, «wurde Anfang des Jahres von der Königin beauftragt, den Tizian zu kopieren. Er hat nicht nur eine, sondern *zwei* Kopien angefertigt, das Original behalten und an Kostolany verkauft. Der es dann an Troubetzkoy weiterverkauft hat. Und auf dessen Brigg haben wir es gefunden. Wohlgemerkt, das *Original*. Denn Pater Terenzio hätte nie versucht, Kostolany eine Fälschung zu verkaufen.»

Sivry lächelte. «Weil Kostolany die Fälschung erkannt hätte?»

Tron nickte. «Als Kostolany dem Pater dann mitteilte, dass eine gewisse Signora Caserta ihm eine Magdalena Tizians angeboten hatte, war klar, dass Kostolany das Bild nicht kaufen würde und sich die Königin daraufhin an andere Händler wenden würde – die ihr natürlich gesagt hätten, dass es sich bei ihrem Tizian um eine Fälschung handelte.»

Sivry hatte sofort begriffen, worauf Tron hinauswollte. «Also musste der Pater den falschen Tizian aus dem Verkehr ziehen.»

«Was unmöglich war, ohne Kostolany dabei zu töten.»

Sivry nickte, aber sein Nicken schien keine Zustimmung zu bedeuten. Er griff nach der Likörflasche, die auf einem kleinen Tischchen neben seinem Sessel stand, schüttete sich ein wenig Likör ein und schwenkte das Glas in kleinen Kreisen. Schließlich sagte er, ohne Tron anzusehen: «Es tut mir leid, Commissario.» Und dann, eine kurze, abgrundtief schwarze Sekunde später: «Aber dieses Bild hier ist eine Kopie.»

Äh, wie bitte? Hatte Sivry soeben tatsächlich *Kopie* gesagt? Das konnte nicht sein. Das war ausgeschlossen. Zur Sicherheit fragte Tron noch einmal nach. «Pater Terenzio hat Kostolany eine *Fälschung* verkauft?»

Sivry nickte. «Dieser Pater hat ihn tatsächlich getäuscht. Die Kopie ist perfekt.» Er drehte den Kopf nach links, wo der Tizian mit der Rückseite nach vorne an der Wand lehnte. «Und die Rückseite ist *absolut* perfekt.» Sivrys Stimme vibrierte vor professioneller Bewunderung.

Jetzt verstand Tron überhaupt nichts mehr. «Sagten Sie: die *Rückseite?*»

Sivry schlug die Beine übereinander, schnippte ein Stäubchen von seinem rechten Hosenbein und sah Tron an. Er war jetzt ganz in seinem Element. «Ich vermute mal, der Name Abraham Wolfgang Küfner sagt Ihnen nicht viel.»

Tron schüttelte den Kopf.

«Die Geschichte», sagte Sivry, «hat sich zur Jahrhundertwende in Nürnberg abgespielt. Küfner sollte ein Selbstportrait Dürers kopieren, das sich seit dem 16. Jahrhundert im Besitz der Stadt befand. Der Bildträger war eine daumendicke Lindenholztafel, die auf der Rückseite Siegel und Echtheitsbestätigungen trug. Diese Platte», fuhr Sivry fort, «hat Küfner durchgesägt und auf die Vorderseite der originalen Rückseite eine Kopie gemalt.»

«Die er der Stadt als Original zurückgegeben hat?»

Sivry wischte mit seinem Taschentuch an dem nassen Ring herum, den das Glas auf dem Tischchen hinterlassen hatte. Dann nickte er. «Ohne dass jemand misstrauisch wurde. Der Betrug flog erst auf, als Küfner den echten Dürer an die Gemäldesammlung des bayerischen Kurfürsten verkauft hat. Kostolany ist vermutlich von selbst darauf gekommen. Aber da hatte er das Gemälde schon gekauft. Und Pater Terenzio wird sich geweigert haben, das Geschäft rückgängig zu machen.»

Tron wiegte nachdenklich den Kopf. «Auf dem Kunstmarkt konnte Kostolany das Bild nicht anbieten, denn irgendwo, vielleicht sogar in Venedig, gab es jemanden, der das Original hatte. Also hat er den falschen Tizian an Troubetzkoy abgegeben – mit dem Ratschlag, ihn eine Zeit lang unter Verschluss zu halten. Aber dann tauchte die Königin in Venedig auf und hatte das Original. Worauf Kostolany schlagartig in einer völlig neuen Verhandlungsposition war.»

Sivry nickte. «Kostolany konnte Pater Terenzio damit drohen, der Königin alles zu erzählen – es sei denn, der Pater wäre bereit, zumindest einen Teil der Kaufsumme für den falschen Tizian zurückzugeben.»

Tron sagte: «Woraufhin Pater Terenzio es für sicherer hielt, Kostolany zu töten. Und um das Verbrechen als Raubmord erscheinen zu lassen, hat der Pater den Tizian mitgehen lassen.»

Sivry nippte vorsichtig an seinem Likörglas und lächelte. «Der sich folglich irgendwo hier in Venedig befindet.»

29

Irgendwo hier in Venedig, dachte Tron, als er das Geschäft Sivrys verließ und in den Schatten der Arkaden trat. Na, das war wirklich hilfreich.

Natürlich hatten er und Bossi die beiden kleinen Räume, die Pater Terenzio in der Küsterei von San Pantalon bewohnt hatte, gründlich durchsucht. Aber außer ein paar schäbigen Kleidungsstücken, einem halben Dutzend Büchern erbaulichen Inhaltes und diverser Malutensilien hatten sie nichts gefunden. Keine Briefe, keine persönlichen Aufzeichnungen noch irgendwelche konkreten Hinweise auf Kontakte, die Pater Terenzio hier in Venedig gehabt haben mochte. Da es zu diesen Räumen einen unmittelbaren Zugang direkt von der Calle San Pantalon gab, konnte der Küster auch über die Lebensgewohnheiten von Pater Terenzio keine Auskunft geben. Wo das Geld geblieben war, das Pater Terenzio von Kostolany kassiert hatte, blieb rätselhaft. Und ohne den geringsten Anhaltspunkt zu haben, war die Suche nach dem Tizian *irgendwo hier in Venedig* völlig aussichtslos.

Als Tron auf die Piazza trat, war es kurz vor zwölf, und er ertappte sich dabei, wie er unwillkürlich auf das

Schlagen der *nona* wartete, derjenigen der fünf Glocken des Campanile, die in den Zeiten der Republik die Mittagsstunde eingeläutet hatte, so wie die *malefico* eine Hinrichtung angekündigt hatte und die *trottiera* eine Sitzung des Großen Rates. Absurd eigentlich, dachte Tron, denn der Republik hatte lange vor seiner Geburt Napoleon den Garaus gemacht, und er konnte unmöglich persönliche Erinnerungen an diese Glocken haben.

Jetzt, wo die brütende Mittagshitze die Einheimischen und die Fremden ins Innere der Häuser getrieben hatte, war der Markusplatz fast menschenleer, und ohne die Uniformen der kaiserlichen Offiziere, die modischen Promenadenkleider der Damen und die allgegenwärtigen Fotografen sah die Piazza San Marco einen Augenblick lang so aus, wie sein Urgroßvater sie gesehen haben mochte – Andrea Tron, Prokurator von San Marco, der 1775 Kaiser Joseph II. empfangen hatte und aus den mit ihm geführten Gesprächen den bitteren Schluss gezogen hatte, dass das Haus Habsburg alles tun würde, um sich Venedig und seine Gebiete anzueignen – und dass es ihm am Ende auch gelingen würde.

Als Tron eine halbe Stunde später Spaurs Büro in der Questura betrat, saß der Polizeipräsident hinter seinem Schreibtisch und stopfte sich ein Marzipanherz in den Mund – eine Beschäftigung, mit der er offenbar den Großteil des Vormittages verbracht hatte, denn Aberdutzende von kleinen rosafarbenen Einwickelpapieren bedeckten die Akten, die auf seinem Schreibtisch lagen wie Blütenblätter, und ergossen sich kaskadengleich auf den Fußboden. Durch die Dreipassfenster von Spaurs Büro fielen Rauten von Licht auf den Fußboden, warfen leuchtende Muster auf den Schreibtisch und den mauvefarbenen

Sommeranzug des Polizeipräsidenten. Eigentlich war dies ein Bild sommerlicher Heiterkeit, doch Tron stellte erschrocken fest, dass der Polizeipräsident den Anblick eines Mannes bot, dem ein tragischer Schicksalsschlag soeben Hab und Gut geraubt hatte. Sein Atem ging schwer, das Gesicht war bleich, und sein farbenfrohes Halstuch hing halbmastmäßig über seine Revers.

Nachdem Tron Platz genommen hatte, kam Spaur ohne Umschweife zur Sache. «Erinnern Sie sich an den Studenten, der Signorina Violetta im letzten Jahr belästigt hat?»

Tron beugte sich auf seinem Stuhl nach vorne. «Ihr angeblicher Vetter? Der junge Mann aus Padua?»

Spaur nickte. «Wir scheinen es jetzt», fuhr er fort, «mit einer ähnlichen Situation zu tun zu haben.» Der Polizeipräsident machte eine Pause, um sich ein weiteres Marzipanherz in den Mund zu stopfen. Dann sagte er mit leicht undeutlicher Aussprache: «Nur dass es sich diesmal nicht um einen Studenten, sondern um einen wohl situierten Herrn handelt.»

Einen kurzen Augenblick hatte Tron die grauenhafte Vision, dass es sich bei dem *wohl situierten Herrn* um Potocki handeln könnte. Er räusperte sich. «Einen wohl situierten Herrn?»

Spaur hatte sein Kinn gehoben, aber er sah Tron nicht an. Seine Aufmerksamkeit schien sich auf die leere Luft rings um Trons Schultern zu konzentrieren. «Der Bursche», sagte Spaur schließlich mit tonloser Stimme, «hat Signorina Violetta einen Heiratsantrag gemacht.»

«Einen *Heiratsantrag*?»

Spaurs Gesicht hatte plötzlich einen Ausdruck, wie Medea ihn bei Jasons Rückkehr gehabt haben mochte. «Sie brauchen nicht alles, was ich sage, zu wiederholen,

Commissario.» Sicherheitshalber tat er es selber. «Ein *wohl situierter Herr* hat Signorina Violetta einen *Heiratsantrag* gemacht.»

Das musste Tron erst mal verarbeiten. Und vermutlich, dachte er, hatte Spaur diese Nachricht heute Morgen erhalten und war ebenfalls noch damit beschäftigt, sie zu verarbeiten.

«Hat Signorina Violetta diesen Heiratsantrag kommentiert?»

Ein weiteres Marzipanherz verschwand in Spaurs Mund. Tron schätzte, dass sich Spaur die Marzipanherzen inzwischen im Dreißig-Sekunden-Takt in den Mund stopfte.

Spaur sagte: «Dass sie mich liebt, aber an ihre Zukunft denken muss.»

«Über diesen Herrn hat sie sich nicht näher geäußert?»

«Nur, dass er sich ihr mit einer gewissen Courtoisie genähert hat und ernsthafte Absichten hegt.»

«*Wie* hat er sich ihr genähert?»

«Indem er Blumen und Billetts in die Garderobe des *Malibran* geschickt hat.» Spaurs Stimme schien zwischen Wut und Resignation zu schwanken. «Es ist dann wohl zu einer Zusammenkunft im *Quadri* gekommen.»

«Auf der das Wort *Heirat* gefallen ist?»

Bei dem Wort *Heirat* griff Spaurs rechte Hand automatisch nach einem Marzipanherzen. «So habe ich Signorina Violetta heute Morgen verstanden.»

«Ist dieser wohl situierte Herr jemand, der hier in Venedig wohnt?»

Spaur schüttelte den Kopf. «Nein. Aber er hat hier häufig geschäftlich zu tun.»

«Könnte es sein», erkundigte sich Tron vorsichtig, «dass Signorina Violetta vielleicht die Erwartung hat, dass Herr

Baron …» Er ließ den Schluss des Satzes unvollendet in der Luft hängen.

Tron sah, wie sich Spaurs Mund langsam öffnete und in dieser Position verharrte. Schließlich sagte Spaur: «Will sie, dass ich sie *heirate*?»

«Das wäre denkbar.»

«Violetta hat sich gelegentlich in dieser Richtung geäußert. Ich dachte nur, es wäre nicht ernst gemeint», sagte Spaur. Er warf den Kopf zurück und strich sich mit der Hand durch sein kastanienbraun gefärbtes Haar. «Es ist in Künstlerkreisen nicht unbedingt üblich, gleich zum Altar zu schreiten.»

«Offenbar betrachtet Signorina Violetta diese Dinge etwas anders», gab Tron zu bedenken.

«Meinen Sie?» Einen Moment lang sah der Polizeipräsident aus wie ein Mann, der an einem fremden Ufer gestrandet war, wo er die Sprache nicht verstand.

Tron lächelte freundlich. «Es wäre die sicherste Methode, sich dieses Nebenbuhlers zu entledigen.»

Großer Gott, was trieb ihn dazu, dem Polizeipräsidenten Ratschläge für sein Privatleben zu geben?

«Ich gebe zu», sagte Spaur kalt, «dass das eine von zwei Möglichkeiten ist.»

«Und die andere Möglichkeit?»

Die Faust des Polizeipräsidenten knallte krachend auf den Tisch, sodass die rosa Einwickelpapiere wie dürres Laub auseinander stoben. «Dass Sie diesen Burschen aus der Stadt ekeln, Commissario. Stellen Sie fest, wer es ist, und hängen Sie ihm etwas an.»

Nach diesem Ausbruch sank Spaur erschöpft in seinen Schreibtischsessel zurück und war gezwungen, sich mit einem neuen Marzipanherzen zu stärken. Und hielt es dann offenbar für besser, sich weniger aufregenden

Themen zuzuwenden. «Was hat sich im Mordfall Kostolany ergeben?» Der Polizeipräsident unterdrückte ein Gähnen.

Tron sagte: «Ich bin eben bei Monsieur de Sivry gewesen. Es handelt sich bei dem Bild um eine Kopie.»

Das wiederum freute den Polizeipräsidenten. «Damit dürfte der Großfürst entlastet sein.»

Tron nickte. «Pater Terenzio hat eine Kopie des Bildes an Kostolany verkauft. Eine Kopie, von der die Königin nichts wusste. Und als die Königin mit dem Original nach Venedig kam, hat Kostolany dem Pater gedroht, ihn auffliegen zu lassen.»

«Worauf Pater Terenzio ihn ermordet hat», sagte Spaur. «Und das Verbrechen als Raubmord getarnt hat.»

Tron seufzte. «Leider ist das Original immer noch verschwunden.»

«Das wird die Königin nicht gerne hören.» Spaur wühlte auf seinem Schreibtisch herum und fischte eine dünne Akte aus den rosa Einwickelpapieren. «Und was ist mit diesem Mord im Palazzo Mocenigo? In Bossis Bericht steht, dass es noch keine heiße Spur gibt.»

«Wir tappen vollständig im Dunkeln.»

«Hier steht, Sie hätten die Ermordete persönlich gekannt und wären gerade zu Besuch gekommen. Haben Sie eine Hypothese?»

Tron schüttelte den Kopf. «Noch nicht.»

«Gibt es einen Zusammenhang mit dem Fall im Palazzo da Lezze? Immerhin ist diese Potocki ebenfalls erdrosselt worden.» Spaur blätterte eine Seite zurück. «Auch mit einem schmalen Band. Nicht gerade eine gängige Mordmethode.»

«Die einzige Person, die mit beiden Fällen etwas zu tun hat, ist der Großfürst.»

Eine Feststellung, die Spaur ungern hörte. Er runzelte die Stirn und sah Tron an. «Was hat der Großfürst mit dem Fall zu schaffen?»

«Der Großfürst und Signora Potocki hatten ein Verhältnis», sagte Tron. «Und aus dieser Konstellation könnte sich …»

Spaurs erhobener Arm schnitt Tron das Wort ab. «Sie haben sich bereits vor einigen Tagen in wilde Spekulationen über den Großfürsten verstiegen. Und was kam dabei heraus?»

Tron zögerte. «Nun, äh …»

«Nichts kam dabei heraus, Commissario. Oder weniger als nichts. Nämlich ein haltloser Verdacht gegen einen Mann, der Signorina Violetta jedes Mal ein reizendes Kompliment macht, wenn wir uns begegnen.» Spaur warf einen Blick auf die große Uhr, die links von ihm an der Wand hing. «Wann kann ich Ihren Bericht haben?»

Tron sagte: «Wenn Dr. Lionardo die Leiche obduziert hat, ergeben sich vielleicht neue Erkenntnisse. Ich könnte einen vorläufigen Bericht am Ende der Woche vorlegen.»

«Sie haben meine Frage nicht verstanden, Commissario.» Spaur nahm sich ein weiteres Marzipanherz aus der hellblauen Pappmachégondel. «Ich will einen Bericht über diesen wohl situierten Herrn.»

Als Tron die Tür hinter sich schloss, fiel ihm ein, dass Spaur kein Wort von der Novelle gesagt hatte. Wenigstens etwas.

Auf dem Weg in sein Büro musste sich Tron eingestehen, dass die Lösung des Kostolany-Falls, wie er sie Spaur präsentiert hatte, eine fatale Ähnlichkeit mit dem Canaletto besaß, den Sivry heute Vormittag an diese verrückte Signora verkauft hatte: eine plumpe, aber gefällige Fälschung. Dass Spaur die Lösung des Falles akzeptiert hatte, besagte nichts. Der Polizeipräsident war schon zufrieden, wenn Troubetzkoy nicht mehr unter Beschuss stand, und außerdem beschäftigten ihn im Moment ganz andere Fragen.

Im Grunde, dachte Tron, der inzwischen ein Stockwerk tiefer hinter seinem Schreibtisch Platz genommen hatte – im Grunde waren der einzige Beweis für die Täterschaft Pater Terenzios zwei Buchstaben im Terminkalender von Kostolany – zwei Buchstaben, die ebenso gut für Pjotr Troubetzkoy stehen konnten, der nie abgestritten hatte, dass er Kostolany an diesem verhängnisvollen Abend besucht hatte.

Das war bei Lichte betrachtet alles ein bisschen dünn, obwohl andererseits, überlegte Tron weiter, keineswegs auszuschließen war, dass sich die Angelegenheit tatsächlich so zugetragen hatte. Jedenfalls gab es kein überzeugendes Indiz, das gegen eine Täterschaft Pater Terenzios sprach. Perfekt, dachte Tron, wäre es gewesen, wenn Pater Terenzio (unter der windigen Voraussetzung, dass er der Täter war) nicht eine Kopie, sondern das Original an Kostolany verkauft hätte. Dann könnte er der Königin das Original überreichen, und diese würde sicherlich – hocherfreut über seine effiziente Polizeiarbeit – auf den Ball kommen.

Plötzlich fiel Tron wieder ein, was die Principessa

über Sivry gesagt hatte, über ein mögliches Interesse des Kunsthändlers, einen echten Tizian als Fälschung zu deklarieren, um ihn billig erwerben zu können. Tron hatte gute Gründe, diese Variante kategorisch auszuschließen, aber wenn man den Gedanken ein wenig weiterspann, fand Tron, dann zeigte sich auch hier, wie fein und fast unsichtbar die Linie war, die zwischen einer Kopie und einem Original verlief. Und wie sehr es in solchen Fällen lediglich eine Frage des Standpunktes war, ob es sich bei dem Bild, mit dem man es zu tun hatte, um eine Kopie oder ein Original handelte.

Wenn diese Kopie nach der Küfner-Methode tatsächlich so *absolut perfekt* war, wie Sivry ihm heute Vormittag erklärt hatte – was sprach dagegen, sie zum Original zu erklären? Spaur würde diese Variante, die ansonsten alles beim Alten ließ, nicht interessieren. Und Alphonse de Sivry? Der würde Verständnis für diese kleine Korrektur der Wirklichkeit haben. Immerhin war dies die Methode, nach der er selbst seine Geschäfte betrieb. Auch war nie die Rede davon gewesen, dass er ein offizielles Gutachten abliefern sollte.

Natürlich würde Sivry dieses Gemälde nicht kaufen – jedenfalls nicht zum Preis eines Originals. Also würde sich die Königin an einen anderen Händler wenden. Dabei standen die Chancen, dass der Betrug unentdeckt blieb – anders als Tron immer gedacht hatte –, gut bis sehr gut. Und wer käme zu Schaden, wenn sich irgendwann herausstellen sollte, dass es sich bei dem Tizian um eine Fälschung handelte? *Fälschung* war ein Wort, das die Komplexität der Verhältnisse ohnehin verfälschte. Dann war die Signora Caserta schon lange wieder in Neapel – und hatte vorher den Ball besucht. Natürlich, dachte Tron, das war es. Die *absolut perfekte* Lösung, passend zur

absolut perfekten Kopie. Gewissermaßen das Ei des Ko-
lumbus.

Tron stand auf, zog seinen Gehrock aus und hängte
ihn sorgfältig über die Stuhllehne. Dann lockerte er seine
Halsbinde und trat ans geöffnete Fenster. Auch in diesem
Teil Venedigs hatte die Hitze die Bewohner in die Häuser
getrieben, und im harten, mittäglichen Sonnenlicht, fand
Tron, wirkten die Hausfassaden auf der gegenüberliegenden Seite des Rio di San Lorenzo seltsam unecht –
fast wie Theaterkulissen.

Er wandte sich ab und setzte sich wieder hinter seinen
Schreibtisch, um sich Notizen für den Bericht an Spaur
zu machen. Als er die Stahlfeder in das Tintenfass tauchte,
stellte er fest, dass die Euphorie, die er bei dem Gedanken,
die Kopie kurzerhand zum Original zu erklären, emp-
funden hatte, verschwunden war. Würde der Sergente,
gefangen in den Niederungen der *Kriminaltechnik*, in
der Lage sein, diesen Gedankengängen zu folgen? Dass
die Unterscheidung zwischen echt und unecht unter höheren Gesichtspunkten ins Wanken geriet, würde ihm vermutlich nicht einleuchten. Sergente Bossi glaubte an *Tatortfotos* und *Beweisketten*, er an das Recht, die Wirklichkeit
nach künstlerischen Gesichtspunkten zu deuten – und an
die Notwendigkeit, die Königin auf den Ball zu lotsen.

Als Bossi zehn Minuten später Trons Büro betrat, hatte
er den tragischen Gesichtsausdruck eines Mannes, der
in ungeahnte Abgründe geblickt hatte. Dazu passte sein
schleppender Gang, sein desillusionierter Blick und das
blaue Auge, das in farblichem Einklang mit seiner blauen
Uniform stand. Auch seine Nase, deren Wiederherstellung gute Fortschritte gemacht hatte, schien abermals in
Mitleidenschaft gezogen zu sein. Sie stach bergeracmäßig

aus Bossis Gesicht hervor und verlieh seiner Erscheinung einen Einschlag ins Dramatische.

Tron riss erschrocken die Augen auf. «Was ist passiert, Sergente?»

«Ich hatte gestern Abend eine dienstliche Verabredung mit Signorina Alberoni», sagte Bossi. «In einem Café an der Piazza Santa Margherita.»

Tron hielt die Situation für ungeeignet, den dienstlichen Charakter dieser Verabredung zu erörtern. Er beugte sich fürsorglich auf seinem Stuhl nach vorne. «Und?»

«Sie ist nicht erschienen», sagte Bossi verdrossen. «Stattdessen kam Signor Alberoni.»

Tron räusperte sich. «Ihr Bruder?»

Bossi seufzte und verdrehte die Augen. «Ihr Mann.»

«Wussten Sie, dass die Signorina verheiratet war? Dass sie in Wahrheit eine Signora war?»

«Nein, Commissario.»

«Und was wollte Signor Alberoni?»

«Er ist an meinen Tisch gekommen und hat mich gefragt, ob ich Sergente Bossi bin.»

«Waren Sie in Uniform?»

Bossi schüttelte den Kopf. «Ich war in Zivil. Es war nicht direkt eine dienstliche Verabredung. Eher eine halbdienstliche.»

«Und als Sie Signor Alberoni bestätigt haben, dass Sie Sergente Bossi sind?»

«Sagte er in unhöflichen Worten, dass ich seine Frau in Ruhe lassen solle.»

«Und dann?»

«Hat er mir eine verpasst und ist gegangen», sagte Bossi.

Tron wies auf die Fotografien, die Bossi auf seinem Schreibtisch abgelegt hatte. «Haben Sie anschließend Tatortfotos gemacht?»

Bossis Miene besagte deutlich, dass er den Wunsch hatte, das Thema zu wechseln. «Es handelt sich um Tatortfotos aus San Pantalon», sagte er. Und dann, ohne Pause: «Ich habe vor den eigentlichen Tatortfotografien zwei Fotografien des Altars aus größerer Entfernung gemacht. Um auszuprobieren, wie weit das Licht der Petroleumlampen reicht, wenn man sie im Mittelgang aufstellt.»

Der Sergente schob eine Fotografie über den Tisch – einen *Abzug*, wie er sie nannte. Tron erkannte am linken und rechten Rand der Fotografie die Seitenwände des Kirchengestühls, darunter, ebenso gestochen scharf und auch noch gut beleuchtet, das übliche Schachbrettmuster der venezianischen Kirchenfußböden. Der Rest des Bildes versackte in der bräunlichen Dunkelheit des Hintergrunds.

«Diese Fotografie», fuhr Bossi fort, «ist vom Mittelgang der Kirche aufgenommen worden. Der Altar und die Trümmer des Gerüstes sind kaum zu erkennen, aber dafür ist mir etwas anderes aufgefallen. Am vorderen Bildrand rechts.»

Tron runzelte die Stirn. «Und was genau ist Ihnen aufgefallen, Bossi?»

«Dass die kleine hölzerne Volute an der Seitenwand des Kirchengestühls abgebrochen ist», sagte Bossi.

Tron setzte seinen Kneifer auf und sah, dass der Sergente Recht hatte. Eine kleine, schneckenförmige Schnitzerei am oberen Abschluss der Seitenwand war abgebrochen. Er konnte die schartige Bruchstelle deutlich erkennen. «Ich sehe nicht ganz, worauf Sie hinauswollen.»

Bossi lehnte sich nach vorne und lächelte selbstgefällig. «Auf eine *belastbare Indizienkette*, Commissario.» Der Sergente konnte es nicht lassen. «Ich will darauf hinaus», fuhr Bossi fort, «dass diese Volute an dem Abend abgebrochen ist, an dem Pater Terenzio zu Tode kam. Auf der Fotografie geht das ein wenig unter, aber die Bruchstelle der Volute ist hell und frisch.»

«Sind Sie noch einmal in San Pantalon gewesen?»

Bossi nickte. «Heute Morgen. Der Küster hat bestätigt, dass die Beschädigung neu ist. Aber das ist nicht alles, was ich herausgefunden habe.» Der Sergente holte eine Papiertüte aus der Tasche seiner Uniformjacke. «Das habe ich auf dem Fußboden gefunden. Genau da, wo die Volute von der Seitenwand abgebrochen ist.» Er zog einen hölzernen Knopf aus der Tüte und legte ihn neben die Fotografie.

«Ein Knopf?»

Bossi lächelte. «Erinnern Sie sich daran, Commissario, dass die Kutte von Pater Terenzio zerrissen war und an ihr ein Knopf fehlte?»

«Ja, natürlich.»

«Ich war gleich anschließend im *Ognissanti,* um einen Blick auf die Knöpfe von Pater Terenzios Kittel zu werfen.»

«Und?»

«Es sind dieselben Knöpfe», sagte Bossi. «Schwarze Ebenholzknöpfe. Nach Auskunft eines Kurzwarengeschäfts in der Frezzeria nicht eben häufig.»

«Sodass Sie sich fragen, wie der Knopf des Paters an diese Stelle kommt und warum die Volute an der Seitenwand der Bank abgebrochen ist.»

Bossi nickte. «Mir fiel auf, dass diese Seitenwand mit der abgebrochenen Volute nur einen Schritt von dort entfernt war, wo das Gerüst mit der Plattform gestanden hat.»

Plötzlich hatte Tron begriffen. «Sie meinen, dass …»

Aber Bossi wollte es jetzt selbst aussprechen. «Dass Pater Terenzio auf das Kirchengestühl gestürzt ist», sagte

238

Bossi. «Dass sein Körper die Volute abgebrochen hat, sein Kittel dabei zerrissen ist und ein Knopf abging. Einen Sturz aus dieser Höhe dürfte Pater Terenzio kaum überlebt haben.»

«Also hat ihn jemand nach seinem Tod vom Mittelgang auf die Altarstufen geschafft», sagte Tron. «Dieselbe Person, die ihn vom Gerüst gestoßen und es anschließend umgestürzt hat, damit alles nach einem Unfall aussah. Jemand, der offenbar ein großes Interesse daran hatte, dass die Kostolany-Akte mit dem Tod von Pater Terenzio geschlossen wird.» Tron schloss die Augen und lehnte sich auf seinem Stuhl zurück. «Also war es Mord.»

Bossi nahm das *Tatortfoto* wieder an sich und sah Tron aufmerksam an. «Troubetzkoy?»

Nein, er brachte es nicht fertig, Bossi zu belügen. «Das Bild von der *Karenina* ist eine *Kopie*», sagte Tron matt. «Sivry hat es genau untersucht. Damit wäre der Großfürst aus dem Spiel.»

Bossi machte kein Hehl daraus, dass ihn der Gang der Ermittlungen befriedigte. «Aber Oberst Orlow wäre *im* Spiel.»

Tron hob abwehrend die Hand. «Sie hatten ja Recht, Bossi. Was ist also passiert?»

«Orlow verkauft Kostolany ein angebliches Original. Ein paar Tage später – der Oberst ist wieder in Rom – stellt Kostolany fest, dass es sich bei dem Bild um eine Fälschung handelt, und reicht das Gemälde an Troubetzkoy weiter. Als Orlow mit der Königin nach Venedig kommt, um diesmal das Original zu verkaufen, verlangt Kostolany eine Entschädigung.» Bossi hielt einen Moment lang inne und dachte nach. «Wahrscheinlich hat Kostolany dem Oberst damit gedroht, die Königin zu informieren.»

Was dann auf diese Drohung folgte, war jedenfalls klar.

Tron sprach es aus: «Worauf Oberst Orlow ihn tötet und einen Raubmord vortäuscht.»

Bossi nickte, hatte allerdings seinen Vortrag noch nicht beendet. «Und Pater Terenzio musste aus zwei Gründen sterben», fuhr er fort. «Er wusste zu viel, und vor allen Dingen kam er als Täter in Frage. Und ein toter Täter bedeutet das Ende der Ermittlungen.»

Tron lächelte. «Eine schöne, runde Theorie, Bossi. Nur haben Sie keine Beweise dafür.»

Aber das war ein Punkt, über den Bossi bereits nachgedacht hatte. «Wir könnten den Oberst fragen, wo er sich aufgehalten hat, als Kostolany ermordet wurde, und ob er ein Alibi für den Mord an Pater Terenzio hat.»

«Also sollen wir durchblicken lassen, dass wir ihn in beiden Fällen für den Täter halten?»

«Es wäre aufschlussreich, zu sehen, wie er reagiert», meinte Bossi.

«Und wenn er zwei wasserdichte Alibis hat?»

Bossi zuckte mit den Achseln. «Dann werden wir uns entschuldigen.»

Tron schüttelte den Kopf. «Das Risiko, dass wir damit die Königin verärgern, ist zu groß. Sie vertraut dem Oberst. Sonst hätte sie ihn nicht mit auf diese heikle Reise genommen.»

«Und was würden Sie vorschlagen, Commissario?»

«Dass ich morgen mit der Königin spreche. Sie über den Stand der Ermittlungen informiere und mich unauffällig danach erkundige, was der Oberst gemacht hat, nachdem sie den Palazzo da Lezze verlassen haben.» Tron zögerte einen Moment. «Und da wäre noch etwas, Bossi.»

«Ja?»

«Es betrifft den Polizeipräsidenten.» Tron räusperte sich umständlich. Dann sagte er: «Offenbar wird Signorina Violetta wieder von …» Großer Gott – warum war es ihm peinlich, den Sergente mit solchen Dingen zu behelligen?

Aber Bossi hatte ein rein professionelles Verhältnis zu Spaurs speziellen Wünschen. Der Sergente zog lediglich die Augenbrauen hoch. «Belästigt? So wie letztes Jahr von diesem Studenten aus Padua?»

Tron nickte. «Richtig. Nur dass es sich diesmal um einen gut situierten Herrn handelt.»

«Ist sein Name bekannt?»

Tron schüttelte den Kopf. «Leider nicht.»

«Und was schwebt dem Polizeipräsidenten vor?»

«Dass wir die Identität des Herrn feststellen. Und wie oft er Signorina Violetta trifft.»

«Und dann?»

Wie hatte sich Spaur vorhin ausgedrückt? Ja, richtig.

«Dann ekeln wir ihn aus der Stadt», sagte Tron.

31

Das Telegramm aus Brüssel hatte sie beim Frühstück erreicht – zwanzig Zeilen, die ein kleines Vermögen gekostet haben mochten und doch nur das wiederholten, was bereits in dem Brief stand, den sie vor ein paar Tagen erhalten hatte: dass sich die Lage in der Hauptstadt des belgischen Königreiches weiter zuspitze und die Katastrophe ohne den Zustrom frischen Geldes kaum aufzuhalten sei. Geld, dachte Marie Sophie verzweifelt, das sie nur anweisen konnte, wenn der Tizian wieder aufgetaucht war und sie ihn verkaufen konnte – vielleicht an diesen Sivry, den der Commissario beauftragt hatte, festzustellen, ob es sich bei dem Tizian auf dem Schiff des Großfürsten um das Original handelte. Beim Gedanken an die Überprüfung des Gemäldes stieß sie ein wütendes Lachen aus. Als ob sie nicht bereits genau wusste, was dieser Sivry zu dem Gemälde sagen würde. Allerdings konnte immer noch ein Wunder geschehen.

Marie Sophie, in eine Krinoline aus dunkelrotem Samt gekleidet, was ihrem klaren Gesicht einen ebenmäßigen Ton und ihrem Haar eine harmonische Dunkelheit verlieh, erhob sich von ihrer Chaiselongue und trat vor den Spiegel. Sie sah alt aus, fast wie eine Frau von dreißig Jahren, dachte sie resigniert, als sie die dunklen Schatten unter ihren Augen bemerkte. Dann trat sie einen Schritt zurück, drehte sich leicht zur Seite und stellte plötzlich fest, dass sie genau diese rote Krinoline getragen hatte, als sie sich zum ersten Mal begegnet waren.

Merkwürdig, wie das, was sich anschließend zugetragen hatte, in ihrer Erinnerung auf ein paar Stationen zusammenschnurrte: zuerst die tiefen Blicke, danach die – für Außenstehende – zufällig erscheinenden Begegnungen, dann die gemeinsamen Ausritte in der Campagna, schließlich die nächtlichen Zusammenkünfte.

Und am Ende die Entdeckung, was mit ihr geschehen war, dann die überstürzte Abreise in ihre bayerische Heimat, die Monate völliger Abgeschlossenheit. Schließlich ihre Rückkehr nach Rom, um dort ein Leben wieder aufzunehmen, das sie hasste. Zugleich verachtete sie sich dafür, dass sie nicht die Kraft fand, alles hinter sich zu lassen und fortzugehen.

Wann hatte der Oberst – ausgestattet mit der Witterung eines Außenseiters – begriffen, was sich abspielte? Und wann hatte er beschlossen, sein Wissen für sich zu behalten? Und: Hätte er wohl geschwiegen, wenn sie nicht zufällig erfahren hätte, dass sich hinter der Maske eines Bilderbuchsoldaten etwas ganz anderes verbarg? Dass auch *er* ein Geheimnis besaß, das er um jeden Preis bewahren musste? *Alles, was tief ist,* dachte Marie Sophie, *liebt die Maske.* Sie hatten nie darüber gesprochen, jedoch – Schweigen um Schweigen – ein diskretes System gegenseitiger Hilfestellungen praktiziert. Dass niemand anders als der *Oberst* sie nach Venedig begleiten würde, um den Tizian zu verkaufen, verstand sich von selbst.

Bisweilen fragte sich Marie Sophie, ob sie wirklich die Einzige war, die das sorgfältig gehütete Geheimnis Oberst Orlows kannte, oder ob es damit so war wie mit unzähligen anderen Dingen, die man in Rom wusste, aber niemals aussprach: dass Franz II. ein Versager war und dass er den Thron des Köngreiches beider Sizilien nie wieder besteigen würde. Manchmal, dachte Marie Sophie, konnte man den Eindruck haben, dass die Unsummen, die man für den Kampf gegen die Piemontesen ausgab, nur den Sinn hatten, sich über die Vergeblichkeit des Unternehmens hinwegzutäuschen.

Und ging es Oberst Orlow nicht ganz ähnlich? War nicht seine ganze Aufmachung, sein militärisches Gehabe nichts anderes als ein gigantisches Tarnmanöver, das nur dazu diente, anderen Sand in die Augen zu streuen? Und, vermutete Marie Sophie, bisweilen vielleicht auch sich selbst?

Als ihre Zofe kurz vor elf Uhr den Commissario ankündigte, hegte sie einen Moment lang die völlig irrationale Hoffnung, der Conte würde ihr mitteilen, dass es sich bei dem Gemälde, das sie auf dem Schiff des Großfürsten gefunden hatten, um das Original gehandelt habe. Doch als der Commissario den Salon betrat und sie seine Augen sah, begriff sie, dass diese Hoffnung eine Illusion gewesen war. Sie trat ihm, ganz unköniglich, einen hastigen Schritt entgegen und sah ihn gespannt an. «Und?»

Das war als Begrüßung beinahe unhöflich, brachte andererseits einen familiären Ton in diese Begegnung, sodass dem Conte die Erwägung freistand, es handele sich um eine huldvolle Anspielung auf das halbvertrauliche Verhältnis, das sich zwei Jahre zuvor zwischen dem Commissario und ihrer Schwester Elisabeth ergeben hatte.

Der verneigte sich respektvoll und nickte lächelnd, so als hätte er ihre Gedanken gelesen. Dann nahm sein Gesicht einen bedauernden Ausdruck an. Er kam ebenfalls ohne Umschweife zur Sache. «Das Bild ist eine Kopie, Hoheit.»

«Dann stimmt es also, dass nicht nur eine, sondern zwei Kopien angefertigt worden sind.»

«Allerdings. So gesehen spricht einiges dafür, dass Troubetzkoy die Wahrheit gesagt hat.» Tron trat aus dem Rechteck aus hellem Sonnenlicht, in das er unversehens geraten war, in den Schatten zurück. «Eine dieser Kopien ist vor zwei Monaten an Kostolany verkauft worden. Der sie möglicherweise zuerst für ein Original gehalten hat, dann herausgefunden hat, dass es sich um eine Fälschung handelt, und das Bild an Troubetzkoy weitergegeben hat.»

«Womit der Großfürst als Täter ausscheidet.»

Tron nickte. «Jedenfalls ist das Bild, das wir auf der Brigg des Großfürsten gefunden haben, nicht das Bild, das aus dem Palazzo da Lezze entwendet worden ist.»

«Und dieser Priester?»

«Sie wissen, dass er einen … Unfall hatte?»

Die Königin nickte. «Oberst Orlow hat es mir erzählt. Er vermutet, dass der Fall mit dem Tod des Priesters aufgeklärt ist.»

Tron lächelte höflich. «Warum sollte er das?»

Die Königin sah Tron an. «Oberst Orlow hat es mir genau erklärt. Pater Terenzio hat seine illegale Kopie vor zwei Monaten an Kostolany verkauft. Als wir nach Venedig gekommen sind, hat Kostolany den Pater sofort benachrichtigt und vermutlich einen Preis für sein Schweigen verlangt. Einen Preis, der Pater Terenzio zu hoch war. Er hat Kostolany getötet und den Tizian mitgenommen, um einen Raubmord vorzutäuschen. Mit seinem Unfall dürfte der Fall erledigt sein.»

Tron sagte: «Pater Terenzio ist nicht einfach vom Gerüst gefallen. Er ist ermordet worden. Es sollte wie ein Unfall aussehen, aber es war Mord.»

Tron fand es bemerkenswert, dass die Königin – anders als nach dem Verschwinden ihres Tizian – weit davon entfernt war, auf diese Nachricht hin in Ohnmacht zu fallen. Sie beschränkte sich darauf, in knappem Ton zu fragen: «Wer könnte den Pater ermordet haben?»

«Ich weiß es nicht. Mir fiel nur ein, was Pater Terenzio sagte, als wir miteinander in San Pantalon gesprochen hatten.»

«Und was hat er gesagt?»

«Darf ich vorher eine Frage stellen?»

«Fragen Sie, Commissario.»

«Als es darum ging, den Tizian kopieren zu lassen – war da jemals davon die Rede, das Original eines Tages zu verkaufen?»

Die Königin schüttelte den Kopf. «Es ging nur um ein Abschiedsgeschenk für Maximilian. An die Möglichkeit, das Original hier in Venedig zu verkaufen, hatte damals niemand gedacht.»

«Es war also unwahrscheinlich, dass Hoheit sich eines Tages dazu entschließen würden, das Original zu verkaufen?»

245

«Äußerst unwahrscheinlich. Aber Sie wollten mir verraten, was Pater Terenzio gesagt hat.»

«Der Pater hat völlig unbefangen und ohne dass ich ihn danach gefragt hatte, von *zwei* Kopien gesprochen. Er schien überrascht zu sein, dass Königliche Hoheit nur von einer Kopie wussten. Wenn er gelogen hat, ist er der perfekteste Lügner, den ich je kennen gelernt habe.»

Die Königin hatte den springenden Punkt sofort erfasst. «Dann hätte Oberst Orlow die zweite Kopie bestellt und an Kostolany verkauft. Ist es das, was Sie sagen wollen?»

«Der Schluss liegt auf der Hand. Hat Oberst Orlow vor ungefähr zwei Monaten Rom für ein paar Tage verlassen?»

Die Königin dachte kurz nach. «Er war ein paar Tage in Florenz.»

Tron versuchte, die nächste Frage in beiläufigem Ton zu stellen. «Was hat der Oberst unmittelbar nach dem Besuch im Palazzo da Lezze gemacht?»

Die Königin brachte ein mattes Lächeln zustande. «Finden Sie nicht, dass Sie ein bisschen zu weit gehen?»

«Die Leiche von Kostolany ist kurz nach elf gefunden worden. Hoheit haben den Palazzo da Lezze zusammen mit Oberst Orlow um halb elf verlassen. Wenn Königliche Hoheit mir versichern, dass der Oberst diese dreißig Minuten im Regina e Gran Canal verbracht hat, bin ich bereit, mich für diese Frage zu entschuldigen.»

Die Königin seufzte. «Ich wünschte, ich könnte Ihnen diese Versicherung geben.»

«Aber?»

«Oberst Orlow hat sich auf dem Rückweg am Palazzo Grassi absetzen lassen.»

«Hat er einen Grund dafür genannt?»

Die Königin betrachtete ihre Fingernägel, so als würde

auf ihnen geschrieben stehen, weshalb Orlow die Gondel am Palazzo Grassi verlassen hatte. Schließlich sagte sie: «Der Oberst wollte einen Franzosen treffen. Es ging um Waffenlieferungen in die Basilicata.»

«Er hat also jemanden getroffen, der sich vermutlich nicht mehr in der Stadt aufhält. Das ist kein besonders gutes Alibi.»

«Werden Sie den Oberst vernehmen?»

«Wenn er unschuldig ist, wird er Verständnis dafür aufbringen. Wenn er schuldig ist, wird er noch mehr Verständnis dafür aufbringen.»

«Wird er vorgeladen?»

Tron schüttelte den Kopf. «Ich hatte nicht an eine offizielle Vernehmung gedacht. Eher an ein zwangloses Gespräch.»

Der Blick der Königin besagte deutlich, dass sie sich ein zwangloses Gespräch zwischen Tron und Orlow schlecht vorstellen konnte.

«Oberst Orlow ist jeden Nachmittag im Café Quadri», sagte die Königin knapp. «Immer kurz nach vier, wenn die Militärkapelle spielt. Lassen Sie es wie eine zufällige Begegnung aussehen. Und sagen Sie dem Oberst auf keinen Fall, dass ich Ihnen gegenüber diesen Franzosen erwähnt habe.»

Einen Franzosen, dachte Marie Sophie, als die Tür ihres Salons hinter Tron ins Schloss gefallen war, den Oberst Orlow natürlich nie gesehen hatte. Aber hätte sie dem Commissario sagen sollen, wen der Oberst wirklich getroffen hatte? Hätte sie ihm sagen können, was den Oberst immer wieder in diese Stadt zog? Auch ihr gegenüber gab er nie zu, dass er hier fand, was er suchte, er sprach nur immer von konspirativen Treffen, wobei sie beide genau wussten, aber niemals offen aussprachen, was sich hinter diesem Code verbarg. Die Antwort war: Nein. Es wäre ein Vertrauensbruch gewesen, den sie nicht verantworten konnte.

Und was wäre, überlegte Marie Sophie weiter, wenn der Oberst tatsächlich eine zweite Kopie bei Pater Terenzio bestellt hatte, in der Absicht, sie hier in Venedig zu verkaufen? Wäre irgendjemand zu Schaden gekommen? Der Oberst hatte vor zwei Monaten nicht damit rechnen können, dass sie gezwungen sein würde, selbst einen Tizian an Kostolany zu verkaufen – und hätte wahrscheinlich unter diesen Umständen nicht einmal im Traum daran gedacht, eine Kopie des Gemäldes auf den Markt zu werfen. Aber wenn er es tatsächlich getan hatte? Ganz auszuschließen war es nicht. Verhielt sich der Oberst seit dem Mord an Kostolany nicht ein wenig eigenartig? Schien er nicht vor irgendetwas regelrecht Angst zu haben? Und hatte sie nicht hin und wieder das Gefühl, als stünde er kurz davor, ihr etwas mitzuteilen?

Jedenfalls glaubte sie nicht, dass der Oberst mit dem Mord etwas zu tun hatte. Unsicher war sie sich allerdings, ob er nicht doch mehr darüber wusste, als er zugab. Aber dann, dachte sie, war es nur eine Frage der Zeit, bis er sie ins Vertrauen ziehen würde.

Marie Sophie trat ans Fenster und sah, wie die Dogana und das Seminario Patriarcale kurze, harte Schatten auf die gegenüberliegende Fondamenta warfen. Die Mittagssonne ließ die Oberfläche des Canalazzo aufblitzen wie poliertes Silber, und absurderweise musste sie an die harte, staubige Erde der Campagna denken.

Sie schloss die Vorhänge, ging zu ihrem Sekretär, öffnete die Klappe und setzte sich nieder, um zu schreiben. Wie immer benutzte sie hellblaues, neutrales Briefpapier, und wie immer kämpfte sie mit den Tränen, während ihre Feder über das Papier glitt. Der Brief würde harmlos klingen – ein belangloser Geschäftsbrief. Ihre Situation war kompromittierend genug. Es wäre unklug, zusätzliche Spuren zu hinterlassen.

32

Tron fand, dass die kaffeetantenhafte Art, mit der Orlow den kleinen Finger beim Anfassen seiner Tasse abspreizte, wenig zum martialischen Auftreten passte, das der Oberst normalerweise an den Tag legte. Die Kuchenportionen, die in seinem Mund verschwanden, waren damenhaft klein, und Orlow hatte die Angewohnheit, ihnen mit einem affektierten Schürzen der Lippen nachzuschmecken. Der Oberst, der seine Kuchengabel so zart und behutsam handhabte, als wäre sie aus hauchdünnem Glas, sah nicht aus wie jemand, der zwei raffinierte und brutale Morde begangen hatte.

Es war kurz nach fünf, und die Militärkapelle auf der Piazza legte gerade eine Pause ein. Sehen konnte Tron die Musiker nicht, denn zwischen ihm und dem Podium wälzten sich ganze Heerscharen von Venezianern, Fremden und kaiserlichen Offizieren vorbei, und wie immer drängte die Menge gefährlich dicht an die Tischreihen der Cafés heran. Fast alle Tische im *Quadri* waren mit Offizieren der kaiserlichen Armee besetzt. Tron sah die dunkelblauen, mit einer goldenen Knopfreihe versehenen Uniformen der Marineoffiziere, die hellblauen Uniformjacken der Dragonerleutnants, deren rote Hosen in der Sonne leuchteten, und die grünen, auf Taille gearbeiteten Jacken der Ulanenleutnants. Vermutlich, dachte Tron, litt Orlow darunter, dass die Umstände ihn dazu zwangen, neben so viel uniformierter Männlichkeit in Zivil zu sitzen. Der Oberst trug einen dunkelgrauen, etwas schäbig aussehenden Gehrock und zur gestärkten Hemdbrust eine grünliche Schleife, die so groß war, dass man denken konnte, er hätte nach einem Hummeressen vergessen, die Serviette abzunehmen. Weiß der Himmel, was ihn dazu bewogen haben mochte, sich auch noch eine weiße Chrysanthemenblüte ins Knopfloch zu stecken. Orlow sah mehr denn je wie ein russischer Zirkusdirektor aus.

Tron löste sich aus einer Gruppe von englischen Touristen, trat an den Tisch und sagte zu Oberst Orlow: «Ich könnte Sie jederzeit verhaften.» Worauf der Oberst den Kopf von seiner *Stampa di Torino* hob und Tron entgeistert anstarrte.

«Die *Stampa*», fuhr Tron lächelnd fort, «ist in Venedig indiziert.»

Orlow entspannte sich wieder. Er lächelte ebenfalls. «Lesen Sie die *Stampa,* Commissario?»

«Ich überfliege sie», sagte Tron. Er hatte sich an Orlows Tisch niedergelassen. «Die *Stampa* ist genauso verlogen wie die *Gazetta di Venezia.*»

«Was die Stampa über den Süden schreibt, ist alles falsch. Aber die Wahrheit steht *zwischen* den Zeilen.»

«Und die Wahrheit wäre?»

Orlows Lächeln war verschandelt vom Gematsch seiner Sachertorte, das in dunklen Klumpen zwischen seinen Zähnen klebte. «Dass die militärischen Erfolgsmeldungen alle erfunden sind. Was Sie daran erkennen, dass diese Meldungen verdächtig häufig auftauchen. Der offiziellen Version zufolge ist der Süden ja befriedet.»

«Bis auf die immer wieder aufflackernden Aufstände.»

«Aufstände?» Der Oberst, der sich jetzt wieder ganz martialisch gab, versetzte den Resten seiner Sachertorte einen Hieb mit der Kuchengabel. «Die Piemontesen haben hundertzwanzigtausend Mann im Süden stationiert – eine Truppenstärke, mit der sie gegen Österreich marschieren könnten. Der Süden will sich wieder von Piemont lösen. Hier geht es nicht nur um ein paar vereinzelte Aufstände. Das ist ein Bürgerkrieg, Commissario.»

«Den Sie verlieren werden, wenn es Ihnen nicht gelingt, aus den Briganten ein reguläres Heer zu machen. Und auch dann bezweifle ich, dass Sie gegen den Norden gewinnen.»

«Und warum?»

Tron rückte seinen Stuhl nach vorne, um zwei Leutnants der Innsbrucker Kaiserjäger den Durchgang zu einem frei gewordenen Tisch zu erleichtern. «Weil in diesem Konflikt Vergangenheit und Zukunft miteinander kämpfen», sagte er. «Sizilien heißt Landwirtschaft – Piemont heißt Industrie.» Ihm fiel das Glas der Principessa ein, das seit einem Jahr nicht mehr nach Atlanta verschifft werden konnte. «Deshalb werden auch die Nordstaaten gegen die Südstaaten siegen.»

Orlow hob die Augenbrauen. «Interessiert Sie der Bürgerkrieg der Amerikaner?»

Für den interessierte sich aus geschäftlichen Gründen die Principessa, weil sie den amerikanischen Markt – den *Markt der Zukunft* – für wichtig hielt. Tron verfolgte das Geschehen in Amerika eher am Rande. Er sagte: «Der Kriegsausgang dürfte auch Konsequenzen für den Erzherzog haben. Die Nordstaaten stehen auf der Seite von Juárez. Bei einer Niederlage des Südens wird es für Maximilian in Mexiko eng.»

«Und dieser Juárez ist schlimmer als Garibaldi.» Orlow verzog angewidert das Gesicht. «Der reinste *Hunne*. Wenn die Franzosen ihre Truppen abziehen, kann Maximilian froh sein, mit dem nackten Leben davonzukommen.»

«Ich kann verstehen, dass die Königin dem Erzherzog nicht das Original der Magdalena mit nach Mexiko geben wollte.» Tron beschloss, seinen Verdacht als interessantes Gedankenexperiment vorzutragen. Er lächelte höflich. «Was mich auf die letzte Entwicklung im Mordfall Terenzio bringt.»

«Sie meinen, dass er ermordet wurde?»

Tron nickte.

Orlow sah Tron aufmerksam an. «Jetzt überlegen Sie wahrscheinlich, ob es tatsächlich der Pater war, der Kostolany getötet hat.»

«Pater Terenzio hat behauptet, dass *Sie* die zweite Kopie bestellt haben.» Tron erneuerte sein höfliches Lächeln. «Woraus sich eine interessante Hypothese ergibt.»

Orlow klang eher amüsiert als beleidigt, als er sagte: «*Ich* könnte die Kopie an Kostolany verkauft haben – als Original. Und mich dann geweigert haben, das Geschäft rückgängig zu machen.» Er hielt kurz inne und überlegte. «Als ich mit der Königin nach Venedig gekommen bin», fuhr er fort, «könnte Kostolany gedroht haben, der Königin alles zu erzählen, und ich könnte ihn daraufhin ermordet haben. Und ein paar Tage später Pater Terenzio.» Der Oberst nahm einen Schluck aus seiner Kaffeetasse – diesmal ohne den Finger abzuspreizen. «Vermutlich wollen Sie jetzt wissen, was ich nach dem Besuch im Palazzo da Lezze gemacht habe.»

«Das wäre nicht uninteressant.»

«Ich habe jemanden getroffen.» Orlow seufzte. «Leider eine Person, die nicht im Traum daran denken würde, mit

252

einer kaiserlichen Behörde in Kontakt zu treten. Kann ich mich auf Ihre Verschwiegenheit verlassen, Commissario?»

«Selbstverständlich.»

Oberst Orlow beugte sich über die Reste seiner Sachertorte und sagte mit leiser Stimme: «Es ging um Waffenlieferungen. Wo ich den Mann erreichen kann, weiß ich nicht. Er nimmt *mit uns* Kontakt auf.» Er sah Tron unsicher an. «Mache ich mich damit verdächtig?»

«Nicht mehr als vorher. Aber auch nicht weniger.» Tron lächelte verbindlich. «Vielleicht sagen Sie mir, wo Sie sich am Dienstagnachmittag letzter Woche aufgehalten haben?»

Orlow runzelte die Stirn. «War das der Tag, an dem Pater Terenzio ermordet wurde?»

Tron nickte. «Es geht um den Zeitraum zwischen vier und fünf Uhr.»

«Ich war an diesem Tag nicht auf der Piazza. Ich habe einen Spaziergang gemacht.»

«Und wo?»

«Campo San Vidal, Accademia-Brücke, dann zur Dogana, die Zattere bis zum Ende und wieder zurück. Das dauert eine gute Stunde.» Orlow lächelte frostig. «Ich nehme an, Sie wissen, dass Sie mich nicht vernehmen dürfen. Ich könnte mich bei Toggenburg über Sie beschweren. Wollen Sie mir etwa tatsächlich unterstellen, ich hätte Pater Terenzio auf dem Gewissen?»

«Das war eine reine Routinefrage.»

Der Oberst trank einen Schluck aus seiner Kaffeetasse. «Hatten Sie nicht ursprünglich Troubetzkoy im Verdacht?»

«Das Bild, das auf der *Karenina* gefunden wurde, hat sich als Fälschung erwiesen», sagte Tron. «Da der Tizian aus dem Palazzo da Lezze ein Original war, scheidet der Großfürst als Täter aus.»

Orlow schob die Reste der Sachertorte mit dem Zeige-finger auf die Kuchengabel. Dann sagte er in beiläufigem Ton etwas, das Trons sämtliche Theorien mit einem Schlag zusammenstürzen ließ: «Aber nur unter der Voraussetzung, dass die Königin nicht mit einer *Kopie* nach Venedig ge-kommen ist.»

Wie bitte? Trons Knie stieß an die Tischkante und brachte Orlows Tasse zum Klirren. «Die Königin hat ver-sucht, eine *Fälschung* zu verkaufen?»

Orlow schüttelte den Kopf. «Nein. Aber sie könnte die Bilder *verwechselt* haben.» Die Kuchengabel verschwand in seinem Mund, und nachdem er die Krümel verschluckt hatte, fuhr er fort. «Wir haben die Kopie und das Original dadurch auseinander gehalten, dass das Original in seinem alten Rahmen war und die Kopie ungerahmt blieb. Aber ...»

«Aber?»

Orlow zuckte die Achseln. «Nun, ich kam zufällig in den Raum, als die Königin gerade damit beschäftigt war, die Bilder auszutauschen. Beide Gemälde standen unge-rahmt an der Wand. Die Königin hat mich dann gebeten, eines der beiden Bilder wieder im Rahmen zu befestigen und es in ihren Salon zu tragen.»

«Das Original, das sie in Venedig verkaufen wollte?»

Orlow nickte. «Das war zweifellos ihre Absicht. Nur, dass sie gezögert hat, als es darum ging, das Bild zu be-zeichnen. Sie schien einen Moment die Übersicht ver-loren zu haben.»

«Was bedeuten würde», sagte Tron, «dass sich das Ori-ginal eventuell noch im Palazzo Farnese befindet. Und es bedeutet auch, dass ...» Was daraus folgte, hatte einen Augenblick lang die undeutlichen Umrisse von etwas, das man im Winter hinter einer Nebelbank sieht. Doch bevor

Trons Gedanken den Nebel durchdrungen hatten, beendete der Oberst den Satz für ihn.

«Dass es eine zweite Kopie des Gemäldes nicht geben muss», sagte Orlow mit einer gewissen Heiterkeit.

Tron hatte auf einmal das Gefühl, auf einer riesigen, glitschigen Schräge zu sitzen. «Aber was hätte Pater Terenzio für einen Grund gehabt, mir zu erzählen, dass eine zweite Kopie existiert? Und dass *Sie* die zweite Kopie bestellt haben?»

Orlow sah Tron mitleidig an. «Ich weiß es nicht», sagte er. «Ich weiß nur, dass ich Sie nicht um diesen Fall beneide und dass ich …»

Der Oberst unterbrach sich abrupt, und Tron sah zu, wie Orlows Augen sich weiteten, sein Unterkiefer langsam herabsackte und sich ebenso langsam wieder hob. Einen Moment lang erinnerte ihn der Oberst an einen Fisch im Aquarium. Orlow starrte auf etwas, das unmittelbar hinter Trons Rücken aufgetaucht sein musste.

Tron drehte sich um. Hinter ihm stand ein junger, schlanker Bursche, gekleidet in den üblichen schwarzen Frack der *Quadri*-Kellner. Offenbar bediente der junge Mann im Inneren des Cafés, denn an den Tischen auf der Piazza hatte Tron ihn nicht gesehen. Der Mund des jungen Kellners war ebenfalls leicht geöffnet, seine Brauen zu einem Ausdruck emporgezogen, in dem sich Überraschung und Freude mischten. Es war – so wurde Tron schlagartig klar – ein Ausdruck freudigen Wiedererkennens.

«Der Oberst hat mir geschworen, dass er diesem Burschen noch nie im Leben begegnet ist», sagte Tron eine Stunde später zu Bossi in der Questura. Die Fenster seines Büros waren weit geöffnet, und über den Dächern auf der anderen Seite des Rio di San Lorenzo konnte Tron einen Streifen hellblauen Himmels sehen.

Bossi hatte der Hitze wegen seinen Helm abgenommen und den obersten Knopf seiner Uniformjacke geöffnet. Er beugte sich skeptisch nach vorne. «Glauben Sie ihm, Commissario?»

Tron schüttelte den Kopf. «Nein. Der Keller war ziemlich überzeugend. Er hat sich an Orlow wegen der hohen Trinkgelder erinnert und wollte ihm nur sagen, dass er ab morgen wieder draußen auf der Piazza bedient. Er war enttäuscht, als Orlow ihn weggeschickt hat.»

«Hat der Kellner auch erwähnt, wann das alles gewesen sein soll?»

Jawohl, das hatte er – um dem Gedächtnis von Oberst Orlow auf die Sprünge zu helfen. «Im April», sagte Tron.

Bossi grinste. «Volltreffer.»

Tron machte ein nachdenkliches Gesicht. «Die Aussage eines Kellners reicht nicht. Und die Meldescheine der Hotels – falls er überhaupt in einem Hotel abgestiegen ist – gehen an die Kommandantura. Wir müssten Akteneinsicht in Verona beantragen. Das kann sich hinziehen.»

«Dann ist Orlow längst über alle Berge», sagte Bossi.

«Er wird den Lloyddampfer von Ancona benutzt haben, wenn er direkt aus Rom gekommen ist», überlegte Tron weiter. «Vielleicht gibt es einen Eintrag in einer Passagierliste. Wann kommen die Dampfer aus Ancona?»

«Morgens um neun.»

«Und wie viele Dampfer befahren die Strecke?»

«Die *Spirito Santo* und die *Wappen von Salzburg*. Immer abwechselnd.»

Tron lehnte sich auf seinem Stuhl zurück und sah Bossi an. «Dann gehen Sie morgen um neun zum Anleger und reden mit dem Zahlmeister.»

33

Die *felze,* das galante schwarze Zelt über den Sitzen der Gondel, war ein klobiger Block aus dunkel gefärbter Talgmasse, aus der ein brennender Docht ragte. Die Gondel, die den Esstisch in der *sala degli arazzi* dekorierte, erinnerte Tron an billige *Souvenirs* (ein Wort, das er von Bossi gelernt hatte), die am Bahnhof und in den Hotellobbys verkauft wurden: mit Venedig-Motiven bedruckte Papierfächer, hölzerne Brieföffner mit der Aufschrift *Arrivederci Venezia,* kleine Leporello-Alben mit Stadtansichten.

«Die Gondel mit der Kerze», sagte die Contessa stolz, «ist vom Flohmarkt.» Sie lehnte sich auf ihrem Stuhl zurück, griff nach der Serviette und sah Tron triumphierend an.

«Vom Flohmarkt?» Tron hob den Kopf von seiner *Brodo di Pesce.* Neben seinem Teller stand eine weitere Gondel, deren Bestimmung es war, die zahlreichen unverdaulichen Teile der Fischsuppe aufzunehmen: eine Gräte, ein Stückchen Flosse, eine Kieme, ein Auge. Eine dritte Gondel enthielt warme Erdbeeren, eine vierte flüssige Schlagsahne, über der ein paar muntere Fliegen kreisten: Abendessen bei den Trons.

«Alessandro sagt, die Gondeln als Kerzenhalter seien bereits letzte Woche auf dem Flohmarkt vor San Stefano aufgetaucht.» Die Contessa lächelte. «Er hat heute Nachmittag eine davon gekauft und mitgebracht.» Sie wandte sich an Alessandro, der vor der Kredenz stand und Gläser polierte. «Was hast du für die Gondel bezahlt, Alessandro?»

Alessandro neigte sein silbernes Haupt. «Zwei Lire, Signora Contessa.»

«Nicht gerade billig», bemerkte Tron.

«Der Händler meint, die Gondeln verkaufen sich glänzend», sagte Alessandro. «Es soll einen Stand am Bahnhof geben, der nur unsere Gondeln verkauft. Mit und ohne Kerze.»

«Und die Cafés melden einen rasanten Schwund», fügte die Contessa hinzu.

«Einen rasanten Schwund?»

«Die Gäste klauen die Gondeln wie verrückt.»

«Aschenbecher sind immer geklaut worden.»

«Aber nicht in dem Ausmaß», sagte die Contessa. «Wir haben täglich ein Dutzend Anfragen, wann wir wieder neue Gondeln liefern können.»

«Werdet ihr nachbestellen?»

Die Contessa nickte. «Ist bereits geschehen. Aber wir geben die nächste Staffel nicht umsonst ab.» Sie dachte einen Moment lang nach. «Wobei sich die Frage stellt, ob man die Produktion weiterhin diesen Franzosen überlassen sollte.»

«Du meinst, wir sollten das Pressglas in eigener Regie herstellen?»

«Vielleicht nicht nur Gondeln. Sondern auch andere einfache Glasprodukte.»

«Was sagt die Principessa dazu?»

«Sie findet es sinnvoll, darüber nachzudenken.» Die Contessa entfernte eine Gräte (Flosse?) aus ihrem Mund und deponierte sie in der dafür vorgesehenen Gondel. «Übrigens war Leinsdorf sehr von unseren Gondeln angetan. Seine Gattin hat bereits einige Exemplare auf dem Flohmarkt erstanden.»

«Du hast mit Leinsdorf gesprochen? Wann denn?»

«Heute im *Danieli*», sagte die Contessa. «Zusammen mit der Principessa. Die Verträge sind unterschriftsreif. Aber Leinsdorf will den Ball abwarten. Und die Verträge am Montag unterzeichnen.»

«Will er den Ball wegen der Königin abwarten?»

Die Contessa nickte. «Er hat die Erwartung geäußert, ihr auf dem Ball zu begegnen.»

«Und das bedeutet?»

«Dass wir schlechte Karten haben, wenn die Königin nicht anwesend ist.» Die Contessa kniff die Augen zusammen. «Was ist mit dem Tizian?»

Tron seufzte. «Wir arbeiten daran. Im Moment sieht es so aus, als wäre Oberst Orlow der Schurke in diesem Stück. Er ist vor zwei Monaten in Venedig gewesen. Ich habe ihn heute Nachmittag im *Quadri* gesprochen, und da hat ihn ein Kellner wiedererkannt. Und wenn wir Orlow nachweisen können», fuhr Tron fort, «dass er sich bereits vor acht Wochen in Venedig aufgehalten hat, wird er uns dafür eine Erklärung geben müssen. Er hat es nämlich abgestritten.»

«Was macht ihr jetzt?»

«Mit ein wenig Glück finden wir das Hotel, in dem der Oberst gewohnt hat», sagte Tron. «Dann kann er es nicht länger leugnen, und wir können ihn unter Druck setzen.»

«Du hast nur noch morgen», sagte die Contessa.

«Ich weiß.»

Tron tauchte seinen Löffel in die Fischsuppe, examinierte ihn und beförderte anschließend eine Schwanzflosse (oder eine Kieme?) in die entsprechende Gondel. Einen Moment später wunderte er sich, warum er nicht sofort darauf gekommen war. Die Lösung lag auf der Hand. Sie war nicht besonders originell, aber sie würde funktionieren. Die Frage war, ob die Contessa sich darauf einlassen würde.

Tron sagte: «Was erwartet Leinsdorf eigentlich von der Königin? Will er mit ihr sprechen, oder ist er schon zufrieden, wenn er sie sieht? Weiß er, dass sich die Königin inkognito in Venedig aufhält?»

«Das weiß er. Leinsdorf erwartet auch nicht, der Königin vorgestellt zu werden.»

«Die vermutlich ohnehin nicht besonders lange auf dem Ball bleiben wird», sagte Tron. «Oder nicht besonders lange auf dem Ball bleiben *müsste*.» Er dachte kurz nach. «Weiß Leinsdorf, wie die Königin aussieht?»

«Ich glaube nicht. Woher sollte er das wissen?»

«Nun, dann könnte man …» Tron brach ab und räusperte sich.

«Könnte man *was*?»

«Ich frage mich», sagte Tron, «was unter diesen Umständen der Unterschied zwischen einer echten und einer falschen Königin ist. Zumal, wenn sich die echte Königin als falsche Signora Caserta in Venedig aufhält. Wir würden im Grunde kaum etwas verändern, wenn wir Leinsdorf eine …»

«Eine falsche Signora Caserta präsentieren würden?»

«Sie *ist* eine falsche Signora Caserta», sagte Tron. «Wir würden gewissermaßen eine Fälschung fälschen. Es gibt keine echte Signora Caserta.»

Die Contessa hob das Kinn. Ein Lichtoval glitzerte in schrägem Winkel über ihr Gesicht, während sie langsam den Kopf schüttelte. Tron bezweifelte, dass sie ihn verstanden hatte.

«Ich will keine Fälschung», sagte die Contessa. Ihre Stimme war eiskalt und schloss jeden Widerspruch aus. «Ich will die Königin.»

34

Dass etwas nicht stimmte, merkte Tron, als seine Hand noch auf der Klinke lag. Näher tretend sah er, dass die rechte Seite von Spaurs Schreibtisch, wo normalerweise die hellblaue Pappmachégondel mit dem Konfekt ihren Platz hatte, mit Akten bedeckt war. Die beiden in silbernen Rahmen aufgestellten Bilder Signorina Violettas waren durch eine Schreibtischgarnitur ersetzt worden, eine Konstruktion aus rötlichem Marmor, mit einer länglichen Vertiefung für die Federhalter und zwei runden Vertiefungen für Tintenfass und Streusandbüchse. Vor Spaur lag eine umfangreiche Akte und daneben – so als sei er gerade benutzt worden – ein hölzerner Federhalter. Dazu passte, dass Spaur sich einen Ärmelschoner über seinen linken Ellbogen gezogen und seine hellgrüne, künstlerische Halsbinde durch ein unauffälliges Exemplar aus braunem Atlas ersetzt hatte.

Die Handbewegung, mit der der Polizeipräsident Tron aufforderte, Platz zu nehmen, war müde und resigniert – es war die Handbewegung eines Mannes, den die gewissenhafte Erfüllung seiner Pflichten an den Rand der Erschöpfung befördert hatte.

«Wissen Sie, wer eben hier war?» Spaur lächelte säuerlich und beantwortete die Frage gleich selbst. «Toggenburg hat mir einen Besuch abgestattet.»

Tron starrte Spaur an. «Der Stadtkommandant?»

Der wütende Blick, den Spaur über den Tisch warf, besagte deutlich, wem er die Schuld an diesem Besuch gab. «Ich hatte gerade noch Zeit, ein bisschen aufzuräumen.»

«Und was wollte Toggenburg hier?»

Spaur seufzte. «Mir ein paar Fragen stellen. Zum letzten Stand der Ermittlungen im Mordfall Kostolany.»

«Dass er höchstpersönlich in die Questura kommt, ist ungewöhnlich», sagte Tron.

«Das hat Toggenburg auch von Ihren Ermittlungsmethoden gesagt. Er fand es ungewöhnlich, dass Sie einem hohen Offizier befreundeter Streitkräfte einen Mord unterstellen.» Er zog die Schublade seines Schreibtisches auf, förderte ein rosa eingewickeltes Praliné zutage und wickelte es aus. «Ohne den geringsten Beweis zu haben.»

Tron runzelte die Stirn. «Oberst Orlow ist bei Toggenburg gewesen?»

«Überrascht Sie das?»

«Der Oberst hatte angedeutet, dass er zu Toggenburg gehen würde. Ich habe nicht geglaubt, dass es ernst meint.»

«Offenbar haben Sie ihn gestern Nachmittag ziemlich in die Mangel genommen.»

«Was hat Toggenburg für ein Interesse daran, Oberst Orlow zu decken?»

Spaur sah Tron an wie einen Schwachsinnigen. «Das kann ich Ihnen beantworten, Commissario. Alles, was die Regierung in Turin schwächt oder militärische Kräfte im Süden bindet, wird in Wien begrüßt. Toggenburg möchte nicht, dass Orlow sich womöglich an das Hauptquartier in Verona wendet. Oder die Königin ihre kaiserliche Schwester telegrafisch bittet zu intervenieren.» Das Praliné verschwand in Spaurs Mund, und es knackte leise, als Spaur zubiss. Dann sagte er: «Ist Ihnen eigentlich die Rechtslage klar?»

«Offiziere befreundeter Streitkräfte fallen nicht in die Zuständigkeit der zivilen Polizei.»

Der Polizeipräsident klang etwas undeutlich, was daran lag, dass er sein Praliné mümmelte. «Also hätten Sie Orlow in Ruhe lassen müssen. Sie hatten doch ein wunderbares Ergebnis. Einen Täter, der anschließend vom Gerüst fällt. Ende der Ermittlungen, kein Prozess. Alle wären zufrieden gewesen und hätten Ihre Effektivität bewundert.»

«Pater Terenzio war unschuldig.»

«Was Ihr Sergente aus diesen, äh …»

«Tatortfotos.»

«Herausgelesen haben will», sagte Spaur. Sein Kopf bewegte sich hin und her, und er verdrehte die Augen. «Ich frage mich, wann er anfängt, im Kaffeesatz zu lesen. Was haben Sie vor?»

«Nach Beweisen zu suchen, dass Orlow vor zwei Monaten in Venedig war. Wenn wir einen Hinweis dafür finden, dann …»

«Kommen Sie erst mal zu mir. Diese Angelegenheit erfordert Fingerspitzengefühl und politische Weitsicht.» Spaur lehnte sich zurück. «Abgesehen davon, bin ich überzeugt davon, dass Oberst Orlow unschuldig ist. Rein intuitiv.» Spaur warf den Kopf in den Nacken und schloss entrückt die Augen – sein künstlerischer Gesichtsausdruck.

«Orlows Alibi für den Zeitraum unmittelbar nach dem Besuch im Palazzo da Lezze ist dünn.»

Ein Einwand, den Spaur nicht gelten ließ. «Toggenburg hat mir versichert, dass Oberst Orlow ein Ehrenmann ist.»

«Und wenn sich herausstellt, dass er tatsächlich vor zwei Monaten in Venedig war?»

«Könnte das gute Gründe gehabt haben. Vielleicht ging es wieder um Waffenlieferungen.»

«Der Königin gegenüber hat Orlow diese Venedigreise nicht erwähnt.»

«Ob der Oberst vor zwei Monaten in Venedig war, ist

unwichtig», sagte der Polizeipräsident unwirsch. «Ich habe Toggenburg zugesagt, dass die Akte geschlossen wird.» Um seinen Worten Nachdruck zu verleihen, klappte Spaur die Akte, mit der er seinen Schreibtisch dekoriert hatte, demonstrativ zu.

«Wie soll ich das verstehen?»

«Ganz einfach, Commissario.» Jetzt war die Stimme Spaurs kalt und ungeduldig. «Ihr Bericht wird zu dem Schluss kommen, dass Pater Terenzio diesen Kunsthändler ermordet hat.» Er beförderte die Akte, die er zugeklappt hatte, auf den Stapel. «Abgesehen davon, haben Sie noch einen anderen Fall zu lösen.»

Da hatte Spaur allerdings Recht. Tron seufzte. «Ich weiß. Den Potocki-Fall.»

Spaur verdrehte die Augen, was bedeuten sollte: Kommen Sie mir doch nicht mit solchen Kleinigkeiten. Er sagte: «Den Violetta-Fall, Commissario. Wir haben uns am Donnerstag darüber unterhalten.» Spaur lächelte eiskalt. «Sie hatten also genug Zeit, etwas zu unternehmen.»

Herr im Himmel – der Violetta-Fall! Tron holte tief Luft. Natürlich hatte er noch nichts unternommen. Er hatte noch nicht einmal daran gedacht.

«Und mir vielleicht», fuhr Spaur fort, «etwas zur Herkunft des riesigen Blumenstraußes zu sagen, der für Signorina Violetta im Malibran abgegeben worden ist.»

Tron fragte, um Zeit zu gewinnen: «Hat Signorina Violetta etwas dazu gesagt?»

Spaur zuckte die Achseln. «Nur, dass die Blumen von ihrem Verehrer stammen.»

«Dem gut situierten Herrn?»

Spaur nickte. «Der Strauß kam ohne ein Kärtchen. Die Garderobiere hat ihn in Empfang genommen.»

«Einen Namen hat Signorina Violetta immer noch nicht genannt?»

Spaur schüttelte den Kopf. «Nein.»

Ohne nachzudenken, sagte Tron: «Wir sind bereits dabei, den Absender des Blumenstraußes zu ermitteln.»

Das war ein Satz, den Tron sofort wieder bereute, denn Spaur runzelte die Stirn. «Sie *wussten* von den Blumen?»

Jetzt konnte er, fand Tron, nicht mehr zurück. «Wir hatten einen Mann», sagte er langsam, «am Bühneneingang des Malibran postiert. Der Blumenstrauß, mit dem Signorina Violetta das Theater nach der Vorstellung verlassen hat, ist ihm nicht entgangen.»

«Ist der Mann zuverlässig?»

Tron nickte. «Absolut. Selbstverständlich weiß er nicht, worum es geht.» Das konnte der Mann auch schlecht, weil er nicht existierte. «Er hat nur die Aufgabe», fuhr Tron fort, «ein *Bewegungsprofil* zu ermitteln.» Ein schönes Wort, das er von Sergente Bossi gelernt hatte und das seine Wirkung auf Spaur nicht verfehlte.

Spaur machte ein irritiertes Gesicht. «Bewegungsprofil?»

Da konnte Tron gleich noch ein Wort aus Bossis Wortschatz anbringen. Er sagte: «Damit erfasst man die Bewegungen der *Zielperson* und sucht dabei nach Mustern. Wohin sich die *Zielperson* zu einem bestimmten Zeitpunkt begibt. Gegebenenfalls, mit welchen anderen Personen sie Kontakt hatte.»

Bei dem Wort *Kontakt* beugte sich Spaur nervös nach vorne. «Ist Violetta allein nach Hause gegangen?»

Eine völlig berechtigte Frage. War sie allein nach Hause gegangen oder nicht? Vielleicht hatte sie ja der gut situierte Herr nach Hause begleitet? Jetzt, dachte Tron, durfte er auf keinen Fall einen Fehler machen. Was hatte

Spaur vorhin über die Intuition gesagt und seinen Kopf dabei künstlerisch in den Nacken geworfen? Ja, richtig. Dass sie entscheidend für die Polizeiarbeit war. Dem konnte Tron nur zustimmen, denn seine Intuition sagte ihm auf einmal, dass … Fast wäre er in Gelächter ausgebrochen. Den gut situierten Herrn gab es nicht. Der gut situierte Herr und der Heiratsantrag – wieder musste er ein Lachen unterdrücken – war eine Erfindung Signorina Violettas. Kein Wunder also, dass sein Informant keinen gut situierten Herrn am Bühnenausgang des Malibran gesehen hatte. *Moment mal – welcher Informant?* Tron stellte fest, dass er keine Lüge erzählen konnte, ohne sofort daran zu glauben.

«Sie ist allein nach Hause gegangen», sagte Tron. Er schickte ein beruhigendes Lächeln über den Tisch. «Es dürfte kein Problem sein, das Geschäft zu ermitteln, in dem der Strauß bestellt und ans Malibran-Theater geschickt worden ist.»

Tron fand, es sprach nichts dagegen, den *Mann* zur künstlerischen Abrundung der Geschichte noch einmal ins Feld zu führen. Inzwischen sah er ihn deutlich vor sich: ein kleiner, hagerer Bursche mit einem verschlagenen Gesichtsausdruck – der typische Polizeispitzel. Tron bemühte sich, pflichtbewusst und effektiv zu klingen: «Unser Informant kümmert sich bereits darum.»

Spaur griff nach einer Akte, um zu signalisieren, dass das Gespräch beendet war, aber dann fiel ihm noch etwas ein. «Commissario?»

Die Novelle, natürlich! Die junge Polin und der Schriftsteller in den besten Jahren! Sein tragischer Tod an der Cholera! Tron hatte darauf gehofft, dass dieser Kelch an ihm vorübergehen würde. Er beugte sich seufzend nach vorne. «Ja, Herr Baron?»

Doch Spaur zog die Schublade seines Schreibtisches auf und hatte plötzlich eine der Pressglasgondeln in der Hand. Er lächelte säuerlich. «Kennen Sie das hier, Commissario?»

«Das ist eine unserer Gondeln.»

«Der Name am Bug», sagte Spaur frostig, «ist unübersehbar. Toggenburg war so freundlich, mir eine zur Verfügung zu stellen.»

Tron räusperte sich. «Wir hatten einige Exemplare an die Kommandantura geschickt.»

«Einige Exemplare? Toggenburg sagt, Sie hätten die Kommandantura förmlich mit Ihren Gondeln überschwemmt. Das alles war ziemlich peinlich und herabsetzend, Commissario.»

«Was?»

«Dass Sie es offenbar nicht für nötig gehalten haben, auch an die Questura zu denken.»

«Ich könnte …»

Spaur hob ungeduldig die Hand. «Hundert Stück?»

«Kein Problem, Herr Baron.»

«Dann soll sich Sergente Bossi um die Verteilung kümmern.» Spaur runzelte die Stirn. «Was treibt der eigentlich? Ist er in der Questura?»

Tron lächelte. «Er trifft sich gerade mit unserem Informanten.»

35

Bossi war intelligent genug, die erstaunlichen Erfolge, die er in den letzten beiden Stunden erzielt hatte, weder seiner Klugheit noch seiner Intuition zuzuschreiben. Er hatte schlicht und einfach unwahrscheinliches Glück gehabt. Das war nicht ganz die Darstellung, die er dem Commissario von seinen Aktivitäten geben würde, aber im Grunde lief es darauf hinaus. Es war weder sein Verdienst, dass die *Wappen von Salzburg*, das Postschiff von Arcona, das überwiegend aus Rom kommende Passagiere beförderte, zufällig am heutigen Tag an der Riva degli Schiavoni lag, noch dass der Zahlmeister sich tatsächlich an einen breitschultrigen Passagier mit kantigem Gesicht erinnerte, den sie vor rund zwei Monaten befördert hatten.

Und dass er anschließend nicht länger als eine Stunde gebraucht hatte, um den Gondoliere aufzutreiben, der Oberst Orlow (der erfreulicherweise eine auffällige Erscheinung war) in eine *pensione* am Rio della Sensa gebracht hatte, kam – was die Wahrscheinlichkeit anbetraf – einem Hauptgewinn in der Lotterie gleich. Wenn sich in der Pensione Apollo herausstellen sollte, dass es sich bei dem Mann wahrhaftig um Oberst Orlow gehandelt hatte, war der Oberst erledigt und der Fall praktisch gelöst.

Es war kurz vor zwölf Uhr, als Sergente Bossi am Rio della Sensa aus der Gondel stieg. Obwohl er den Polizeihelm abgesetzt und die beiden obersten Knöpfe seiner Uniformjacke geöffnet hatte, rann ihm der Schweiß tröpfelnd und juckend die Wirbelsäule hinab. Die *fondamenta* zu beiden Seiten des Rio della Sensa waren menschenleer, und die Mauern schienen unter dem langsamen Klopfen der Hitze zu pulsieren, als wären sie lebendig.

Da Sergente Bossi als hochnäsiger Bewohner von San Polo sich Hotels in Cannaregio nur als üble Absteigen vorstellen konnte, überraschte es ihn nicht, dass die Pensione Apollo tatsächlich eine üble Absteige war. Es war ein zwei-

stöckiges, mit ausgebleichten Coppi-Ziegeln gedecktes
Gebäude, das als Hotel nur durch ein rohes Holzschild
erkenntlich war, auf dem in ungelenken Buchstaben und
ohne jeden Zusatz das Wort *pensione* stand.

Bossi stieß die grün gestrichene Tür auf, von der die
Farbe in großen Streifen abblätterte, und gelangte in einen
niedrigen Schankraum, in dem ein halbes Dutzend Tische
standen. Über einem Tresen, der auf der anderen Seite
des Raumes aufgestellt worden war, hing die vorgeschrie-
bene Lizenz, die verkündete, dass ein Signor Altieri die
Erlaubnis besaß, Wein auszuschenken und Gäste zu beher-
bergen.

Signor Altieri musste es auch sein, der jetzt langsam
hinter dem Tresen hervorkam und mit eindeutigem Ge-
baren des Besitzers auf Bossi zutrat. Er war ein feister, ge-
drungener Mann, der seine Begrüßung auf ein stummes
Kopfnicken beschränkte und Bossi mit ausdruckslosen
Augen anblickte – mit Augen, die aussahen wie teeriger
Kaffee, in den ein paar Muskatnusskrümel gefallen waren.

«Sergente?»

Bossi lächelte. Er hatte zwar das Gefühl, dass er Signor
Altieri nicht leiden konnte, aber es würde die Dinge ver-
einfachen, wenn er lächelte.

«Es geht um einen Mann, der vor zwei Monaten in
Ihrem Hotel abgestiegen ist», sagte Bossi freundlich. Er be-
schrieb Oberst Orlow, seinen martialischen Schnurrbart,
seine breiten Schultern, sein kantiges Gesicht, sein militärisches Auftreten. Das war leicht, jedes Kind hätte eine gute
Beschreibung des Obersts abliefern können. Bossi bezweifelte, dass es mehr als ein halbes Dutzend Zimmer in der
Pensione gab. Signor Altieri würde sich an Oberst Orlow
erinnern.

Doch der machte nur ein bekümmertes Gesicht. «Vor

zwei Monaten? Das ist lange her. Wie kommen Sie darauf, dass dieser Mann bei mir gewohnt hat?»

«Weil ihn ein Gondoliere vor ungefähr zwei Monaten von der Riva degli Schiavoni zu Ihrer *pensione* gefahren hat», sagte Bossi sanft. «Der Signore ist eine ziemlich markante Erscheinung. Deshalb konnte sich der Gondoliere auch an ihn erinnern.» Er erneuerte sein freundliches Lächeln. «Sind Sie sicher, dass er nicht bei Ihnen übernachtet hat?»

Aber Altieri wiegte auf diese Frage hin nur unschlüssig den Kopf und murmelte etwas von der Unmöglichkeit, sich bei so regem Betrieb an einzelne Gäste zu erinnern. Das mit dem *regen Betrieb* schien Bossi allerdings ein wenig übertrieben zu sein. Im Haus war es ebenso totenstill wie draußen auf der Fondamenta della Sensa. Entweder, dachte Bossi, litt der rege Betrieb momentan unter der Sommerhitze, oder es handelte sich bei der Pensione Apollo um ein diskretes, abseits gelegenes Stundenhotel, das sich erst abends belebte. Oder Signor Altieri hatte einen speziellen Grund, sich an diesen bestimmten Gast *nicht* zu erinnern.

Dank der Weisheit der kaiserlichen Behörden konnte es sich Bossi erlauben, den freundlichen Plauderton beizubehalten, in dem er mit Altieri gesprochen hatte. Auch der *Commissario* war im Gespräch immer sanft und höflich, und bei dem fingen die Leute meist irgendwann an zu reden. Bossi nahm seinen Polizeihelm ab und fragte: «Wo ist Ihr Gästeregister, Signor Altieri?»

Jetzt wankte Altieri ein wenig, das ganze Gewicht auf seinem Standbein versammelnd. Dann drehte er sich um, ging zu seinem Tresen zurück, zog eine Schublade auf und brachte ein graues Buch im Kanzleiformat zum Vorschein: das berüchtigte Gästeregister, das jedes Hotel im Veneto gewissenhaft führen musste, um *subversiven Elementen* besser auf die Spur zu kommen.

Bossi schlug das Buch auf. Er registrierte den letzten Eintrag über die behördliche Überprüfung, die vor vierzehn Tagen stattgefunden hatte – die Gästeregister wurden strengstens überprüft. Dann blätterte er zum April des Jahres und sah die drei Wörter, die Orlow das Genick brechen würden.

Denn da stand es, unter dem Datum vom 2. April 1863: *Signor Farnese, Roma.* Laut Vermerk hatte Orlow einen Pass der päpstlichen Behörden benutzt, vermutlich ein Blankoformular, in das er jeden beliebigen Namen eintragen konnte. Sich *Farnese* zu nennen war nicht gerade einfallsreich, aber vermutlich Tarnung genug. Wie hatte der Oberst seinen Venedig-Aufenthalt wohl begründet? Hatte er überhaupt etwas über dessen Anlass zu Altieri gesagt? Vermutlich, dachte Bossi, hat Orlow vorgegeben, Verwandte zu besuchen.

Die er allerdings dann bald wieder besucht haben musste. Denn Bossi, der die Seiten des Gästeregisters weiter nach hinten geblättert hatte, sah mit Erstaunen, dass Orlow drei Wochen später erneut nach Venedig gekommen war. Diesmal war er vier Tage geblieben. Bossi blätterte neugierig weiter, bis er am Ende des Buchs angelangt war. Als er die letzte Seite aufschlug, traute er zuerst seinen Augen nicht. Aber da stand es, klar zu erkennen in der deutlichen Handschrift von Signor Altieri. Der Oberst, hier bekannt als *Signor Farnese,* hatte sein Zimmer (wieder Zimmer Nummer drei) vor zwei Wochen bezogen und schien es immer noch zu bewohnen.

Doch was, zum Teufel, hatte den Oberst veranlasst, sich einen Tag nach seiner Ankunft im Regina e Gran Canal wieder ein Zimmer in der Pensione Apollo zu nehmen?

Hatte er das Zimmer nur gemietet, um ungestört mit dem geheimnisvollen französischen Waffenhändler zu konferieren? Und wenn Orlow den Franzosen tatsächlich unmittelbar nach dem Besuch im Palazzo da Lezze getroffen hatte – warum hatte der Oberst nicht in Erwägung gezogen, sich von Altieri ein Alibi geben zu lassen?

«Der Mann, den ich suche», sagte Bossi zu Altieri, «heißt Farnese. Er ist vor zwei Wochen hier abgestiegen, und ich frage mich, woher Ihre merkwürdige Gedächtnisschwäche stammt, Signor Altieri.»

Einen Augenblick lang sah Altieri ihn wütend an, so als hätte er große Lust, das Gästeregister zu zerreißen und ihn mit einem kräftigen Tritt in den Rio della Sensa zu befördern, aber dann hatte er sich wieder in der Gewalt. Altieri räusperte sich und sagte: «Signor Farnese hatte mich ...» Er brach den Satz ab und lächelte säuerlich.

«Er hatte Sie *was?*»

«Signor Farnese hatte mich ausdrücklich um Diskretion gebeten», sagte Altieri. «Ich hatte den Eindruck, dass niemand wissen sollte, dass er sich in Venedig aufhielt.» Er räusperte sich nervös. «Und mit welchen Personen er hier Umgang pflegt.»

Bossi musste an den geheimnisvollen Franzosen denken. «Empfängt Signor Farnese Besuch auf seinem Zimmer?»

Altieris Antwort beschränkte sich auf ein wortloses Nicken.

«Und wie oft kommt es vor, dass er Besuch empfängt?», forschte Bossi weiter.

«Vielleicht alle drei Tage. Aber mit Sicherheit kann ich Ihnen das nicht sagen. Signor Farnese muss nicht den Schankraum durchqueren, um in sein Zimmer zu kommen.»

«Trifft er immer dieselbe Person?»

Offenbar legte Signor Altieri großen Wert darauf, über Einzelheiten dieses Vorganges nicht Bescheid zu wissen. Er zuckte die Achseln. «Vermutlich. Aber auch das weiß ich nicht genau. Ich spioniere meinen Gästen nicht hinterher.»

«Haben Sie diesen Besucher mal gesehen, Signor Altieri?»

«Ja, sicher. Aber es gab keinen Anlass, einzuschreiten. Es hat sich auch nie einer der anderen Gäste beschwert.»

Das war etwas, das Bossi nicht verstand. «Warum sollte sich ein anderer Gast über Signor Farnese beschweren?»

«Über Lärm aus dem Zimmer. Aber da hat man nie etwas gehört. Ich wohne selbst hier im Haus.»

«Wissen Sie zufällig, ob sich Signor Farnese vorletzten Donnerstag hier im Hotel aufgehalten hat? Abends – nach zehn?»

Signor Altieris Antwort kam sofort und ohne nachzudenken. Bossi hatte keinen Anlass, daran zu zweifeln, dass er die Wahrheit sprach. Altieri nickte. «Ja, das kann ich Ihnen sagen. Ich erinnere mich deshalb daran, weil ich mich über Signor Farnese geärgert hatte.»

«Warum?»

«Weil ich seinen Besucher auf der Treppe getroffen hatte. Er hatte offenbar den Schlüssel zum Zimmer von Signor Farnese, und das ist eigentlich nicht gestattet. Der Bursche hat dann wohl im Zimmer auf ihn gewartet.»

«Wann war das?»

Signor Altieri überlegte kurz. «Das muss gegen halb zehn gewesen sein.»

«Und wann kam Signor Farnese?»

«Gegen Viertel vor elf.»

«Ganz sicher?»

Signor Altieri nickte. «Ganz sicher. Signor Farnese kam

durch den Schankraum. Es waren auch andere Gäste anwesend. Ich hatte mir noch überlegt, ob ich ihn darauf hinweisen sollte, dass es nicht gestattet ist, den Schlüssel anderen Personen zu geben, aber dann …»

«Aber dann?»

«Nun, Signor Farnese ist immer sehr großzügig zu mir gewesen. Abgesehen davon, dass er diesmal das Zimmer für zehn Tage gemietet hat und es kaum benutzt. Eigentlich nur, wenn er sich mit jemandem trifft.»

«Also haben Sie ihn nicht zur Rede gestellt?»

Signor Altieri schüttelte den Kopf. «Nein, das habe ich nicht. Es schien mir klüger, darüber hinwegzusehen.»

«Dieser Besucher, den Signor Farnese am letzten Donnerstag empfangen hat – kannten Sie den Mann? War es das erste Mal, dass sich Signor Farnese mit ihm getroffen hat?»

«Es war nicht das erste Mal. Er hat sich mit ihm schon getroffen, als er vor zwei Monaten in Venedig war. Ich glaube, er hat ihn hier um die Ecke im *Molino Rosso* kennen gelernt.»

«Im *Molino Rosso*?»

Signor Altieri nickte, und Bossi hatte plötzlich den Eindruck, als hätte Altieri ihm gerade etwas mitgeteilt, was er eigentlich lieber verschwiegen hätte.

«Aber er ist der Einzige meiner Gäste», fuhr Altieri hastig fort, «der im *Molino Rosso* verkehrt.»

Der Name *Molino Rosso* löste eine blasse Erinnerungsspur in Bossis Gedächtnis aus, aber da er Cannaregio kaum kannte, blieb es dabei. «Dieser Mann, mit dem sich Signor Farnese getroffen hatte – was wissen Sie über ihn?»

Altieri machte ein irritiertes Gesicht. «Ich würde sagen, *Mann* ist nicht ganz das richtige Wort.»

«Und was ist das richtige Wort?»

Der Blick, mit dem Signor Altieri Bossi musterte, verriet nicht, was er dachte, er war wie an eine leere Wand gerichtet. Schließlich sagte er etwas, das Bossi nicht sofort begriff. Aber als ein paar Sekunden später bei Bossi der Groschen fiel – nachdem sich die kurze Gewissheit, er litte unter einer Halluzination, wieder verschwunden war –, hatte sich die Situation gewissermaßen geklärt.

Signor Altieri sagte: «Ich schätze, der Bursche ist höchstens fünfzehn.»

36

«Das *Molino Rosso*», sagte Tron, nachdem Bossi seinen Bericht beendet hatte und er ihm seine Anerkennung ausgesprochen hatte, «ist ein Lokal, in dem man sich *kennen lernt*. Anschließend geht man in die *Pensione Apollo*, um dort auf den Zimmern die Bekanntschaft zu *vertiefen*. Dass Orlow mit diesem speziellen Alibi nicht herausrücken wollte, ist kein Wunder.»

Merkwürdig, dachte Tron, wie wenig ihn diese Enthüllung von Orlows Privatleben überrascht hatte. Irgendwie passte das zu Orlows übertriebenem militärischem Gehabe – und auch zu der Art, wie der Oberst beim Kaffeetrinken den Finger abspreizte. Tron sah Bossi an, der auf der anderen Seite des Schreibtisches Platz genommen hatte. «Was schließen Sie aus alledem, Bossi? Haben Sie eine Theorie?»

Bossi antwortete mit einer Gegenfrage. «Haben Sie sich bei Oberst Orlow danach erkundigt, was er am Dienstagnachmittag letzter Woche gemacht hat? Hat er ein Alibi?»

«Hat er nicht», sagte Tron. «Er war spazieren.»

«Das habe ich erwartet», sagte Bossi.

«Sie meinen also, Orlow hat zwar Pater Terenzio ermordet – aber Kostolany hat er nicht ermordet? Und wer *hat* Kostolany getötet?»

Bossi überlegte einen Moment. «Pater Terenzio hat Kostolany getötet. Sie hatten Recht, Commissario. Nur dass Pater Terenzio und Orlow unter einer Decke gesteckt haben.»

Tron lächelte. «Ich bin mir inzwischen nicht mehr sicher, ob ich Recht hatte», sagte er. Das war eine glatte Lüge. An Ort und Stelle war er sich auch nicht sicher gewesen.

«Wenn Orlow und Pater Terenzio», fuhr Tron fort, «Komplizen waren, hätte mir der Pater wohl kaum mitgeteilt, dass Oberst Orlow *zwei* Kopien bestellt hat. Aber richtig ist, dass Orlow einen Komplizen gehabt hat.»

Jedenfalls, dachte Tron, unter der Voraussetzung, dass sich Kostolany nicht selbst stranguliert hatte. Aber wer, zum Teufel, *war* dieser Komplize von Oberst Orlow? Plötzlich fiel ihm ein, wie der Oberst erwähnt hatte, dass er mit dem Großfürsten bekannt war. Aber hatte Troubetzkoy nicht für den entsprechenden Zeitraum ein wasserdichtes Alibi? Er konnte Kostolany also gar nicht getötet haben. Es sei denn …

Tron schloss die Augen und überlegte. Und dann tauchte etwas in dem dichten Nebel auf, der von Anfang an über diesem Fall gelegen hatte – eine Möglichkeit, die er übersehen hatte. Er musste daran denken, wie er der Contessa vorgeschlagen hatte, Leinsdorf eine falsche Königin zu präsentieren. Und ihm fielen die Schleifspuren im Palazzo da Lezze ein, auf die er hingewiesen hatte. Der Mörder hatte Kostolany in seinem Kontor erwürgt und anschließend in den Flur befördert – um Orlow und die Königin zu empfangen. Tron sagte: «Was ist mit Troubetzkoy? Orlow und der Großfürst kannten sich.»

Bossi schüttelte den Kopf. «Troubetzkoy hat ein Alibi.»

«Nicht für den ganzen Abend», sagte Tron. «Nur für die Zeit zwischen halb elf und elf. Wo er sich *vorher* aufgehalten hat, wissen wir nicht.»

«Aber Kostolany ist nach dem Besuch der Königin und vor der Ankunft Manins ermordet worden. Für diese halbe Stunde hat Troubetzkoy ein Alibi.»

Ja, dachte Tron, so könnte es gewesen sein. Die Lösung war gewagt, aber ausgesprochen elegant. Und sie hatte den Nebeneffekt, dass Bossi seine kriminalistischen Erfolge in Canareggio in den richtigen Proportionen sah.

Tron lehnte sich zurück. «Die Frage ist, ob sich der Mord überhaupt in dem Zeitraum zwischen dem Ende des Besuches der Königin und der Ankunft Manins zugetragen hat.»

«Das verstehe ich nicht.»

«Dann will ich es Ihnen erklären.» Tron lächelte. «Wissen Sie, was mir an der ganzen Geschichte nicht gefällt?»

«Was denn?»

«Dass das Verhalten Kostolanys nicht zu der Person passt, die Sivry beschrieben hat», sagte Tron. «Sivry hat Kostolany als jemanden geschildert, der sich nie auf unsaubere Geschäfte eingelassen hätte. Vielleicht hat Kostolany ja auch nie einen Preis für sein Schweigen gefordert, sondern es kategorisch abgelehnt zu schweigen.»

Bossi runzelte die Stirn. «Aber er *hat* geschwiegen.»

Jetzt konnte Tron die Bombe platzen lassen. «Weil er bereits tot war, als die Königin und Oberst Orlow den Palazzo da Lezze besucht haben.» Er registrierte befriedigt, dass Sergente Bossi ihn anstarrte wie einen brennenden Dornbusch.

Er stand auf und trat einen Moment lang vor das geöffnete Fenster. Der wolkenlose Sommerhimmel über den Dächern wurde von einer fast senkrecht aufsteigenden, dünnen Rauchsäule in zwei Teile geteilt, was die strahlend blaue Makellosigkeit des Himmels zusätzlich betonte. Wer hatte ihm einmal erzählt, dass die leeren Räume zwischen den Sternen rabenschwarz waren? Bis auf ein paar winzige Lichtpünktchen schwärzer als die schwärzeste Gondel? Wenn dies zutraf, dachte Tron, dann war dieser emailleblaue Himmel nichts weiter als eine trügerische Illusion, eine gigantische Maske aus aufgesogenem Sternenlicht.

Ihm wurde schwindlig. Er drehte sich um, setzte sich wieder auf seinen Schreibtischstuhl. Auf einmal hatte er das Bedürfnis, mindestens eine halbe Schachtel Demel-Konfekt in sich hineinzustopfen.

«Troubetzkoy hat Kostolany besucht», sagte Tron langsam. «Das hat er ja auch zugegeben. Aber nicht, um ein harmloses Gespräch mit ihm zu führen, wie der Großfürst behauptet hat.»

«Sondern?»

«Um Kostolany zu töten. In Absprache mit Orlow. Troubetzkoy hat Kostolany erwürgt und anschließend die Leiche Kostolanys in den Flur befördert. Und dann ist er in die Rolle Kostolanys geschlüpft. Was kein Problem war, denn die Königin hatte den echten Kostolany nie gesehen.»

Jetzt sah Bossi ein wenig benommen aus. «Eine ziemlich gewagte Theorie.»

«Aber sie lässt sich einfach verifizieren. Wir müssen der

Königin nur die Fotografie zeigen, die Sie von der Leiche Kostolanys gemacht haben.»

«Und der Mord an Pater Terenzio?»

«Da hat sich Toggenburg eingeschaltet», sagte Tron. «Der Stadtkommandant war heute Morgen bei Spaur und hat betont, dass gegen Offiziere befreundeter Streitkräfte nur die Militärpolizei ermitteln darf. Toggenburg befürchtet, dass die Königin sich an die Hofburg wenden könnte, falls wir Orlow nicht in Ruhe lassen.»

«Wenn Ihre Theorie stimmt, wird sie das kaum tun, nachdem sie die Fotografie von Kostolany gesehen hat.»

«Sobald die Königin aus Triest zurück ist, zeigen wir ihr die Fotografie Kostolanys und fragen sie, ob das der Mann war, mit dem sie im Palazzo da Lezze verhandelt hat.»

«Und wenn sie sagt, dass er es nicht war?»

«Dann wird Oberst Orlow ein paar Erklärungen abgeben müssen. Und was Troubetzkoy angeht: Der genießt diplomatische Immunität. An den kommen wir nicht ran. Aber wir können ihn und Orlow unter diesen Umständen dazu bewegen, den Tizian herauszurücken.»

Bossi schluckte und räusperte sich. «Moment mal. Damit ich das richtig verstehe: Troubetzkoy erwürgt Kostolany, nimmt den Tizian mit und schafft anschließend das Bild weiß-der-Himmel-wohin?»

Tron nickte.

«Und bringt dann», fuhr Bossi fort, «sicherheitshalber den Tizian, den er vor zwei Monaten von Kostolany übernommen hatte, auf die *Karenina*.»

«So ist es, Bossi. Es sei denn, die Königin ist mit einer *Kopie* nach Venedig gekommen.» Tron dachte kurz nach. Das war eine ziemlich komplizierte Variante, weil sich unter dieser Voraussetzung alle Parameter wieder verschoben, aber so brillant, wie sein Gehirn momentan funktionierte, durchaus erläuterbar. Tron sagte lebhaft: «In diesem Fall hätten wir ein völlig verändertes Szenario. Dann wäre es nämlich so, dass …»

Tron brach ab, als er sah, dass der Gesichtsausdruck des Sergente auf einmal katatonisch starr war. Bossi atmete schwer und röchelte leise – wie ein Mann kurz vor einem Herzanfall. Tron beugte sich über den Schreibtisch. «Wollen Sie, dass ich weiterrede, Sergente?»

Bossi rieb sich die Schläfen. «Soll ich Ihnen sagen, was ich will, Commissario?»

«Was denn?»

«Ich will einen Mord aus Eifersucht. Wo der betrogene Ehemann mit dem blutigen Messer in der Hand neben der Leiche seiner Ehefrau sitzt. Und nicht diese … Varianten.»

Tron lächelte. Vielleicht war es an der Zeit, das Thema zu wechseln. «Sie geben mir das Stichwort, Bossi. Haben Sie sich um die Akten aus Triest gekümmert?»

«Ich habe an die Questura telegrafiert. Spadeni ist dienstlich in Verona.»

«Wer hat Ihr Telegramm beantwortet?»

«Seine Vertretung.» Bossi zog ein Gesicht. «Ein Sergente Merulana. Er hat geantwortet, dass die Akteneinsicht vom Innenministerium genehmigt werden muss.»

«Was bedeutet das?»

«Wir müssen einen offiziellen Antrag stellen, den auch die Kommandantura befürworten muss. Dann erst geht er nach Wien.»

«Was alles in allem ein halbes Jahr dauern wird.»

Bossi nickte. «Allerdings hat Sergente Merulana auch telegrafiert, dass Spadeni in der nächsten Woche wieder in Triest sein wird. Und dann …»

«Könnten Sie nach Triest fahren und die Akten dort einsehen.» Tron lächelte fürsorglich. «Auf Beförderungsschein. In der ersten Klasse der *Erzherzog Sigmund*.» Tron verstärkte sein fürsorgliches Lächeln. «Lassen Sie sich auf der Überfahrt ein wenig verwöhnen.»

Er fand, dass der Sergente ausgesprochen urlaubsreif aussah.

37

Signora Leinsdorf, Frau *Generaldirektor Leinsdorf*, beugte sich in den Schatten des Sonnenschirms, der ihren Tisch vor dem Café Quadri in eine dunkle und eine helle Hälfte teilte, und schlug das schwarz gebundene Notizbuch auf, in das sie auf Reisen ihre Ausgaben eintrug. Dann schrieb sie in ihrer akkuraten, leicht eckigen Handschrift: «*1 Kaffeegedeck, 2 Nusstörtchen, 1 Mokka-Parfait, 2 doppelte Cognacs – 3 Lire.*»

Der Posten *2 doppelte Cognacs* war insofern nicht korrekt verbucht, als sie lediglich für 2 *einfache* Cognacs bezahlt hatte – unter Anwendung eines Systems, das ebenso simpel wie effizient war. Sie musste beim Bezahlen die Rechnungsposten nur in flottem Tempo diktieren – Kellner schätzten es, wenn man ihnen half –, das *doppelte* weglassen, und schon trank sie zwei Cognacs auf Kosten des Hauses. Nicht dass es ihr auf das Geld angekommen wäre, davon hatte sie reichlich. Es war eher die Befriedigung darüber, dass es ihr gelang, in dieser gigantischen Fremdenfalle namens Venedig ihre eigene kleine Falle aufzustellen und hin und wieder etwas darin zu fangen. Außerdem geriet sie bei solchen Gesprächen (was sie niemandem gegenüber eingestanden hätte) immer in eine *priapische Erregung.*

Den Aschenbecher auf ihrem Tisch – eine äußerst geschmacklose Gondel aus Pressglas – würde sie einstecken, nachdem sie bezahlt hätte. Es war nicht der erste gondelförmige Aschenbecher, den sie mit einem schnellen Griff in ihrer Handtasche verstaute. Sie hatte festgestellt, dass die *priapische Erregung* dabei noch stärker war als bei ihren Mogeleien mit der Rechnung.

Signora Leinsdorf lehnte sich in den nachmittäglichen Sonnenschein zurück, schloss die Augen und genoss das wohlige Schwindelgefühl, das sie jedes Mal nach zwei doppelten Cognacs überkam. Das *Quadri* war ihr Lieblingscafé – der vielen Uniformen wegen, für die sie immer noch eine Schwäche besaß. Manchmal fragte sie sich, ob sie Direktor Leinsdorf auch geheiratet hätte, wenn sie ihn nicht zum ersten Mal in der prächtigen Uniform der Honved-Husaren gesehen hätte – auf einem Empfang nach den Herbstmanövern des Jahres 1857. Er hatte ihr über ein Glas Champagner hinweg zugezwinkert, und sie hatte sich unwillkürlich die Mienen ihrer (bereits verheirateten) Freundinnen vorgestellt, wenn sie ihnen einen gut aussehenden Rittmeister der Honved-Husaren als Verlobten präsentierte. Zwei Monate später waren sie verheiratet gewesen, und ein Jahr danach hatte Leinsdorf den Dienst quittiert. Er war in die Bank ihres Vaters eingetreten und hatte es binnen sechs Jahren zum Leiter der Kreditabteilung gebracht. Aus dem Rittmeister Leinsdorf war der Direktor Leinsdorf geworden, auch als Zivilist ein erfolgreicher Mann, doch sie würde nie die maßlose Enttäuschung vergessen, als sie ihn zum ersten Mal ohne seine Uniform gesehen hatte. Im Gehrock hatte er blass und eingeschrumpft auf sie gewirkt, so als würde er plötzlich in Unterwäsche vor ihr stehen.

Seine Unterwäsche hatte Signora Leinsdorf in der letzten Woche häufig zu ertragen gehabt, denn Direktor Leinsdorf pflegte sich an heißen Tagen, sobald er ihre Suite im Danieli betrat, bis auf Unterhose, Unterhemd und Socken zu entkleiden – eine Widerwärtigkeit, die noch durch den Anblick seiner fleischfarbenen Sockenhalter verstärkt wurde. Signora Leinsdorf ertappte sich immer öfter bei der Vorstellung, ihm seine fleischfarbenen Sockenhalter über den Kopf zu werfen und so lange zuzudrehen, bis …

Die wieder einsetzende Musik der Militärkapelle riss Signora Leinsdorf aus diesen Gedankengängen, und als sie die Augen aufschlug und ihren inzwischen etwas glasigen Blick über die Piazza schweifen ließ, glaubte sie einen Moment lang, Direktor Leinsdorf in der Menge zu sehen – an der Seite einer jungen Frau. Doch als der Herr und die Dame sich näherten, erkannte sie, dass es sich um einen Einheimischen handelte und die Frau an seiner Seite seine Mutter hätte sein können – Direktor Leinsdorf wäre auch kaum so unvorsichtig gewesen, die Piazza am helllichten Tage mit einer seiner Bekanntschaften zu überqueren.

Aber wäre sie wirklich *eifersüchtig* gewesen, wenn sich herausgestellt hätte, dass Direktor Leinsdorf eine Bekanntschaft pflegte? Signora Leinsdorf schüttelte energisch den Kopf und geriet in Versuchung – die beiden Doppelten hatten sie träge und schwungvoll zugleich gemacht –, das Resultat ihres Nachdenkens mit einem kräftigen Schlag ihrer flachen Hand auf die Tischfläche zu bekräftigen. Nein, natürlich nicht. Denn ihr Bedürfnis nach galanter Aufwartung durch Direktor Leinsdorf hielt sich in Grenzen, hatte sich bereits von dem Zeitpunkt an in Grenzen gehalten, an dem Leinsdorf seine Uniform mit einem Gehrock vertauscht hatte. Aber wenn es das nicht war – was war es dann, das sie veranlasste, sich als Betrogene zu fühlen?

Signora Leinsdorf kam zu dem Schluss, dass ihr Gatte das Geld nicht wert war, das man für ihn ausgegeben hatte – *das* war der Betrug. Sie war auf eine überteuerte Mogelpackung hereingefallen, auf eine bunte Karnevalsuniform, hinter der sich ein Mann mit fleischfarbenen Sockenhaltern verbarg. Dass Direktor Leinsdorf sich als ein dumpfer Schürzenjäger erwiesen hatte, konnte man ihm notfalls durchgehen lassen – allerdings war hier der Punkt, an dem sie ansetzen konnte. Es würde ihr, dachte Signora Leinsdorf grimmig, eine nicht unbeträchtliche Genugtuung verschaffen, einen Beweis dafür in den Händen zu halten – und ihn zu Hause in Wien ihrem Vater zu präsentieren. Und wenn es etwas gab, das Direktor Leinsdorf fürchtete, dann das.

Sie streckte die Hand nach dem Cognac aus und stellte fest, dass sie ihr Glas bereits geleert hatte. Worauf sie, obwohl ihre Rechnung bezahlt war und sie eigentlich hatte gehen wollen, den Kellner an ihren Tisch winkte und noch einen Doppelten bestellte. Der Kellner, der wohl daran dachte, wie freundlich sie ihm beim Bezahlen der Rechnung geholfen hatte, lächelte ihr höflich zu, und sie erwiderte sein Lächeln.

Als der Cognac kam, trank sie ihn zur Hälfte aus und ließ ihren Oberkörper in den Schatten des Sonnenschirms sacken – von kontrolliertem Nach-vorne-Beugen konnte inzwischen nicht mehr die Rede sein. Am Nebentisch war jetzt eine Wachablösung zu bewundern: zwei Grazer Pionierleutnants übergaben den Tisch an einen Mann,

den sie sofort als *Spanier* identifizierte – sie erkannte das
an der stolzen Art, wie er die Kaffeekännchen der Pionierleutnants zur Seite schob, um Platz für seine Zeitung zu
schaffen. Diese Bewegung hatte etwas Brutales, aber zugleich etwas Kraftvoll-Männliches, das ihr zusagte. Ob
der gut aussehende *Caballero* auch fleischfarbene Sockenhalter trug? Nein, wahrscheinlich nicht. Signora Leinsdorf
unterdrückte den Impuls, ihm zuzuprosten, was ohnehin
folgenlos geblieben wäre. Seine Augen hatten sie kurz ge-
streift, aber ihr war klar, dass sie nicht zu den Frauen gehörte, an denen die Blicke der Männer hängen blieben.

Sie kippte den Rest ihres Cognacs, schloss die Lider
und lauschte einen Moment lang dem Marsch *Leb wohl,
kleiner Husar*, den die Militärkapelle gerade zum Besten
gab. Dann musste sie sofort wieder an Direktor Leinsdorf
denken – *Direktor Sockenhalter*. Was *trieb* der eigentlich
hier in Venedig? Sie wusste nur, dass er wegen der Finan-
zierung einer neuen Eisenbahnstrecke eine Reihe von
Terminen hatte, die Venedig (oder war es Padua?) mit Fer-
rara verbinden sollte. Und dass er sich zweimal mit einer
obskuren italienischen Fürstin getroffen hatte, die Geld
für eine Weberei (oder eine Glasfabrik?) brauchte – aber
ergab sich daraus alle zwei Tage ein nächtliches Geschäfts-
essen? Nein, entschied sie, natürlich nicht. Während ihr be-
stiefelter Fuß unwillkürlich im Takt des Marsches auf die
Steinplatten unter ihrem Tisch stampfte, gelangte Signora
Leinsdorf zu der Überzeugung, dass *Direktor Sockenhalter*
jemanden aufgegabelt hatte.

Als sie ihre Augen wieder öffnete, war der Blick auf
den Spanier durch die Rückenansicht eines Herrn ver-
sperrt, der sich leicht über den Tisch des Spaniers gebeugt
hatte und in einer unbekannten Sprache auf ihn einredete.
Sie verstand kein Wort von dem, was der erregte Mann

sagte, aber sie sah, wie sich die Züge des Spaniers mit jedem Satz verhärteten und verdüsterten. Als der Mann seine Rede beendet hatte, schüttelte der Spanier den Kopf und lachte höhnisch auf. Worauf der Mann, der ihr immer noch den Rücken zugekehrt hatte, einen zusammengefalteten Bogen Papier aus der Tasche seines Gehrockes zog, ihn auseinander faltete und auf den Tisch warf. Er sprach laut und erregt weiter auf den Spanier ein, und Signora Leinsdorf begriff, dass es um die Anerkennung einer Ehrenschuld ging – der Spanier sollte einen Schuldschein unterschreiben. Plötzlich zog der erregte Mann einen metallischen Gegenstand unter seinem Gehrock hervor, der kurz im Sonnenlicht aufblitzte. Der Gegenstand kam Signora Leinsdorf sehr groß vor, und es dauerte ein paar Sekunden, bis sie ihn als Schusswaffe identifizierte. Und nun ging alles sehr schnell – so schnell, dass sie Mühe hatte, den Ereignissen zu folgen. Der Spanier – sie hatte unwillkürlich für ihn Partei ergriffen – war aufgesprungen und starrte den Mann mit weit aufgerissenen Augen an. Dann sah sie, wie etwas von der linken Seite her in ihr Blickfeld schoss und mit einem dumpfen Geräusch auf den Arm des Mannes traf. Die Waffe fiel polternd auf das Pflaster, und der kroatische Leutnant, dessen Säbel dem Mann die Waffe aus der Hand geschlagen hatte, stieß den Burschen auf den Tisch hinab, wobei zwei Kaffeekännchen, zwei Kuchenteller und zwei Kaffeetassen zu Bruch gingen. Mit dem Auftauchen zweier uniformierter Polizisten war der Spuk dann so schnell beendet, wie er begonnen hatte. Sie drehten dem Mann die Arme auf den Rücken, führten ihn zügig ab, und der Spanier folgte ihnen. Signora Leinsdorf verstand, dass es nicht im Sinne der öffentlichen Ordnung war, den Zwischenfall an Ort und Stelle zu klären. Und da kein Schuss gefallen war und die ganze merkwürdige Episode nach höchstens drei Minuten beendet worden war, hatte die Militärkapelle weitergespielt. Vermutlich, dachte Signora Leinsdorf, hätten die Musiker auch dann weitergespielt, wenn es zu einer Schießerei gekommen wäre. Schließlich handelte es sich um eine Militärkapelle. Sie winkte dem Kellner, um ein weiteres Mokka-Parfait, ein Kännchen Kaffee und noch einen doppelten Cognac zu bestellen – den hatte sie sich wahrlich verdient.

Beim Bezahlen der Rechnung sah sie davon ab, dem Kellner bei den einzelnen Rechnungsposten behilflich zu sein. Stattdessen gab sie ihm ein großzügiges Trinkgeld. Die Militärkapelle spielte jetzt die beliebte *Donaupolka*, und Signora Leinsdorf, die soeben zum Klang der Polka eine Gondel in ihrer Handtasche verstaut hatte, fand, dass sie einen äußerst unterhaltsamen Nachmittag verbracht hatte.

38

Sergente Valli stand ein paar Schritte vor der Polizeiwache, die im Erdgeschoss des Torre dell'Orologio untergebracht war, und sah zu, wie die beiden uniformierten Polizisten mit dem Mann, den sie vor einer knappen Stunde im Quadri verhaftet hatten, in der Menge verschwanden. Als er sich umdrehte, um sich wieder in die Wache zu begeben – ein dunkles Loch, aber im Sommer herrlich kühl –, fielen seine Beine unwillkürlich in den Takt des *Linzer Füsiliermarsches*, den die Militärkapelle gerade angestimmt hatte. Das passierte Sergente Valli immer wieder, und er hasste sich dafür.

Er hatte den beiden eingeschärft, sich die Überstellung

der verhafteten Person schriftlich bestätigen zu lassen. Selbstverständlich gab es für die Überstellung eines Verhafteten in die Questura ein entsprechendes Formular. Er selber hatte, nachdem er bereits das Formular 7634/15 zur Hälfte ausgefüllt hatte, seinen Irrtum bemerkt und dann das Formular 7634/14 benutzt. Die Endziffer 15 war für politische Fälle vorgesehen, aber Sergente Valli bezweifelte, dass es sich hierbei um einen politischen Fall handelte. Was genau für ein Fall vorlag, wusste er nicht, aber darum konnten sich jetzt andere kümmern.

Die Dienstanweisung, *alle Zwischenfälle auf der Piazza zügig und diskret zu regeln*, stammte aus den frühen fünfziger Jahren. Sie hatte damals den Sinn, aus politischen Gründen vorgenommene Verhaftungen so schnell durchzuführen, dass es nicht zu gewalttätigen Zusammenrottungen kam. Doch inzwischen waren Verhaftungen aus politischen Gründen selten geworden – alle rechneten damit, dass sich das Problem der österreichischen Besatzung von allein regeln würde und Heldentaten somit überflüssig waren.

Jedenfalls hatte man in der Eile vergessen, sich den Namen des kroatischen Offiziers geben zu lassen, der den Mann mit der Pistole entwaffnet und festgehalten hatte, und so stand Aussage gegen Aussage. Der Mann mit der Waffe hatte behauptet, er hätte dem sitzenden Mann die Waffe nur *gezeigt*, während der sitzende Mann darauf beharrte, dass er mit der Waffe *bedroht* worden war. Worum es sich bei der Auseinandersetzung gehandelt hatte, war nicht mehr zu ermitteln. Weder der sitzende Mann noch der Mann mit der Waffe schienen daran interessiert zu sein, sich über diese Frage ausführlich zu verbreiten.

Den Mann, der am Tisch gesessen hatte und von dem anderen Mann mit einer Waffe bedroht worden war, mussten sie gehen lassen. Der Bursche hatte einen Pass präsentiert, der ihn als Angehörigen des diplomatischen Corps auswies, und den Mann gegen seinen Willen zu einer Vernehmung festzuhalten schien Sergente Valli zu riskant. Das konnte Ärger geben – zumal, wenn es sich um den Diplomaten einer befreundeten Macht handelte. Was der Diplomat behauptet hatte. Sergente Valli konnte das nicht beurteilen, er war außenpolitisch schlecht orientiert, aber der Signore mit dem Diplomatenpass schien sich ziemlich sicher zu sein, und Sergente Valli hatte den Eindruck, dass es unklug sein würde, sich mit ihm anzulegen. Und da der andere Mann, der Mann mit der Waffe, hartnäckig danach verlangt hatte, Commissario Tron zu sprechen, entschloss er sich dazu, den Mann und die Tatwaffe in die Questura zu überführen, einen knappen Bericht zu schreiben und ansonsten darauf zu achten, dass die Übergabe ordnungsgemäß erfolgte. Sollten sich doch der Commissario und sein hochnäsiger Assistent, Sergente Bossi, mit diesem Fall herumschlagen. Wenn es denn überhaupt ein Fall war – im Grunde war ja nicht viel passiert.

Der Bericht, den Bossi mündlich erstattete, als Tron kurz nach vier Uhr die Questura betrat, war kurz und knapp. Potocki hatte den Großfürsten, der an einem der Tische vor dem Quadri gesessen hatte, mit einer Waffe bedroht. Er war von einem Leutnant der Kroatischen Jäger entwaffnet und festgehalten worden. Anschließend hatten ihn zwei uniformierte Polizisten, die gerade am Quadri vorbeikamen, verhaftet. Der ganze Zwischenfall hatte höchstens drei Minuten gedauert. Worum es ging, wollte

Potocki dem Sergente nicht verraten. Bei der Waffe, die jetzt auf Trons Schreibtisch lag, handelte es sich um eine zweiläufige Duellpistole. Sie war hübsch anzusehen mit ihren ziselierten Läufen und ihrem Perlmuttgriff. Nicht gerade eine Waffe, dachte Tron, die man benutzt, wenn man jemanden töten will. Die Pistole wirkte eher wie ein Bühnenrequisit.

«Sie war nicht geladen», sagte Bossi, der Trons Blick bemerkte. «Offenbar hatte Potocki nicht die Absicht, den Großfürsten zu töten.»

«Wo ist Potocki jetzt?»

Bossis Zeigefinger deutete auf den Fußboden. «Unten im Arrest.»

«Und der Großfürst?»

«Der hat seinen Pass präsentiert und sich geweigert mitzukommen. Sergente Vallis Verhalten war völlig korrekt. Ich frage mich nur, warum der Großfürst sich abgesetzt hat.»

Tron sagte: «Er will demonstrieren, dass er Potocki nicht ernst nimmt. Dass er das, was immer Potocki von ihm wollte, für lachhaft hält. Was haben wir gegen Potocki in der Hand?»

«Nicht sehr viel. Potocki hat jemanden mit einer ungeladenen Pistole bedroht. Mit einer Waffe, von der es zweifelhaft ist, ob sie überhaupt noch funktioniert.» Bossi zuckte die Achseln. «Wenn Troubetzkoy keine Anzeige erstattet, ist der Fall erledigt.»

«Was er offenbar nicht will, denn sonst wäre der Großfürst jetzt hier auf der Questura.»

«Soll ich Potocki holen lassen?»

Tron nickte.

«Ich glaube, er hat getrunken», sagte Bossi.

Als Potocki fünf Minuten später in der Tür stand, sah Tron, dass Potocki tatsächlich getrunken hatte. Schweißperlen standen auf seiner Stirn, und einen Moment lang hatte Tron den Eindruck, dass Potocki weder wusste, was geschehen war, noch wo er sich befand und wohin man ihn jetzt gebracht hatte. Sein eleganter Sommeranzug war voller Flecken, und seine Augen, klein und blutunterlaufen, lagen wie Steine im fahlen Lehm seines Gesichtes. Er sah aus, als hätte er seit jener Nacht nichts anderes getan, als ein Glas Cognac nach dem anderen zu trinken. Wenn es stimmte, was Troubetzkoy von Potocki und seiner Haushälterin behauptet hatte, dann schien Anna Kinsky keine große Stütze für Potocki gewesen zu sein.

Potocki beschränkte seine Begrüßung auf ein stummes Nicken. Er kam mit unsicheren, schlurfenden Schritten näher und nahm auf der anderen Seite von Trons Schreibtisch Platz. Dann sagte er ohne jede Einleitung: «Die Waffe war nicht geladen.»

Tron nickte. «Ich weiß.»

Potocki brachte ein schiefes Grinsen zustande. «Das Ding ist ein Museumsstück. Aber ich dachte, es würde reichen, um ihn unter Druck zu setzen.»

«Ihn unter Druck zu setzen, damit er was tut?»

«Damit er unterschreibt.»

«Was?»

«Ein kurzes Geständnis, das ich aufgesetzt habe.»

«Haben Sie ernsthaft geglaubt, dass dieses Geständnis etwas wert ist?»

«Nein, natürlich nicht. Troubetzkoy sollte nur einen Moment lang seine Maske fallen lassen. Ich wollte es in seinen Augen sehen, dass ich mich nicht getäuscht habe.»

«Und haben Sie es gesehen?»

«Vielleicht hätte ich es gesehen, wenn nicht dieser verdammte Offizier mit seinem Säbel gewesen wäre.» Potocki schüttelte wütend den Kopf.

«Welcher Offizier mit seinem Säbel?»

«Der mir die Waffe aus der Hand geschlagen und mir anschließend den Arm auf den Rücken gedreht hat.»

Potocki schloss die Augen und lehnte sich so heftig zurück, dass der Bugholzstuhl, auf dem er Platz genommen hatte, laut knirschte. Als er die Augen wieder aufschlug, sah Tron, dass ihm Tränen die Wangen herabliefen. Auf einmal kam ihm die Vorstellung, dass Potocki in den Tod seiner Frau verwickelt sein könnte, ebenso absurd vor wie der Gedanke, dass er ein Verhältnis mit Anna Kinsky gehabt hatte.

Tron lehnte sich über den Tisch – über die blitzende Duellpistole, die immer noch wie ein Corpus Delicti zwischen ihnen lag. Dann sagte er, wobei er sich bemühte, verständnisvoll und bestimmt zugleich zu klingen: «Warum überlassen Sie uns nicht die Ermittlungen?»

Potocki seufzte. «Ermitteln Sie überhaupt?» Er klang eher resigniert als aggressiv.

Tron sagte: «Nicht nur gegen den Großfürsten.»

«Und gegen wen noch?» Potocki warf einen müden Blick über den Tisch.

«Darf ich Ihnen vorher eine Frage stellen, Signor Potocki?»

«Fragen Sie.»

«Es geht um Anna Kinsky. Sie sagten, dass sie sich an Ihnen interessiert gezeigt hätte.»

Potocki nickte. «Das hat sie auch.»

«Wie lange, sagten Sie, liegt das zurück?»

Potocki überlegte einen Moment. «Das war kurz

nachdem wir sie nach dem Tod ihres Mannes aufgenommen hatten. Vielleicht vor einem guten halben Jahr.»

«Und als Sie ihre Avancen abgelehnt hatten, da …»

«Hat sie ihre Liebe zum Herrn entdeckt.» Potocki lockerte seine ohnehin schon lockere Halsbinde.

«Eine aufrichtige Liebe?»

«Das habe ich mich auch oft gefragt.» Potocki machte ein nachdenkliches Gesicht. «Das alles hatte so etwas …» Er suchte nach dem richtigen Wort und sagte dann: «Übertriebenes. Aber warum stellen Sie mir diese Fragen?» Potockis Kopf sackte ein wenig nach vorne, so als wäre er nur locker auf seinem Hals befestigt.

«Troubetzkoy sagte, Anna Kinsky hätte ihren Mann unter fragwürdigen Umständen verloren.»

Potocki hob den Kopf und legte seine Stirn in Falten. «Sie meinen den Prozess in Triest?»

Tron beschränkte sich darauf zu nicken.

Potocki sagte: «Da ist sie freigesprochen worden. Der Tod von Signor Kinsky war ein Unfall.» Er warf einen irritierten Blick über den Schreibtisch. «Was hat das mit dem Tod meiner Frau zu tun?»

Tron vermutete, dass Potocki unter normalen Umständen längst begriffen hätte, worauf er hinauswollte. Er sagte: «Es kann außer dem Großfürsten nur noch eine einzige andere Person Ihre Frau ermordet haben.»

Potocki sah plötzlich wie ein Mann aus, der alles für einen großen Cognac gegeben hätte. Er schluckte und musste dann zweimal ansetzen, um sprechen zu können. «Anna Kinsky soll ihre eigene Cousine getötet haben? Aber was hätte sie davon gehabt? Konstancja hat ihr nichts hinterlassen.»

«Das mag Anna Kinsky anders gesehen haben. In ihren Augen hat Ihre Frau sehr wohl etwas hinterlassen.»

«Jetzt kann ich Ihnen nicht folgen, Commissario.»

«Sind Sie sich ganz sicher, dass diese religiöse Konversion nicht eine Masche war?»

«Eine Masche?»

«Eine Tarnung. Eine Maske, unter der sie ihre wahren Gefühle versteckt hat.»

Potocki dachte nach. Es dauerte eine Weile, bis er die Frage begriffen hatte. Schließlich sagte er: «Sie denken, Anna hatte die Hoffnung, dass …»

Tron nickte. «Dass Sie nach dem Tod Ihrer Frau ein wenig Trost brauchen und die Zeit des Herrn dann vorüber ist.»

«Und deshalb hat sie …» Potocki riss die Augen auf und machte ein bestürztes Gesicht.

Tron beendete den Satz für ihn. «Hat sie diesen Mord begangen.»

Potocki schüttelte den Kopf. «Das glaube ich nicht. Dafür ist sie viel zu … wenig raffiniert. Außerdem weiß sie, wie sehr ich Konstancja geliebt habe.» Den letzten Satz hatte er wie im Schlaf gesprochen, langsam und mechanisch und ohne Tron dabei anzusehen. Sein Kopf schien wieder etwas lockerer auf dem Hals zu sitzen.

«Und hat sie bereits signalisiert, dass sie bereit wäre, Ihnen diesen Trost zu gewähren?»

Potocki zuckte die Achseln. «Wir reden praktisch nicht miteinander.» Er sah Tron mit traurigen Augen an. «Ich glaube es einfach nicht», sagte er müde. «Abgesehen davon, dass Troubetzkoy Sie auf diese Theorie gebracht hat. Und der hat ein großes Interesse daran, den Verdacht auf andere zu lenken.»

Tron lächelte. «Das weiß ich. Aber es ist eine Spur, der wir nachgehen.»

«Was haben Sie jetzt mit mir vor?» Potocki hörte sich nicht so an, als würde ihn die Antwort auf diese Frage sonderlich interessieren.

Tron richtete seinen Blick auf die Duellpistole – die Tatwaffe. Die sah aus wie ein Bühnenrequisit, eine Waffe, die man auch noch von der letzten Reihe im Parkett aus erkennen konnte.

Er stand auf, um zu signalisieren, dass das Gespräch beendet war. «Nichts», sagte er. «Sie können gehen.»

«Glauben Sie ihm, Commissario?» Bossi hatte die Tür hinter Potocki geschlossen und sah Tron ernst an.

«*Er* kann den Mord *nicht* begangen haben», sagte Tron. «Als ich mit ihm auf der Treppe stand, hat seine Frau noch Chopin gespielt. Potocki hat das perfekteste Alibi der Welt.»

«Vielleicht hat er ja mit Anna Kinsky unter einer Decke gesteckt.»

«Das ist eine Behauptung Troubetzkoys. Es überrascht mich, dass Sie ihm glauben.»

«Dr. Lionardo hat gemeint, dass dieser Mord auch von einer Frau begangen sein könnte», sagte Bossi.

«Weil man nicht viel Kraft dazu braucht, wenn die Schlinge erst einmal um den Hals liegt. Aber ich glaube es trotzdem nicht. Frauen benutzen in der Regel Gift, wenn sie jemanden töten wollen. Jemanden zu erdrosseln entspricht nicht ihrem sanften Naturell.»

Wie bitte? Was hatte er da gesagt? Ein völlig unsinniger Satz, dachte Tron, der auf der Stelle zu einem langen Vortrag der Principessa geführt hätte. Tron konnte direkt ihre Stimme hören. *Bleib sitzen, Tron. Ich bin noch nicht fertig.* Aber Bossi, der weder die Principessa noch die Contessa näher kannte, schluckte ihn.

«Dann war es also Troubetzkoy, der Konstancja Potocki getötet hat», sagte Bossi. «Weil sie irgendetwas wusste.»

«Was eine runde Lösung des Falls ergeben würde.»

Bossi nickte. «Wir würden uns, was den Täter angeht, nicht so verzetteln.»

Einen Moment lang war Tron sich nicht ganz sicher, ob Bossi das ernst gemeint hatte. Aber normalerweise neigte der Sergente im Dienst nicht zu scherzhaften Bemerkungen.

«Jedenfalls», sagte Tron, «werden wir mehr wissen, wenn die Königin die Fotografie von Kostolany gesehen hat.»

Bossi, der die Hand bereits auf der Klinke hatte, drehte sich noch einmal um. «Für einen Mann, der so hinüber war, hat Potocki erstaunlich deutlich gesprochen.»

«Was soll das heißen?»

Bossi zuckte die Achseln. «Es fiel mir nur auf.»

39

Der gut gekleidete Herr, dem eine üppige Cattleya im Knopfloch einen Einschlag ins Künstlerische gab, stand auf der Fondamenta Nuove und warf einen wohlwollenden Blick auf den Abendhimmel über der westlichen Lagune. Dieser hatte sich rötlich verfärbt und erinnerte ihn ein wenig an eine Bühnendekoration. Fast alles hier in Venedig erinnerte ihn an eine Bühnendekoration.

Die Sonne selbst hatte sich bereits über den westlichen Horizont davongemacht, und er stellte sich vor, wie sie mit rasender Geschwindigkeit die Erdkugel umrundete, um dann am nächsten Morgen auf der anderen Seite der Stadt wieder aufzutauchen. Was natürlich so nicht stimmte, denn in Wirklichkeit war es die *Erde*, die sich bewegte, sich irgendwie, äh ... *drehte?* In der Schule hatte man davon gesprochen, aber der Lehrer war eilig darüber hinweggegangen, hatte es fast vertuscht, so als wäre es unschicklich, darüber zu reden. Und war da nicht noch etwas mit einer schiefen Erdachse? Das hatte er nie verstanden. Schief in Bezug auf was? Kein Wunder jedenfalls, dachte er, dass ihn hin und wieder dieses Schwindelgefühl überkam.

Kaum zweihundert Schritte von ihm entfernt ragten die Mauern von San Michele, der Friedhofsinsel, aus dem Wasser der Lagune heraus – unvenezianisch klar, wie von Gentile Bellini mit einem spitzen Bleistift gezeichnet. Eine Gondel glitt lautlos vorüber, und ein paar Möwen flogen über seinen Kopf hinweg. Er schloss die Augen, und plötzlich wusste er, dass es sich gleich ereignen würde. Geriet man in die richtige Stimmung, geschah alles wie von selbst. Er ließ sich auf den Stufen der Ponte dei Gesuiti nieder und zog sein Notizbuch hervor, gerade noch rechtzeitig, um die Vision festzuhalten: eine Abfolge von Wörtern, prächtig, leuchtend und aufgereiht wie kostbare Perlen auf einer Schnur. Er kramte einen Bleistift aus der Innentasche seines Gehrocks und leckte ihn vorsichtig an. Dann schrieb er den Anfang seiner Geschichte, ohne ein einziges Mal abzusetzen:

Der Sommerabend hatte begonnen, die Welt in seine geheimnisvolle Umarmung zu nehmen. Fern, weit im Westen, ging die Sonne unter, und die letzte Glut des nur allzu schnell entschwindenden Tages weilte lieblich noch auf See und Strand und nicht zuletzt auf dem stillen Kirchlein, dem von Zeit zu Zeit die Stimme des Gebetes entströmte.

Entströmte eine Stimme? War das das richtige Wort? Nein – eigentlich nicht. Aber das mit dem Kirchlein war ihm regelrecht aus dem Bleistift geströmt, und vielleicht hatte er deshalb dieses Wort benutzt. Auf jeden Fall gefiel ihm die Formulierung *weilte lieblich noch auf See und Strand*. Er fand, sie hatte einen gefühlvollen Schwung und verlieh dem verlöschenden Tag, dem Sterben des Lichtes etwas Versöhnliches. Und war es nicht das, worum es immer wieder ging? Den Schmerz des Abschieds – den Tod – mit Hilfe der Kunst in etwas zu verwandeln, das uns trotz all seiner Grausamkeit durch die Originalität des Gedankens und die Raffinesse der Ausführung entzückte? Und war ihm das nicht bereits dreimal in vorbildlicher Weise gelungen? Wieder kam ihm schmerzlich zu Bewusstsein, dass er der Einzige war, der wusste, welche Kunstwerke er geschaffen hatte.

Vielleicht, dachte er, sollte er irgendwann seine Memoiren zu Papier bringen. Oder sollte er zuerst seine Memoiren schreiben und dann sein Leben nach den Memoiren gestalten? Das war eine interessante Frage. Während er langsam die Fondamenta entlanglief, die an der Sacca della Misericordia endete, dachte er darüber nach und kam zu dem Schluss, dass dies die entschieden bessere Reihenfolge war. Ließ man das Leben einfach so abrollen, konnte man nie sicher sein, was für ein Stoff sich für die Memoiren ergab. Schrieb man jedoch zuerst die Memoiren, dann war das Leben bereits eingesammelt, gewissermaßen unter Dach und Fach – was konnte da noch schief gehen? Auf jeden Fall war diese Reihenfolge wesentlich künstlerischer. Und hieß es nicht schon im Buch der Bücher: *Am Anfang war das Wort …?*

Jetzt hatte er das Ende der Fondamenta Nuove erreicht und stand vor dem quadratischen Wasserbecken der Sacca della Misericordia. Als er den Kopf drehte, sah er einen blassen Halbmond am östlichen Horizont aufgehen. Perfekt. Es würde weder zu hell noch zu dunkel sein. Sein Plan sah vor, nicht erkannt zu werden, aber im Grunde, dachte er, kam es nicht darauf an. Es würde ohnehin keine Zeugen geben. Jedenfalls keine überlebenden Zeugen. Seine Uhr zeigte ihm, dass es Punkt zehn war. In einer guten Stunde wäre alles erledigt.

Nachdem klar geworden war, dass es keine andere Lösung gab, hatte er ihn die letzten fünf Tage sorgfältig beobachtet. Die Idee, es wie einen Unfall aussehen zu lassen, hatte er wieder aufgegeben. Zwar entsprach ein Vorgehen, bei dem nicht nur der Mörder unentdeckt blieb, sondern auch die Tat selbst, in hohem Maße seinen künstlerischen Vorstellungen. Aber dieser Tron und sein Sergente waren keine Dummköpfe, und je raffinierter er die Sache inszenierte, desto leichter konnte ihm ein Fehler unterlaufen. Entscheidend war eigentlich nur, dass es schnell ging und es kein Geschrei gab. Schon das war eine Kunst.

Als er herausgefunden hatte, was ihn jede zweite Nacht zum Rio della Sensa trieb, in eine schäbige Pension, die den putzigen Namen Pensione Apollo trug, wäre er fast in Gelächter ausgebrochen. Aber überrascht war er eigentlich nicht gewesen. Den zackigen Soldaten hatte er ihm nie ganz abgenommen. Und waren ihm nicht bereits vor Jahren entsprechende Gerüchte zu Ohren gekommen? Auch hatte es ihn nicht überrascht, dass eine gewisse Regelmäßigkeit bei diesen Besuchen erkennbar war. Dreimal hatte er das Hotel gegen halb elf verlassen, war zum Molo gelaufen, um sich eine Gondel zu nehmen, die ihn an der Fondamenta di San Felice absetzte. Von dort aus ging er zu Fuß zur Pensione Apollo – ein Weg von ungefähr fünf Minuten. Genau in diesen fünf Minuten müsste es geschehen.

Heute Morgen hatte er alle möglichen Varianten durchgespielt und war dann zu dem Schluss gekommen, dass es besser war, sich ein paar Dutzend Schritte lang an seine Fersen zu heften, als ihm hinter irgendeiner Ecke aufzulauern. Er würde Schritte hinter sich hören, Schritte, die sich näherten, aber das war noch lange kein Grund, sich umzudrehen und auf Gefechtsstation zu gehen.

Er hob den Kopf und sah, dass der Sonnenuntergang am westlichen Horizont zu einem schmalen, matt schimmernden Band zusammengeschrumpft war. Der nächtliche Himmel darüber wirkte wie eine große Leinwand, auf die niemals etwas Böses oder Grausames gemalt worden war. Er starrte noch einen Augenblick lang auf den schwarzen Wasserspiegel der Sacca della Misericordia, dann setzte er sich langsam in Bewegung und bog nach ein paar Schritten in die Calle Lunga Santa Caterina ein. An der Brücke, die über den Rio di San Felice führte, würde er im Schutz des Sottoportego dei Tagliapiera auf ihn warten – die matte Ölfunzel am Fuß der Brücke würde ausreichen, um ihn zu erkennen. Ohne Überraschung stellte er fest, dass sich sein Puls und sein Atem ein wenig beschleunigt hatten, und fast genoss er es. Bei Bühnenkünstlern nannte man das Lampenfieber.

Zwei Minuten später hatte er seinen Posten im *sottoportego* bezogen, und pünklich um halb elf tauchte der Oberst auf – er hörte den militärischen Takt seiner Absätze, schon bevor sich Orlow im trüben Licht der Ölfunzel zeigte. Er ließ ihm zehn Schritte Vorsprung, bevor er ihm folgte. Orlow überquerte die kleine Landzunge, die in den Canale della Misericordia hineinragte, doch anstatt geradeaus zum Rio della Sensa zu laufen, bog er nach rechts ab. Am Ende der Fondamenta della Misericordia blieb er stehen und zog etwas aus der Tasche seines Gehrocks. Ein Streichholz leuchtete kurz in der Dunkelheit auf – na bitte, der Oberst gönnte sich noch eine Zigarette. Die *letzte Zigarette* – vielleicht in Vorfreude auf die Genüsse, die ihn in der Pensione Apollo erwarteten, oder vielleicht – der Oberst schien den Kopf in den Nacken gelegt zu haben – weil ihn der Mond und das unwahrscheinliche Sternengesprengsel über der nördlichen Lagune faszinierten: die Milchstraße, der Schwan, dieses unvollendete Kreuz, und Andromeda, das fliegende V mit der kleinen Staubflocke am zweiten Stern. War es denn, dachte er, wirklich so schlimm, was dem Oberst jetzt bevorstand? Er selbst jedenfalls hätte einen schnellen Tod einem qualvollen Sterben auf dem Schlachtfeld jederzeit vorgezogen.

Er setzte sich in Bewegung und näherte sich Orlow mit langsamen, leicht schlurfenden Schritten, die harmlos klangen und nach denen sich der Oberst nicht umdrehen würde. Dabei zog er den Lederriemen aus der Tasche, nahm den einen Holzpflock in die rechte, den anderen in die linke Hand und hielt beide Arme vor den Körper. Orlow stand immer noch hart an der Kaimauer, rauchte seine *letzte Zigarette* und bewegte sich nicht. Wunderbar. Wenn der Oberst sich weiterhin nicht rührte, könnte er ihn einen leichten Tod sterben lassen.

Zwei schnelle Schritte brachten ihn hinter Orlows Rücken, und vermutlich wäre sein Unternehmen wie ein Schweizer Uhrwerk abgelaufen, hätte Orlow nicht in diesem Moment seine Zigarette zum Mund geführt. Das lederne Band blieb an Orlows Ellenbogen hängen, und der Oberst wirbelte erstaunlich schnell herum. Einen Augenblick lang begegneten sich ihre Augen, und während er das Rasiermesser aus der Tasche zog, fragte er sich, ob Orlow ihn erkannte, aber im Grunde spielte es keine Rolle. Das Rasiermesser schoss in einem kurzen, kraftvollen Bogen nach oben, verfehlte Orlows Kehle, aber es schlitzte ihm die Stirn über der linken Augenbraue bis auf die Knochen auf. Der Oberst stieß einen spitzen Schrei aus, und er hieb zum zweiten Mal nach seiner Kehle. Aber trotz des Schocks, unter dem der Oberst stand, zog er den Kopf so schnell zurück wie eine Klapperschlange und streckte ihm seine rechte Hand mit nach außen gerichteter Fläche entgegen. Die Klinge fuhr durch die Basis aller vier Finger und durchtrennte die Sehnen. Im Halbdunkel des Mondlichtes sah er Zeige-, Ring- und Mittelfinger wie schläfrige Marionetten nach vorne kippen. Plötzlich fielen auch Orlows Arme schlaff nach vorne, so als hätte er ihm auch die Muskulatur seiner Arme durchtrennt. Der Oberst – es war nicht klar, ob er wirklich begriffen hatte, was mit ihm geschah – hob unvorsichtigerweise den Kopf, und der dritte Hieb, mit aller Kraft von der Seite geführt, riss seine Kehle förmlich auf. Orlow fiel mit einem dumpfen Poltern auf die Kaimauer, dann drehte er sich mit einem gurgelnden Stöhnen auf die rechte Seite, um zu sterben.

Als er sich bückte, konnte er sehen, dass Orlows Herz immer noch hektisch Blut aus der klaffenden Halswunde pumpte – Blut, das in einem dunklen, glänzenden Strom die Kaimauer herablief. Dann versiegte der Blutstrom plötzlich, und Orlow war tot. Er wischte sich die blutigen Hände an Orlows Gehrock ab und stand auf. Ein Gedicht fiel ihm ein:

> *He cut his throat from ear to ear*
> *His brains he battered in:*
> *His name was Mr. William Weare,*
> *He dwelt in Lyons Inn.*

Nein, das waren keine übermäßig geistreichen Verse.
Aber dass er sich jetzt – in dieser Situation – überhaupt
an Verse erinnern konnte, erfüllte ihn mit Stolz. Es zeigte,
dass er weit davon entfernt war, die Nerven zu verlieren.
Offenbar traf es zu, was er einmal gelesen und sich gemerkt hatte: dass im Herzen eines jeden Künstlers ein Eissplitter steckt. Zwar fiel ihm nicht ein, wo er das gelesen
hatte, aber es war ein Satz, dem er mit ganzem Herzen
zustimmte.

Orlows rechter Arm hing bereits über der Kaimauer,
und es reichte ein kleiner Fußtritt, um ihn in die Sacca
della Misericordia zu befördern. Der Wasserspiegel riss
auf und kräuselte sich zu zierlichen Wellen, die ein paar
Augenblicke lang im Mondlicht glitzerten. Die steigende
Flut würde verhindern, dass Orlows Leiche in die offene
Lagune trieb. Das war genau das, was er wollte, denn so
würde irgendjemand die Leiche im Laufe des Vormittags
finden – und dann öffnete sich der Vorhang für das große
Finale.

40

Er hielt sich dicht neben ihr – nicht weil er fürchtete,
sie in der Dunkelheit zu verlieren, sondern weil er den
Geruch (Jasmin?) mochte, der von ihr ausging und sich
mit dem Duft des Rosenstraußes vermischte, den er in
der Hand hielt. Dass sie damit einverstanden gewesen war,
sich nach der Vorstellung von ihm nach Hause begleiten
zu lassen, hatte ihn nicht überrascht. Bouquets aus duf-
tenden Rosen verfehlten ihre Wirkung selten. Der Strauß
hatte ihn wieder einiges gekostet, aber, dachte er, *von*

nichts kommt nichts. Jetzt trug er die Rosen in der linken Hand, während sich die rechte in Bereitschaft hielt, um in Momenten der Gefahr ihren Arm zu ergreifen – etwa beim Überqueren einer Brücke. Da *musste* er ihren Arm ergreifen, denn wie leicht könnte sie über das Geländer stürzen und in einem dieser *rios* versinken. Er hoffte, dass sie möglichst viele Brücken überquerten. Wenn die Brücken dicht aufeinander folgten, würde er ihren Arm sicherheitshalber nicht mehr loslassen.

Er hatte sie vor einer Woche auf der Bühne des Malibran entdeckt: eine niedliche Zofe, klein, brünett, mit kohlschwarzen Augen, die im zweiten Akt den unsterblichen Satz sprechen durfte: *Frau Gräfin, es ist angerichtet.* Das war nicht gerade eine Rolle, die man groß ausbauen konnte, aber vermutlich lag das auch nicht in ihrer Absicht. Ihren Namen herauszufinden war kein Problem gewesen. Zwei Tage später hatte er ihr das erste Bouquet in die Garderobe geschickt, am Bühnenausgang des Malibran auf sie gewartet und sich nach einer stummen Verbeugung entfernt. Das Bouquet, das er ihr am nächsten Tag in die Garderobe geschickt hatte, war ein wenig größer gewesen, und diesmal hatten sie nach der Vorstellung ein paar Worte gewechselt. Ein weiterer Strauß würde sie erfreuen, hatte sie lächelnd angedeutet, und jetzt gingen sie, Seite an Seite, fast schon wie alte Bekannte, durch einen Teil Cannaregios, den er vorher noch nie betreten hatte. Zehn Minuten würde es bis zu ihrer Wohnung dauern, hatte sie gesagt, aber ihm erschien es so, als liefen sie mindestens schon eine halbe Stunde durch immer wieder neue Calles und Campiellos.

Ob sie ihn wohl in ihre Wohnung bitten würde? Er bezweifelte es. Wenn nicht, wäre das allerdings durchaus keine Katastrophe, denn seine Abreise war erst für die übernächste Woche geplant, und erfahrungsgemäß brauchte er drei Vorbereitungstreffen, um ans Ziel seiner Wünsche zu gelangen. Er rechnete damit, dass er irgendwann in der nächsten Woche ihre Wohnung besichtigen durfte – mit allem Drum und Dran.

Heute Morgen im Hotel hatte es bereits vor dem Frühstück einen hässlichen Streit gegeben. Ob er denn gedenke, hatte sie ihn gefragt, in *Sockenhaltern* am Frühstückstisch zu sitzen, wenn serviert werde? Es verstand sich von selbst, dass es bei diesem Streit nicht um die Sockenhalter gegangen war. Die Sockenhalter waren – wie sagte man? – lediglich die Spitze eines Eisberges. Der Eisberg selbst war das Misstrauen, das sie ihm in letzter Zeit immer unverhohlener entgegenbrachte. Als ob ein Mann in seiner Position es vermeiden konnte, auch hin und wieder abends einen geschäftlichen Termin wahrzunehmen.

Natürlich hatten sich diese speziellen geschäftlichen Termine – das musste er zugeben – in den letzten beiden Jahren ein wenig gehäuft, und er hatte jetzt immer öfter das Gefühl, als würde sie regelrecht darauf lauern, einen Beweis für seine Untreue in Händen zu halten. Und das wäre äußerst fatal für ihn. Weil ihr Vater, der ihn immer schon für einen Mitgiftjäger gehalten hatte, keine Sekunde zögern würde, ihn ... Mein Gott, er durfte gar nicht daran denken.

Dabei stimmte es nicht, dass er sie damals nur ihres Geldes wegen geheiratet hatte. Als leidenschaftlichen Kavalleristen hatte ihn ihre äußere Erscheinung zunächst durchaus angezogen: ihr kräftiger Knochenbau, ihr melancholisches, an edle Pferde erinnerndes Gesicht, ihr wieherndes Lachen und ihre mahlende Art zu kauen, so als würde sie den Mund voller Hafer haben. Nur dass der

Zauber des Anfangs rasch verflogen war und mittlerweile andere Dinge störend in den Vordergrund getreten waren: ihre Angewohnheit, mit einem schlürfenden Geräusch an ihren großen Schneidezähnen zu saugen, ihr penetrantes Schnarchen, die Cognacs vor dem Mittagessen, ihre ständigen Nörgeleien wegen seiner Sockenhalter. Und seit einiger Zeit dieses krankhafte Misstrauen.

Äh, wie? Was hatte sie eben gesagt? Aha, nach links also. Er lächelte galant, und sie bogen in eine weitere, dunkle Calle ein, überquerten einen Campiello und gelangten schließlich auf eine schmale Fondamenta, die von zweistöckigen, selbst in der Dunkelheit ärmlich aussehenden Häusern gesäumt wurde. Ihre Schultern hatten sich bisweilen – zufällig? – berührt, was jedes Mal ein prickelndes Gefühl in seiner Magengrube ausgelöst hatte. Natürlich, dachte er, könnte er sie auch einfach an sich reißen und sie küssen. So wie er es mit der kleinen Tänzerin vom Tschechischen Nationalballett gemacht hatte. Oder war es die Logenbeschließerin aus dem Budapester Opernhaus gewesen? Die Rothaarige mit dem Sprachfehler? Nein, die hatte ihm eine gescheuert. Also war es in Prag gewesen, wo sich diese Methode als außerordentlich erfolgreich erwiesen hatte, nach einer sehr schönen Aufführung der ... Wie? Jetzt hatte sie etwas gesagt, was er nicht verstanden hatte. Ob er was? Ob er Lust habe, die paar Schritte zur Lagune zu gehen, um den Mond zu betrachten, wollte sie wissen. Er nickte. Ja, sicher. Na, wenn sich das nicht verheißungsvoll anhörte. Obwohl eine Brücke mit gefährlichen Stufen noch nicht einmal in Sicht war, ergriff er ihren Arm, so als wäre es nötig, ihr über das völlig ebene Pflaster zu helfen. Das war keineswegs erforderlich, aber sie schüttelte seine Hand nicht ab, was ebenfalls ein gutes Zeichen war.

Sie überquerten eine kleine Brücke, was ihm die Gelegenheit gab, den Druck seiner Hand zu verstärken. Dann wandten sie sich nach links und standen nach ein paar Schritten an einer Art Kaimauer, hinter der die nördliche Lagune lag. Der Mond – *la luna* – hing bleich und käsig über dem Wasser und erinnerte ihn an einen durchgeschnittenen *Bleu de Bresse*, somit an seinen letzten Aufenthalt in Paris und an die kleine Kellnerin aus dem *Moulin de la Galette*, die sich erstaunlich leicht ... Wie bitte? Was wollte sie jetzt von ihm wissen? Ob ihn der Anblick des Mondes auch immer in eine melancholische Stimmung versetzte? Ja, natürlich. Weil ihm jetzt auch der Ehemann der kleinen Kellerin einfiel und wie der total unerwartet ... Da wurde er gleich total melancholisch. Er nickte.

Allerdings musste er zugeben, dass sie Recht hatte. Der Mond war wirklich sehenswert. Der wirkte auf das Gemüt. Und die ganzen Sterne – sagenhaft! Gab es in Wien auch so viele Sterne? Hier jedenfalls bedeckten sie in unterschiedlicher Verteilung den ganzen Himmel – Myriaden von Gulden und Goldmarkstücken, die in keinen Safe der Welt passen würden. Mein Gott, dachte er, wenn er doch nur ein paar von diesen Gulden und Goldmarkstücken auf seinem Privatkonto hätte! Dann würde er *jeden* Abend geschäftlich unterwegs sein und hätte es nicht nötig, sich Vorträge über Sockenhalter anzuhören.

Ob er jetzt ein paar gefühlvolle Worte zum Mond sagen sollte? Zu diesem halben *Bleu de Bresse*? Oder reichte es, leise zu seufzen? Oder sollte er ihr einfach ... Geld anbieten? Auch eine Möglichkeit. Obwohl er eigentlich nicht den Eindruck hatte, dass sie zu der Sorte ...

Und da er sich nicht entscheiden konnte, beschloss er, eine Zigarette zu rauchen. Ob sie wohl etwas dagegen hätte, wenn er sich ...? Nein, hatte sie nicht. Also löste er

seine Hand von ihrem Arm und zündete sich eine Zigarette an.

Im Nachhinein betrachtet, war es das Streichholz, das
alles in Gang setzte. Das Streichholz trudelte herab, und
bevor es erlosch, fiel ein schwacher Lichtschein auf einen
blitzenden Gegenstand, der unmittelbar vor seinen Füßen
lag. Natürlich hätte er diesen Gegenstand (eine Goldmünze?) einfach ignorieren können. Aber nach einer
vom Himmel gefallenen Goldmünze musste man sich einfach bücken. Also tat er es – oder *hätte* es getan, wenn sie
nicht gesagt hätte: «Lassen Sie es mich aufheben.»

Äh, wie bitte? *Seine* Münze? Die *er* zuerst gesehen
hatte? Nein, das war nicht korrekt, aber wahrscheinlich
wusste sie es nicht besser. Als Kavalier blieb ihm jedenfalls nichts anderes übrig, als zustimmend zu nicken. Sie
bückte sich, griff gierig nach *seinem Eigentum*, richtete
sich wieder auf, und er sah, dass sie keine Münze, sondern eine Art Klappmesser in der Hand hielt – ein Rasiermesser. Und dann sah er, dass die Klinge voller Blut
war. Das Erste, was er anschließend registrierte, war das
Geräusch, mit dem das Messer zu Boden fiel, und ihre
in Panik weit aufgerissenen Augen. Das Zweite war der
Schrei, der aus ihrer Kehle kam. Er war schrill, hysterisch
und so laut, dass es in seinen Ohren schmerzte, ihn zu
hören.

Sie schrie immer noch, als die beiden Sergentes einer
Militärpatrouille aus dem Dunkel stürmten. Dass er
gerade versucht hatte, seine Hand auf ihren Mund zu
pressen, machte keinen guten Eindruck auf die Sergentes.
Es machte auch keinen guten Eindruck, dass er in einer
Blutlache stand und vor seinen Füßen ein Rasiermesser
lag. Und was die Sergentes danach entdeckten, machte
einen geradezu verheerenden Eindruck. Als sie ihm den

Arm auf den Rücken drehten, fragte er sich, was es ihn wohl kosten würde, diese Geschichte unter der Decke zu halten.

41

Die Nachricht Bossis erreichte Tron beim Frühstück mit der Contessa. Das Frühstück, eingenommen im Gobelinzimmer, der *sala degli arazzi*, hatte aus ein paar harten Weißbroten, dünnem Kakao und einem längeren Vortrag der Contessa über die Vorzüge des *Pressglases* bestanden – gehalten mit der augenrollenden Inbrunst einer Konvertitin. Glaubte man den Worten der Contessa, dann war praktisch alles aus Pressglas herzustellen. Selbstverständlich zu minimalen Kosten. Die Profite würden exorbitant sein, der Kakao im Palazzo Tron dann so dick, dass der Löffel in ihm stand, und Alessandro (der gerade wässrigen Kakao nachgeschenkt hatte) würde ganze *Regimenter* von uniformierten Dienern *kommandieren*. Tron war aufgefallen, dass das Vokabular der Contessa in den letzten Monaten immer militärischer geworden war. Wenn die Contessa augenrollend über Glas sprach (und sie sprach praktisch über nichts anderes mehr), redete sie wie ein General, der gerade im Begriff war, eine Schlacht auszufechten. Es ging nicht darum, Gläser und Vasen zu verkaufen, sondern einen *Zangenangriff* zu organisieren, in dem die Konkurrenz *ausblutete*. Wie hatte sie vor ein paar Tagen zu ihm bemerkt? Ja, richtig. *Märkte erobern heißt Krieg führen.*

Im Vestibül salutierte Sergente Valli, ohne Tron anzusehen – so hatte er es beim Militär gelernt –, und überreichte ihm einen zusammengefalteten Bogen. «Von Sergente Bossi, Commissario.»

Bossis Mitteilung war kurz, aber sie hatte es in sich. Sie lautete: *Orlow ist tot. Näheres in der Questura.*

«Eine Militärpatrouille hat ihn mit durchgeschnittener Kehle aus der Sacca della Misericordia gefischt», sagte Sergente Bossi eine halbe Stunde später zu Tron auf der Questura. «Die Soldaten sind einer schreienden Frau zu Hilfe geeilt, die von einem Mann bedroht wurde. Sie standen in einer Blutlache. Dann haben die Soldaten gesehen, dass auch die Steinkante des Kais voller Blut war, und Orlows Leiche entdeckt. Die Flut hat Orlow an die Kaimauer gedrückt.»

«Und was ist danach passiert?»

«Einer der beiden Soldaten hat Verstärkung geholt. Als die Männer da waren, haben sie die Leiche Orlows ins Ognissanti gebracht und die Frau und den Mann in die Kaserne an der Dogana. Die Frau wurde nach dem Verhör freigelassen. Orlow hatte seine Papiere bei sich. Deshalb konnten sie ihn identifizieren.»

«Hat der Mann diese Frau nun bedroht oder nicht?»

«Er hat sie nicht bedroht. Es war ein Missverständnis.»

«Und wo ist der Mann jetzt?»

«Unten im Arrest», sagte Bossi. «Sie wollten ihn nicht in der Kaserne behalten, ihn aber auch nicht freilassen. Also haben sie ihn heute Morgen in die Questura gebracht. Zusammen mit einem Überstellungsprotokoll, in dem der Name des Toten, der Frau und des Mannes stehen.» Bossi machte eine Pause und sah Tron einen Moment lang vergnügt an. Dann sagte er schwungvoll: «Bei der Frau handelt es sich um Signorina Violetta.»

Das war eine Mitteilung, die ein paar Sekunden

brauchte, um den Weg von Trons Ohren zu seinem Gehirn zurückzulegen. «Signorina Violetta? Die mit dem *gut
situierten Herrn* unterwegs war? Zu ihrer Wohnung? Und
die wir nach der Vorstellung nicht aus den Augen lassen
sollten?»

Bossi lächelte. «Die wir auch nicht aus den Augen gelassen *haben*, Commissario. Nur hat sich unser Informant
zurückgezogen, als die Patrouille aufgetaucht ist.» Tron
fragte sich, ob Bossi, ebenso wie er selbst, davon überzeugt
war, dass es diesen Informanten tatsächlich gab, wenn er
über ihn sprach.

«Ob Spaur das glauben wird?»

«Die Vorstellung war gegen elf beendet. Zwanzig Minuten später sind die beiden aufgegriffen worden. Signorina Violetta und ihr Verehrer können also nur langsam
zur Sacca della Misericordia spaziert sein. Mehr wird in
dem Bericht für Spaur auch nicht stehen. Auf jeden Fall
haben wir jetzt den Namen des *gut situierten Herrn*.»

«Hat sich irgendjemand über den Zeitpunkt der Tat Gedanken gemacht?»

Bossi warf einen Blick auf das Blatt Papier, das er in
der Hand hielt. «Auf dem Überstellungsprotokoll für den
Begleiter von Signorina Violetta ist eine kurze Notiz des
Dienst habenden Arztes», sagte er. «Orlow hat höchstens
eine Stunde im Wasser gelegen.»

«Also ist er zwischen halb elf und elf ermordet worden.
Wahrscheinlich auf dem Weg zur Pensione Apollo. Was
hätte er sonst in dieser Gegend zu suchen? Sie sagten, dass
er seinen Pass bei sich hatte. Ist er beraubt worden?»

Bossi schüttelte den Kopf. «Er hatte ziemlich viel Geld
in seiner Brieftasche.»

«Ein Raubmord ist es also nicht gewesen.»

«Aber was war es dann?»

Tron wusste, was Bossi hören wollte, aber er zog es vor, sich vorsichtig auszudrücken. Er sagte: «Mich würde interessieren, ob Troubetzkoy für die Tatzeit ein Alibi hat.»

Womit für Bossi bereits alles klar war. «Sie meinen, er hat nach dem Mord an Kostolany alle Zeugen aus dem Weg geräumt? Einen nach dem anderen? Erst den Pater, dann die Potocki – die irgendetwas gewusst haben muss – und jetzt den Oberst?»

Tron lächelte. «Ich weiß nicht, ob es so gewesen ist, Bossi. Es wird alles davon abhängen, was die Königin zu dem Bild des toten Kostolany sagt. Wenn sie uns erklärt, dass sie diesen Mann noch nie gesehen hat, wissen wir, dass jemand anders in die Rolle von Kostolany geschlüpft ist. Nachdem dieser Jemand Kostolany vorher ermordet hat.»

«Werden Sie dann mit Troubetzkoy reden?»

«Ja, sicher. Aber vorher rede ich mit der Königin.» Tron warf einen Blick auf seine Repetieruhr. «Wenn sie mit dem Lloyddampfer gekommen ist, müsste sie bereits wieder in der Stadt sein. Über Troubetzkoy denke ich anschließend nach.»

Bossi erhob sich und legte einen großen braunen Umschlag auf den Schreibtisch. «Hier sind die Fotografien.»

Tron unterdrückte den Impuls, den Umschlag zu öffnen und einen Blick auf die Bilder zu werfen. Ob sie sehr schockierend aussahen? Eine müßige Überlegung, denn ihm blieb ohnehin keine andere Wahl, als die Bilder der Königin zu zeigen. Und Maria Sofia di Borbone, die das Blutbad miterlebt hatte, das die piemontesische Artillerie in der Festung Gaeta angerichtet hatte, würden ein paar Fotografien eines toten Kunsthändlers kaum aus dem Gleichgewicht bringen. Ob sie der Tod von Orlow schockieren würde? Auch das bezweifelte Tron. Und wenn, dann würde sich ihr Schock schnell legen – spätestens nachdem sich herausgestellt hatte, welches schmutzige Spiel der Oberst gespielt hatte.

«Was machen wir mit dem Mann, den wir unten im Arrest haben?», wollte Bossi noch wissen.

Mann? Arrest? Ja, richtig. Bossi meinte den *gut situierten Herrn*, der unten im Arrest schmorte. Tron hatte ihn völlig vergessen. «Wir verhören ihn heute Nachmittag», sagte er. «Vielleicht hat er ja irgendetwas gesehen. Dann geben wir ihm sechs Stunden Zeit, um aus der Stadt zu verschwinden. Spaur sagte, es handelt sich um einen Fremden. Stimmt das?»

Bossi nickte. «Der Bursche kommt aus Wien. Spricht aber gut Italienisch.»

Tron gähnte. «Hat er einen Namen?»

Bossi konsultierte stehend seine Notizen. «Er ist seit einer Woche in der Stadt und heißt Leinsdorf.»

Äh, wie bitte? Tron riss den Kopf hoch und merkte hilflos, wie er vor den Augen des Sergente zu einer grotesken Pose der Verblüffung und des Unglaubens erstarrte. Bevor er sprechen konnte, musste er sich räuspern. «Bewohnt er eine Suite im Danieli?»

«Hat er jedenfalls behauptet.» Bossi sah Tron erstaunt an. «Kennen Sie den Mann, Commissario?»

Tron hoffte, dass sich seine Stimme einigermaßen normal anhörte. Er schüttelte den Kopf. «Nicht persönlich. Bringen Sie ihn hoch und behandeln Sie ihn höflich.»

Nein – seine Stimme hatte sich *nicht* normal angehört. Tron lehnte sich in seinem Sessel zurück und beschloss, den fragenden Blick Bossis zu ignorieren.

Leinsdorf *aus der Stadt zu ekeln*, wie Spaur es von ihm verlangt hatte, würde kein Problem sein, dachte Tron. Nicht unter diesen Umständen. Nach sechs Stunden Garnisonsarrest und zwei Stunden im Arrest der Questura würde Signor Leinsdorf nichts lieber tun, als ein Bad zu nehmen, anschließend seine Koffer zu packen und Venedig für ewig und immerdar aus der Liste seiner Reiseziele zu streichen. Nur: Was wurde dann aus den – wenn er die Principessa richtig verstanden hatte – *unterschriftsreifen* Kreditverträgen? Aus dem Tron-Glas? Aus seiner Heirat mit der Principessa? Aus seinem ganzen Leben?

Nein, eine schnelle Abreise Leinsdorfs kam nicht in Frage. Andererseits war unklar, wie Spaur sich am Montag verhalten würde. Könnte er der Versuchung erliegen, seinen Widersacher noch einige Tage im Kerker der Questura schmoren zu lassen? Spaurs Reaktion war nicht vorherzusagen, und Tron bezweifelte, dass Leinsdorf nach einem Aufenthalt in den Verliesen der Questura in der Stimmung sein würde, irgendwelche Verträge zu unterzeichnen. Also musste es schnell gehen – mit der Abreise Leinsdorfs und mit den Verträgen. Ideal, wenn Leinsdorf das Lloydschiff um Mitternacht nehmen würde, nachdem er vorher die Verträge unterzeichnet hatte. Und ideal wäre natürlich auch, dachte Tron seufzend, wenn ihm einfallen würde, wie das zu bewerkstelligen war. Wusste dieser Leinsdorf eigentlich von seiner Existenz? Wusste er, dass die Fürstin von Montalcino enge Beziehungen zu einem Commissario unterhielt, dessen Familienname *Tron* lautete?

Offenbar wusste er es nicht, denn sonst hätte er eine Bemerkung dazu gemacht, als Tron ihm fünf Minuten später seinen Namen nannte. Leinsdorf hatte auf der anderen Seite von Trons Schreibtisch Platz genommen, und seiner Miene war anzusehen, dass er sich nicht entscheiden konnte. Sollte er sich lautstark über seine Inhaftierung beschweren? Darauf hinweisen, dass er in Wien über einflussreiche Verbindungen verfügte? Oder sollte er lieber den Zerknirschten spielen und den Versuch machen, diese fatale Angelegenheit *von Mann zu Mann* zu regeln?

Ohne dass es einen Grund dafür gab, hatte Tron sich Direktor Leinsdorf immer als einen schwammigen Dicken mit einer Glatze vorgestellt. In Wahrheit aber war Leinsdorf eher hager, hatte volles Haar und entsprach in keiner Weise dem Klischee eines Bankbeamten. Er trug einen gut geschnittenen hellgrauen Gehrock, einen grauen Zylinderhut, dazu Gamaschen und Stiefel mit hohen Absätzen. Ein am Revers befestigtes Monokel ließ auf einen ehemaligen Militärangehörigen oder auf einen Reserveoffizier schließen. Sein Gesicht war bleich, die schwarzen, pomadeglänzenden Haare fielen ihm strähnig ins Gesicht, und seine Hose war voller verkrusteter Blutflecken – keine gute Basis für lautstarke Beschwerden.

«Eine böse Geschichte, Signor Leinsdorf», sagte Tron.

Leinsdorf lächelte nervös. «Ein Missverständnis, das sich hoffentlich schnell aufklären wird.»

«Laut Protokoll sind Sie in einer Blutlache festgenommen worden. Zu Ihren Füßen lag ein Rasiermesser, und einen Schritt von Ihnen entfernt trieb die Leiche eines hohen Offiziers.»

«Soll das bedeuten, dass ich in Haft bleibe?»

Tron hob betrübt die Schultern. «Wir müssen die Aussage von Signorina Bellini abwarten.»

«Und wann sagt sie aus?»

«Vielleicht Mitte nächster Woche.» Tron seufzte. «Das Problem besteht darin, dass wir die Kommandantura einschalten müssen, sobald Offiziere befreundeter Streitkräfte betroffen sind.»

«Die Militärpolizei?»

Tron nickte. «Es ist nicht auszuschließen, dass man Sie dann kurzfristig nach Verona verlegt. Aber das entscheidet der zuständige Militärstaatsanwalt.»

Leinsdorf, ohnehin bleich, wurde noch bleicher. «Aber wenn der Militärstaatsanwalt für diesen Fall zuständig ist – warum bin ich dann aus dem Garnisonsarrest in die Questura überstellt worden?»

«Vermutlich, um einen Teil der Verantwortung auf zivile Stellen abzuwälzen. Und weil es Gesichtspunkte gibt, die der zivile Sachverstand besser erfassen kann als der militärische.»

«Es ist also denkbar, dass man hier auf der Questura beschließt, mich nicht zu überstellen?»

Tron nickte. «Durchaus. Aber das wäre eine Entscheidung, die ich nicht treffen kann.»

«Wer kann sie treffen?»

«Der Polizeipräsident, wenn er Montagmittag wieder im Hause ist. Allerdings geht er möglichen Konflikten mit der Kommandantura gern aus dem Weg.»

«Und das heißt?»

«Dass er Sie wahrscheinlich überstellt.»

«Nach … Verona?»

Tron nickte. «In den Arrest des Hauptquartiers. Und dann ist es nicht auszuschließen, dass Militärstaatsanwälte aus Wien anreisen. In diesem Falle würde man auch Signorina Bellini nach Verona überstellen.»

«Großer Gott, wie lange soll denn das alles dauern?»

«Ein halbes Jahr vielleicht. Sie kommen aus Wien?»

Leinsdorf nickte.

«Wenn Sie Glück haben», sagte Tron, «könnten Sie während der Untersuchung in Wien inhaftiert werden.» Er schickte ein aufmunterndes Lächeln über den Tisch. «Dann könnten Ihre Angehörigen mit Ihnen in Kontakt bleiben.»

Das war eine Mitteilung, die ihre tröstliche Wirkung auf Leinsdorf völlig verfehlte. Er seufzte. «Commissario, darf ich ganz offen mit Ihnen sprechen?»

«Selbstverständlich.»

«Ich nehme an, bei einer solchen Ermittlung wird es sich nicht vermeiden lassen, dass die Umstände zur Sprache kommen, unter denen ich arretiert wurde», sagte Leinsdorf.

«Ich fürchte, das wird sich tatsächlich nicht vermeiden lassen.»

«Nun, meine Frau …»

«Ja?»

Leinsdorf stieß einen langen – Tron vermutete seit Jahren aufgestauten – Seufzer aus. «Sie ist sehr sensibel. Und sie macht sich … zu viele Gedanken.» Er räusperte sich und betrachtete ausgiebig seine Finger, so als wäre er erstaunt darüber, dass er nicht sechs, sondern nur fünf Finger an einer Hand hatte. «Ich hatte ihr gesagt», fuhr er dann zögernd und immer noch auf seine Finger starrend fort, «dass ich einen wichtigen geschäftlichen Termin habe. Wenn sie nun erfährt, dass ich mit einer jungen Dame aufgegriffen worden bin, dann …» Wieder stieß Leinsdorf einen Seufzer aus, um dann fortzufahren: «Dann wäre das leider nicht das erste Missverständnis dieser Art. Sie könnte sich an das Sprichwort mit dem Krug und dem Brunnen erinnert fühlen. Und das könnte bewirken, dass sie sich ein bisschen …»

«Dass sie sich ein bisschen *de trop* fühlt?»

Leinsdorf nickte. «Außerdem arbeite ich in der Bank ihres Vaters. Und der könnte sich ...» Auch diesen Satz konnte er nicht beenden. Entsetzen ließ seine Gesichtszüge entgleisen.

Tron lehnte sich über den Tisch und lächelte verständnisvoll. «Ebenfalls *de trop* fühlen?»

Leinsdorf ließ seinen Kopf nach vorne sacken − seine momentane Art zu nicken. Tron fand, er sah aus wie ein Mann, der auf dem Boden einer tiefen, schlammigen Grube hockt und jede Hoffnung auf Befreiung aufgegeben hat.

Tron beschloss, dass ein stutzendes Stirnrunzeln der angemessene Gesichtsausdruck für seinen nächsten Zug sein würde. Also runzelte er die Stirn und warf einen überraschten Blick über den Tisch, während er sagte: «Sie arbeiten für eine Bank, Signore?»

Leinsdorf, tief in seiner schlammigen Grube, wackelte kurz mit dem Kopf, was Tron als zustimmendes Nicken deutete.

Tron verstärkte sein überraschtes Stirnrunzeln noch ein wenig und bot nunmehr − hoffentlich − den Anblick eines Mannes, der kurz davor war, eine wichtige Entdeckung zu machen. Er räusperte sich. «Für den Wiener Bankverein?»

Etwas in Trons Tonfall schien einen Strahl der Hoffnung in Leinsdorfs Grube zu werfen. Jedenfalls richtete er sich auf und fragte: «Warum wollen Sie das wissen, Commissario?»

Worauf Tron, der zufrieden feststellte, dass ihm die Szene flott von der Hand ging, nach Art der Süditaliener die Arme hochwarf, ungläubig den Kopf schüttelte und

318

sagte: «Weil ich Alvise Tron bin. Und weil morgen in unserem Hause der Ball stattfindet.»

Ob er jetzt in Tränen ausbrechen und Leinsdorf anschließend umarmen sollte? Wie einen verlorenen Sohn? Nein – zu dick durfte er auch nicht auftragen.

Leinsdorf starrte Tron entgeistert an. «Warum haben Sie das nicht gleich gesagt, Commissario?»

«Weil ich nicht wusste, wer Sie sind, Signore.» Tron schob das Überstellungsprotokoll, das immer noch vor ihm auf dem Schreibtisch lag, ein paar Zentimeter nach links, ein paar Zentimeter nach rechts. Dann sagte er mit betretener Stimme: «Diese Situation ist außerordentlich fatal. Für alle Beteiligten.»

Tron sah, wie Leinsdorf fieberhaft nachdachte. Kam es jetzt? Würde er den einzigen Rettungsanker ergreifen, der ihm noch geblieben war? Offenbar – denn Leinsdorf hatte plötzlich die verschlagene Miene eines Mannes, der auf eine Goldader gestoßen war und nicht beabsichtigte, sie mit irgendjemandem zu teilen. Er hüstelte und erkundigte sich dann wie beiläufig: «Kennen Sie den Stand meiner Verhandlungen mit der Fürstin?»

Tron machte ein verlegenes Gesicht und sagte: «Nicht so genau.»

«Diese Verhandlungen sind abgeschlossen», fuhr Leinsdorf fort. «Es gibt unterschriftsreife Verträge, die nur noch paraphiert werden müssen. Die paraphiert werden *könnten*, wenn die Situation eine andere wäre.» Er beugte sich nach vorne und sah Tron erwartungsvoll an.

Das war bereits ein eindeutiges Angebot, aber Tron hielt es für klüger, Leinsdorf noch ein wenig zappeln zu lassen. «Dann bitten wir die Fürstin auf die Questura», sagte er.

Leinsdorf runzelte unwillig die Stirn. «Ich soll diese Verträge im Arrest unterzeichnen? Unten in Ihrem *Kerker*?»

Tron setzte ein großzügiges Lächeln auf. «Sie könnten selbstverständlich mein Büro benutzen.»

«Die Frage ist, ob ich in einer solchen Situation noch dazu legitimiert bin, Verträge abzuschließen.»

«Dann gebe ich Ihnen zwei Wachtmeister mit, die Sie zum Palazzo Balbi oder in Ihre Suite begleiten. Sie sollten jedenfalls noch unterschreiben, bevor man Sie am Montag nach Verona überstellt.»

Leinsdorfs Gesicht verfärbte sich. «Commissario, Sie verstehen die Situation nicht.»

«In welcher Hinsicht?»

«Eine Überstellung nach Verona ist das Ende für mich. Gesellschaftlich und beruflich. Meine Unterschrift ist dann nichts mehr wert.»

«Soll das bedeuten, dass Sie nur dann unterschreiben können, wenn ich die Ermittlungen einstelle und Sie ...»

«Darauf wird es wohl hinauslaufen.»

«Das kann ich nicht, Signor Leinsdorf. Ich könnte allenfalls versuchen, den Polizeipräsidenten am Montag davon zu überzeugen, dass es für eine Überstellung nach Verona keinen Grund gibt. Aber ich befürchte, dass ...» Tron unterbrach sich und machte ein unglückliches Gesicht.

«Was befürchten Sie?»

«Dass der Polizeipräsident Ihren Fall an das Militär weiterreichen wird», sagte Tron. «Komplizierte Fälle gibt der Baron gerne an die Kommandantura weiter.»

Das musste Leinsdorf sich erst mal durch den Kopf gehen lassen. Er schwieg, und nach einer Weile sagte er in nachdenklichem Ton: «Vielleicht wäre es dem Polizeipräsidenten ja am liebsten, wenn Sie ihn erst gar nicht mit einem komplizierten Fall behelligen würden.»

«Wie soll ich das verstehen?»

«Sind Sie ernsthaft der Ansicht, ich hätte diese Person getötet, Commissario?»

Tron schüttelte energisch den Kopf. «Nein.»

Leinsdorf warf einen nachsichtigen Blick über den Tisch. «Wo liegt dann das Problem, Commissario?»

Tron war sich sicher, dass Leinsdorf ihn inzwischen für einen Tropf hielt. Er seufzte und machte ein ängstliches Gesicht. «Mit der Einstellung der Ermittlungen würde ich mich am äußersten Rand meiner Befugnisse bewegen.»

Leinsdorfs Tonfall war jetzt der eines Menschen, der einem Kranken zuredet. «Am äußersten Rand heißt doch, dass eine mögliche Einstellung der Ermittlungen *innerhalb* Ihrer Befugnisse liegt.»

«Meinen Sie?» Tron lehnte sich auf seinem Stuhl zurück und rollte seine Augen einfältig zur Decke. Leinsdorf sollte denken, dass er *ihn* über den Tisch zog. «Und was würden Sie vorschlagen, Signor Leinsdorf?»

Leinsdorf, der Grube entronnen und dem Leben wiedergeschenkt, stand jetzt im Zenit seiner Wiederauferstehung. Selbst die hässlichen Blutflecken auf seiner Hose sahen fröhlich und verwegen aus. Er war genau da, wo Tron ihn haben wollte.

Leinsdorf sagte: «Dass ich die Kreditverträge heute Nachmittag unterzeichne und um Mitternacht den Lloyddampfer nach Triest nehme.»

Das war eine sehr gute Nachricht, aber ein wenig Widerstand pro forma schien Tron immer noch angebracht zu sein. Er räusperte sich nervös und warf einen misstrauischen Blick über den Tisch. «Und wie kann ich mir sicher sein, dass diese Verträge auch ...» Tron brach ab, starrte verlegen auf seine Finger und verfiel in ein täppisches Schweigen.

321

Leinsdorf lächelte wohlwollend. «Dass die Verträge auch unterzeichnet worden sind? Ist es das, was Sie sagen wollten, Commissario?»

Tron nickte unsicher.

«Indem Sie der Fürstin am späten Nachmittag einen Besuch abstatten», sagte Leinsdorf immer noch lächelnd. «Wenn die Verträge dann noch nicht unterzeichnet worden sind, verhaften Sie mich wieder.»

43

Maria Sofia di Borbone, die Königin von Neapel, noch im Reisekleid und umgeben von Hutschachteln und halb ausgepackten Reisekoffern, stand in der Mitte ihres Salons und fächelte sich Luft mit einem billigen Papierfächer ins Gesicht. Die Fenster waren geöffnet, und Tron sah die Kuppeln der Salute auf der anderen Seite des Canalazzo, hinter denen der strahlend blaue Himmel des Vormittags sich dunstig zu verschleiern begann. Da der Ostwind, der vor ein paar Stunden noch ein wenig Kühlung gebracht hatte, eingeschlafen war, lag eine drückende Schwüle über der Stadt.

«Meine kaiserliche Schwester liebt dies alles», stellte Marie Sophie ein wenig rätselhaft fest. Zuerst verstand Tron nicht, was sie damit sagen wollte. Schließlich begriff er, dass die Königin das Chaos aus Hutschachteln und Koffern meinte, das sich zu ihren Füßen ausbreitete. Sie schenkte Tron ein trauriges Lächeln. «Mich erinnern gepackte Koffer immer an unsere Flucht aus Neapel.»

Dann bückte sie sich und fing an, in einer Reisetasche zu wühlen. «Haben Sie meinen Tizian gefunden?», fragte

sie, ohne aufzublicken. Ihre Nervosität war ebenso unübersehbar wie ihr Wunsch, sie zu verbergen.

«Ich muss Hoheit enttäuschen.»

Die Königin ging nicht darauf ein. «Und Oberst
Orlow? Wissen Sie, wo der steckt? Er ist nicht im Hotel,
und er hat mir auch keine Nachricht hinterlassen. Ich
hatte ihn am Bahnhof erwartet. Es war ein ziemliches
Theater ohne ihn.»

O Gott, dachte Tron, wie er das hasste. Auf Leichen zu
stoßen, war er inzwischen gewöhnt. Aber jemandem den
Tod eines nahe stehenden Menschen mitzuteilen kostete
ihn jedes Mal eine kolossale Überwindung.

Was für eine Beziehung hatten sie zueinander gehabt –
der angeblich so treue Diener und seine schöne Herrin,
die Königin beider Sizilien? Wusste Marie Sophie von
Orlows Disposition und von seinen Besuchen in der Pensione Apollo? Hatte sie den Oberst mit ihrer Antwort, er
habe sich an jenem Abend mit einem Waffenhändler getroffen, gedeckt? Oder war sie ahnungslos? Und: Würde
es sie tatsächlich überraschen, zu erfahren, dass Orlow sie
hintergangen hatte?

Tron räusperte sich und sagte knapp: «Orlow ist tot.»

Der Kopf der Königin fuhr ruckartig nach oben, sie öffnete den Mund, aber es kamen keine Worte heraus. Erst
nach eine Weile brachte sie es fertig zu fragen: «Ein Unfall?»

«Der Oberst ist gestern Nacht in Cannaregio ermordet
worden», sagte Tron. «Mehr wissen wir im Moment noch
nicht. Eine Militärpatrouille hat seine Leiche gefunden.
Wir glauben nicht, dass es ein Raubmord war.»

«Aber wer …» Die Königin schüttelte entsetzt den
Kopf.

«Das ist eine komplizierte Geschichte», sagte Tron. «Vielleicht könnten Hoheit zuerst einen Blick auf zwei Fotografien werfen.» Er nahm die beiden Fotografien aus dem Umschlag und reichte sie der Königin.

Die erkannte sofort, dass es sich um das Bild eines Toten handelte. «Der Mann ist tot?»

Tron nickte. «Er wurde erdrosselt.»

«Warum zeigen Sie mir diese Fotografien?»

Tron schwieg einen Moment, um seiner Antwort den nötigen Nachdruck zu verleihen. Dann sagte er: «Es handelt sich um Signor Kostolany.»

Die Königin sah Tron irritiert an. «Das ist nicht Signor Kostolany», sagte sie ärgerlich. «Ich habe ihn im Palazzo da Lezze selbst gesprochen und gesehen.»

«Es ist der Mann, den wir im Palazzo da Lezze gefunden haben. Der eindeutig identifizierte Signor Kostolany.»

«Oberst Orlow kannte Kostolany gut. Es kann sich unmöglich ein anderer als Kostolany ausgegeben haben.»

Tron bedauerte, dass er der Königin die Wahrheit nicht länger ersparen konnte. Er sagte: «Es sei denn, Oberst Orlow hat gewusst, dass der Mann, mit dem Hoheit gesprochen haben, nicht Kostolany gewesen ist.»

Einen Augenblick lang war die Königin still. Dann senkte sie ihren Blick zum Fußboden und schien in die Beschriftung einer ihrer Hutschachteln vertieft zu sein. Schließlich hob sie den Kopf wieder. Als sie sprach, klang ihre Stimme sachlich und beherrscht. «Was ist passiert, Commissario?»

«Wir glauben», sagte Tron, «dass Oberst Orlow *zwei* Kopien bei Pater Terenzio bestellt hat. Und dass er eine der beiden an Kostolany verkauft hat. Als Hoheit nach Venedig kamen, ergab sich eine prekäre Situation.»

Die Königin nickte. «Er konnte mir entweder alles

beichten oder irgendetwas inszenieren. Offenbar hat er sich
für die zweite Möglichkeit entschieden. Wobei ich nicht
glaube, dass der Mord an Kostolany Teil seines Plans war.»

«Sondern?»

«Dass ihm die Kontrolle entglitten ist. Übrigens hatte
ich in den letzten Tagen den Eindruck, dass er Angst hatte
und mir etwas sagen wollte.»

«Was er aber nicht getan hat.»

«Nein. Aber vielleicht würde er dann noch leben. Was
ist mit dem Mann, der die Rolle Kostolanys gespielt hat?
Wer könnte das gewesen sein?»

«Das wird sich feststellen lassen, indem wir eine Begegnung zwischen Hoheit und diesem Komplizen herbei-
führen», sagte Tron.

«Wollen Sie damit sagen, dass Sie den Mann kennen?»

«Wir haben eine Vermutung. Es handelt sich um einen
alten Bekannten von Oberst Orlow.»

«Um Troubetzkoy?»

Tron nickte. «Es sieht ganz so aus.»

«Wann werden Sie den Großfürsten vernehmen?»

«Noch heute. Das Problem ist, dass er diplomatische
Immunität besitzt. Aber es wird einen Bericht geben, der
an den russischen Botschafter in Wien und an den Ballhausplatz geht. Den könnten wir englischen und französischen Blättern zuspielen. Dann wäre Troubetzkoy gesellschaftlich tot.»

Der Vorschlag der Königin kam so schnell, als hätte sie
bereits darüber nachgedacht. «Bieten Sie ihm ein Geschäft
an. Den Tizian gegen einen Skandal.»

«Drei Morde sollen folgenlos bleiben?»

«Ich brauche das Geld», sagte die Königin schlicht. Sie
hatte den Blick wieder auf eine ihrer Hutschachteln gesenkt. «Das würde ich in Kauf nehmen.»

Tron deutete eine frostige Verneigung an. «Die Frage ist, ob auch *ich* es in Kauf nehmen würde.»

«Das verstehe ich, Commissario», sagte die Königin. «Aber vielleicht begreifen Sie, warum ich diesen Tizian unbedingt haben muss, wenn ich Ihnen …» Sie brach den Satz ab, trat ans Fenster und starrte auf den Himmel hinter der Salute, der jetzt mit schlierigen, kleinen Wolken überzogen war. Dann drehte sie sich um und sagte: «Wenn ich Ihnen ein wenig über mich verrate.» Die Königin wies auf einen der Fauteuils, die am Fenster standen. «Nehmen Sie Platz, Conte. Ich werde Ihnen alles erzählen. Dann entscheiden Sie selbst, wie Sie mit dem Großfürsten verfahren.»

Marie Sophie hatte sich ebenfalls gesetzt. Sie schlug die Beine übereinander, strich ihr Kleid glatt und sah Tron an. «Erinnern Sie sich an die Umstände, unter denen wir in Terracina gelandet sind, um ins römische Exil zu gehen?»

Tron nickte. Ganz Europa erinnerte sich daran. Der französische Dampfer *Mouette* hatte die königliche Familie im Februar 1861 aus Gaeta evakuiert, einer Bergfestung, die sich anderthalb Kilometer ins Tyrrhenische Meer erstreckt und die vier Monate lang von piemontesischen Truppen belagert worden war.

Die Königin zog eine kleine Pappschachtel aus der Tasche ihres Reisekleides, auf der in verschnörkelten Buchstaben *Maria Mancini* stand. Der Schachtel entnahm sie eine Zigarette, entzündete sie und erinnerte Tron einen Moment lang an die Principessa. Dann sagte sie, den Blick auf das glühende Ende ihrer Zigarette gerichtet: «Jedenfalls empfing uns am Landungssteg eine Kompanie päpstlicher Zuaven. Ihr Kommandant erwies uns auf dem Weg nach Rom die Ehre, neben der königlichen Karosse herzureiten. Wir hatten das Vergnügen, miteinander zu plaudern.»

Tron vermutete, dass sich das *wir* auf ein Gespräch zwischen der Königin und diesem Kommandanten bezog. Er wusste, dass die päpstlichen Zuaven eine Art Fremdenlegion darstellten, in der die Kadetten aus den angesehensten europäischen Familien kamen. Es blieb unklar, in welche Richtung sich die Erzählung der Königin bewegte.

«Dieses Gespräch», fuhr die Königin fort, «wäre folgenlos geblieben, hätte es nicht eine Woche später eine zufällige Begegnung in den Vorräumen des päpstlichen Palastes gegeben.»

Die Königin starrte so lange über Trons Schulter hinweg, dass Tron in die Versuchung kam, sich umzudrehen, um nachzusehen, ob jemand heimlich ins Zimmer gekommen war und jetzt stumm über den Teppich schlich.

«Ich erinnere mich noch genau», fuhr die Königin fort, «was ich zu dem Kommandanten gesagt hatte. Ich sagte: *Oh, voilà notre bon ami de l'autre fois.*»

Marie Sophie lächelte und schwieg einen Moment, bevor sie weitersprach. «Und es war auch ein Zufall, dass Pius IX. diesen Kommandanten zu meinem Ehrenkavalier bestimmte. Er hatte die Aufgabe, mich mit Rom vertraut zu machen und mich auf Ritten in die Campagna zu begleiten.»

Sie schob sich eine winzige Haarsträhne hinters Ohr und sagte leise und ohne Tron anzusehen: «Sein Name war Armand de Lawayss.»

44

Die Nachricht von Direktor Leinsdorf, auf einem offiziellen Briefbogen des Wiener Bankvereins geschrieben, hatte den Palazzo Balbi inzwischen erreicht. Die Principessa nahm sie sofort zur Hand, als Tron ihren Salon betrat.

Tron sah, dass sie ihre übliche Geschäftskleidung bereits angelegt hatte: ein streng geschnittenes Promenadenkleid aus grauer Serge, über dessen Oberteil ihr Pincenez an einer kleinen goldenen Kette herabhing. Ihr Haar war mit zierlichen Ebenholzkämmen nach oben gesteckt und am Hinterkopf zu einer Art Knoten verschlungen, was ihren Nacken auf eine strenge und zugleich laszive Weise freilegte. Wieder einmal staunte Tron darüber, wie sie das Kunststück fertig brachte, ungeheuer weiblich und ungeheuer eisig zugleich auszusehen.

«Das kam vor einer Stunde aus dem Danieli.» Die Principessa streckte Tron den Brief entgegen. Ihre Stimme klang kühl und geschäftsmäßig.

Der kurze Brief war in eckiger, militärisch anmutender Handschrift geschrieben. Leinsdorf hatte sich auf die Nachricht beschränkt, dass er die Stadt dringend verlassen müsse und bereit sei, die Verträge noch heute Nachmittag in seiner Suite zu unterschreiben.

Tron lächelte. «Er hat sich also daran gehalten.»

Die Principessa sah Tron irritiert an. «Woran hat er sich gehalten?»

«An unsere Abmachung.»

«An welche Abmachung, Tron?» Das klang so messerscharf und ungeduldig, dass Tron unwillkürlich Haltung annahm.

Er sagte: «Orlow wurde ermordet, und Leinsdorf ist

gestern Nacht an der Sacca della Misericordia über seine Leiche gestolpert. Zwei Kroatische Jäger haben ihn aufgegriffen. Leinsdorf hat nichts mit dem Mord zu tun. Aber da Orlow ein Mitglied befreundeter Streitkräfte ist, könnte die Kommandantur die Ermittlungen an sich ziehen und ihn nach Verona überstellen. Jedenfalls habe ich mich Leinsdorf gegenüber in diesem Sinne geäußert.»

Die Principessa machte ein ungläubiges Gesicht. «Das hat er dir abgenommen?»

Tron lächelte. «Er hat mir auch abgenommen, dass die Entscheidung, ihn aus der Haft zu entlassen, nur vom Polizeipräsidenten persönlich getroffen werden kann. Und dass der ihn wahrscheinlich an die Militärpolizei weiterreichen wird. Als ich ihm dann mitgeteilt habe, dass ich Alvise Tron bin ...»

«Wusste er das nicht?»

Tron schüttelte den Kopf. «Er hielt mich für einen Commissario, der zufällig Tron heißt. Als er das hörte, wurde ihm klar, wie ...»

Die Principessa lachte. «Wie er dich motivieren könnte, ihn trotzdem freizulassen. Weiß die Königin bereits, dass Oberst Orlow tot ist?»

«Ich war eben bei ihr.»

«Hast du ihr das Bild von Kostolany gezeigt?»

Tron nickte. «Marie Sophie sagt, der Mann, der sie und Oberst Orlow im Palazzo da Lezze empfangen hat, sei definitiv nicht Kostolany.»

«Also hat Orlow die Königin hintergangen.» Die Principessa machte ein nachdenkliches Gesicht. «Fragt sich nur, wer sein Komplize gewesen ist.»

«Vermutlich Troubetzkoy. Aber das kann nur eine Gegenüberstellung klären.»

«Was geschieht, wenn die Königin den Großfürsten identifiziert hat?»

«Dann dürfte der Fall gelöst sein», sagte Tron.

«Du meinst, er hat *alle* Morde begangen?»

«Vermutlich.»

«Auch den Mord an Konstancja Potocki?»

«Das behauptet jedenfalls Potocki. Weil sie angeblich etwas über den Tizian wusste.»

«Und Orlow?»

«Ob Troubetzkoy ein Alibi für gestern Nacht hat, werde ich ihn gleich fragen.»

«Was hätte Troubetzkoy für einen Grund, Orlow zu töten?»

Tron machte ein nachdenkliches Gesicht. «Die Königin glaubt, dass der Oberst kurz davor war, ihr etwas Wichtiges mitzuteilen. Und dass er Angst hatte.»

«Angst vor Troubetzkoy?»

«Vielleicht.»

«Der Großfürst», sagte die Principessa, «ist Generalkonsul. Auch wenn die Königin ihn identifiziert – mehr, als dass der Ballhausplatz ihn ausweist, kann ihm nicht passieren.»

Tron schüttelte den Kopf. «Da täuschst du dich. Es geht ein Bericht an Spaur, an Toggenburg, an den Ballhausplatz und an den russischen Botschafter in Wien. Damit ist er gesellschaftlich erledigt.» Tron seufzte. «Aber ich werde diesen Bericht nicht schreiben.»

«Und warum nicht?»

«Weil ich Troubetzkoy ein Geschäft vorschlage», sagte Tron knapp. «Wir stellen die Ermittlungen ein, und er gibt uns den Tizian zurück. Marie Sophie braucht dringend das Geld aus dem Verkauf des Gemäldes.»

«Wofür braucht sie das Geld?» Die Stimme der Principessa klang ein wenig gereizt.

«Für einen gewissen Armand de Lawayss.»

«Ich verstehe kein Wort.»

Tron sagte: «Marie Sophie hatte eine Beziehung mit einem Rittmeister der päpstlichen Zuaven. Sie hat ihn bei ihrer Ankunft in Terracina kennen gelernt. Eine Woche später hat Pius IX. den Mann nichts ahnend zu ihrem Ehrenkavalier ernannt. Bei gemeinsamen Ausritten in die Campagna sind die beiden sich dann näher gekommen. Später haben sie ihre Zusammenkünfte von Gasthäusern in der Campagna nach Rom verlegt.»

Die Principessa hob die Augenbrauen. «In Hotels?»

Die sachliche Art, in der sich die Principessa nach technischen Einzelheiten erkundigte, hatte etwas Irritierendes, fand Tron.

«In den Palazzo Farnese», sagte er. «Lawayss ist per Ruderboot auf dem Tiber gekommen, am Palazzo Farnese ans Ufer gegangen und über die Mauer geklettert. Im Garten hat die Zofe der Königin auf ihn gewartet und ihn in ein Mansardenzimmer geführt.»

Die Miene der Principessa blieb neutral. Moralische Urteile abzugeben war ohnehin nie ihre Sache. «Wenn das ans Licht kommt», sagte sie sachlich, «gibt es einen Skandal.»

«Dann hat die Königin», fuhr Tron fort, «im April 1862 entdeckt, dass sie in anderen Umständen war. Da alle wussten, dass auf keinen Fall der Ehemann für diese Schwangerschaft verantwortlich gewesen sein konnte, ging die Königin wegen einer angeblichen Lungenaffektion zurück nach Bayern, um sich dort in den Alpen zu erholen. Die Geburt fand im November 1862 in einem Ursulinenkloster statt. Allerdings ergab sich ein weiteres Problem, mit dem niemand gerechnet hatte.»

Tron konnte der Versuchung nicht widerstehen, an

dieser Stelle eine theatralische Pause zu machen. Schließlich sagte er: «Marie Sophie bekam Zwillinge.»

«Nein.» Die Principessa hatte sich fast an dem Rauch
ihrer Zigarette verschluckt.

«Zwei Mädchen», sagte Tron. «Viola und Daisy. Viola
wurde Onkel Ludwig und Tante Henriette von Bayern
übergeben, die, um keinen Verdacht zu erregen, für einen
längeren Aufenthalt nach Genua gingen und dort die Geburt einer Tochter anzeigten. Daisy, das andere Mädchen,
wurde seinem Vater anvertraut. Armand de Lawayss hat
sie mit nach Brüssel genommen. Jetzt ist er todkrank und
praktisch mittellos.»

«Und deshalb braucht die Königin dringend Geld?»

Tron nickte. «So wie die Dinge liegen, kann sie niemanden darum bitten.»

«Was hast du vor?»

«Troubetzkoy einen Besuch abzustatten. Und ihn nach
seinem Alibi für gestern Abend zu befragen.»

«Sagst du ihm, dass die Königin Kostolany auf dieser
Fotografie nicht wiedererkannt hat?»

«Ich werde alle Karten auf den Tisch legen», sagte
Tron. «Und eine Gegenüberstellung mit der Königin vorschlagen.»

Tron griff nach seinem Zylinder, den er neben dem
Sessel abgelegt hatte, und erhob sich träge. Selbst hier in
den Mauern des Palazzo Balbi war die Luft heiß, feucht
und stickig, fast galvanisch aufgeladen wie vor einem Gewitter. «Wann triffst du Leinsdorf?»

Die Principessa warf einen Blick auf die Stutzuhr, die
auf dem Kaminsims stand. «In einer Stunde. Sehe ich dich
nachher?»

Tron nickte. «Ich komme sofort zurück, wenn ich bei
Troubetzkoy war.»

Das Lächeln der Principessa war ausgesprochen verheißungsvoll. «Nimm dir für heute Abend nichts vor.»

45

Troubetzkoy, in legerer Hausjacke und mit offenem Kragen, hob seinen Blick von einem Kanzleibogen vor ihm auf dem Schreibtisch und legte seinen Federhalter aus der Hand. Eine dunkle Locke hatte sich aus seinem Haupthaar gelöst und rahmte seine Stirn auf byroneske Weise ein. Ohne seine Uniform sah Troubetzkoy heute eigenartig privat aus, fast ein wenig … literarisch? Tron fragte sich, woran der Großfürst gerade geschrieben hatte. Verfasste er in seiner Freizeit Novellen? Russische Romane?

«Ich bedaure diese Störung außerordentlich», sagte Tron, indem er sich von Bossi löste, der bescheiden an der Tür stehen geblieben war. «Ich wusste nicht, dass Hoheit …» Tron brach ab und ließ den Rest des Satzes in der Luft hängen.

Der Großfürst beendete ihn für ihn. «Dass ich lesen und schreiben kann?» Er lächelte ironisch. «Dass das Alphabet bereits an den Rand der moskowitischen Mongolei gedrungen ist?» Troubetzkoy schüttete Löschsand auf den frischen Bogen und pustete den Sand auf den Fußboden. Dann lehnte er sich auf seinem Schreibtischstuhl zurück. «Der Baron hatte mir mitgeteilt, dass die Flut Ihrer Besuche ihren Höhepunkt überschritten habe. Schon mit Rücksicht auf die guten Beziehungen zwischen dem Zarenreich und dem Habsburgerreich wäre das wünschenswert. Ich frage mich, was der Baron zu diesem erneuten Besuch sagen wird.»

«Vermutlich, dass mir nichts anderes übrig blieb, als Hoheit noch einmal aufzusuchen.»

«Hoffentlich wird er Verständnis dafür haben.» Der Großfürst schichtete die Blätter, die er gerade beschrieben haben mochte, zu einem akkuraten Stapel zusammen. «Kennen Sie die Geschichte von Jacob Goljadkin?»

Tron schüttelte den Kopf. «Bedauere, nein.»

«Sie handelt von einem kleinen Beamten, der die Gunst seines Vorgesetzten eingebüßt hat und darüber den Verstand verliert», sagte Troubetzkoy. «Schließlich wird er paranoid und sieht Dinge und Menschen, die nicht existieren. Gewissermaßen ein literarischer Doppelgänger von Ihnen.» Der Großfürst stützte das Kinn auf die Daumen und sah Tron an. «Sind Sie sicher, dass Sie nicht hin und wieder Dinge sehen, die es gar nicht gibt?»

«Wenn ich jemanden für tot halte, der in Wahrheit lebendig ist», sagte Tron, «erfahre ich die Wahrheit vom *medico legale*.»

Troubetzkoy sah Tron amüsiert an. «Hat es wieder einen Toten gegeben? Und bin ich wieder der Mörder?»

«Oberst Orlow ist gestern Nacht an der Sacca della Misericordia ermordet worden», sagte Tron.

Was nach Lage der Dinge keine Überraschung für den Großfürsten sein konnte, der es auch für überflüssig hielt, Zeichen der Betroffenheit von sich zu geben. Troubetzkoy lehnte sich auf seinem Stuhl zurück. «Sind Sie deshalb gekommen?» Das hörte sich nach einem Verhandlungsangebot an.

«Ich bin auch hier», sagte Tron, «weil sich neue Aspekte im Kostolany-Fall ergeben haben.»

Troubetzkoy runzelte die Stirn. «Spaur meinte, Kostolanys Mörder sei der Priester gewesen, der hinter dem Rücken der Königin zwei Kopien angefertigt hat, um eine in

Venedig zu verkaufen. Und der dann vom Gerüst gefallen ist.»

«Der Sturz vom Gerüst war kein Unfall», sagte Tron. «Pater Terenzio ist ermordet worden.»

«Von wem?» Natürlich kannte Troubetzkoy die Antwort. Aber er wollte wissen, ob Tron sie auch kannte.

«Wir dachten zuerst», sagte Tron, «dass Oberst Orlow den Pater getötet hat. Das nahmen wir jedenfalls so lange an, bis der Oberst gestern Nacht ermordet wurde.» Tron machte einen Pause, bevor er den letzten, entscheidenden Trumpf ausspielte. «Oberst Orlow hatte einen Komplizen, der Kostolany ermordet hat und anschließend in seine Rolle geschlüpft ist. Die Königin hat Kostolany auf einer Fotografie nicht wiedererkannt.»

Troubetzkoy riss erschrocken die Augen auf, aber hatte sich sofort wieder in der Gewalt. «Wer war dieser Komplize?»

«Es war nicht Pater Terenzio.»

«Sondern?»

«Es war derselbe Mann, der Oberst Orlow gestern Nacht getötet hat», sagte Tron langsam. «Er hatte erhebliche Differenzen mit Kostolany und war deshalb gerne bereit, seinem alten Waffenbruder Orlow unter die Arme zu greifen. Wahrscheinlich wusste er, dass Oberst Orlow kurz davor war, sich der Königin zu offenbaren.»

Troubetzkoy beugte sich abrupt nach vorne, und seine rechte Hand fuhr nach der Schublade seines Schreibtisches. Einen Moment lang befürchtete Tron, dass der Großfürst die Nerven verlieren würde und einen Revolver aus der Schublade ziehen könnte. Doch dann stand Troubetzkoy lediglich auf und ging mit hastigen Schritten zum Fenster. Als er sich wieder umdrehte, war sein Gesicht kalkig bis in die Lippen.

«Soll das heißen, dass Sie mich jetzt ausmanövriert haben, Commissario?» Der Großfürst stieß ein nervöses Lachen aus und lehnte sich zurück. «Zumal ich für die gestrige Nacht kein Alibi habe? Was Sie offenbar wussten?»

Tron sagte in knappem Geschäftston: «Wir könnten uns auf den Standpunkt stellen, dass es sich gestern Nacht um einen Raubüberfall gehandelt hat, und die Akte schließen.» Und er setzte noch hinzu: «Der Hinweis auf den Aufbewahrungsort des Tizian kann anonym erfolgen. Sodass er nicht als Eingeständnis einer Schuld gewertet werden kann.»

Wieder beugte sich Troubetzkoy abrupt nach vorne, und diesmal zog er tatsächlich die Schublade seines Schreibtisches auf. Aber was er dann in den Händen hielt, war kein Revolver, sondern ein farbloses Glas und eine Flasche. Der Großfürst goss das Glas voll bis zum Rand, stürzte es in einem Zug hinunter und schloss die Augen.

Schließlich sagte er mit leiser Stimme: «Sie wollen also nicht unbedingt *mich*, sondern nur den Tizian?»

Tron nickte. «Genau das war mein Vorschlag.»

Einen Moment lang sah Troubetzkoy Tron schweigend an. Dann füllte er sein Glas auf, stürzte es wieder mit einem Schluck hinunter und setzte es neben dem Papierstapel ab. Als er sprach, klang seine Stimme beinahe gelassen.

«Ich gebe zu», sagte der Großfürst, «dass Ihre Geschichte eine gewisse Logik hat. Eines hätten Sie allerdings noch tun sollen, bevor Sie mich besucht haben.» Troubetzkoy griff nach dem Glas und betrachtete es nachdenklich. «Gibt es eine Fotografie von Pater Terenzio?»

«Ja, es gibt eine», sagte Tron.

«Dann zeigen Sie diese Fotografie der Königin», sagte

Troubetzkoy knapp. «Sie wird Pater Terenzio wiedererkennen. Und was den Mord an Oberst Orlow betrifft, für den ich leider kein Alibi habe – vielleicht war es ja wirklich ein simpler Raubüberfall.» Der Großfürst brachte es fertig, freundlich zu lächeln. «Ich hatte Sie davor gewarnt, Dinge zu sehen, die es gar nicht gibt, Commissario. Erinnern Sie sich?»

«Ich dachte, er wäre kurz davor auszupacken», sagte Tron, als sie ein paar Minuten später auf dem Grund der Calle Mocenigo standen. Der Himmel hatte sich inzwischen bezogen, die Luft war feucht und dick, ohne dass es sich abgekühlt hatte.

Bossi machte ein nachdenkliches Gesicht. «Was der Großfürst gesagt hat, ist nicht unplausibel. Wir hätten der Königin auch das Bild von Pater Terenzio zeigen müssen.»

Tron schüttelte den Kopf. «Nein, Bossi. Pater Terenzio war aus dem Spiel.»

«Vielleicht zu früh. Vielleicht war es ja doch ein versuchter Raubüberfall. Ich dachte immer, auch Sie glauben an dumme Zufälle, Commissario.»

«Das wäre ein ziemlich dummer Zufall», sagte Tron. «Ein missglückter Raubüberfall, bei dem der Täter dem Opfer die Kehle durchschneidet, ist äußerst unwahrscheinlich.»

Das überzeugte den Sergente nicht. «Es war auch nicht sehr wahrscheinlich, dass ausgerechnet Leinsdorf sich als der gut situierte Signore herausgestellt hat und dass er dann noch auf die Leiche von Orlow stößt.» Bossi sah Tron unternehmungslustig an. «Was machen wir jetzt?»

Tron hob resigniert die Schultern. «Wir zeigen der Königin das Bild von Pater Terenzio.»

«Was denken Sie, was sie sagen wird?»

«Ich denke überhaupt nichts mehr», sagte Tron verdrossen. «Vielleicht sollte ich mich in Zukunft darauf beschränken, Indizienketten zusammenzubasteln.»

«Und wann besuchen wir die Königin?»

«Ich glaube nicht», sagte Tron, der auf einmal an das Lächeln der Principessa denken musste, «dass es eine gute Idee ist, die Königin heute zum zweiten Mal zu besuchen. Morgen um elf, Bossi. Vor dem Regina e Gran Canal.»

Bossi salutierte förmlich. Das tat er immer, wenn er sich gekränkt fühlte. «Ich gehe gleich in die Questura und suche die Fotografien heraus.»

46

Tron nahm elastisch zwei Stufen auf einmal, als er wenig später im Palazzo Balbi-Valier zur Principessa emporeilte – keine große Leistung, denn die Treppe im Palazzo der Principessa war eine noble *scala equitabilis* mit flachen Stufen, aber doch beachtlich, fand Tron, wenn man an das anstrengende Programm dachte, das er heute erfolgreich bewältigt hatte: den Kredit für die Principessa arrangiert und auch den Mord im Palazzo da Lezze – nun ja, vielleicht nicht vollständig gelöst, aber *beinahe* gelöst.

Jetzt lagen – Tron beabsichtigte nicht, vor zehn Uhr morgens aus den Federn zu steigen – zwölf himmlische Stunden vor ihm. Zuerst ein leichtes Abendessen – vielleicht eine *Terrine de foie gras* und dazu einen Château d'Yquem, von dem die Principessa kürzlich mehrere

Kisten erstanden hatte –, jedenfalls würden anschließend großzügig portionierte *dolci* serviert werden. Ein Eissoufflé Port Royal? Oder ein Eispudding mit Grand Marnier? Und dann, danach … Tron atmete tief durch und schloss verzückt die Augen, während er die letzte Stufe erklomm.

Als er den Salon der Principessa betrat, sah er schon an ihrer Kleidung und der Art, wie sie sich zu ihm umdrehte, dass Leinsdorf unterschrieben hatte. Die Principessa, deren Toilette einen leichten Einschlag ins Festliche hatte, trug ein Gesellschaftskleid, dessen Oberteil wie ein Mieder, das heißt ohne Ärmel geschnitten war. Unter dem tief dekolletierten Oberteil des Kleides konnte Tron eine Lingerie-Bluse aus hellem, durchscheinendem Organza erkennen. In der Hand hielt sie – wohl als Verbeugung vor der Ostasienmode – einen Stielfächer mit gerundetem Blatt.

Er ging langsam – fast wie in einem Traum – auf die Principessa zu. Einen Schritt vor ihr blieb er stehen. Der Himmel in dem geöffneten Fenster, vor dem die Principessa stand, war schwarz, sternenlos, nur ein paar erleuchtete Fenster von der gegenüberliegenden Ca'Barbaro schimmerten durch die Nacht. Tron fand auf einmal, dass die feuchte Hitze, die über der Stadt lag, nichts Klebriges, Unangenehmes mehr hatte, sondern etwas Sinnliches, Prickelndes – so wie die bereits geöffnete Flasche Veuve Cliquot auf dem Konsoltisch, die verheißungsvoll in ihrem silbernen Kübel wartete. Er hob die Augenbrauen. «Leinsdorf hat unterschrieben?»

«Er war ganz wild darauf. Und Troubetzkoy – hatte der ein Alibi für gestern Nacht?»

Troubetzkoy? Tron stellte fest, dass er Schwierigkeiten hatte, den Blick von der Principessa zu wenden. Und dass

er nicht die geringste Lust hatte, sich zum Thema Troubetzkoy zu äußern. Er zuckte die Achseln. «Nein. Aber
das heißt nicht viel.»

«Willst du darüber reden?»

Tron schüttelte den Kopf. «Ich habe nicht die Absicht,
an alles das heute Abend auch nur zu *denken.*» Er senkte
die Stimme wie zu einem feierlichen Versprechen. «Ich
werde ab sofort überhaupt nicht mehr denken.»

Die Principessa lächelte. «Sondern?»

«Was gibt es?»

«*Truffes en surprise.*»

Das klang nach … Nun, das klang nach einer Überraschung. «Was trinken wir dazu?»

«Einen Sauternes», sagte die Principessa bescheiden.

«Und danach?», forschte Tron weiter.

Die Principessa trat einen halben Schritt näher und
hob den Kopf. Jetzt waren ihre grünen Augen so nah vor
den seinen, dass er nichts anderes mehr sehen konnte. Sie
schwieg einen Moment, und dann sagte sie in reinstem
Veneziano: «Danach sind wir für niemanden zu sprechen.»

Nur − − *der Mensch denkt, Gott lenkt!* Wie Recht, dachte
Tron, als er plötzlich Stimmen und dann Geschrei aus
dem Vestibül der *sala* hörte − wie Recht hatte doch der
Volksmund mit dieser schlichten Weisheit.

Die Flügeltür zwischen dem Salon der Principessa und
dem Vestibül öffnete sich, und Moussada (Massouda?) erschien auf der Schwelle. Hinter ihm, den Kopf durch den
Turban und die vor Aufregung wippende Pfauenfeder des
Mohren halb verdeckt, stand ein Mann, den Tron nicht
erkennen konnte, der jetzt aber einen Schritt zurücktrat,
um eine halbwegs gesittete Meldung des Besuches zu er-
möglichen.

Die Principessa warf Massouda (Moussada?) einen Blick zu, der eine durchgehende Büffelherde zum Stehen gebracht hätte. Ihre Stimme klang eisig. Tron konnte nicht umhin, ihre Selbstbeherrschung zu bewundern. «Was gibt es, Moussada?»

Moussada, heute mehr denn je wie eine Gestalt aussehend, die der Phantasie Scheherezades entsprungen sein mochte, verneigte sich. Dann legte er die Hand auf seinen Krummdolch und sagte: «Draußen ist Signore. Weigern sich gehen.» Die Grammatik des Mohren ließ ein wenig zu wünschen übrig.

«Hat der Mann einen Namen genannt?», erkundigte sich die Principessa.

«Name Potocki», erwiderte Moussada in seinem zweckdienlichen Italienisch. Seine Hand ruhte immer noch kriegerisch auf dem blitzenden Krummdolch, dessen lediglich dekorativer Zweck jedoch angesichts der Tatsache, dass der Eindringling bis ins Vestibül vorgedrungen war, deutlich in die Augen stach.

Die Principessa sah Tron fragend an. «Bist du zu sprechen oder nicht?»

«*Sollte* ich zu sprechen sein?»

Die Principessa zuckte mit den Achseln, griff nach ihrem Zigarettenetui, zündete sich eine Zigarette an und inhalierte tief. Dann sagte sie mit einer Gleichgültigkeit, die so echt war wie die Gemälde, die Alphonse de Sivry an seine ausländischen Kunden verkaufte: «Gib ihm fünf Minuten.»

Im Schein der Admiralslaternen, die die Flügeltüren zur *sala* der Principessa an beiden Seiten flankierten, sah Tron, dass von Potockis mondäner, blumendekorierter Erscheinung nicht viel übrig geblieben war. Sein Gehrock war noch fleckiger und zerknitterter als bei ihrer letzten Begegnung auf der Questura, und tiefe Furchen schienen sich in wenigen Tagen in seine Stirn und Wangen gegraben zu haben.

Potocki nahm sich keine Zeit für eine Begrüßung oder eine Entschuldigung wegen seines fast gewaltsamen Eindringens in den Palazzo Balbi-Valier. «Ich weiß», sagte er, ohne dabei die Stimme zu heben, «wo sich der Tizian befindet.»

Das war ein unmissverständlicher, kurzer Satz, doch Potockis Stimme schien trotzdem von weit her zu kommen, wie ein Geräusch, das sich mühsam um ein Hindernis herum bewegt. Tron musste sich räuspern, bevor er ein Wort hervorbrachte. «Und wo?»

«In einem Haus am Rio San Barnaba», sagte Potocki. Er packte Trons Arm, und seine Augen schimmerten fiebrig. «Wir müssen uns beeilen, Commissario.»

47

Als Tron fünf Minuten später in Potockis Gondel stieg, war ein böiger Wind aufgekommen, der in hektischen Stößen auf sie herabfuhr. Blitze ließen den Himmel über der westlichen Lagune aufleuchten, und aus der Ferne war dumpfes Donnergrollen zu hören. Die Luft war immer noch feucht und schmierig, erfüllt von brackigen Wassertröpfchen. Ein dumpfer Pesthauch, der über der Wasseroberfläche lag, vermischte sich mit den Ausdünstungen Potockis, der neben Tron Platz genommen hatte. Die Gondel löste sich vom Steg und drehte ihren Bug schwerfällig in Richtung Rialto. Tron sah, wie das matte

Positionslicht an der *ferra* einen trägen Halbkreis in die Dunkelheit malte.

«Ich hatte Recht.» Potockis Stimme klang heiser. «Troubetzkoy hat Konstancja getötet. Ich sagte Ihnen doch, dass sie etwas über ein Gemälde gewusst hat. Erinnern Sie sich?»

«Natürlich.»

«Sie hat den Tizian gesehen. In ihrem zweiten Liebesnest.» Potocki stieß ein bitteres Lachen aus. «Und Troubetzkoy hatte Angst, dass sie reden könnte. Deshalb musste sie sterben.»

«Wie haben Sie von dieser Wohnung erfahren?»

«Durch einen Schlüssel, den ich heute gefunden habe und der zu keiner Tür im Palazzo Mocenigo passte. Signora Kinsky hat mir gebeichtet, was es mit diesem Schlüssel auf sich hatte. Sie kannte auch die Adresse.»

«Waren Sie bereits da?» Eine törichte Frage, die Tron sofort bereute.

Potocki lächelte nachsichtig. «Sonst wüsste ich nicht, dass sich der Tizian dort befindet. Ich wollte Sie gleich im Palazzo Tron aufsuchen. Aber da hat mich Ihr Majordomus zum Palazzo Balbi geschickt.»

«Wenn es stimmt», sagte Tron langsam, «dass Troubetzkoy Ihre Frau getötet hat, dann hätte ich ihn im Palazzo Mocenigo nur knapp verfehlt. Als wir uns auf der Treppe begegnet sind, hat Ihre Frau noch musiziert. Troubetzkoy hatte höchstens vier Minuten Zeit, um sie zu töten und wieder über den Altan zu verschwinden.»

«Sie halten es demnach für unwahrscheinlich, dass er der Mörder gewesen ist?»

Gute Frage, dachte Tron. Hielt er es für unwahrscheinlich? Hätte er es vor einer halben Stunde für wahrscheinlich gehalten, dass er jetzt mit Potocki in dieser Gondel sitzen würde? Und was war die Alternative zur Täter-schaft Troubetzkoys? Doch wohl, dass Signora Kinsky ihre eigene Cousine erwürgt hatte. Auch ziemlich unwahr-scheinlich.

Tron sagte: «Das Problem wird sein, es zu beweisen.» Er lehnte sich zurück und seufzte. «Allerdings gibt es noch eine andere Version. Was wissen Sie über diesen Prozess, der in Triest gegen Signora Kinsky geführt wurde?»

Potocki legte den Kopf in den Nacken, so als lese er einen Text, der in den Nachthimmel geschrieben stand. Er sagte: «Der Mann von Signora Kinsky starb an einer Lebensmittelvergiftung. Dass Signora Kinsky ihn vergiftet hatte, konnte nicht bewiesen werden. Den Prozess um die Erbschaft hat sie allerdings verloren. Seine Familie hat das Testament angefochten. Danach war Signora Kinsky mit-tellos und zog zu uns.»

«Ein Freispruch aus Mangel an Beweisen?»

«Ich verstehe nicht ganz, worauf Sie hinauswollen, Commissario.»

«Der Großfürst hat angedeutet», sagte Tron, «dass Si-gnora Kinsky Ihre Frau getötet haben könnte.» Und setzte noch hinzu: «Dr. Lionardo meint, dass der Mord leicht von einer Frau hätte begangen werden können.»

Potocki gab einen prustenden Laut von sich. «Das ist lächerlich. Was hätte sie für ein Motiv?»

Eifersucht? Neid? Die vage Hoffnung, nach dem Tod ihrer Cousine ihre Stelle einzunehmen? Das waren alles, dachte Tron, plausible Motive. Aber konnte man sich dieses sanfte, gottesfürchtige Geschöpf als kaltblütige Mörderin vorstellen? Er musste plötzlich an das martia-lische Gehabe Orlows denken – und die Art, wie der Oberst beim Kaffeetrinken den kleinen Finger abge-spreizt hatte.

«Signora Kinsky hatte Ihnen doch schöne Augen gemacht», sagte Tron. «Nach dem Tod Ihrer Frau wären
Sie frei gewesen. Ihr frommes Auftreten könnte eine raffinierte Maskierung gewesen sein. Niemand käme auf
den Gedanken, einer solchen Frau einen Mord zu unterstellen.»

Das war reichlich spekulativ, und es überraschte Tron
nicht, dass Potocki nicht viel damit anfangen konnte.

«Hat Troubetzkoy Ihnen das eingeredet?»

Tron hob die Schultern. «Er hat mich lediglich auf eine
Möglichkeit hingewiesen.»

Sie hatten die Accademia-Brücke hinter sich gelassen
und näherten sich dem Rio San Barnaba. Der böige Wind
war stärker geworden, und plötzlich roch es nach Regen.
Nur wenige Gondeln waren ihnen entgegengekommen,
und ohne ihre kleinen Positionslichter an der *ferra* wären
sie unsichtbar gewesen. Tron hatte seine Halsbinde gelo-
ckert und seinen Zylinderhut abgenommen, seine linke
Hand trieb träge im Wasser. Aus den Palästen, an denen
sie vorbeiglitten, drangen Lachen und Gläserklingen, und
Tron musste an die Principessa denken, den silbernen
Kübel mit der Champagnerflasche – und die *truffes en surprise,* die im Palazzo Balbi-Valier auf ihn warteten. Immer
noch warteten? Ja, sicher. Er würde in spätestens einer
Stunde zurück sein. Das hatte er der Principessa versprochen.

Erst als sie die Ca'Rezzonico passiert hatten und die
ersten Tropfen vom Himmel fielen, brach Potocki sein
Schweigen. «Was haben Sie mit dem Bild vor, Commissario?»

«Wir nehmen den Tizian mit.»

«Und wenn wir auf Troubetzkoy stoßen?» Potockis
Stimme klang ängstlich.

Tron lächelte. «Dann verhaften wir ihn.»

«Tragen Sie eine Waffe, Commissario?»

Tron schüttelte den Kopf. «Ich habe noch nie eine gebraucht.»

Das stimmte nicht, aber Potocki schien Angst zu haben, und Tron hielt es für angebracht, ihm etwas Beruhigendes zu sagen.

Kurz hinter der Ponte dei Pugni ließ Potocki die Gondel an der Fondamenta Gerardini anlegen. Als sie ausstiegen, flammte ein heftiger, weiß-purpurner Blitzstrahl über den Himmel wie ein Baum aus elektrischem Feuer, und noch während der Donner ertönte, setzte mit überraschender Heftigkeit der Regen ein. Er peitschte böig und von allen Seiten kommend auf sie herab, schlug prasselnd auf die Pflasterung der Fondamenta und hatte Trons Gehrock ein paar Augenblicke später vollständig durchnässt.

Potocki gelang es trotz des Regens, eine Blendlaterne zu entzünden, und Tron folgte ihm. Zehn Schritte weiter, vor einer rot gestrichenen Tür, zog Potocki einen Schlüssel aus der Tasche. Tron vermutete, dass sie sich jetzt an der Stelle des Rio San Barnaba befanden, wo tagsüber aus einem Lastschiff Obst und Gemüse verkauft wurden, aber es war zu dunkel und der Regen viel zu dicht, um etwas erkennen zu können. Potocki schloss auf, und sie betraten einen durch eine von der Decke hängende Öl-funzel nur spärlich erleuchteten Flur. Tron sah zwei Türen auf der rechten Seite, am Ende des Flurs war undeutlich eine dritte zu erkennen. Nach zwei Schritten blieb Potocki stehen und drehte sich um. Die Blendlaterne in seiner Hand schwankte und warf zuckende Schatten auf sein Gesicht. Selbst hier, im Inneren der Wohnung, war die Luft erfüllt vom rauschenden Prasseln des Regens.

Potocki musste die Stimme heben, als er sagte: «Warten Sie einen Moment, Commissario.»

«Warum?»

Potocki lachte kurz auf, wahrscheinlich, um seine Nervosität zu kaschieren. «Weil ich vorher ein paar Kerzen für Sie anzünden möchte.»

Er ging weiter, öffnete die Tür am Ende des Flurs und schloss sie wieder bis auf einen schmalen Spalt. Dann sah Tron, wie sich der Lichtschein hinter der angelehnten Tür verstärkte. Schließlich rief Potocki nach ihm, und er setzte sich in Bewegung.

Tron betrat den Raum – ein überraschend kleines, mit gelblicher Seide ausgeschlagenes Gelass –, und das Erste, was er sah, war der Tizian. Das Gemälde stand, an die Wand gelehnt, auf der Marmorplatte eines Konsoltisches, eingerahmt von zwei Kandelabern und zusätzlich beleuchtet von einem halben Dutzend Kerzen, die Potocki auf der Tischplatte entzündet hatte. Vor dem Tisch, elegant wie ein Fasan in der Auslage eines Fleischers und in die Hausjacke aus rotem Samt gekleidet, in der Tron ihn zum letzten Mal gesehen hatte, lag Troubetzkoy. Der Schuss, der ihn getötet hatte, schien ihn auf den Rücken geworfen zu haben. Seine rechte Hand hielt einen schweren Armeerevolver umklammert, und seine Augen starrten an die Decke. Ein leichter Korditgeruch lag in der Luft und vermischte sich mit dem Duft der Wachskerzen. Potocki bückte sich und hatte auf einmal Troubetzkoys Revolver in der Hand. Der Lauf der Waffe blitzte auf, als er ihn auf Tron richtete. Potockis kurzes Lachen klang wie ein Grunzen, und einen Moment lang hüpfte der Revolver wie ein Frosch in seiner Hand.

48

Tron schloss die Augen. Er konnte seinen Puls in den Schläfen spüren, so als klopfe jemand mit den Fingern auf eine gedämpfte Trommel. Das Gewitter war jetzt direkt über ihnen, und Tron hörte, wie der Wind, der sich zu einem Sturm gesteigert hatte, an den Fensterläden rüttelte. Für ein paar tröstliche Sekunden, die ihm erheblich länger vorkamen, als sie tatsächlich gedauert hatten, war er davon überzeugt, dass dies alles nichts anderes sein konnte als ein böser Albtraum. Der Sauternes hatte ihn umgehauen (wieder am Tisch?), gleich würde er die Augen öffnen, den Kopf vom Kopfkissen (Tischtuch?) heben und erkennen, dass …

Doch dann kehrte sein Verstand zurück − das bisschen Verstand, über das er noch verfügte. Als Tron die Augen öffnete, sah er ohne Überraschung, dass der Lauf von Potockis Revolver direkt auf sein Herz gerichtet war.

Tron räusperte sich umständlich. «Sie wussten, dass Troubetzkoy hier lag?» Eine überflüssige Frage. Natürlich hatte Potocki es gewusst.

Potocki nickte. «Ich habe ihn vor zwei Stunden erschossen.»

«Weil er Ihre Frau getötet hat? Und weil Sie nicht glaubten, dass wir es jemals schaffen würden, Troubetzkoy diesen Mord nachzuweisen?»

Potocki sah Tron amüsiert an. Dann sagte er etwas, das Tron nicht verstand. «Weil er *Sie* getötet hat. Als Sie diesen Raum betreten haben, hat Troubetzkoy auf Sie gefeuert.» Er lächelte freundlich. «Anschließend habe ich ihn erschossen.»

Es dauerte einen Moment, bis Tron begriffen hatte, was Potocki sagen wollte. «Sie haben Troubetzkoy unter einem

Vorwand in diese Wohnung gelockt und ihn dann getötet. Richtig?»

«Richtig, Commissario.»

«Und da der Verdacht unter diesen Umständen sofort auf Sie gefallen wäre, brauchten Sie ein Alibi.»

Potocki nickte. «Wenn ich Sie jetzt erschieße und Ihnen anschließend den Revolver in die Hand drücke, habe ich das beste Alibi der Welt.»

Das war ein Gedankengang, dem eine perfide Eleganz nicht abzusprechen war. Tron nickte. «Es passt perfekt. Zumal auch wir den Großfürsten in Verdacht hatten.»

Jetzt strahlte Potocki förmlich. «Es passt noch viel perfekter.»

«Das müssen Sie mir erklären.»

«Was wäre geschehen, wenn ich mich darauf beschränkt hätte, Troubetzkoy einfach nur zu erschießen?»

«Nach dem Zwischenfall im Café Quadri hätten wir unter erheblichem Druck gestanden, Ihnen diesen Mord nachzuweisen», sagte Tron. «Wahrscheinlich hätte sich auch der Ballhausplatz eingeschaltet.»

Potocki senkte zustimmend den Kopf. «Sie hätten jeden Stein umgedreht, auf dem ich mal gesessen habe.» Er hielt inne und fixierte Tron mit einem hinterhältigen Lächeln. «Früher oder später wären Sie auf die Tatsache gestoßen, dass ich gut mit Orlow bekannt war.»

Wie bitte? Was hatte Potocki eben gesagt? Tron musste schlucken. «Sie und Orlow *kannten* sich? Woher denn?»

Potocki schien dieses Gespräch zu genießen. «Aus dem zweiten Petersburger Garderegiment», sagte er fröhlich. «Orlow war mein vorgesetzter Offizier. Er kam zu mir, als er dieses Problem mit der Königin und Kostolany hatte.»

Potocki unterbrach sich, als ein Windstoß scheppernd

die Fensterläden traf und die Kerzen im Raum zum Fla-
ckern brachte. Es regnete immer noch mit unverminderter
Heftigkeit.

«Ich dachte zunächst», fuhr Potocki fort, «die Angelegenheit ließe sich mit Geld regeln. Aber dann stellte sich
heraus, dass Kostolany ein sturer Prinzipienreiter war. Als
ich ihn schließlich doch so weit hatte, dass er von seinen
Prinzipien Abstand nahm, hat er eindeutig zu viel verlangt. Allerdings brachte mich seine Habgier dann auch
auf einen guten Gedanken. Zumal mir das Wasser ohnehin bis zum Hals stand.»

«Weil Ihre Frau sich scheiden lassen wollte? Und weil
eine Scheidung Sie mittellos zurückgelassen hätte?»

Potocki nickte. «Da konnte ich einen handlichen Tizian
gut gebrauchen.»

«Dann haben *Sie* also Kostolany getötet und sind anschließend in seine Rolle geschlüpft.»

In Potockis Blick lag Erstaunen und ehrliche Anerkennung. «Ich hatte Sie unterschätzt, Commissario.»

«Wir haben der Königin eine Fotografie des toten
Kostolany gezeigt. Sie hat uns versichert, dass sie diesen
Mann nie gesehen hat. Unser Fehler war, dass wir Troubetzkoy für den Täter hielten.» Tron sah Potocki an. «Und
warum musste Pater Terenzio daran glauben?»

«Ihn zu beseitigen und es wie einen Unfall aussehen zu
lassen lag auf der Hand», sagte Potocki. «Er stand unter Verdacht, und mit seinem Tod wären die Akten vermutlich
geschlossen worden.» Potocki seufzte. «Leider hat Ihr Sergente dann herausgefunden, dass es kein Unfall gewesen
ist. Also gingen die Ermittlungen in die nächste Runde.»

«Warum musste Orlow sterben?»

«Dieses Nervenbündel wollte der Königin alles
beichten. Kostolanys Tod hat ihn wohl über Gebühr scho-

ckiert.» Potocki lachte. «Obwohl er sich gut gehalten hat, als ich ihn und die Königin in der Kleidung von Kostolany begrüßt habe.»

«Er *wusste* nicht, dass Sie die Absicht hatten, Kostolany zu töten und in seine Rolle zu schlüpfen?»

Potocki schüttelte den Kopf. «Ich hatte ihm nur zugesagt, dass Kostolany mitspielen würde. Der Oberst war auch dagegen, Pater Terenzio zu beseitigen. Er wollte Ihnen sogar den Tizian zuspielen, damit die Königin das Bild verkaufen konnte. Wenn der Tizian wieder auftaucht, dachte er, ist der Druck aus den Ermittlungen, und Sie würden sich vielleicht mit der Version zufrieden geben, dass Pater Terenzio der Täter war. Zumal Sie immer noch den Großfürsten im Visier hatten und das höheren Ortes nicht gerne gesehen wurde.»

«Und Ihre Frau?»

«Konstancja hatte den Tizian in meinem Kleiderschrank entdeckt.» Potockis Gesicht verzerrte sich. «Sie hätte Ihnen vermutlich alles erzählt, wenn es zu einem Gespräch mit Ihnen gekommen wäre. Also war ich gezwungen, diese Begegnung zu verhindern. Außerdem hätte mich eine Scheidung ruiniert. Jetzt bin ich ihr Erbe.»

«Aber sie war noch am Leben, als wir uns auf der Treppe begegnet sind. Sie hat Chopin …»

Potocki schüttelte den Kopf. «Das sollten Sie *denken,* Commissario. Sie waren mein Alibi.» Potocki lachte. Wieder hüpfte der Revolver in seiner Hand auf und ab. «So wie Sie jetzt mein Alibi sein werden.»

«Wie haben Sie es gemacht?»

Potocki grinste breit. «Es hätte Ihnen auffallen können, wenn Sie das Mobiliar des Salons näher untersucht hätten.»

«Da standen ein Bechstein, ein Klavier und eine Sitzgruppe», sagte Tron. «Und ein kleiner Tisch, auf dem die Noten Ihrer Frau lagen.»

Potocki nickte. «Richtig beobachtet. Aber leider nicht genau genug.»

«Dann sagen Sie mir, was ich übersehen habe.»

«Nicht nur Sie. Auch Ihr schlauer Sergente», sagte Potocki. Er schien sich in einer heiteren, ausgelassenen Stimmung zu befinden – aber Tron sah, dass die Mündung des Revolvers immer noch auf sein Herz gerichtet war.

«Was haben wir übersehen?»

Potocki lächelte. «Das erzähle ich Ihnen, wenn Sie sich vor die Tür stellen.» Die Mündung seines Revolvers machte einen Schlenker zur Tür. «Dorthin, wo Troubetzkoys Kugel Sie getroffen hat. Kurz bevor ich den Großfürsten erschossen habe. Gehen Sie langsam rückwärts. Und kommen Sie nicht auf den törichten Gedanken zu fliehen.»

Tron folgte Potockis Anweisungen. Seine Emotionen waren seltsam gedämpft, als wäre alles ein Traum, aus dem er gleich erwachen würde. Seine rechte Hand streckte er tastend nach hinten aus. Als seine Finger die Tür berührten, blieb er stehen.

«Der Großfürst», sagte Potocki, indem er Tron nachdenklich ansah, «war vermutlich kein besonders guter Schütze. Es ist unwahrscheinlich, dass er Sie bereits mit dem ersten Schuss getötet hat.»

«Was soll das heißen?»

Potocki legte den Kopf zur Seite und betrachtete Tron mit zusammengekniffenen Augen – wie ein Maler ein Bild betrachtet, dem noch ein paar entscheidende Pinselstriche fehlen. «Dass ein Streifschuss an Ihrer Schulter gut ins Bild passen würde», sagte er schließlich. «Es sind die Kleinigkeiten, auf die es ankommt. Und jetzt würde ich es begrüßen, wenn Sie sich nicht bewegen, Commissario.»

Als Tron das metallische Klacken hörte, mit dem Potocki den Hahn des Revolvers spannte, hatte er wieder das Gefühl, als wäre der größte Teil seines Verstandes weggewischt wie Kreide von einer Tafel. Es folgte eine kurze Stille, dünn wie eine neue Haut oder wie frühes Eis auf einem Gewässer am Jahresausklang. Dann fiel – laut wie ein Donnerschlag – der Schuss, und Tron spürte, wie plötzlich ein gewaltiger Hammer gegen seine rechte Schulter schlug. Seine linke Hand fuhr an die Stelle, wo er getroffen worden war. Blut, aber nicht viel. Merkwürdigerweise tat die Wunde auch nicht weh. Und merkwürdigerweise schien sie diesen Waldbrand aus dumpfer Panik in seinem Verstand gelöscht zu haben.

Tron sagte: «Was haben wir in dem Salon Ihrer Frau übersehen?»

«Das Klavier.»

«Was war mit dem Klavier?»

«Überlegen Sie», sagte Potocki geduldig.

Tron räusperte sich. «Hat vielleicht jemand anders die Mazurka gespielt?»

Potocki schüttelte den Kopf. «Die Lösung ist ganz einfach. Sie gilt auch für den Tod von Signor Kostolany. Es läuft darauf hinaus, dass man ...» Potocki brach den Satz ab und runzelte die Stirn.

Plötzlich wusste Tron, was Potocki sagen wollte. Es war tatsächlich ganz einfach. «Den Zeitpunkt der Tat fälscht?»

Potocki schien erfreut. «Richtig, Commissario! Kostolany war bereits tot, als die Königin mit ihm gesprochen hat. Und Konstancja war tot, als Sie sie auf der Treppe gehört haben.»

«Und wer hat diese Mazurka gespielt?»

«Konstancja. Aber Sie haben sich über den Zeitpunkt getäuscht, an dem Konstancja sie gespielt hat.»

Tron runzelte die Stirn. «Ich verstehe kein Wort von dem, was Sie sagen.»

Potocki lächelte. «Die Mazurka war ein Kopie.»

«Wie bitte?»

«Eine erstklassige Fälschung. Eine perfekte Kopie. Konstancja hatte …»

Den Rest des Satzes konnte Tron nicht mehr verstehen, denn die Tür, vor der er stand, schien sich plötzlich in eine riesige, stählerne Faust verwandelt zu haben. Die Faust traf seinen Rücken, den Bruchteil einer Sekunde später seinen Hinterkopf. Sie katapultierte ihn in den Raum und in das Mündungsfeuer von Potockis Revolver hinein. Unmittelbar danach fiel ein zweiter Schuss, und beißender Korditgeruch breitete sich aus. Dann schlug Tron hart mit der Schläfe gegen die Kante des Tisches, auf dem der Tizian stand. Kurz bevor er das Bewusstsein verlor, hatte er einen äußerst realistischen Traum.

Er stand mit der Principessa am Fenster ihres Salons im Palazzo Balbi-Valier, und wieder roch er, wie bei ihrem ersten Rendezvous im Teatro Fenice, den leichten Frangipani-Duft, der von ihr ausging. Ein frischer Wind hatte die schwüle Hitze, die über der Stadt lag, vertrieben, den Himmel rein gewaschen. Sie blickten zu den Sternen hinauf – Myriaden von kleinen, glitzernden Lichtpunkten, eine gigantische Brücke aus vergossenem Licht. Mondlicht spiegelte sich in ihren Champagnergläsern, von irgendwoher kam Musik. Er zog die Principessa an sich, dann schloss er die Augen. Sie küsste ihn, und die Berührung ihrer Lippen war so sanft wie der Fall einer Feder.

Tron lag in seltsam verdrehter Haltung auf dem Boden des Kabinetts. Sein Kopf ruhte auf den Beinen Trou-

betzkoys, die ihrerseits den Oberkörper von Potocki berührten. Als Bossi seinen Revolver fallen ließ und neben
Tron niederkniete, sah er, dass Tron lächelte.

49

Es war die Musik, die ihn aus seinem Traum erwachen
ließ – nicht sofort, denn eine Zeit lang noch schien sie
Teil des Traumes zu sein, in den er versunken war. Sie
schien auch nicht von außerhalb zu kommen, sondern
direkt seinem Kopf zu entspringen – er unterschied Me-
nuette, Walzer, Sarabanden, dann wieder Walzerklänge, nur
dass der Walzer, den er jetzt hörte, nicht länger aus seinem
Kopf kam, sondern definitiv von außen. Von … oben?
Von der Decke herab? Was hatte das zu bedeuten? Und
wo war er eigentlich? Wo stand dieses Bett, in dem er
lag? Tat ihm etwas weh? Nein, eigentlich nicht. Vielleicht
brannte der rechte Arm ein wenig, und sein Kopf fühlte
sich etwas dumpf an, aber das war nicht der Rede wert.
Was war nur passiert? Es roch süßlich, nach brennenden
Wachskerzen, dabei zugleich ein wenig muffig, nach unge-
lüfteten Zimmern – natürlich, der altvertraute Geruch des
Palazzo Tron, ein Geruch, in den sich jetzt ein schwacher
Duft von Frangipani mischte. Dann sprach eine Stimme –
die Stimme der Principessa – aus der Dunkelheit zu ihm:
«Tron? Bist du wach?»

Tron schlug die Augen auf. Er lag in seinem Zimmer
im Zwischengeschoss des Palazzo Tron und sah das, was
er immer sah, wenn er erwachte: seinen Nachttisch, auf
dem jetzt eine seltsam geformte Tasse stand, an der gegenüberliegenden Wand sein Tafelklavier und vor dem Fenster

seinen Schreibtisch, auf dem sich Manuskripte für die nächste Ausgabe des *Emporio della Poesia* stapelten.

Tron räusperte sich. «Wo kommt die Musik her?»

Die Principessa lachte. «Aus dem Ballsaal. Es ist Sonntagnacht. Du warst die letzten beiden Tage ein wenig indisponiert.»

«Großer Gott, der Ball.»

«Es läuft hervorragend, Tron. Der Ball ist *das* Ereignis des Jahres.»

«Wieso bist du nicht oben?»

«Wir wechseln uns an deinem Bett ab. Die Contessa, Alessandro und ich.»

«War ich die ganze Zeit bewusstlos?»

«Du bist zweimal aufgewacht und hast etwas gesagt. Das erste Mal wolltest du Champagner und *truffes en surprise.* Allerdings bist du sofort wieder eingeschlafen.»

«Und das zweite Mal?»

«Wolltest du *beignets dauphin.* Dann hast du ein wenig Tee aus der Schnabeltasse getrunken und bist erneut eingeschlafen», sagte die Principessa.

Schnabeltasse? Tron stöhnte. Er fand, dieses Wort hörte sich fast so an wie … *Bettpfanne.* «Was ist passiert? Das Letzte, an das ich mich erinnern kann, war dieser Stoß in meinen Rücken. Dann fielen zwei Schüsse, und ich war weg.»

«Bossi hat es noch rechtzeitig zum Rio San Barnaba geschafft. Er hat Potocki erschossen.»

«Wie hat er erfahren, wo ich war?»

«Das kann er dir selbst sagen.» Die Principessa sah Tron amüsiert an. «Willst du ihn sprechen?»

«Bossi ist hier? Auf dem Ball?»

«Warum nicht? Wir schulden ihm einiges.» Die Principessa beugte sich über das Bett, wedelte ein paar Krümel von der Steppdecke und fügte in beiläufigem Ton hinzu: «Marie Sophie ist ebenfalls gekommen.»

Wie bitte? Einen Augenblick war Tron davon überzeugt, dass er immer noch träumte. «Die Königin ist hier?»

Die Principessa nickte lächelnd. «Sie war heute Morgen auf der Questura, um dir etwas Wichtiges mitzuteilen. Da hat sie erfahren, was geschehen ist. Sie hat sich sofort zum Palazzo Tron bringen lassen, weil sie wissen wollte, wie es dir geht.»

«Hat sie gesagt, worum es ging?»

Die Principessa schüttelte den Kopf. «Nein.»

«Und wie kommt es, dass sie auf dem Ball ist?»

«Weil die Contessa und ich sie eingeladen haben», sagte die Principessa. «Sie hat gerade mit Spaur getanzt.»

Ah, wie bitte? Tron beschloss, sicherheitshalber noch einmal nachzufragen. «Die Königin hat mit *Spaur* getanzt?»

Die Principessa senkte bejahend den Kopf. «Spaur war ebenfalls heute Vormittag hier und hat nach dir gefragt – ganz der besorgte Vorgesetzte. Allerdings hatte er einen Hintergedanken. Er hat durchblicken lassen, dass er sich über eine Einladung zum Ball freuen würde. Und dass er es begrüßen würde, wenn sich diese Einladung auch auf eine gewisse weibliche Person erstreckt.»

Tron runzelte die Stirn. «Signorina Violetta ist hier?» Nicht dass ihn noch irgendetwas überrascht hätte.

«Wir konnten es unmöglich ablehnen», sagte die Principessa. «Und warum auch? Sie macht sich gut.»

«Das ist Signorina Violettas Entree in die Gesellschaft», sagte Tron nachdenklich. «Offenbar meint der Baron es ernst.»

Die Principessa nickte. «Vielleicht ist sie bald eine Baronin.» Sie erhob sich. «Soll ich dir Bossi schicken?»

Tron ließ seinen bandagierten Kopf zurück in die Kissen sinken. Die Schweißperlen auf seiner Stirn fühlten sich abwechselnd heiß und kalt an. «Sag ihm, dass er mir ein paar *beignets dauphin* mitbringen soll. Und lass diese peinliche *Schnabeltasse* von meinem Nachttisch verschwinden. Ich brauche sie nicht mehr.»

Offenbar hatte Bossi, nachdem er die Einladung der Principessa erhalten hatte, in aller Eile einen Frackverleih aufgesucht. Für Tron, der sich nicht daran erinnern konnte, Bossi jemals ohne seine blaue Uniform gesehen zu haben, war dies ein ungewohnter Anblick, und ganz wohl schien sich Bossi in seinem schwarzen Gesellschaftsanzug noch nicht zu fühlen. Tron beobachtete amüsiert, wie der Sergente zu seinem vorschriftsmäßigen Salut ansetzte, nachdem er das Zimmer betreten hatte, sich dann aber darauf beschränkte, eine knappe Verbeugung anzudeuten – was auch nicht so ohne weiteres möglich war, denn er hielt eine silberne Schale in der Hand. Vermutlich handelte es sich um die *beignets dauphin*, um die Tron gebeten hatte.

Tron lächelte, um Bossi aus seiner Verlegenheit zu helfen. «Sie sehen gut aus, Sergente.»

Bossi wurde rot und räusperte sich. «Das hat die Fürstin auch bemerkt.»

«Sie ist Ihnen sehr verpflichtet. Wir alle sind Ihnen sehr verpflichtet.» Tron wies auf den Stuhl neben seinem Bett. «Woher wussten Sie, wo ich war?»

«Ich bin gestern Abend noch in der Questura gewesen, um die Fotografien von Pater Terenzio zu holen, die wir der Königin zeigen wollten.» Der Sergente schien erleichtert zu sein, dass sich das Gespräch wieder in dienstlichen Bahnen bewegte. «Da hab ich mir die anderen Fotografien noch einmal angesehen. Und bei den Bildern aus dem Palazzo Mocenigo fiel mir etwas auf.»

Trons Hand, auf dem Weg zu einem *beignet*, erstarrte in der Luft. «Das Klavier?»

Bossi hob die Augenbrauen. «Sie wissen Bescheid?»

«Erzählen Sie weiter.»

«Wir hatten die Öffnung an der linken Seitenwand übersehen. Groß genug für eine Kurbel.»

«Eine Kurbel?»

«Das Klavier ist ein Walzenklavier. Aufgezogen spielt es ein paar Minuten.» Bossi sah Tron an. «Da musste ich an das denken, was Troubetzkoy über Potocki gesagt hatte.»

«Dass er seine Frau gehasst hat und dass sie sich von ihm trennen wollte? Und dass wir nicht auf ihn hereinfallen sollten?»

Bossi machte ein verdrossenes Gesicht. «Aber er hatte dieses perfekte Alibi.»

«Wir hatten das Walzenklavier übersehen.»

Bossi nickte. «Ich fand, das sollten Sie sofort wissen. Aber Sie waren nicht da, und die Fürstin sagte, Potocki habe Sie gerade abgeholt. Sie wusste nur nicht, wohin Sie mit Potocki gefahren sind.»

«Was haben Sie getan?»

«Mich von Ihrem Gondoliere zum Palazzo Mocenigo bringen lassen. Ich wollte das Klavier sehen und mit Signora Kinsky sprechen.»

«Und?»

«Es war tatsächlich ein Walzenklavier.»

«Ist Signora Kinsky in den Mord verwickelt?»

Bossi zuckte die Achseln. «Das glaube ich nicht. Vielleicht hat sie etwas geahnt. Ich hatte auch keine Zeit, lange mit ihr zu reden. Ich wollte wissen, wo Sie und Potocki stecken.»

«Hat sie es Ihnen sagen können?»

Bossi schüttelte den Kopf. «Aber sie kannte eine Wohnung am Rio San Barnaba, die ihre Cousine benutzt hatte, um sich mit Troubetzkoy zu treffen. Und sie wusste, dass Potocki die Adresse ebenfalls kannte. Leicht zu finden. Die rote Tür gegenüber dem Gemüseboot. Es war meine einzige Spur, und ohne den heftigen Regen und das Gewitter hätte mich Potocki wahrscheinlich auf dem Flur gehört. Die Tür war nicht abgeschlossen. Ich kam also ohne Schwierigkeiten in den Flur. Und da habe ich Stimmen gehört. Potockis Stimme und Ihre.»

«Wie lange haben Sie auf dem Flur gewartet?»

«Höchstens eine halbe Minute. Durch das Schlüsselloch war der Tizian auf dem Tisch zu erkennen und daneben Potocki, der mit seinem Revolver auf Sie zielte. Er hat geredet, aber der Regen war so laut, dass ich nichts verstehen konnte. Ich dachte, wenn ich Sie in das Zimmer hineinschiebe und zugleich auf Potocki feuere, müsste es funktionieren.»

«Von hineinschieben konnte ja wohl nicht die Rede sein.» Tron wies auf seinen Kopfverband.

«Es musste schnell gehen, Commissario.» Bossi seufzte. «Als ich Sie vor dem Tisch liegen sah, dachte ich zuerst, Sie wären tot.»

«Das war ja auch Potockis Plan.»

Bossi runzelte die Stirn. «Was war sein Plan?»

«Mir den Tizian zu zeigen, den Troubetzkoy angeblich dort versteckt hatte», sagte Tron. «Mich von Troubetzkoy erschießen zu lassen.»

«Den er praktischerweise zuvor schon in die Wohnung gelockt und getötet hatte.» Bossi sah Tron an. «Also war er es, der Konstancja Potocki umgebracht hat. Seine eigene Frau. Aber wie ist er an den Tizian gekommen?»

360

«Er hatte ihn aus dem Palazzo da Lecce.»

Bossi schnappte nach Luft. «Potocki war der Komplize?»

Tron nickte. «Oberst Orlow und Potocki waren alte Freunde. Potocki hat Kostolany getötet, dann Pater Terenzio und schließlich Orlow. Hätten Sie sich dieses Tatortfoto nicht noch einmal angesehen, dann wäre sein Plan aufgegangen. Er hat mir mit großem Stolz alles erzählt.»

«Und jetzt?»

Tron lächelte. «Gehen Sie wieder nach oben. Den Bericht diktiere ich Ihnen morgen. Dann erfahren Sie alle Einzelheiten. Haben Sie sich in Tanzkarten eingeschrieben?»

Bossi machte ein unbehagliches Gesicht. «Nur in eine. Ich hatte keine andere Wahl, Commissario.»

«Keine andere Wahl? Bei wem?»

Bossi zupfte an seiner Halsbinde und räusperte sich nervös. «Bei Signorina Violetta.»

Tron hätte sich fast an seinem *beignet dauphin* verschluckt. «Sagten Sie Signorina Violetta?»

Bossi nickte. «Der Baron hat darauf bestanden. Er wollte, dass Signorina Violetta eine volle Tanzkarte hat. Außerdem hat der Baron mich mit *Ispettore* angeredet.»

«Ein gutes Zeichen.»

«Meinen Sie?»

«Auf jeden Fall. Sagen Sie der Principessa, dass meine *beignets dauphin* alle sind.»

«Ich könnte jemanden …»

Tron hob die Hand. «Sagen Sie es der Principessa.»

50

Mit angezogenen Beinen lag Tron in seinem Bett, stopfte sich *beignets dauphin* in den Mund und krümelte auf die Steppdecke – woraus ihm niemand einen Vorwurf machen konnte, denn sein linker Arm und sein Kopf waren mit einem dicken Verband umwickelt, da ließ sich das Krümeln nicht vermeiden. Als Kind hatte er, *baicoli* knabbernd, oft in dieser Position gelegen und auf das gelauscht, was auch jetzt zu hören war: Walzermusik aus dem Ballsaal, Schritte und Stimmen auf der Treppe, dazu die Rufe, mit denen die Diener der Trons die Gondeln dirigierten, die sich jedes Mal, wenn die Contessa einen Ball veranstaltete, vor dem Wassertor des Palazzo drängten.

Der Ball jedenfalls schien ein Erfolg zu sein. Vor ein paar Minuten hatte es von San Stae Mitternacht geschlagen, aber der große Strom die Treppe hinunter hatte noch nicht eingesetzt. Allein die Gästeliste war diesmal so glanzvoll wie kaum je zuvor. Nicht nur die alten venezianischen Familien, die Tiepolos, die Contarinis, die Foscaris, die Dolfins und die Priulis waren fast vollständig erschienen, auch sämtliche Vertreter der europäischen Großmächte hatten sich die Ehre gegeben – bis auf den Generalkonsul des russischen Zaren, aber das, dachte Tron, würde erst im Nachhinein Aufsehen erregen. Natürlich war das Sahnehäubchen auf der Gästeliste die Königin beider Sizilien. Würde man sich bei dieser Gelegenheit daran erinnern, dass bereits ihre kaiserliche Schwester Elisabeth im Ballsaal der Trons getanzt hatte? Vermutlich. Und wenn nicht, würde die Contessa schon dafür sorgen.

Es dauerte eine gute halbe Stunde, bis die Klinke herabgedrückt wurde und die Principessa Trons Zimmer betrat – Moussada im Schlepptau, der ein Tablett auf Trons Nachttisch absetzte und sich dann sofort zurückzog.

«Entschuldige. Ich musste noch mit Spaur und mit der Königin reden», sagte die Principessa. «Spaur ist sehr glücklich über den Verlauf des Abends und auch darüber, wie elegant du das Problem mit dem Mann gelöst hast, der Signorina Violetta belästigt hat.»

«Spaur weiß Bescheid?»

«Offenbar hat er sowohl mit Bossi als auch mit Signorina Violetta über den Vorfall geredet. Dass du sofort die Gelegenheit ergriffen hast, den Mann aus der Stadt zu vertreiben, hat ihm gefallen. Und dann hat er mir noch aufgetragen, dir etwas auszurichten.»

Tron stöhnte. «Geht es um die Novelle?»

Die Principessa nickte. «Spaur hat mit Signorina Violetta die Handlung erörtert. Sie hat wohl einen Vorschlag gemacht.»

«Was für einen Vorschlag?»

«Etwas, das ich nicht ganz verstanden habe.» Die Principessa runzelte die Stirn. «Signorina Violetta hält es für eine gute Idee, die junge Polin durch einen jungen Polen zu ersetzen. Und Spaur meint, diese kleine Veränderung gibt der Geschichte einen Einschlag ins Pikante. Er sagt, du wüsstest schon Bescheid.»

Tron verdrehte die Augen. «Und was wollte die Königin?»

«Mir den Tizian verkaufen.» Die Principessa klappte ihr Zigarettenetui auf und lächelte. «Zu einem äußerst attraktiven Preis.»

«Was will sie haben?»

«Fünfzehntausend Gulden.»

Einen Augenblick lang dachte Tron, er hätte sich verhört. Fünfzehntausend Gulden waren ein Spottpreis. «Das ist nicht besonders viel. Warum verlangt sie nicht mehr?»

Die Principessa riss ein Streichholz an und entzündete ihre Zigarette. «Marie Sophie braucht das Geld sofort und in bar. Und dann ist sie sich mit dem Tizian nicht mehr so ganz sicher.» Sie überlegte kurz. «Vielleicht war das auch der Grund, aus dem sie dich heute Morgen auf der Questura sprechen wollte.»

«Was ist mit dem Tizian?»

Die Principessa inhalierte und blies einen Rauchkringel über Trons Bett. «Marie Sophie befürchtet, dass sie im Palazzo Farnese das Original mit der Kopie vertauscht hat», sagte sie.

Tron runzelte die Stirn. «Befürchtet? Hat sie es nun getan oder nicht?»

«Sie weiß es nicht. Wenn sie es getan hat, dann selbstverständlich unabsichtlich.»

«Selbstverständlich unabsichtlich.» Tron musste auf einmal lachen. «Was hast du jetzt vor?»

«Dein Freund Sivry soll mir sagen, was er von dem Bild hält. Wenn die Kopie gut ist, kaufe ich sie. Mit einem Testat der Königin, dass der Tizian aus dem Haus Borbone stammt, hat das Gemälde eine erstklassige Provenienz.»

«Und könnte sich wieder in ein Original verwandeln?»

Die Principessa betrachtete die Krümel auf der Bettdecke, so als könnte sie aus dem Muster, das sie bildeten, die Zukunft ablesen. Sie zuckte die Achseln. «Vielleicht ist es ja ein Original.»

«Dann wäre das Original des Bildes, von dem die Königin jetzt befürchtet, es könne sich um eine Kopie handeln, doch ein Original. Falls es keine Kopie ist.»

Tron hatte wieder das unangenehme Gefühl, als würde ein großer Teil seines Verstandes abheben und in wilden Pirouetten durch die Luft segeln. Er schloss die Augen, ließ seinen Kopf zurück auf die Kissen sinken und registrierte einen Augenblick später, ganz nah, den Frangipani-Duft der Principessa und ihren nach ägyptischen Zigaretten riechenden Atem.

Bevor Tron die Lippen der Principessa auf seinem Mund spürte, kollidierte ihr Ellenbogen mit seinem verwundeten Arm. Das tat höllisch weh, aber es war ein wunderbarer Schmerz, denn er bewies, dass er nicht träumte.

Astrid Fritz
Der Ruf des Kondors

1852. Der 15-jährige Josef Scholz aus Hamburg sucht in Chile seinen Bruder Raimund. Bei einer Expedition in den Urwald findet Josef in dem Mapuche-Jungen Kayuantu einen guten Freund. Und die schöne Ayen hat ein Auge auf Josef geworfen. Doch seine Gefühle werden auf eine harte Probe gestellt.
rororo 24511

Historische Romane
Geschichten und Geschichte

Brad Geagley
Das Jahr der Hyänen

Privatdetektiv Semerket wird beauftragt, den Mord an einer thebanischen Priesterin aufzuklären. Schnell dämmert ihm, dass mehr hinter der Geschichte steckt. Die Spur weist direkt zum Palast des Pharaos. Aber wollten Semerkets Auftraggeber überhaupt, dass der Fall gelöst wird?
rororo 24198

Nicolas Remin
Schnee in Venedig

Venedig 1862: Ein hoher kaiserlicher Offizier wird ermordet aufgefunden. Commissario Tron ermittelt – doch schon bald wird ihm der Fall von der österreichischen Militärpolizei entzogen. Kaiserin Elisabeth von Österreich persönlich hat indes ihre Gründe, Tron bei seinen Nachforschungen tatkräftig zu unterstützen. rororo 23929

Weitere Informationen in der Rowohlt Revue *oder unter* www.rororo.de

Felicitas Mayall
Wie Krähen im Nebel

Im Eurocity aus Rom wird die Leiche einer jungen Unbekannten entdeckt. Kurz darauf wird auf den Gleisen des Münchner Hauptbahnhofs ein bewusstloser Mann gefunden. Als dieser aus dem Koma erwacht, erinnert er sich an nichts mehr. Kommissarin Laura Gottberg ist ratlos. Hängen die beiden Fälle zusammen? rororo 23845

Gefährlicher Süden

Franca Permezza
Prosciutto di Parma
Commissario Trattonis tiefster Fall.
Ein Kriminalroman aus Venedig

Rechtsanwalt Brambilla ist tot. Commissario Trattoni glaubt an Mord. Als auch die Frau eines Händlers umkommt, der den Glasmachern auf Murano unbequem geworden ist, muss Trattoni seine Ermittlungen intensivieren, wenn nicht noch mehr passieren soll.
rororo 24259

Valerio Varesi
Der Nebelfluss
Commissario Soneri sucht eine Leiche

Hochwasser am Po: Die Dörfer werden evakuiert. Nur die Alten harren aus und sehen zu, wie der Lastkahn des alten Tonna führungslos den Fluss hinuntertreibt. Als kurz darauf dessen Bruder zu Tode kommt, mag Commissario Soneri aus Parma nicht an Zufall glauben. rororo 23780

Weitere Informationen in der Rowohlt Revue *oder unter* www.rororo.de